Einaudi. Stile Libero

Dello stesso autore nel catalogo Einaudi

Cleopatra e Frankenstein

Coco Mellors
Le sorelle Blue

Traduzione di Carla Palmieri

Einaudi

Titolo originale *Blue Sisters*

www.einaudi.it

ISBN 978-88-06-26610-3

Le sorelle Blue

Per Daisy, che è con me
fin dal primo momento.
E per Henry, che ha promesso
di restare fino alla fine

Prologo

Una sorella non è un'amica. Da dove mai nascerà quest'urgenza di prendere una relazione primordiale e complessa come quella tra sorelle e ridurla a qualcosa di tanto ordinario e intercambiabile come un'amicizia? Eppure è cosí: è il primo esempio che ci viene in mente quando vogliamo descrivere un legame molto stretto. *Mia madre è la mia migliore amica. Mio marito è il mio miglior amico*. No. Due donne che hanno sviluppato le unghie nello stesso utero e sono uscite strillando dallo stesso canale del parto sono unite da qualcosa che non ha niente a che vedere con l'amicizia. Non ci si sceglie a vicenda, non ci si studia di nascosto per capire con chi si ha a che fare: ci si appartiene fin dal primo momento. Pensate a un cordone ombelicale – coriaceo, ricurvo, tanto brutto quanto indispensabile – e paragonatelo a un braccialetto dell'amicizia con il suo intreccio di fili colorati. Ecco, è proprio *questa* la differenza tra una sorella e un'amica.

La maggiore delle quattro sorelle Blue, la leader del piccolo gruppo, è Avery. È nata saggia e stanca del mondo. Un giorno, a quattro anni, è uscita dalla scuola materna ed è tornata a casa da sola nell'Upper West Side di New York; giunta a destinazione, si è dichiarata «troppo sfinita per andare avanti». Ma poi ci è andata, e l'ha fatto sempre. Ha insegnato alle sorelle come si nuota a stile libero, come si diventa amiche dei gatti del minimarket facen dogli i grattini sotto il mento, come si mescolano le carte senza piegarne gli angoli. Detesta l'autorità, ma ama l'ordine. Ha una memoria fotografica: quando andava al liceo ha craccato i registri della scuola e imparato a memoria i numeri di previdenza sociale dei suoi compagni, poi li ha fatti impazzire per tutto il semestre chiamandoli ognuno con il proprio codice a nove cifre.

Si è diplomata a sedici anni, e tre anni dopo ha conseguito la laurea di primo grado alla Columbia University. Quindi è scappata di casa per unirsi a una comunità «anarchica, non-gerarchica e governata per decisioni consensuali» (altrimenti detta «comune») e per un breve periodo ha vissuto in strada a San Francisco, dove ha cominciato prima a fumare e in seguito a iniettarsi l'eroina. Un anno piú tardi, all'insaputa della famiglia, è entrata in un programma di disintossicazione e da allora è sempre rimasta pulita. Si è iscritta a Legge e finalmente ha messo a frutto la sua ottima memoria.

Si dice che nessuno conosca i propri principî finché questi non lo mettono a disagio, e Avery ne è la prova vivente. È una donna di profondi principî, che si sente spesso a disagio. Avrebbe voluto scrivere poesie o girare documentari, invece fa l'avvocato. Oggi ha trentatre anni e vive a Londra con Chiti, una psicoterapeuta che ne ha sette piú di lei. Ha rimborsato per intero i prestiti studenteschi, e per arredare la casa ha speso una cifra quasi pari alle sue tasse universitarie. Non lo sa ancora, ma tra qualche settimana sarà lei stessa a far implodere la propria vita e il matrimonio con Chiti, in modi che non avrebbe mai ritenuto possibili. Le piacerebbe essere tutta spina dorsale, ma è fatta anche di carne.

Due anni dopo Avery, i genitori hanno avuto Bonnie. Bonnie ha una voce di velluto e una volontà di ferro. Parla il linguaggio del corpo. A sei anni sapeva camminare sulle mani. A dieci faceva volteggiare in aria ben cinque mandarini contemporaneamente. Ha provato la danza e la ginnastica artistica, ma non è mai riuscita a farsi posto in quel gregge di creature flessuose e femminili. A quindici anni, dopo aver sfondato con un pugno una parete della sua camera, ha ricevuto in dono dal padre un paio di guantoni da boxe e da quel momento ha trovato sé stessa. La scoperta del pugilato è stata per lei ciò che per altri è la scoperta del sesso: «Ah, quindi è *per questo* che se ne parla tanto!»

Bonnie ha il culto della disciplina. Dopo aver osservato in silenzio il precoce declino della sorella, ha giurato di non toccare mai nemmeno un goccio d'alcol. Le sue droghe preferite sono il sudore e la violenza. È cosí che è arrivata fino ai campionati mondiali femminili della International Boxing Association, cioè ai massimi vertici – insieme alle Olimpiadi – del pugilato dilettantistico: ha vinto la medaglia d'argento nella categoria dei pesi leggeri, poi è passata al professionismo. Per quanto sembri incredibile, considerato il suo sport di elezione, Bonnie è la piú gentile delle sorelle. Sa staccare i cubetti dal portaghiaccio senza bisogno di sbatterlo sul piano della cucina. Neonati e cani si fidano istintivamente di lei. È del tutto incapace di mentire. Il suo corpo è un ampio portale di quercia, ma la sua indole è trasparente come il vetro. A trentuno anni, all'apice di quella che dovrebbe essere la carriera di una pugile professionista, Bonnie ha abbandonato New York e la boxe dopo un incontro terminato con una disastrosa sconfitta. Si è rifugiata a Venice Beach, Los Angeles, e adesso lavora come buttafuori in un bar notturno.

Molti trascorrono la vita senza mai sapere cosa significhi avere una vocazione, essere pronti a rinunciare al piacere del momento in nome di un sogno che potrebbe anche realizzarsi dopo anni, o non realizzarsi affatto. Ci si ritrova, volenti o nolenti, isolati dagli altri. Può essere faticoso, emarginante e punitivo, ma se è davvero la tua vocazione, non hai scelta. Ecco cos'era il pugilato per Bonnie. Eppure adesso può capitare di vederla in un vicolo di Venice mentre raccoglie bicchieri di birra vuoti, spazza cicche dal marciapiede o aiuta ragazze un po' brille a prendere posto su un'auto, senza scorgere in lei la minima traccia della guerriera ribelle e spietata che si era preparata a diventare.

Dopo Bonnie i genitori avrebbero voluto un maschio, e invece ci sono state due gravidanze interrotte, di cui non si è mai piú fatta parola, e infine Nicole, da sempre conosciuta come Nicky. Delle tre ragazze, Nicky era la piú *signorina*. Capace di soffiare una bolla di chewing gum grande come la sua testa. Di ascoltare canzonette pop da adolescenti anche in età adulta, senza un filo di ironia. Da bambina, il suo hobby preferito era allevare bruchi finché non diventavano farfalle, nutrendoli con pezzettini di zucca. A dieci anni si era comprata il suo primo reggiseno col ferretto, giusto per essere pronta. Alla fine del liceo aveva già avuto cinque ragazzi. Sceglieva gli abiti da indossare con una settimana di anticipo, compresa la biancheria abbinata. Sapeva farsi gli occhi da gatto con l'eye-liner anche a bordo di un taxi in movimento, e senza pasticciare le codine. Era sempre la preferita dei ragazzi, ma aveva un talento speciale per le amicizie femminili. All'università si era unita a una confraternita, cosa per cui le sorelle la prendevano in giro senza pietà, ma a Nicky non importava. Avery e Bonnie erano impegnate con le rispettive carriere, e lei, sentendo la loro mancanza, si era fatta una famiglia di amiche.

Se Avery era saggia e Bonnie stoica, Nicky era emotiva. Un luna park di stati d'animo, e non faceva nulla per nasconderlo. A volte era il turbine estatico di una giostra, a volte un urto di autoscontro, a volte il bersaglio immobile che aspetta nel baraccone del tirassegno. Era nata per diventare madre, ma il suo corpo non era d'accordo. Dopo un'infinità di cicli mestruali dolorosissimi, intorno ai vent'anni aveva avuto la diagnosi: endometriosi. È morta a ventisette anni senza avere i requisiti per entrare nel club dei «giovani per sempre». Non cantava in nessun gruppo, non conduceva una vita tanto spericolata da mettere in conto una scomparsa prematura. A chi gliel'avesse chiesto, Nicky avrebbe anzi risposto che la sua vita da insegnante di Inglese in una scuola privata dell'Upper West Side, a dieci isolati da dove era nata, era eccezionalmente normale. Se qualcuno l'avesse giudicata angusta, specie in confronto a quella delle sorelle, lei avrebbe dissentito. Adorava i suoi studenti e sognava una famiglia. Nessun aspetto della sua esistenza lasciava presagire quella morte, a parte il dolore che provava.

Un anno dopo la nascita di Nicky, i genitori delle ragazze avevano tentato un'ultima volta di avere il maschio tanto atteso. E gli era capitata Lucky. Nata in casa per errore, nel tempo record di quindici minuti, non aveva perso tempo a ritagliarsi il proprio posto in famiglia. Potrà invecchiare finché vuole, ma sarà per sempre la bimba. E infatti Nicky, appena imparato a parlare, se la portava in giro dappertutto sostenendo che fosse *la sua bimba*. Erano inseparabili, ma Lucky non è rimasta piccola per sempre. Adesso è alta un metro e ottanta. I suoi genitori hanno avuto a disposizione ben quattro tentativi per centrare l'agognato bersaglio della bellezza femminile, e con Lucky ci sono riusciti. Persino i denti un po' storti e i canini insolitamente aguzzi non rovinano l'effetto, e anzi, dànno al suo sorriso una sorta di lupesca sensualità. Da qualche tempo, e senza il consenso dell'agenzia per cui lavora, Lucky si è tagliata i capelli cortissimi e se li è fatti decolorare. Adesso sembra un bizzarro incrocio tra Barbie, Billy Idol e un husky siberiano. Fa la modella da quando aveva quindici anni e ha lavorato in ogni angolo del globo, che è un altro modo per dire che è stata sola in ogni angolo del globo.

Quando Lucky entra in una stanza, fa l'effetto di un'anguilla elettrica dentro una vasca di pesci rossi. È molto sveglia ed è timida, anche se cerca di nasconderlo. Quando abitava a Tōkyō ha imparato da sola a suonare la chitarra: se la cava abbastanza bene, ma è troppo insicura per esibirsi in pubblico. Le piacciono ancora i videogiochi, e ogni altra forma di evasione. Al momento vive da sola a Parigi. Dall'inizio dell'anno ha detto: «Devo bere qualcosa» ben centotrentadue volte, piú di quante abbia detto: «Ti voglio bene» in tutta la vita. Il quadro con le farfalle blu che Nicky le ha regalato prima di morire è appeso sopra il suo letto nella casa di Montmartre, ma lei non dorme quasi mai. Ha ventisei anni e si sente perduta. Del resto, tutte le sorelle superstiti lo sono.

Ma c'è una cosa che nessuna di loro sa: finché sei viva puoi essere trovata, e non è mai troppo tardi.

Lucky

Lucky era in ritardo. Irresponsabilmente, irrimediabilmente in ritardo, tanto da rischiare di perdere il lavoro. A mezzogiorno aveva una prova abiti in una *maison de couture* nel Marais, ma mezzogiorno era passato da dieci minuti e lei era ancora sul métro, a chilometri di distanza. La sera prima era stata a una festa per la settimana della moda, e mentre approfittava con piacere delle consumazioni illimitate (l'unico tipo di consumazioni cui fosse interessata) aveva conosciuto una coppia di graffitisti che lavoravano alle dipendenze di un'azienda, ma erano ansiosi di rinverdire la loro fama di creativi ai margini della società. Le avevano proposto di andare in moto fino a una casa abbandonata nel sedicesimo *arrondissement*, ex residenza diplomatica, sulla quale volevano dipingere i loro tag. Di per sé l'idea di vandalizzare un edificio storico con le bombolette spray non accendeva grandi entusiasmi in Lucky, ma se serviva a far durare la notte ogni scusa era buona.

Alla fine era venuto fuori che la residenza era piú sorvegliata del previsto, irta di telecamere e protetta da un'inferriata a punte aguzze che incuteva una certa soggezione, per cui avevano ripiegato sulla serranda di un *Tabac* poco lontano, dove gli artisti avevano dipinto «Vietato vietare!» e altri slogan libertari del Maggio francese, mentre Lucky aveva optato per una classica raffigurazione fallica. Avevano atteso il sorgere del sole sui gradini del Palais de Tōkyō, si erano scolati le bottiglie di Veuve Clicquot sgraffignate alla festa, e infine erano andati a casa di Lucky con l'intenzione di farsi una canna. Dopo un prevedibile tentativo di scopata a tre intrapreso dai due maschi, Lucky gli aveva suggerito di fare a meno dell'intermediazione femminile e fottersi serenamente a vicenda, poi aveva perso i sensi sul letto, vestita di tutto punto, e si era svegliata parecchie ore piú tardi nell'appartamento vuoto e per fortuna non saccheggiato, grazie a un messaggio della sua agente che con non poca faccia tosta le rammentava di lavarsi i capelli prima della prova abiti di quel giorno.

Che era anche il primo anniversario della morte di Nicky.

Mentre il vagone correva sui binari, Lucky controllò il telefono: trovò una chiamata persa e un messaggio vocale di Avery, che con tutta probabilità la esortava a «elaborare» i suoi sentimenti riguardo alla ricorrenza, piú un'e-mail di circostanza della madre, che ignorò senza indugio. Aveva tanta nostalgia della metropolitana di New York: della sua sporcizia, della sua prevedibile imprevedibilità, della mancanza di copertura telefonica. Il métro parigino ostentava un'efficienza ai limiti dell'aggressività ed era connesso alla rete in ogni suo punto, persino sottoterra. Non c'era modo di nascondersi. Rimise in tasca il cellulare senza ascoltare il vocale di Avery. Era da un anno, ovvero dal giorno del funerale di Nicky, che non vedeva nessuno dei suoi familiari. Quella notte New York era stata spazzata da un vento caldo e fortissimo che aveva rovesciato i tavolini fuori dai ristoranti, fatto rotolare i bidoni della spazzatura, strappato cavi elettrici e rami d'albero a Central Park. Lo stesso vento aveva sparpagliato Lucky e le sue sorelle nei rispettivi angoli del mondo, dai quali non sembravano disposte a tornare.

Era in ritardo di un quarto d'ora. Nella fretta di uscire si era scordata le cuffiette, cosa che minacciava di rovinarle la giornata. Se le metteva sempre quando doveva fare piú di un isolato a piedi, a mo' di cuscinetto musicale tra sé stessa e il mondo. Ma quel giorno si era scapicollata fuori casa a tempo di record, senza nemmeno cambiarsi, rinunciando persino alla sua abituale colazione a base di ibuprofene e una Marlboro rossa. Diede una furtiva annusata alla T-shirt. Sapeva appena un po' di fumo e di sudore, ma nel complesso non era impresentabile.

– *Je voudrais te sentir.*

Lo sguardo di Lucky volò sull'uomo seduto di fronte a lei. Faccia da preda, contratta e topesca, ma sguardo da predatore. Stringeva fra le mani una grande bottiglia di acqua minerale Volvic, e tenendosela appoggiata al pacco la puntava verso di lei. Sorrideva.

– Cosa? – fece Lucky, benché non volesse affatto sentirsi ripetere quel che aveva detto il tizio, né tanto meno parlare con lui.

– Ah! *You are américaine*!

L'aveva pronunciato alla francese, con quella *r* sonora e ingombrante.

– Sí.

Lucky tornò a fissare il telefono, cercando di trasmettere il piú totale disinteresse.

– Sei bellissima, – disse l'uomo, sporgendosi verso di lei.

– Mmm, grazie.

Tenendo gli occhi incollati al cellulare, Lucky considerò l'ipotesi di mandare un messaggio alla sua agente per avvertirla del ritardo, ma poi lasciò perdere. L'avrebbe soltanto reso piú vero. Meglio restare nel limbo finché poteva, finché nessuno si rendeva conto che aveva di nuovo fatto un casino.

– Altissima, anche, – aggiunse il tizio.

Con quei Levi's vintage e la maglietta corta e nera, Lucky era in effetti dritta e lunga come un punto esclamativo. Per mostrarsi di meno, piegò le spalle in avanti e divenne un punto interrogativo.

– *Mon Dieu*, – mormorò l'uomo, come se parlasse tra sé, – *t'es trop sexy*.

Lucky avrebbe dovuto prendere e andarsene. Mandare il tizio a quel paese. Strappargli la bottiglia dell'acqua, quel grosso, stupido fallo immaginario azzurro pallido, e accartocciarla fra le mani. E invece gli mostrò il telefono.

– Senti, io devo…

Aggrottò la fronte e puntò l'indice verso il display per spiegargli a segni che doveva fare una telefonata. Scorse rapidamente la rubrica. Chi chiamare? Non le andava di parlare con nessuno. Per pura abitudine, cercò il nome di Nicky e toccò l'icona verde. Tutti i membri della famiglia erano inclusi in un piano tariffario pagato da Avery; forse per risparmiarsi lo strazio di eliminare il numero, Avery continuava a versare anche la quota di Nicky. Chissà dov'era adesso il suo telefono. Magari morto e sepolto in qualche cassetto, ma era bello averlo ancora nell'elenco. Ed ecco la sua voce: «Nicky è impegnata, ma ti ringrazia per la chiamata. Lascia un messaggio e buona giornata!»

Parlava e rideva, intimidita dalla registrazione. In sottofondo, Lucky riuscí a captare anche la propria voce, di qualche anno piú giovane e ancora inconsapevole della perdita che l'attendeva.

– Mi piacerebbe conoscerti, – insisté il tizio.

– Sto parlando al telefono, – disse Lucky.

– Ah, *d'accord* –. L'altro si appoggiò allo schienale, mostrando i palmi con goffa galanteria. – Parliamo piú tardi.

Non era la prima volta che Lucky chiamava la sorella da

quando era morta: il bisogno di sentirla e raccontarle la sua vita non la lasciava mai. E quando le telefonava era come cercare di reggersi su una gamba che le avevano amputato.

– Ciao, sono io, – disse Lucky dopo il segnale acustico. – Volevo... Be', volevo salutarti.

Lanciò un'occhiata all'uomo, che non fingeva nemmeno di non origliare.

– Qui è la settimana della moda, – continuò, – quindi c'è da impazzire come al solito, ma ho pensato di chiamarti perché... Ehm, mi sa che oggi è una giornata importante, giusto? Un anno! Oddio, mi sembra incredibile. E quindi sí, mi faceva piacere sentirti per... Non certo per congratularmi, ovvio. Mica è una festa, cazzo. Però volevo dirti che ti penso. Ti penso sempre. E mi manchi, ovviamente –. Si schiarí la voce. – Insomma, questo è quanto. Ti voglio bene –. Esitò un istante nella speranza di captare qualcosa, una sorta di vibrazione cosmica per confermare che Nicky aveva sentito. Ma no, niente. – Ah, a proposito. Avery è una rompipalle. Ciao.

Chiuse la chiamata e guardò fuori dal finestrino. Erano quasi a Saint-Paul, doveva scendere. Mentre si preparava ad alzarsi, il tizio le sfiorò un braccio. Lei fece un balzo, come se l'avesse toccata con un fiammifero acceso.

– Mi dài il tuo numero?

Il treno stava rallentando e Lucky perse l'equilibrio. Il tizio le sorrise da sotto in su. Aveva i denti macchiati di tabacco.

– Quanto sei sexy, – disse.

La contemplava con gioia possessiva, come se stesse scegliendo un dolce da un espositore. La bottiglia dell'acqua era ancora dritta sul suo inguine.

Lucky la indicò. – Posso? – chiese. Il treno si stava fermando.

– Questa? – fece lui, interdetto. – *Mais bien sûr.*

Lei afferrò la bottiglia, svitò il tappo e gli versò addosso tutta l'acqua che c'era. Il tizio balzò in piedi con una specie di guaito: sui suoi jeans si allargava una chiazza opaca. Lucky scattò verso la porta e girò la maniglia d'argento, quel curioso oggetto del potere che esiste soltanto sul métro di Parigi. I battenti si aprirono. Si allontanò sulla banchina sentendo alle spalle la voce del tizio che le dava della stronza mentre i passeggeri in salita si accalcavano all'ingresso del vagone. Fece la scala due gradini per volta e riemerse alla luce del sole.

In Place des Vosges, sotto i portici di pietra, Lucky si affrettò verso l'indirizzo indicato dall'agente. Due anziani in soprabito verde oliva si voltarono a guardarla, le sigarette accese tra le dita. Suonò il campanello e spinse il logoro portone blu che conduceva al cortile. In fondo c'era un'alta scala a chiocciola; l'eco dei suoi anfibi rimbalzò sui muri di pietra mentre saliva un piano dopo l'altro, sostando a ogni ballatoio per riprendere fiato. Un pacchetto di sigarette al giorno, fin dall'adolescenza, l'aveva resa inadatta a quel genere di sforzi. Arrivò finalmente all'ultimo piano, quasi aggrappandosi alla ringhiera. Trovò ad aspettarla una donna dai capelli scuri raccolti in uno stretto chignon, con un metro da sarto appeso al collo.

– Sono in ritardo, lo so, – ansimò Lucky. – *Je suis désolée.*

– E il tuo nome è...? – chiese la donna in tono brusco.

– Lucky... Blue.

– Loo-key? – ripeté la donna, scorrendo l'elenco sul portablocco. Da oltre la soglia giungeva l'alacre ronzio delle macchine da cucire. – No, non sei in ritardo, anzi. La tua prova è alle quattordici.

Lucky si piegò in due, mise le mani sulle ginocchia e soffiò fuori il fiato.

– Non a mezzogiorno?

– Ti sei sbagliata. Per favore, ritorna alle quattordici. Ciao!

La porta si richiuse con un inflessibile *clac*. Lucky resisté alla tentazione di crollare a terra e addormentarsi sulla soglia come un gatto randagio finché non fosse toccato a lei. Scese le scale a passi lenti, svogliati.

In mancanza di meglio, vagò per le strade screziate di sole del Marais alla ricerca di un posto per bere qualcosa. Il picco di adrenalina generato dalla vendetta a base di Volvic e dalla corsa verso l'atelier si andava stemperando e lasciava spazio alle prime avvisaglie di un feroce mal di testa da sbronza che bisognava stroncare sul nascere. Erano i primi giorni di luglio e, malgrado il clima mite, Parigi era in preda a una strana irrequietezza. Gli ingorghi del traffico causati dal recente sciopero generale avevano saturato l'aria di una caligine fumosa, e una sequela di accoltellamenti nelle stazioni del métro e nei quartieri residenziali aveva indotto la polizia a presidiare vistosamente le strade. Ma il Marais, con le sue boutique e i bar sempre affollati e le *pâtisseries* brulicanti di avventori, sembrava lontanissimo da tutto questo.

A un tratto Lucky si sentí chiamare da una voce femminile e, voltandosi, riconobbe la sua amica Sabina, una modella francese dai capelli rossi il cui corpo faceva pensare (cosí uno stilista aveva confidato a Lucky) a «cento miglia di strada liscissima». Era seduta nel dehors di un caffè insieme a due colleghi. Fece segno a Lucky di avvicinarsi.

– Ma guarda tu, la Pollyanna punk, – disse il piú alto dei due uomini, che si chiamava Cliff.

Australiano, ex surfista di professione, Cliff si era assicurato una certa notorietà all'inizio della stagione dopo avere sfilato su una passerella milanese con niente addosso, eccetto un perizoma dorato. Nonostante ciò, degradarlo a uomo-oggetto sarebbe stato impossibile: la pura e semplice forza del suo ego l'avrebbe impedito. E se quella non fosse bastata, la consapevolezza di potere, in qualsiasi momento, abbandonare il mondo della moda e tornare a vivere sul suo furgone dando la caccia alle onde sgombrava il campo da ogni ansia riguardo all'attuale scelta lavorativa: situazione ben diversa da quella di Lucky, che nella propria bellezza vedeva al tempo stesso una fonte di reddito e di vergogna. In vita sua non aveva fatto nient'altro che la modella, perciò le sembrava di non aver fatto niente. Non l'avrebbe mai ammesso, ma invidiava a Cliff la sua libertà.

– Ciao, Palle d'oro, – ribatté, e si sporse a rubare una sigaretta da quello che doveva essere il suo pacchetto. – Cosí vestito non ti riconoscevo, – aggiunse, con il filtro tra le labbra.

L'altro modello seduto al tavolino, un americano con la faccia da bebè che Lucky non era certa di conoscere, scoppiò a ridere e si sporse ad accenderle la sigaretta. Aveva i colori di un golden retriever e la stessa, onnivora ansia di piacere. Ciascun ragazzo aveva di fronte a sé un grosso bicchiere di birra, mentre Sabina si rigirava tra le dita, senza accostarlo alle labbra, un piccolo calice di vino bianco. Prima di sedersi, Lucky fece cenno al cameriere e ordinò una birra anche per sé.

– Ciao, sono Riley, – disse l'uomo piú giovane.

– Devo bere qualcosa, – disse Lucky, e si appoggiò allo schienale mettendo in mostra una pallida striscia di addome.

– Ti presento Lucky, – disse Sabina. – *Ma sœur*.

L'interessata fece un vago cenno di assenso. Essendo figlia unica, Sabina aveva la tipica tendenza a cooptare gli amici all'interno della sua famiglia: in verità non sapevano molto l'una dell'altra, a parte i committenti delle ultime campagne pubblicitarie e le preferenze in fatto di alcolici.

– Sei americana! – esclamò Riley. Il morbido accento del Sud avvolgeva ogni vocale nell'ovatta. – Non vedevo l'ora di incontrarne una, oggi. Buon quattro luglio, – disse, sollevando il bicchiere.

Lucky esalò verso il cielo una stretta colonna di fumo.

– Non lo festeggio, – rispose.

Per quell'anno e il prossimo, e per ogni anno della sua vita a venire, il quattro luglio sarebbe stato soltanto il giorno in cui Nicky era morta. Riley aggrottò la fronte.

– Ma sei americana, vero?

– Di New York, quindi non del tutto.

– Ora però vivi a Parigi, – disse Sabina, – perciò dovrai celebrare la presa della Bastiglia.

– Quando è? – domandò Cliff.

– La settimana prossima.

– Luglio, il mese della lotta ai tiranni, – commentò Cliff.

– Be', a me il quattro luglio manca, – disse Riley. – È la prima volta che lo passo all'estero. A casa, i miei fanno sempre una grigliata pazzesca.

– Mi spiace informarti, – disse Sabina, – che i francesi non fanno grigliate –. Posò il bicchiere e lo allontanò con un guizzo delle dita. – Niente, non riesco a berlo. Ho ancora mal di testa da stamattina. Perché questa fissa di servire champagne nel backstage, persino prima di colazione?

– Perché voi ragazze non accettereste altro, – rispose Cliff. – Com'era la famosa triade? Champagne, coca e sesso occasionale.

Sabina lo ignorò. Alzò gli occhi al cielo, che si andava tingendo di un grigio anemico.

– Mi sa che vuol piovere, *non*?

– Oh, cavolo, – esclamò Riley. – La mia prossima sfilata è all'aperto.

– Idem, – disse Lucky.

– La mia prima settimana della moda, e piove, – si lamentò l'americano.

Cliff si mise a canticchiare, con voce sorprendentemente intonata, il ritornello di *Ironic* di Alanis Morissette: *It's like raaaaain on your wedding day*…

– Questa è la settimana della haute couture, – lo corresse Sabina, – la crème de la crème. Fidati, non ti faranno bagnare.

– Non faranno bagnare i vestiti, semmai, – brontolò Lucky, poi si girò verso Cliff. – E comunque, cos'è che dicevi prima a proposito delle modelle? Non è che voi maschi siate campioni di temperanza e vita sana, – insinuò, picchiettando con un polpastrello il bicchiere quasi vuoto di Cliff.

– La differenza è che noi sopportiamo l'alcol, voi no. Se non mangi niente non dovresti bere, – aggiunse, puntando l'indice verso di lei.

– Io mangio, – ribatté Lucky, e afferrò il bicchiere che le avevano appena servito. – *Quindi* posso bere.

Cliff rise e ordinò un altro giro di birre.

– Un per tre, due per tre, son piú bravo io di te, – cantilenò.

– Scommettiamo che l'alcol lo reggo meglio io? – disse Lucky.

Cliff alzò il bicchiere e scolò l'ultimo sorso.

– Vuoi vedere?

Un'ora piú tardi Lucky era arrivata alla quinta birra e stava per raccontare la storia piú buffa del suo repertorio. La tristezza che al mattino aveva gravato su di lei come una patina scura si andava sciogliendo a ogni nuovo giro.

– Allora, avevo diciannove anni e abitavo a Tōkyō. Ci ho vissuto per dodici mesi ed è stato divertente, ma forse, mi capite, ero un tantino scapestrata: stavo fuori fino a tardi, davo buca agli appuntamenti, in sostanza facevo tutto quel che *non* si dovrebbe fare nei primi anni.

Indicò con un cenno il giovane Riley, alzando un sopracciglio a mo' di avvertimento.

– Quando si dice predicare bene e razzolare male, – commentò Cliff. – Mi sa che non sei cambiata per niente, Lucky.

– Ehi, non è che dovete insegnarmi qualcosa, – protestò Riley. – Ho ventitre anni, so quel che faccio.

– Io pure! – disse Sabina. – Anzi, sono tre anni che ne ho ventitre.

Lucky rise e bevve un altro sorso.

– L'agenzia minacciava di scaricarmi ma poi, sorpresa, mi scritturano per una campagna. Un orribile marchio commerciale, ma comunque evviva evviva, erano soldi. La mia agente mi chiama e dice: «Arriva in ritardo di un solo minuto e sei licenziata. *Un* minuto, chiaro?»

– Ho già capito, – tagliò corto Riley. – Arrivi in ritardo, ti licenziano, ma riesci comunque a diventare una top model famosissima.

– Tu dici che Lucky è famosa? – si meravigliò Sabina. – Piú famosa di me?

Lo sguardo di Riley si spostò dall'una all'altra.

– Nooo, cioè s-sí, – balbettò. – Insomma, non lo so. Ma siete bellissime entrambe.

– Sabina sta scherzando, – disse Lucky.

– Col cavolo che scherza, – replicò Cliff. – E comunque io sono piú famoso di loro due messe insieme.

Sabina gli fece una smorfia.

– In realtà nessuno di noi è famoso, – disse Lucky. – Comunque, tornando alla mia storia: la sera prima dello shooting vado a dormire presto, con tutte le intenzioni di svegliarmi per tempo. Solo che allora abitavo a Shibuya, in un residence per modelle che non era proprio un bordello, ma poco ci mancava. E quindi sono lí nel mio lettino a cercare di fare la brava, quando mi entra in camera una banda di ragazze: «C'è un vernissage a Harajuku, – mi dicono, – viene anche quel bonazzo che ha fatto tipo il cowboy astronauta nel film che ha vinto l'Oscar, una di noi deve assolutamente scoparselo, quindi mettiti le scarpe che usciamo». Non so perché, ma in certi casi la mia forza di volontà è pari a zero, quindi vado con loro, ma giuro su Dio che berrò una cosa sola.

Smise di parlare, finí quel che restava della sua birra, poi si voltò e fece segno al cameriere di portargliene un'altra.

– E poi cos'è successo? – chiese Cliff. – Ti prego, dimmi che ti hanno licenziata.

Lucky esalò un ruttino soddisfatto, poi fece un largo sorriso.

– No, peggio. Insomma, faccio baldoria tutta la notte...

– E l'attore? – indagò Sabina.

– Acchiappato da una russa.

Lei tirò su col naso. – Un classico, – disse.

– Il mattino dopo mi sveglio, e ovviamente sono già in ritardo di un'ora per l'appuntamento. Vi è mai capitato di perdere un lavoro perché siete rimasti a dormire?

– Io ho quasi mancato la prova di ingresso al college perché mia madre non mi ha svegliato in tempo, – disse Riley serio.

Lucky annuí.

– Allora sai come ci si sente.

Il dettaglio rimasto nell'ombra era che quella mattina stava anche smaltendo una mistura di ecstasy, polvere d'angelo e cocaina, tutte sostanze notoriamente difficili da reperire in Giappone. Ma lei c'era riuscita, perché in fatto di droghe ricreative Lucky era meglio di un cane da tartufi.

– Insomma, apro gli occhi e scopro che la mia agente mi ha già chiamata tipo quindici volte, – seguitò. – La richiamo, e lei vuole a tutti i costi sapere dove sono, ma io non glielo dico. Poi ho un lampo di genio e le racconto che mi sono svegliata con la congiuntivite e non ho risposto al telefono perché non vedevo un accidente. Scusa idiota, lo so, ma non ero proprio in forma smagliante.

Cliff fece una risatina ironica.

– E ci ha creduto?

– Certo che no. Mi ha detto che se non presentavo un certificato medico l'agenzia mi avrebbe licenziata e sarei dovuta tornare a New York. Col cazzo, penso io. Ma ovviamente a quel punto mi viene il panico. Decido che c'è un'unica soluzione: *farmi venire* la congiuntivite, poi andare da un medico.

– No, aspetta un minuto, – intervenne Sabina. – Cosa sarebbe 'sta congiuntivite? Una malattia sessuale?

Riley, che stava bevendo un sorso di birra, fu lí lí per strozzarsi.

– Solo se il tipo manca il bersaglio, – rispose Cliff.

Lucky si sporse sul tavolo per dargli una manata, poi si toccò gli occhi con la punta di un dito.

– Ah, la *conjonctivite*! – esclamò Sabina. – *Je comprends*.

– Cioè, non riuscivi a vedere il nesso? – si stupí Cliff. – È la stessa parola!

– *Shhh*, – fece Sabina. – Smettila di farmi la corte.

– Dunque, – riprese Lucky. – Il mio piano era mettere le mani su ogni schifezza possibile e toccarmi un occhio con le dita sporche. Ma siccome Tōkyō è pulitissima, l'impresa non era facile. Per fortuna dividevo la casa con dodici modelle che piú sudicione non si poteva. Il piano tutto unto della cucina? Ottimo. La tavoletta del wc? Perfetto. Il culo di uno dei loro cagnetti? Okay, vieni qui, fatti coccolare.

– Che schifo! – strillò Riley, deliziato.

– Alla fine vado dal medico e, come potete immaginare, ho gli occhi abbastanza arrossati. Lui mi guarda a malapena: «Cosa vuole?» Gli spiego che mi serve un certificato per il lavoro, lui mi allunga un foglietto e ciao. Allora chiamo l'agente e le dico che ho il certificato. «Fantastico», fa lei. «Ma siccome ero certa che la congiuntivite fosse una scusa ho detto al cliente che eri in viaggio e il tuo volo era in ritardo. Dice che puoi venire domani». Voi penserete «tutto bene», no? Quella sera vado a letto presto. Mi sveglio tutta pimpante all'ora giusta e... ho un'infezione all'occhio.

– *Mais non!* – squittí Sabina.

– *Mais oui*, porco cane!

Due signore francesi di mezza età, sedute a un tavolino poco distante, si voltarono a guardarla con aria torva. Lei salutò allegramente con la mano.

– Quindi, in sostanza, – disse Cliff, – sei fottuta.

– Esatto. Ho gli occhi rossissimi e gonfi. Perdo lo shooting. Perdo il cliente.

– E l'agenzia ti ha scaricata? – chiese Riley.

– Quasi, – annuí Lucky. – Mi ha condannata con la condizionale. Se non che un mesetto dopo incontro a una festa il direttore di «Vogue Japan». Ha un senso dell'umorismo pazzesco, lo sapete, e cosí gli racconto la mia storia. Gli è piaciuta cosí tanto che mi ha scritturata. In un certo senso mi ha lanciata nel mondo della carta stampata.

– Hai proprio un gran culo, – commentò Cliff scuotendo la testa.

– Lucky è come un gatto, – disse Sabina. – Ha nove vite.

– È chiaro che i tuoi genitori sapevano quel che stavano facendo, quando ti hanno chiamata Lucky, – disse Riley.

– I miei non sapevano un cazzo, – ribatté lei mentre si accendeva un'altra sigaretta. – Né allora, né adesso.

Il silenzio calò sul piccolo gruppo. Finito il racconto, l'onda scura della tristezza che a ogni istante minacciava di travolgerla tornò a ingrossarsi. Non le andava di pensare ai suoi genitori, a Nicky, a qualsiasi cosa si trovasse oltre il cerchio di quel tavolino; ma la famiglia era sempre lí, pronta a farsi largo nella sua mente.

A differenza delle sorelle, che erano piú indulgenti, Lucky aveva una pessima opinione di suo padre. Eppure non erano certo le sole ad aver avuto un cattivo papà. Al contrario, di persone cui non fosse toccata quella sfortuna ne conosceva poche, e tutte strampalate. I ragazzini cresciuti da padri amorevoli avevano la stessa sognante dolcezza di quelli nati a Malibu o in altri posti dove c'è sempre il sole. Non erano stati costretti a indurirsi. Lucky aveva una sua teoria, in base alla quale avere un cattivo padre era come passare l'infanzia in un Paese dove gli inverni sono lunghi e rigidi. Se ne esce temprati. Pronti ad affrontare la realtà, ovvero che l'estate è solo una stagione che prima o poi finisce, e gli esseri umani tendono perlopiú a farti del male, appena gliene dài l'occasione. Ma forse questo lo pensava soltanto chi aveva avuto un cattivo padre.

Il loro, cosa strana, non era insensibile, o quantomeno non lo era sempre. L'aggettivo piú adatto per descriverlo era «mercuriale». Variabile come il tempo. E come il tempo, andava controllato con regolarità per capire che giornata ti aspettava. Lucky e le sorelle indovinavano il suo umore da come chiudeva la porta di casa. Non si organizza un picnic se fuori grandina, e se il babbo è arrabbiato certe cose sono proprio vietate. Non si bisticcia per appropriarsi del telecomando, non si alza la voce quando si telefona alle amiche, non si piange per un brutto voto, non si ride delle barzellette sceme, non ci si lagna con mamma perché si ha fame. Era l'unico uomo di casa, ma era anche *la casa*. Tutte loro vivevano nei suoi stati d'animo.

Lucky aveva ereditato dal padre gli occhi azzurri e i capelli chiari, e le piaceva credere che le somiglianze finissero lí. Era di origine scozzese, figlio di immigrati di seconda generazione, con un'infanzia funestata dalle suore e dal cattolicesimo che, come diceva lui, era il modo piú sicuro per tirare su un ateo. Amava leggere, e persino negli anni dell'alcolismo era riuscito a mantenere il ritmo di un libro a settimana; ma la sua vera religione era lo sport. Football americano, pugilato, golf, ciclismo: seguiva tutto. Come Bonnie, si sentiva a suo agio piú nel corpo che nella mente. Era entrato all'università grazie a una borsa di studio per meriti sportivi, quindi era destinato a fare l'atleta di professione, ma la lesione a un tendine del ginocchio lo aveva costretto, dopo la laurea, ad accettare un impiego presso una banca locale per la quale aveva poi lavorato tutta la vita. A prescindere dalla gravità o dalla frequenza delle sbronze, era sempre arrivato puntuale in ufficio. Per questo la madre di Lucky non era mai stata capace di ammettere il problema. Che genere di alcolista riesce a tenersi il lavoro per tanti anni? Il loro, a quanto pareva.

Dunque Lucky non aveva difficoltà a dire che avevano avuto un cattivo padre. Quanto alla madre, ammettere che anche lei non era stata un granché le costava piú fatica. Era nata e cresciuta in una cadente proprietà del Sussex, unica figlia di una madre depressa e di un padre ubriacone e violento, sintesi perfetta di quella commistione tutta britannica di miseria e nobiltà che lei stessa definiva «pezzent-chic». Suo padre, il nonno delle sorelle Blue, aveva dilapidato gran parte dell'eredità quando la madre era appena adolescente. Anche dopo aver conosciuto quello che poi era diventato suo marito, lei non aveva mai smesso di nutrire un profondo e incrollabile disprezzo per il classismo della società inglese, cui era riuscita a sottrarsi.

Lucky ignorava molti dettagli della vita di sua madre, ma sapeva per certo che alla prima occasione era scappata a gambe levate dalla lugubre casa di famiglia e da quella nazione disgraziata, come la chiamava lei. Approdata a New York, aveva trovato lavoro in una galleria del centro. All'epoca aveva morbidi capelli color rame che le arrivavano fino alla vita, e un bellissimo viso oblungo. Diceva di essere stata assunta in quella galleria soprattutto per mostrarsi in vetrina con le sue minigonne e attirare all'interno i clienti facoltosi, ma in realtà aveva un ottimo occhio per gli artisti emergenti, tant'è che era riuscita a convincere i proprietari ad acquistare le opere giovanili di molti pittori oggi famosi nel mondo.

Se non avesse avuto figli, pensava Lucky, forse sua madre sarebbe riuscita a dirigere una galleria tutta sua o a diventare una celebre curatrice; e invece aveva lasciato il lavoro dopo la nascita di Avery. In seguito, quando la maggiore delle sorelle aveva quindici anni e Lucky otto, la madre aveva affidato le piú piccole alle cure di Avery ed era tornata a lavorare come guida in un museo. Quei soldi servivano, diceva, ed era vero, anche se forse in termini di paga oraria le davano meno di quanto avrebbero guadagnato le ragazze facendo le baby-sitter. Piú che altro era stufa di fare la mamma, e Avery si era stoicamente sobbarcata quell'onere. Lucky detestava ammetterlo, ma sua sorella era stata una madre parecchio al di sopra della media; il che peraltro, in quel preciso momento, non implicava che lei avesse intenzione di richiamarla o rispondere al suo messaggio.

Sospirò e scosse la sigaretta nel posacenere a conchiglia. Avrebbe tanto voluto trovare una botola nel proprio cervello e nascondersi lí dentro, dove i ricordi non potessero piú raggiungerla: a quanto ne sapeva c'era un solo modo per riuscirci. Spinse via il bicchiere vuoto e fece balenare il suo sorriso da lupa.

– E se ordinassimo qualcosa di piú forte?

Tornò all'atelier zigzagando per strade grigio tortora che perdevano i contorni davanti ai suoi occhi come paesaggi impressionisti. Aveva vagamente considerato l'ipotesi di scopare con Riley nel bagno del bar, ma le era sembrato il tipo che si affeziona, e quindi con grande senso di responsabilità aveva deciso di arrivare puntuale alla prova abiti. Mentre si spostava di lato per schivare un cane inciampò, accarezzò il marciapiede con la punta delle dita ma all'ultimo istante riuscí a raddrizzarsi. Era appena un pochino brilla. D'altronde reggeva l'alcol meglio di qualsiasi uomo, pensò con soddisfazione. Senz'altro meglio di Cliff, che quando lei se n'era andata si stava esibendo in un'accorata interpretazione di *Imagine* di John Lennon a beneficio di Sabina, che ascoltava perplessa.

Oltre il portone di legno blu, il cortile prima silenzioso era un brulicare di attività. Al centro dello spiazzo acciottolato avevano montato una lunga passerella bianca, intorno alla quale gli inservienti disponevano file di sedie, posavano cavi, allestivano la buca dei fotografi. Lucky avvertí la bizzarra collisione tra i mondi che si univano per dare vita al business della moda: la folla industriosa dei macchinisti che affrontava prove erculee per poi sparire dietro le quinte senza lasciare traccia, affinché Lucky e le altre, fasciate in abiti di seta, potessero veleggiare su un mare di spettatori grazie al loro lavoro.

Scansò un tale che trasportava una torre di sedie cosí alta e vacillante da far pensare a un numero da circo, quindi affrontò per la seconda volta la vertiginosa spirale di gradini. Nell'aria soffocante dell'atelier, tutto vorticava e si agitava. Un'onda calda di sudore umano le aggredí le narici. Sopra di lei, un ventilatore da soffitto ruotava inutilmente, smuovendo il calore della stanza senza disperderlo. Una donna le passò accanto spingendo un appendiabiti a rotelle traboccante di taffetà in colori da sorbetto.

La testa di Lucky girava al tempo delle pale. Andò alla finestra, si affacciò e respirò a fondo. Concentrò l'attenzione sul cranio pelato dell'uomo che giú nel cortile stava lustrando la già lucente e bianchissima passerella. Fissò quella testa per cercare di fermare la propria.

– Dici che piove?

Lucky si girò e vide la stilista di prima, con lo chignon stretto e il metro da sarto al collo.

– Abbiamo tutti paura che piova, – spiegò la stilista, levandosi dalla bocca uno spillo argentato.

Lucky ricacciò fuori la testa per scrutare il cielo. Era grigio a sinistra, azzurro pallido a destra.

– Cinquanta e cinquanta, – disse.

Le parole le impastavano la bocca come pezzi di frutta molliccia. La stilista aggrottò per un attimo la fronte.

– *Alors*, da questa parte, prego.

Lucky fu accompagnata in un angolo della sala dove faceva ancora piú caldo, e l'abito destinato a lei era appeso a una gruccia di velluto con un'istantanea del suo viso fissata al gancio con lo scotch. Un vestito da sera con il top allacciato sul collo e la gonna svasata come un bicchiere da Martini capovolto. Era di un rosa confetto pallidissimo, come i cuscinetti sotto le zampe di un micio. Sul corpetto drappeggiato con sapienza si intrecciava un reticolo di rami argentei tempestati di perle e fiori di ciliegio scintillanti. La stilista guardò Lucky con espressione ansiosa.

– Solo per le applicazioni ci sono volute trecento ore, – disse.

Lucky non rispose: era troppo impegnata a sfilarsi i jeans senza stramazzare a terra. Portata a termine l'impresa, tolse anche la maglietta e rimase a ondeggiare in mutande, con la tipica noncuranza acquisita fin dagli esordi. La stilista rimase invano ad attendere una qualche reazione di sommessa meraviglia. Senza levarsi i calzini sporchi, Lucky entrò nel rigido involucro di stoffa. Un attimo dopo si sentí afferrare da dietro: il corpetto le stritolò le costole e le serrò il girovita.

– Magnifico, no? – sospirò una sarta dalla sua postazione. – Sembra una principessa.

Lucky ruttò sommessamente.

– I creatori vengono subito a vederlo, – disse la stilista. – Un attimo solo, controllo le misure.

– Potrei avere un po' d'acqua? – gracchiò Lucky.

La stilista le porse con aria perplessa una Volvic frizzante all'aroma di fragola. Lei ne assaggiò un sorso. Detestava le fragole. Capí che era nei guai nel momento in cui le bolle edulcorate raggiunsero lo stomaco. Guadagnò la finestra appena in tempo per vomitare, grazie all'effetto lavanda gastrica del corpetto, un fiotto brunastro di birra mista a vodka. Onde di liquido schifoso le sgorgavano dalla bocca. Abbassò gli occhi sulla pozzanghera di fluidi e bile che si stava allargando come una macchia di Rorschach sulla passerella bianca in cortile. Scampato di un soffio al diluvio, il tizio pelato di qualche minuto prima la fissava inorridito. Alle spalle di Lucky, la stilista e le sarte strillavano e la imploravano di non macchiare il vestito. Era mezza fuori e mezza dentro, il busto oscillante al di sopra del davanzale. Pensò fugacemente che le sarebbe piaciuto restare cosí per sempre, né dentro né fuori, poi si asciugò dalle labbra un rivolo di saliva acida. Davanti a lei, i tetti di Parigi luccicavano al sole. Se non altro, si metteva al bello.

Bonnie

Fu svegliata prima dell'alba dal rumore di un'irruzione. Qualcuno scuoteva la porta di casa, cercava di entrare. Pochi secondi dopo, Bonnie aveva già impugnato la mazza da baseball che teneva sempre accanto al letto e si era fiondata nel salottino. La stanza era buia e silenziosa, del tutto vuota a parte una pila di cartoni in un angolo e una sedia a sdraio pieghevole. La luce dei lampioni in strada disegnava strisce giallo zolfo sul pavimento nudo. Rimase immobile, in ascolto. Il battente si agitò nel telaio ancora una volta. Bonnie trattenne il respiro e attraversò il soggiorno in punta di piedi, si avvicinò quanto bastava per poter togliere il chiavistello. Con un gesto fulmineo aprí di scatto la porta e calò la mazza da baseball nello spiraglio d'aria. Colpí il pavimento ai propri piedi con un tonfo metallico. Ispezionò il ballatoio deserto, la ringhiera a cui i bambini dei vicini appendevano durante la notte gli asciugamani bagnati, poi scosse la testa. Stava di nuovo combattendo con sé stessa.

Da qualche tempo aveva preso l'abitudine di dormire fino a mezzogiorno. Faceva la buttafuori da *Peachy's*, un bar nei dintorni, e di rado rientrava prima delle tre o le quattro del mattino. L'esatto opposto di quella che per anni era stata la sua tabella di marcia, ovvero alzarsi ogni giorno prima dell'alba e cominciare subito ad allenarsi, sicché all'ora in cui la gente faceva colazione lei aveva già alle spalle una mole di attività fisica che un comune mortale metteva insieme in una settimana. Si allenava anche adesso, certo, ma con un'intensità neanche lontanamente paragonabile alla routine preincontro, quando allenarsi e vivere diventavano la stessa cosa e nella vita non c'era posto per nient'altro.

Tornò a letto e scivolò in un sonno leggero e febbrile. Fu svegliata dal trillo del telefono, proveniente da un punto imprecisato della casa. Lo usava cosí poco che spesso se lo dimenticava per giorni sopra il frigorifero o sul bordo della vasca da bagno, tanto che poi non riusciva a ricordare dove l'avesse lasciato. Si alzò barcollando dal letto e trovò il cellulare appoggiato a uno degli scatoloni ancora chiusi in salotto. Il nome di Avery lampeggiava sul display. Era il primo pomeriggio: un risveglio tardivo persino per lei.

– Aves, – mormorò rauca.

Sentí la sorella sospirare.

– Bon Bon, *finalmente*! Ma questa cazzo di e-mail della mamma, ti pare possibile?

Bonnie aggrottò la fronte.

– Quale e-mail?

– Non l'hai letta? Ti sei appena svegliata?

Bonnie andò in cucina, aprí il rubinetto e si chinò per bere dalla canna.

– Adesso ho un cellulare a conchiglia, – rispose mentre si asciugava la bocca. – Niente posta elettronica. Cosa dice il messaggio?

– Oh, be', tieniti forte, – disse Avery. – Aspetta che lo cerco, un attimo solo... Ecco qui... «Care ragazze, è difficile credere che sia già passato un anno da quando la nostra Nicky ci ha lasciati. Vi scrivo per dirvi che io e vostro padre abbiamo preso la difficile decisione di vendere la casa di New York, che, come sapete, è vuota da allora.

Qualora aveste piacere di conservare una parte delle cose di Nicky, vi prego di provvedere entro la fine del mese. La ditta incaricata del trasloco si occuperà di smaltire il resto. Rimango, con amore, vostra madre».

A Bonnie sfuggí un sospiro. Questa proprio non se l'aspettava. Per anni avevano vissuto tutti e sei in un appartamento dell'Upper West Side con due sole camere da letto, costruito prima della guerra e acquistato tempo addietro dai suoi genitori a un prezzo inferiore alle quotazioni di mercato. Avery divideva la stanza con Bonnie; Lucky e Nicky occupavano l'altra. I genitori dormivano in quella che avrebbe dovuto essere una piccola zona pranzo, separata dal salotto grazie a un paravento dipinto.

Una volta aveva sentito dire che uno squalo cresciuto in un acquario diventa lungo venticinque centimetri, contro i due metri e mezzo di uno squalo in libertà. La loro casa natale, invece, aveva avuto l'effetto opposto: Bonnie e le sorelle erano cresciute e cresciute finché l'appartamento non era piú stato in grado di contenerle. Lei era andata via poco prima dei diciassette anni per seguire la sua carriera da pugile dilettante; alcuni anni piú tardi Nicky si era iscritta all'università in un altro Stato, mentre Lucky, scoperta da un talent scout a soli quindici anni, aveva cominciato a girare il mondo. Una volta partite le sorelle minori, Avery era scappata di casa per ritornare un anno dopo, disintossicata e decisa a iscriversi a Legge. Quando poi il padre era andato in pensione, anche i genitori si erano trasferiti piú a nord sostenendo che New York era nociva per la salute, vale a dire per la sobrietà, del padre. A quel punto Bonnie e Nicky erano tornate a vivere nell'appartamento e avevano fatto il possibile per sostenere le spese della casa: Nicky insegnava Inglese in una scuola poco lontano, e Bonnie, che continuava ad affinare le sue arti nella palestra di Pavel, si fermava a casa negli intervalli fra un ritiro e un torneo. Era stato un accordo felice, finché era durato.

– Cosa intendeva con «rimango vostra madre»? – chiese Avery alzando via via la voce. – Secondo te potrebbe *smettere* di esserlo?

– Il tono è freddo, – riconobbe Bonnie. – Persino per lei.

Si sentí subito in colpa. Di solito evitava di sparlare della madre, ma in verità non erano affatto vicine. Avery e Nicky si erano sempre sforzate di fare da ponte fra loro quattro e la madre, la quale peraltro, pur non essendo particolarmente legata a nessuna di loro, sembrava nutrire un certo interesse per Nicky. Detestava gli sport, e poiché, a differenza della sorella preferita, Bonnie non mostrava grande apprezzamento per le arti, lei e la madre si erano sempre tenute a rispettosa distanza. Una volta diventata adulta, Avery si era poi assunta il ruolo di figlia modello, forse per compensare il fatto di essere sparita durante la sua fase di tossicodipendenza: non si scordava mai di telefonare ai genitori per i compleanni e le feste comandate, e andava persino a trovarli in campagna ogni due o tre anni. Eppure Bonnie sentiva che sotto la patina di sollecitudine si agitava, rovente come magma, un segreto rancore verso entrambi. Fin dall'adolescenza Bonnie e Lucky avevano di fatto esternalizzato il proprio bisogno di figure genitoriali: Lucky si era affidata a una mutevole schiera di agenti e impresari; Bonnie al suo allenatore, Pavel Petrovich. E se proprio servivano qualche consiglio e un po' di incoraggiamento materno, c'era sempre Avery. Quanto a quest'ultima, restava da capire a chi si fosse rivolta prima di conoscere sua moglie Chiti.

– Dici che dovremmo chiamarla? – chiese Bonnie, già intimorita al solo pensiero.

– Oh, ci ho pensato io, – rispose Avery in tono vivace. – Immediatamente al ricevimento.

Bonnie trattenne un sorriso. Avery era proprio un'avvocata.

– E...?

– E in effetti hanno intenzione di venderla. Anzi, c'è già un possibile acquirente.

– Wow, – fece Bonnie. Non sapeva che cos'altro dire. Sua sorella sembrava irritata a sufficienza per entrambe.

– Poi, per tutto il resto della telefonata, non mi ha parlato di altro se non del nuovo fertilizzante che sta usando in giardino, – disse Avery, con la voce che si impennava a nuove altezze. – Tipico di lei. Praticamente non ci sentiamo mai, e quando capita vuole solo parlare di stronzate, nel vero senso del termine.

La madre le aveva sempre nutrite e non gli aveva mai torto un capello, questo Bonnie ci teneva a rammentarselo; però si sentiva sopraffatta dalle figlie. Non era il tipo di persona che trae gratificazione dallo stare ai fornelli o dai lavori domestici, tuttavia non chiedeva mai di essere aiutata. Ogni sera si lanciava nell'impresa di dar da mangiare alle quattro figlie come un'esploratrice alle prese con una tappa molto faticosa di una missione in solitaria che era pentita di aver intrapreso, ma comunque rassegnata a terminare. Bonnie pensava che si sentisse intimorita da Avery, sconcertata da lei, saltuariamente deliziata da Nicky e indifferente verso Lucky. Nessuno di quegli stati d'animo era l'ideale, ovvio.

I sentimenti di Bonnie verso il padre erano piú complessi. Lui sembrava nutrire un interesse speciale nei suoi confronti, e la cosa la inorgogliva e la imbarazzava al tempo stesso. Gli piaceva scherzare sul fatto che Bonnie era il figlio maschio che non aveva avuto, e quand'era bambina, verso sera, andavano insieme a Central Park: senza dirsi una parola, si piazzavano sul Great Lawn e mentre il sole calava facevano lanci con una palla da baseball, nessun suono all'infuori del soffice urto del cuoio contro i palmi, e di tanto in tanto un mormorio di soddisfazione per una presa particolarmente buona. Mentre tornavano a casa lui posava la mano pesante sulla nuca di Bonnie, come per spingerla, e questo generava sensazioni contrastanti: piacere e claustrofobia, desiderio di avere la sua attenzione misto al desiderio altrettanto intenso di sottrarsene, di sottrarsi *a lui* e correre, libera e senza vincoli, verso il rifugio sicuro delle sorelle. Quando Bonnie aveva compiuto quindici anni e scoperto il pugilato, la propensione paterna all'alcol, fino ad allora confinata all'esterno delle mura domestiche o durante il sonno delle figlie, si era estesa anche al tardo pomeriggio, in precedenza riservato ai loro giochi. E benché lei fosse in ansia, il ricordo piú netto era il sollievo di non sentire piú quella mano sul collo.

– E quindi, cosa ne pensi? – sollecitò Avery. – È il caso di impedirglielo?

Bonnie non lo sapeva che cosa pensava. Quell'appartamento era l'unica casa che avesse mai avuto, al tempo stesso un'ancora e una palla al piede. Nell'ultimo anno era stata Avery a sobbarcarsi le spese per il mantenimento e la manutenzione, il che aveva permesso di tener vuota la casa; ma non poteva durare in eterno, e lo sapevano tutte. Ciò nonostante, nelle questioni di famiglia la miglior linea di condotta era la neutralità.

– *Tu* pensi che dovremmo? – chiese a sua volta.

– Certo, – rispose Avery con decisione. – È anche casa nostra, e non hanno alcun diritto.

– Se non fosse che sono loro i proprietari, – brontolò Bonnic.

– Chissenefrega! – esclamò Avery con lo stesso tono esasperato di quand'era adolescente. – Davvero non ti importa niente se la vendono?

Bonnie adorava quella casa, ma dopo quanto era successo era sicura di non volerci mai piú rimettere piede.

– Tutto sommato appartiene a loro, e io… Io sento di poter rispettare il loro desiderio, – azzardò.

– Dio, quanto mi piacerebbe avere il tuo aplomb, – disse Avery.

Bonnie fece una risatina timida.

– Non so neanche cosa significa, – mormorò.

– Significa che tu, a differenza di me, non sei destinata a morire di infarto per colpa dello stress.

– E quindi che si fa con le cose di Nicky? – domandò Bonnie.

Quelle sí che disturbavano il suo aplomb. Avery mugugnò nel telefono.

– Lo so io, – disse. – Una di noi dovrà andare a New York a recuperarle.

– Io sarei la piú vicina… – rispose Bonnie con la morte nel cuore.

– Ma no, tranquilla, – tagliò corto Avery. – Nessuno ti obbliga a tornare in quella casa. Troverò una soluzione.

Bonnie sospirò di sollievo. Toccava sempre ad Avery risolvere i problemi, e questo le dispiaceva e la confortava in egual misura.

– Grazie, – sussurrò.

– Non riesco a credere che sia già passato un anno, – mormorò Avery.

– Io nemmeno, – disse Bonnie, sorridendo tristemente. – Il tempo è un bastardo, fra'.

– Parli come una californiana. Com'è il tempo laggiú?

Bonnie attraversò il soggiorno a passi felpati e uscí sul

ballatoio, strizzando appena gli occhi al riverbero del sole.
– Splendido. Stavo giusto ammirando l'oceano.

In realtà vedeva soltanto il vicolo sotto casa, e un gabbiano che cercava di tirar fuori una crosta di pizza da un sacchetto della spazzatura. Abitava in una stradina abbastanza squallida, a un isolato dalla spiaggia, una zona di edifici malconci che si potevano ancora affittare a poco prezzo, mese per mese, e quindi offrivano soluzioni appetibili a una comunità itinerante di surfisti, studenti, lavoratori stagionali, hippy anzianotti e tossici ben integrati: le persone che davano a Venice il «colore locale» di cui tanto parlavano gli agenti immobiliari, ma che mai e poi mai si sarebbero rivolte a uno di loro.

– Bello, – disse Avery. – Io sto ammirando il verbale di un processo.

– Ancora? Non è un po' tardi, lí da te?

– Mi conosci, – rispose Avery.

Giusto, pensò Bonnie. Sua sorella usava il lavoro come un tempo aveva usato le droghe: per soffocare il rumore del mondo.

– Hai fatto qualcosa di speciale per... insomma, per commemorare la giornata? – chiese Avery.

– Non ancora. E tu?

– Sto chiamando tutte voi. Se vogliamo istituire una tradizione il momento giusto è questo, credo.

Bonnie soffiò via dagli occhi una ciocca di capelli.

– Cosa sarebbe piaciuto a Nicky, secondo te? Certo, se esistesse un manuale del lutto...

Avery le rispose nel tono spiccio ed efficiente che di solito riservava ai clienti.

– Aspetta, faccio una ricerca –. Si sentí un ticchettio di tasti. – Come... celebrare... anniversario di morte.

Bonnie scosse la testa e sbuffò leggermente. Riportò

l'attenzione al gabbiano e ai suoi sforzi feroci per strappare il sacchetto della spazzatura in cerca di altri tesori.

– Dev'essere una scelta istintiva, Aves. Dubito che Internet possa darci il consiglio giusto.

– Internet può *sempre* dare il consiglio giusto. Ecco, ho trovato una lista di suggerimenti. Uno: visitate il luogo in cui riposa la persona cara... Okay, ma non siamo a New York e non si può fare. Due: liberate uno sciame di farfalle colorate...

Bonnie fece una smorfia beffarda.

– Come no, aspetta che cerco il retino.

Avery rise. – Il numero tre mi pare piú ragionevole. Scrivete una lettera, una poesia o un blog.

– Una poesia, un *blog*? Da dove vengono 'sti consigli?

– Okay, okay. Il punto quattro propone di suonare la sua canzone preferita.

– E tu sai qual è?

– Io no, ma Lucky lo sa di sicuro, – rispose Avery.

– Ci indicherà un qualche brano *death metal*, giusto per prenderci in giro.

– Se una volta rispondesse al telefono, magari potremmo scoprirlo.

La voce di Avery aveva il tono tagliente di quando si sentiva ferita ma non era disposta ad ammetterlo. Faceva del suo meglio per restare in contatto con la loro sorella piú piccola, ma Lucky era piú sfuggente di qualsiasi farfalla. Il trucco per volerle bene, avrebbe voluto rispondere Bonnie, era rispettare il suo bisogno di libertà. Lasciarla svolazzare a suo piacimento, sapendo che prima o poi si sarebbe posata su di te. Ma come al solito, scelse di non impicciarsi.

– Andiamo avanti, – disse Avery. – Numero cinque: organizzate una cerimonia in ricordo. Sei: ditelo con i fiori...

– Non c'è niente che vada d'accordo con Nicky.

– Lo so. Okay, l'ultimo consiglio è sedersi.

– Cioè? – fece Bonnie, aggrottando la fronte. – Nient'altro? Mettersi seduti e basta?

– Dice solo: *sedetevi*.

– Be', questo si può fare.

– Io sono alla scrivania. Dovrei spostarmi?

– Sí, va' da un'altra parte. Siediti a terra.

– Okay, siediti a terra anche tu.

Con la schiena appoggiata al muro, Bonnie scivolò fino al pavimento del ballatoio e chiuse gli occhi. Sentiva il grido dei gabbiani e le voci dei vicini che discutevano sommessamente, «Te l'avevo detto, te l'avevo detto», ripeteva il marito, e in lontananza il lento infrangersi delle onde. Il bagliore dorato del sole le attraversava le palpebre. L'aria sapeva di sale, spazzatura e luce.

– Ti sembra che stia succedendo qualcosa? – chiese.

– Non credo che serva a *far succedere* qualcosa, – rispose Avery. – È solo un modo per ricordarla e sentire, cioè… il nostro dolore.

– È buffo, – disse Bonnie.

– Tu lo senti?

– Il mio dolore? Penso di sí. Anche un po' di fame, credo –. Voleva essere una battuta, ma Avery non reagí. – E tu? – chiese Bonnie, esitante. – Lo senti?

Il respiro di Avery si era fatto affannoso.

– Sono davvero incazzata con lei, – mormorò. – Non ti sembra assurdo? Dovrei essere triste, lo so, ma il piú delle volte mi sento incazzata.

– Ma forse è… normale? Tu dici di no? Dovresti chiedere a Chiti, lei lo sa di sicuro.

– A me non sembra normale. Vorrei *picchiarla*, capisci? Se fosse qui le darei un pugno sul collo.

Bonnie sorrise.

– Strano posto per dare un pugno a qualcuno.

– Cioè, non in piena faccia, capisci? Però vicino, per farle capire quanto sono arrabbiata.

– Capisco. Sí, anch'io la picchierei sul collo.

– Già, ma un pugno dei tuoi potrebbe ammazzarla.

– Troppo tardi.

Le due parole vibrarono tra loro, come sospese a mezz'aria.

– Parlando seriamente, come stai, Bon Bon? – chiese Avery. – Come va questa... faccenda del night club?

Bonnie si strinse nelle spalle. – Va bene. Lavoro anche stasera.

Nella lontana Londra, Avery brontolò di delusione. – Ma che ci fai laggiú? Noi *non siamo* gente di Los Angeles.

– Magari io sí, – rispose Bonnie.

Il problema era che Bonnie, a parte la questione Los Angeles, non aveva un'opinione precisa di sé. Era una pugile da cosí tanto tempo che si era dimenticata di diventare anche una persona. Aveva scelto quella città perché era lontana dalla palestra di New York in cui si allenava da sempre, e in piú sembrava un buon posto per trovare lavoro. Che le piacesse o meno non era importante. Era lí perché era in fuga.

– Vivere a Los Angeles è come uscire con una persona bellissima che non ha niente da dire, – sentenziò Avery. – Per un po' va bene, nel senso che ti basta guardarla, ma alla fine capisci che hai bisogno di qualcuno che legga dei libri, che abbia un naso non rifatto.

Bonnie aggrottò la fronte. Quanti anni erano che Avery non veniva a Los Angeles? Che ne sapeva, lei, di come ci si viveva?

– Non ho ancora deciso quanto fermarmi, – rispose in tono evasivo.

Bonnie era battagliera soltanto sul ring. Fuori dal quadrato di corde le veniva piú facile arrendersi, specie con Avery, la cui fermezza era come un'incudine che ancorava a terra ogni discorso.

– Potresti venire a stare da noi! – esclamò Avery. – Chiti ne sarebbe felicissima. E mi dicono che a Londra Nord c'è un'ottima palestra di boxe.

– Ho smesso di allenarmi, te l'ho detto.

– Giusto, giusto, lasciamo perdere la palestra. Se non vuoi piú combattere nessuno ti obbliga. Potresti allenare, diventare una manager sportiva, fondare un'associazione di beneficenza. Ricordati *chi sei*, Bonnie.

Lei abbassò di nuovo le palpebre. Tutt'a un tratto si sentiva stanchissima.

– E chi sarei di preciso?

– Be', tanto per cominciare, una campionessa mondiale. Non mi ricordo neanche metà degli incontri che hai vinto, ma so che sono un mucchio. Sei la persona piú forte che io conosca, dentro e fuori. E sei mia sorella. Faccio notare che la parola «buttafuori» non compare in nessuna delle frasi precedenti.

– È quello che sono, però. Una buttafuori, punto.

Avery non rispose. Bonnie aveva l'impressione di sentire il lavorio dei suoi ingranaggi mentali alla ricerca di una nuova strategia.

– Nicky non avrebbe voluto questo per te, lo sai.

Alla fine, constatò Bonnie, si era appellata ai desideri dei morti. Un classico.

– Avrebbe voluto che facessi ciò che ami, – seguitò Avery.

Bonnie batté piano la nuca contro la parete.

– Certe volte *detesto* ciò che amo.

Un istante di silenzio all'altro capo della linea.

– Detesti anche me? – chiese Avery.

– No, questo mai, – rispose Bonnie, pur sapendo che la sorella l'avrebbe comunque intesa cosí. Perché domandare, altrimenti? Avery fece un verso a metà fra un brontolio e un gemito.

– Be', io a te voglio bene, – disse poi. – È per questo che insisto.

– Lo so, – ammise Bonnie. – Anch'io ti voglio bene. Senza «anche» –. Era cosí che diceva Nicky. Niente «anche». Solo amore. – Ascolta, devo scappare. Posso chiamarti la settimana prossima?

– Mmm, – brontolò Avery. – Non puoi scappare per sempre.

Bonnie infilò i pantaloncini e il reggiseno sportivo, poi partí in direzione della spiaggia. Ogni giorno faceva otto chilometri di corsa sulla sabbia, poi un po' di esercizi a Muscle Beach. Niente a che vedere con gli allenamenti impossibili di un tempo, ma bastava per non rammollirsi del tutto. Avrebbe volentieri fatto a meno della platea di villeggianti che venivano fin lí a guardare i culturisti, però Muscle Beach costava meno di una palestra, e per sua fortuna la gente ammirava piú che altro quei colossi abbronzati con i muscoli gonfi come pupazzi da piscina che passavano il giorno a pavoneggiarsi intorno alle panche. Le capitava spesso di essere l'unica donna, di certo l'unica in grado di fare cento sollevamenti alla sbarra in meno di cinque minuti; ma ormai c'era abituata dai tempi della palestra. Non praticava sport di squadra da quand'era alle medie, e con i suoi sparring partner non era mai andata al di là dei soliti convenevoli. Aveva, o cosí le sembrava, la grazia sociale di un orso grigio. Alle sbarre come nella vita, Bonnie stava per conto suo – il che, in effetti, le andava benissimo.

Non era mai stata davvero sola se non a partire dai quindici anni, quando aveva cominciato a fare boxe. Il pugile sul ring sembra non avere nessuno accanto, ma basta allargare un po' l'inquadratura ed ecco l'allenatore sempre nell'angolo, pronto a incassare ogni colpo insieme a lui. Un allenatore che sia davvero bravo vede ciò che il suo pugile vede, sente ciò che lui sente. Il boxeur ha bisogno di quel sostegno, ci si affida completamente come un bambino alla madre. Sta qui, in questa dipendenza cosí stretta, la vulnerabilità nascosta nel cuore della nobile arte. Ma dalla resa completa, dalla fiducia totale, deriva anche una capacità di resistenza quasi sovrumana. I pugili sono allenati a «lottare sempre, fuggire mai». Di atlete messe al tappeto Bonnie ne aveva viste parecchie, ma mai nessuna che fosse scappata dal ring. Sebbene prima di ogni incontro l'arbitro esorti a «proteggersi in ogni momento», il pugilato impone di ignorare gli istinti naturali piú profondi, quelli che spingono l'individuo a tutelarsi prima di ogni altra cosa. Se si vuole infliggere dolore all'avversario, subirlo è inevitabile.

La prima volta che Bonnie era entrata in una palestra di pugilato, Nicky aveva dodici anni ed era insieme a lei. Bonnie ne aveva quindici, e i genitori le avevano affidato il compito di andare a prendere la sorellina ogni pomeriggio e riaccompagnarla a casa passando per il parco mentre loro erano al lavoro. Avery si era diplomata presto e stava già studiando come una pazza alla Columbia (seguiva il doppio dei corsi di uno studente normale); Lucky aveva dieci anni e frequentava il doposcuola. Un pomeriggio, invece di andare subito a casa, Bonnie aveva deviato verso sud senza dare spiegazioni.

Da settimane ormai non faceva che guardare film sulla boxe, e costringeva le sorelle a recitare insieme a lei intere scene di *Rocky* o *Toro scatenato*. Il pugilato era già un'ossessione prima ancora che mettesse piede su un ring, ma la madre si rifiutava di pagarle le lezioni perché lo giudicava uno sport barbarico. Alla fine era stato il padre, pugile dilettante ai tempi del liceo, a riemergere dal torpore alcolico quanto bastava per allungarle la somma necessaria e dirle di fare un tentativo. Lei aveva cercato gli indirizzi sul computer della scuola e scelto la palestra piú vicina a casa; cosí quel giorno Bonnie e Nicky si erano ritrovate all'ingresso della Golden Ring, scuola di boxe di fama non eccelsa che occupava i locali di quello che un tempo era stato un negozio.

Siccome era inverno, la grande vetrina era coperta di condensa, e gli atleti che combattevano sul ring o saltavano la corda non erano che sagome confuse. Bonnie era ferma sul marciapiede come una statua di sale, troppo agitata per fare un passo in piú; perciò era stata Nicky a spingere la porta. Dentro c'era un gran puzzo, un'aria tiepida e umidiccia. Fruscii ritmati, tonfi, scoppiettii, colpi staccati come di schiaffi. Si era fermata sulla soglia e il suo sguardo era corso dall'uno all'altro dei presenti. Tutti uomini, tutti molto piú grandi di lei, completamente assorti in ciò che stavano facendo; nemmeno uno si era voltato a guardarle. Dopo un po', al trillo di una campanella, il frastuono si era attenuato. Gli atleti avevano smesso di saltare la corda e di fare a pugni, e avevano afferrato asciugamani e bottigliette d'acqua. Era il momento, ma Bonnie si stava perdendo d'animo. Forse Nicky l'aveva intuito, perché si era avvicinata a un tizio alto che prima saltava la corda e l'aveva guardato con intenzione. Un corpo da pantera, muscoli che guizzavano sotto la pelle.

«Mi scusi, – aveva detto Nicky. – Mia sorella vorrebbe imparare il pugilato. Lei glielo può insegnare?»

Il pugile aveva sorriso, la bella faccia grondante di sudore.

«Dovrà parlarne con Pavel».

Con un cenno del capo le aveva indicato un bianco molto alto, appoggiato a una parete dalla parte opposta della sala. Nicky aveva ringraziato, e presa per mano la sorella se l'era tirata dietro. Giunta al cospetto dell'uomo, aveva ripetuto la domanda. Dopo aver fatto cenno al ragazzo che si stava allenando al sacco che andava bene cosí, Pavel le aveva contemplate con serenità. Aveva un viso bellissimo nelle sue contraddizioni. Collo forte ma delicato, orecchie piccole, un naso squadrato e grossolano tra due occhi azzurri e mobilissimi, contornati da lunghe ciglia scure. La Bonnie di allora l'aveva inserito senz'altro nella categoria dei vecchi, salvo scoprire piú tardi che non aveva ancora trent'anni. Lui l'aveva studiata per un lungo istante.

«Tu vuoi boxare?» aveva chiesto poi.

La voce era ispessita da un forte accento russo. Bonnie aveva annuito in silenzio. Lo sguardo chiaro di Pavel si era posato su Nicky.

«E tu, piccolina?»

«Io farò la giornalista, – aveva risposto lei con garbo, – e sono qui per prendere appunti».

Lui aveva sorriso.

«Ti serve penna?»

Nicky l'aveva squadrato con l'aria di chi la sa lunga e si era battuta un dito sulla tempia.

«Sta tutto qui dentro».

Lui aveva annuito.

«Okay, allora tu prende appunti. E tu, – si era girato verso Bonnie, – vieni con me».

L'aveva guidata verso il grande specchio in fondo alla sala, dicendole di fermarsi a un paio di metri dal proprio riflesso. Visto da vicino, lo specchio sembrava coperto da una patina indistinta di sudore secco, moccio e saliva che sfumava i contorni di ogni cosa o persona. Pavel aveva detto a Bonnie di mettersi in posizione. Incerta sul da farsi, lei aveva scostato un po' i piedi.

«Ti senti bene cosí?» aveva chiesto Pavel.

Bonnie aveva annuito. Con l'indice tozzo lui le aveva toccato una spalla, e quel minimo gesto l'aveva sbilanciata.

«Non solida. Riprova», aveva detto, scuotendo la testa.

Bonnie aveva girato all'infuori le punte dei piedi e teso al massimo le ginocchia.

«Solida adesso?» aveva chiesto lui, con il dito già teso.

Ora si sentiva piú sicura. Ma un semplice tocco su una scapola era bastato a farla barcollare.

«Non solida».

Bonnie aveva lanciato un'occhiata nervosa a sua sorella, che muovendo le labbra aveva replicato: «L'hai voluto tu». Pavel intanto additava il parquet.

«Tuoi piedi deve essere larghi come spalle. E adesso...»

Le aveva detto di stare morbida, flettere le ginocchia, mettere un piede leggermente indietro rispetto all'altro, con il tallone staccato da terra e le dita ben aderenti, come per prepararsi a una piroetta. Sempre istruita da lui, Bonnie aveva piegato le braccia e chiuso le mani a pugno, poco al di sopra del mento.

«Le nocche, – aveva detto Pavel picchiettando l'indice sulle sue dita, – sempre verso il cielo. Gomiti contro corpo».

Aveva spiegato come distribuire il peso tra i due piedi, poi le aveva detto di guardarsi allo specchio. Lei ancora non lo sapeva, ma nessuna scuola le avrebbe mai insegnato niente di piú utile sulla gravità e l'anatomia umana. Una volta raggiunta la posizione corretta, Pavel le aveva di nuovo toccato la spalla. Bonnie non si era mossa di un centimetro. Lui aveva preso a girarle intorno, dandole colpetti da diverse angolazioni, ma ormai non c'era modo di sbilanciarla. Alla fine aveva incrociato le braccia.

«Ora sí che sei solida».

Felice come una pasqua, Bonnie si era girata verso la sorella. Per la prima volta nella vita, aveva capito come reggersi in piedi.

Bonnie non aveva mai tenuto in gran conto la sorte, ma sapeva che l'incontro con Pavel era scritto nel destino. Era stato lui a insegnarle a muoversi come l'acqua tra le corde del ring. A differenza dei tanti allenatori che raccomandavano di piantare il piede e attaccare con il gancio, Pavel preferiva uno stile fatto di movimenti continui e jab lunghi, e voleva che i suoi atleti si muovessero per tutto il ring con una sorta di agilità liquida. Una tecnica fatta su misura per Bonnie, che avendo studiato danza da bambina ed essendo per natura piena di energia, era felice di saltellare intorno all'avversaria schivando i colpi con la testa e con il corpo. Pavel l'aveva addestrata a tenersi fuori tiro e colpire da lontano, a stare con i piedi ben piantati a terra e danzare dalle caviglie in su con movimenti rapidi e riflessi che la proteggevano piú di una corazza d'acciaio.

Di certo lei non poteva immaginare quanto fossero scarse le probabilità di trovare un allenatore di pugilato disposto a dar retta a una ragazza, figuriamoci prepararla a combattere. Nell'intero Paese, per non parlare della sola New York, c'erano a quell'epoca pochissimi istruttori in gamba disposti a lavorare con le donne. Ma Pavel aveva imparato a tirare pugni da suo padre quando ancora stava a Mosca, e siccome il padre ci teneva a addestrare ognuno dei suoi figli, femmine comprese, aveva visto con i suoi occhi di che cosa era capace una ragazza. Sua sorella aveva un talento naturale per la boxe, ma era rimasta incinta molto presto e si era fermata in Russia, dove poi si era sposata e aveva messo su famiglia. Nel frattempo Pavel era diventato campione mondiale juniores, dopodiché si era trasferito in America per intraprendere una rispettabile ma non straordinaria carriera da professionista, prima che la frattura di un'orbita lo costringesse a un pensionamento precoce. Dopo il primo incontro con Bonnie si era messo al lavoro sulle sue doti innate per fare di lei una pugile vera, e aveva continuato ad allenarla per quindici anni. Fino a dodici mesi prima, l'intera vita adulta di Bonnie era trascorsa con Pavel nel suo angolo.

Ma c'era una cosa che lei non avrebbe mai ammesso con nessuno e neppure, per un lungo periodo, con sé stessa: da Pavel desiderava di piú. Non sapeva quando fosse nato, quel desiderio, ma una volta attecchito aveva continuato a crescere come certe piante che a furia di espandersi rompono il vaso. La verità era che desiderava Pavel non solo nel suo angolo, ma dappertutto. Nei desideri di Bonnie non c'era niente di stravagante, eppure la loro mera esistenza era già un fatto enorme. Desiderava, per esempio, sedersi accanto a lui nel buio di un cinema e guardare un film che non c'entrasse niente col pugilato, magari una commedia romantica o l'ultimo prodotto della Marvel. Desiderava preparargli il suo frullato speciale per colazione e restargli accanto in silenzio mentre lui lo beveva. Desiderava guardarlo mentre si lavava i denti. Desiderava che lui, girandosi nel sonno, le si accostasse. Pavel le aveva fasciato le mani migliaia di volte, ma quel che lei desiderava davvero era che le tenesse fra le sue. Oddio, tenerle la mano! Roba da adolescenti. Eppure il solo pensiero la faceva sudare.

Nessuno di quelli che la conoscevano l'avrebbe definita una romantica. Tra la fatica degli allenamenti e la sua congenita tendenza all'ascetismo, gran parte della vita di

Bonnie era consacrata a un ideale di resistenza. Ma il suo cuore, il suo cuore era rimasto tenero. E in fatto di vicende sentimentali non era totalmente inesperta: intorno ai vent'anni aveva avuto, se non vere e proprie storie, almeno relazioni con una manciata di uomini, di solito altri atleti con i quali prendeva accordi per un vicendevole soddisfacimento delle rispettive esigenze fisiche. A un certo punto si era persino lanciata in una folle avventura con un impresario che tutti chiamavano Bluto (il nome, col senno di poi, avrebbe dovuto suonare come un campanello d'allarme). In quel periodo Pavel era stato perlopiú sposato con Anahid, una fotografa di guerra armena che non era quasi mai a casa e lavorava in Paesi lontani dove spesso rischiava di essere rapita. Bonnie l'aveva incontrata un paio di volte ed era rimasta colpita in pari misura dalla sua bellezza e dalla ferrea durezza del suo carattere: una donna di un'educazione maniacale, che affrontava ogni rapporto umano come un negoziato in cui lei mirava in primo luogo a uscirne viva. Quando Anahid e Pavel avevano divorziato senza troppo clamore, erano già piú di dieci anni che Bonnie si allenava con lui.

A essere onesta, il desiderio c'era sempre stato, ma dopo il divorzio di Pavel si era tramutato in *speranza*. E la speranza era pericolosa. Bonnie tendeva a escludere che lui avesse nel frattempo conosciuto qualcun'altra, ma data la proverbiale riservatezza del suo allenatore non poteva esserne del tutto sicura. A prescindere da questo, una cosa era certa: niente era cambiato nel modo in cui Pavel la trattava. Era la sua pupilla, nient'altro. Pur non avendo grandi esperienze in campo amoroso, era abbastanza donna per capire quando un uomo la desiderava. Pavel, semplicemente, non la desiderava. E lei sarebbe stata capacissima di sopportarla, quella fitta di nostalgia al centro della sua vita, quel vuoto interiore che aveva la forma di lui – riusciva persino a dirsi che sarebbe stata *positiva* ai fini della sua carriera, perché in fondo un pugile felice è un pugile molliccio – se non avesse mai cominciato a sperare, e se lui non l'avesse mai tradita.

Alle nove di sera Bonnie si incamminò verso Windward Avenue, dove c'era il locale di Peachy. Malgrado la vicinanza al lungomare, il bar era scampato al pericolo di diventare una meta turistica grazie alla rigorosa politica di selezione all'ingresso stabilita e difesa da Peachy in persona. Lui era il sindaco non ufficiale di Venice: un uomo che, per sua stessa ammissione, conosceva chiunque valesse la pena conoscere, era amico di chiunque valesse la pena di avere per amico e scopava con chiunque valesse la pena di scopare nel Westside di Los Angeles.

Peachy era nato in Inghilterra, figlio di una madre congolese e di un padre bianco e britannico: a undici anni i genitori lo avevano spedito a Eton, poi avevano pensato bene di divorziare e di non rivolgersi mai piú la parola. Aveva il fascino disperato del bambino che deve supplire alla mancanza di una famiglia affidandosi agli amici, e pur avendo ampiamente raggiunto la mezza età, conservava ancora la sua bella faccia da ragazzo. Di giorno lo si vedeva spesso girare per il quartiere a bordo del suo pick-up azzurro con l'amato pitbull seduto accanto, pronto a fermarsi e scambiare due chiacchiere con chiunque gli facesse un cenno, tra un sorso di caffè freddo e un tiro di Camel Gold.

Abitava a Venice da decenni ma aveva aperto *Peachy's* solo qualche anno prima, per offrire agli amici un posto dove bere e ballare senza spendere un capitale o andare dall'altra parte di Los Angeles. I suoi criteri di accoglienza erano alquanto capricciosi: ingresso garantito per artisti, surfisti, modelli, motociclisti, musicisti e chiunque altro fosse ritenuto scopabile, a prescindere dal genere. Turisti, manager in giacca e cravatta, gente che bazzicava i mass media e tutto il canagliume di Hollywood erano scartati a prima vista. Gli attori famosi che si vantavano di essere tipi alla buona e si scapicollavano fin lí da Malibu o da Hollywood Hills erano ammessi, ma senza cerimonie né favoritismi. A essere trattati come Vip erano invece i clienti abituali e i vecchi amici di Peachy: quale che fosse il loro status sociale, erano sempre invitati a saltare la coda.

Ovvio che una politica del genere andasse sostenuta a suon di muscoli, ed è qui che entrava in gioco Bonnie. Peachy lavorava fianco a fianco con un certo Velvet, un ex sollevatore di pesi giamaicano dal collo taurino che sorvegliava l'ingresso del locale e si occupava di sedare le risse, vietare l'ingresso alle minorenni non abbastanza gnocche e in generale garantire la pace nel rispetto delle severe ma benevole leggi di Peachy, il quale dichiarava con orgoglio che Velvet si chiamava cosí perché loro due erano inseparabili, come la buccia di una pesca e il velluto che la ricopre; tuttavia, stando alla versione che lo stesso Velvet si era affrettato a fornire a Bonnie, il nomignolo gliel'aveva dato sua madre per via della peluria morbidissima che gli copriva la testa quand'era neonato. Una decina di mesi prima Bonnie si era presentata al locale in cerca di un lavoro ed era stata assunta a prima vista. Peachy seguiva il pugilato e aveva riconosciuto in lei la giovane promessa che dopo un paio di incontri da professionista era misteriosamente svanita nel nulla. Una ragazza bionda con gli occhi azzurri non corrispondeva al profilo tipico del buttafuori, ma Peachy apprezzava il colpo d'occhio; in piú, Bonnie era abbastanza forte da tener testa al novantanove per cento degli uomini senza la minima alterazione del battito cardiaco. E per il rimanente uno per cento, c'era Velvet.

Quando Bonnie arrivò al locale per cominciare il suo turno, i fuochi d'artificio del quattro di luglio stavano già esplodendo nel cielo. Con la sigaretta appesa al labbro, Peachy osservava perplesso un grande murale dipinto di fresco sul muro di fronte. Mostrava due pitbull sorridenti ai due lati di quello che sembrava un bambinetto urlante, sovrastati da una scritta in corsivo: «Pitbull Love».

– Mi piace, sí, mi piace davvero, – stava dicendo Peachy. – È solo che... Quel ragazzino non ti pare un po'... Ecco, terrorizzato?

Parlava con Stella, un'artista che abitava in zona ed era conosciuta per i suoi murales surrealisti con soggetti animali. Li si vedeva un po' dappertutto nelle cinque miglia scarse fra Mar Vista e Santa Monica: Bonnie, per esempio, ne incrociava due ogni sera mentre andava al lavoro: una pantera che piangeva lacrime iridescenti e un unicorno che fumava la pipa. Stella era sempre sul punto di mollare o, come diceva lei, di «riconciliarsi» con la *crystal meth*: sostanza che, a seconda della fase in cui la incontravi, era elogiata come potente coadiutore della creazione artistica o condannata in quanto piaga della sua esistenza. Quel giorno, a giudicare dallo stato di agitazione e dagli occhi strabuzzati e smaniosi, doveva essersi appena riconciliata. Peachy la sentiva letteralmente vibrare accanto a sé.

– No-no-no, eh! Quel bambino è *pazzo di gioia*! I cuccioli vogliono *giocare* con lui. Sono *la sua famiglia*, capisci?

Peachy annuí e increspò la fronte.

– Ma allora perché strilla, se i cani vogliono giocare?

– Che dici, sta ridendo! Sua madre è un pitbull, suo padre pure, e lo proteggeranno tipo per sempre. È questo il senso del mio messaggio artistico.

– Ho capito, – scandí lentamente Peachy. – Io però, be', volevo che i pitbull sembrassero tranquilli e affettuosi perché, sai, la gente non li ama. Ma da qui a dire che potrebbero fare da genitori a un bambino ce ne corre, no? Sono animali, diamine. Bellissimi, intelligentissimi, ma pur sempre animali.

– Ti do ragione al cento per cento, zio, al cento per cento –. Stella saltellava da un piede all'altro e si grattava la pancia con entrambe le mani. – E quindi? Potrei fargli le pupille rosse, a forma di cuore, cosí si capirebbe superbene che quel bimbetto è il loro grande amore, cioè, non gli torcerebbero... – Stella deglutí, seria in viso, – manco un capello.

– Okay, okay, vada per gli occhi rossi, – rispose Peachy. – Ma non è che poi sembrano... come dire, un tantino diabolici?

Stella gettò la testa all'indietro e fece una risatina stridula. Sopra di lei, i fuochi d'artificio rigavano il cielo notturno come lacrime di luce.

– Embe', c'è solo un modo per scoprirlo, zio!

– Mmmm, allora direi che per adesso lasciamo tutto in sospeso. Comunque hai fatto un gran bel lavoro, un gran bel lavoro. Dài, vieni dentro che ti offro da bere.

– Non bevo piú, – rispose Stella. – Adesso per me c'è solo la meth. È piú sicura, mi sa.

– Come no, – rispose Peachy in tono carezzevole. – Per te c'è solo la meth. Vabbe', entra comunque.

Mentre la pittrice sgattaiolava dentro il locale, Peachy si voltò e vide Bonnie. La sua bella faccia si aprí in un largo sorriso.

– Guarda guarda chi arriva: la tipa piú tosta di Venice Beach. Allora, sei pronta per una notte da urlo?

Bonnie sorrise e batté il pugno contro quello di Peachy. Il giovedí c'era sempre movimento, specie in estate, ma quella sera il pienone era garantito per via del ponte del quattro luglio. Come se non bastasse si era nel mezzo della prima vera ondata di calore: faceva un caldo fuori dal comune persino a Venice, dove di solito faceva sempre fresco. Un caldo sensuale che si mescolava alla brezza pungente del mare: l'aria era carica di aspettative, di prospettive.

– Uhuuu! – gridò Peachy, battendo forte le mani. – Stasera aiutiamo qualcuno a farsi una gran scopata, me lo sento!

Bonnie prese la sua solita posizione a sinistra della porta. Di lí a poco arrivò anche Velvet. Come ogni sera, indossava dei jeans scuri e una maglietta nera molto aderente, con l'orlo delle maniche tesissimo intorno ai bicipiti solcati da grosse vene. Al collo aveva una collanina di conchiglie hawaiane fatta per lui, diceva, da una delle figlie. Velvet era sempre gentile con Bonnie, ma non pensava che fosse tagliata per quel lavoro.

«La gente crede che un buttafuori sia quasi come un cliente, – le aveva spiegato la prima sera. – Sbagliato, – aveva detto, socchiudendo le palpebre. – È il bar a pagare lui e non viceversa. Il buttafuori è l'ultima ruota del carro. Ti prendono a botte. Ti coprono di sputi. Neanche un infermiere in una casa di riposo si becca tanto vomito, sangue e piscio».

Bonnie si era vista passare davanti la sua vita sul ring. Fiumi di sudore, saliva, sangue, vertigini e nausee, budella aggrovigliate, mancamenti...

«Posso farcela», aveva risposto.

Ce l'aveva fatta. Per boxare bene bisogna essere lucidi e pensare in fretta, dunque la freddezza è indispensabile. La passione poteva animare un incontro, ma mai dominarlo, e Bonnie applicava quel principio a tutto ciò che faceva. Al lavoro non si scomponeva mai: era presente, ma impenetrabile. Capace di bloccare i polsi di un cliente con un solo movimento rapidissimo, ma anche di zittire con lo sguardo un habitué scalmanato. Non era mai diventata una pugile famosa, però ogni tanto capitava che un appassionato la riconoscesse. Lei ringraziava con un cenno del capo ma non dava confidenza. Le facevano i complimenti, quasi sempre. Alcuni la sfidavano a braccio di ferro per dimostrarsi piú forti di lei, ma venivano respinti con la stessa, paziente imperturbabilità di un mulo che scaccia le mosche con la coda. A volte era sbalordita dalla tracotanza di quei tizi con le braccia di ricotta e le pance molli, mezzi ubriachi, che per il semplice fatto di essere maschi credevano di uguagliare, o persino di poter battere, un'atleta di classe mondiale. Perché questo era stata, Bonnie: un'atleta di classe mondiale.

Anche agli inizi, quand'era ancora una dilettante, il suo stile si era sempre ispirato al professionismo. Ciononostante, la strada che portava a quel traguardo era irta di ostacoli, e molte delle pugili che facevano il gran passo finivano per rinunciare dopo un paio di incontri. Le regole non cambiavano granché, ma erano comunque mondi diversi. Tanto per cominciare, niente piú casco di protezione. E siccome i guanti erano meno imbottiti, i pugni si sentivano di piú: quelli dati come quelli presi. Per fare punti non bastava la velocità, contava anche la forza. E ovviamente i round non erano piú tre: dovevi reggerne dieci.

Eppure Bonnie ce l'aveva fatta. Il primo match da professionista l'aveva vinto per knock out al primo round. Nel successivo aveva fermato l'avversaria al terzo, grazie alle vertiginose combinazioni di colpi e all'agile danza sul ring che erano state il punto di forza di Pavel e adesso erano il suo. L'anno successivo era diventata campionessa del mondo dei pesi leggeri per decisione unanime dei giudici di gara, dopo aver sbaragliato l'atleta colombiana che deteneva il primato in tre categorie di peso e che fino a quel momento tutti ritenevano imbattibile. Ma poi, proprio quando si stava facendo una fama come astro nascente della boxe femminile e si preparava a difendere il titolo contro una pugile sudafricana emergente ma ampiamente sfavorita, la sua vita era andata in frantumi.

Due mesi prima dell'incontro lei e Pavel avevano lasciato la loro palestra, la Golden Ring di New York, per trasferirsi in un centro sportivo del New Jersey dove Bonnie mangiava, dormiva e si allenava senza mai mettere il naso fuori, e senza pensare ad altro fuorché alla sfida che l'aspettava. Le ore di veglia trascorrevano fra allenamenti con l'ombra, sparring con i guanti da passata, allenamenti al sacco pesante, alla palla francese, alla *speed bag*; poi c'erano il salto della corda, il *body conditioning*, gli allenamenti con gli sparring partner tre volte a settimana. La sera lei e Pavel guardavano i video dei match precedenti della sua avversaria e preparavano una strategia che mirava ad approfittarsi dei suoi difetti e sfruttare al meglio i vantaggi dello stile di Bonnie. Andava a letto presto e si svegliava prima dell'alba per fare i suoi otto chilometri di corsa con il giubbotto zavorrato. Era massacrante, certo, ma vedere la propria vita ridotta a un unico obiettivo dava uno strano senso di libertà. Una forma di devozione impensabile, fuori dalla sfera religiosa.

A una settimana dall'incontro, era arrivata a sorpresa una chiamata di Nicky. Bonnie era in camera sua, una stanzetta spartana con il letto singolo, e si stava allacciando le scarpe per l'allenamento pomeridiano. Aveva risposto al volo, non appena era comparso il nome sul display. Nicky sapeva che non era il caso di disturbarla nei sette giorni prima dell'incontro: qualsiasi cosa fosse, doveva essere importante.

«Tutto bene, Nicks?» aveva chiesto.

«Abbastanza. Ma sí, sto bene! Sto benissimo! E tu?» aveva risposto sua sorella, tradendo un insolito nervosismo.

«Tutto bene. Che succede?»

«Io... Ma no, non è niente, davvero. Solo che non trovo piú gli antidolorifici e mi sta arrivando il ciclo. Li avrò lasciati a casa di un'amica, va' a sapere».

Si sforzava di sembrare disinvolta, ma Bonnie avvertiva la fatica. Le era persino balenato il sospetto che stesse mentendo, ma l'aveva scacciato subito. Perché mentire a lei?

«Non puoi chiedere al dottore di farti una nuova ricetta?»

«È il ponte del quattro di luglio, non c'è nessuno in studio».

Povera Nicky, si era detta Bonnie: era proprio il momento peggiore.

«Se andassi al pronto soccorso?» aveva suggerito.

«Per perderci la giornata? Gli ospedali saranno nel caos, lo sai –. Un gran sospiro, poi: – Non è che per caso... potresti prendermene un po' in palestra, Bon? Non me ne servono tanti. Solo qualche pillola per passare il weekend».

Bonnie aveva aggrottato la fronte. Molti pugili tenevano sempre degli antidolorifici a portata di mano. Lei stessa, qualche giorno prima, si era fatta fare un'iniezione di cortisone perché durante un round con lo sparring partner le si era infiammata la cuffia dei rotatori; in generale, tuttavia, cercava di non usare farmaci che potessero annebbiarle la mente o rallentare i riflessi. Di gente che trafficava in pillole ne aveva vista, ma preferiva tenersi alla larga. Era una china pericolosa, e a ogni modo il dolore era un ingrediente *essenziale* del pugilato. Certo, trattandosi di Nicky poteva chiedere a qualcuno, ma la sua reputazione ne avrebbe sofferto. E se Pavel fosse venuto a saperlo?

«Non sono certa che sia una buona idea...», aveva tergiversato.

«E dài, solo un paio pillole. Per favore, Bonnie».

Bonnie detestava l'idea di deludere Nicky, ma il tono nervoso di quella supplica la sorprendeva un po'. A dire il vero, da qualche tempo sua sorella era cambiata: piú stizzosa, piú facile all'ira.

«E va bene, – aveva detto Nicky dopo un po'. – Fa lo stesso. Però non dire alle altre che te le ho chieste, okay? Non voglio che stiano in pena».

Prima ancora che Bonnie facesse in tempo a salutarla, aveva già riattaccato.

Quel pomeriggio lei e Pavel stavano lavorando alle mosse difensive. Con due tubi di gomma da piscina, l'allenatore dava colpetti sulle spalle, sulla testa e sul corpo di Bonnie; lei li doveva schivare, aggirare o parare. Un esercizio classico, utile per migliorare la mobilità della testa e delle mani, ma quel giorno la testa di Bonnie era da un'altra parte. *Thump.* Il tubo da piscina le era arrivato su un orecchio.

«Muovi quella zucca!» aveva gridato Pavel. *Thump.* Un secondo colpo sull'altro orecchio, uno ancora sulla guancia. *Thump, thump.* Gli urti erano deboli ma molto ravvicinati, e Bonnie sembrava disorientata. «Ehilà, c'è qualcuno in casa?» si era spazientito Pavel. Lei si era abbassata un po' per evitare la pioggia di colpi, ma lui aveva intercettato il movimento con un fendente in pieno petto, poi aveva ricominciato a picchiarla sulla testa.

«Basta!» aveva esclamato lei, poi gli aveva strappato di mano i tubi e li aveva scagliati a terra.

Bonnie non interrompeva mai un esercizio. Qualsiasi cosa Pavel le chiedesse – ancora un minuto di plank, un altro round con il sacco, dieci secondi in piú nell'acqua ghiacciata – lei la faceva. Non mollava mai: in questo stava la sua grandezza. Quel giorno invece era crollata su una panca e si era attaccata alla borraccia. Pavel era andato a sedersi accanto a lei. Si era girato a picchiettarle la fronte con un dito.

«Cosa succede in tua testa, eh?» Era in America da anni, ma l'accento russo non accennava a scomparire.

«È per via di Nicky, – aveva risposto lei. – Sta di nuovo male».

Pavel aveva annuito in silenzio, le mani giunte e intrecciate.

«Io sono stato sei anni lontano da casa, sai? Non sono tornato a Mosca neppure quando morta mia madre».

Bonnie l'aveva guardato. In effetti non lo sapeva, ma poteva immaginarlo. Pavel non parlava quasi mai della sua famiglia.

«Pugilato è sacrificio, – aveva mormorato lui. – È sofferenza. Tanta gente non sarebbe mai capace».

«Questo lo so». Bonnie si era stizzita: non c'era alcun bisogno di ricordarglielo. Che cosa faceva da anni, se non sacrificarsi? Per che cosa, altrimenti, aveva sofferto in silenzio e si era tenuta dentro i propri sentimenti per Pavel?

Lui aveva tagliato l'aria con una mano. «Qui c'è la boxe, – aveva detto. – Qui tutto il resto». L'altra mano si era fermata sotto, distante dalla prima. Bonnie aveva taciuto per un istante.

«Ma le mie sorelle sono... qui». Gli aveva preso la mano e l'aveva portata allo stesso livello della prima. Lui aveva scosso la testa.

«Noi non siamo come altra gente, Bonnie –. Parlava quasi sottovoce, ma il tono era fermo. – Noi siamo i cacciatori solitari».

Lei l'aveva guardato negli occhi. Era una sua fantasia, o davvero le stava lanciando un messaggio? Era possibile che nutrisse i suoi stessi sentimenti e stesse cercando di dirle, a suo modo, che non confessarli era il sacrificio a cui entrambi erano obbligati in nome della grandezza? O forse parlava in generale? Pavel diceva sempre che la distanza maggiore, nella boxe, era quella tra lo spogliatoio e il ring: non perché si era esposti agli sguardi del pubblico e dei cronisti, ma perché in quei pochi secondi la certezza di vincere viaggiava dalla testa al cuore del pugile. Una cosa era *pensare* di essere un campione, un'altra era *sentirlo*. Il percorso dalla testa al cuore, diceva Pavel, era il piú gran viaggio che un pugile potesse fare.

«E se io non fossi come te?» aveva obiettato Bonnie. *Se non volessi restare sola per sempre?*, aveva pensato, ma senza dirlo.

«Infatti: tu non sei come me, – aveva risposto lui, posandole una mano sul ginocchio e sollevandola subito dopo. – Tu meglio».

– Come va stasera, sorella? – chiese Velvet, offrendo il pugno per un saluto. – L'hai sentito il terremoto stamattina?

– Io sí, eccome, – si intromise Peachy. – Ero insieme a un'amica. È capitato nel momento giusto, – disse, strizzando l'occhio a Bonnie, – per dare piú slancio alla mia cavalcata, se capisci cosa intendo.

– Ma che ora era? – chiese Bonnie.

– Piú o meno le cinque, – rispose Velvet. – Avessi sentito mia moglie! Strillava come un'aquila che dovevo mettere in salvo i ragazzi. Li ho tirati giú dal letto tutti e quattro, e poi? Piú niente. Far riaddormentare i piccoli è stato un incubo.

Bonnie sorrise mestamente fra sé.

– Ho avuto paura che mi stessero entrando in casa, – disse.

Velvet rise, poi sputò a terra un po' di saliva.

– Tanti auguri al ladro che cerca di introdursi in casa tua, Bonnie Blue. Quando si dice «bussare alla porta sbagliata».

Arrivarono i primi gaudenti e, un'ora dopo, la coda davanti alla porta del bar faceva il giro dell'isolato. La gente si accalcava fuori e dentro, sempre piú chiassosa col passare delle ore. In trentuno anni di vita Bonnie non si era mai ubriacata, non aveva mai fumato neanche una sigaretta. Mentre i suoi coetanei scoprivano i paradisi artificiali, lei vinceva il primo incontro e assaporava l'ebbrezza della vittoria. Anche crescendo, non si era mai sentita attratta da certi esperimenti. Ricordava bene come le droghe avessero quasi distrutto la vita ad Avery, prima che si disintossicasse e diventasse l'inappuntabile perfezionista di adesso. Nemmeno Lucky, con la sua esistenza brillante e le sue mille feste, era riuscita a renderle allettante la prospettiva di stare alzati fino alle quattro del mattino: lei comunque preferiva svegliarsi a quell'ora e cominciare ad allenarsi. E lo spettacolo di tutte quelle persone che uscivano dal bar ruzzolando e barcollando non serviva granché a convincerla che si stava perdendo qualcosa. A lei, che per anni aveva avuto i minuti contati, quella vita sembrava uno spreco di tempo.

E poi, naturalmente, c'era stata Nicky. Nicky che ogni tanto si concedeva un bicchiere di vino, ma non andava matta per le feste. Anche lei, come Bonnie, preferiva essere lucida. Poi però l'endometriosi l'aveva cambiata. A vent'anni, quando infine aveva ricevuto la diagnosi, era stata operata in laparoscopia per rimuovere i tessuti danneggiati. Si era sentita meglio per qualche mese, ma in seguito i dolori erano tornati addirittura piú forti di prima.

I medici non le avevano offerto altre soluzioni all'infuori della gestione farmacologica dei sintomi o dell'isterectomia, che le avrebbe per sempre impedito di avere figli. E questo per Nicky era fuori discussione.

Era riuscita ad andare avanti per anni. Passavano mesi interi senza che accennasse alla sua malattia; a guardarla sembrava in forma, e dimenticarsene era facile. Di tanto in tanto, però, Bonnie riusciva a intravedere il mondo parallelo in cui sua sorella viveva: una piccola smorfia quando pensava di non essere notata, le mani che si muovevano sulla pancia come per bloccare il dolore alla sorgente. E allora capiva che Nicky soffriva piú di quanto volesse ammettere. Il giorno dopo quella famosa telefonata, Bonnie aveva preso un treno ed era tornata di nascosto in città. Era il quattro di luglio, il centro sportivo era comunque deserto. Se l'era svignata verso sera, dopo l'allenamento quotidiano, perché ovviamente Pavel era contrario alle festività. La tormentosa sensazione che Nicky avesse bisogno di lei non l'aveva abbandonata per tutto il giorno, e sul treno aveva pregustato con gioia la prospettiva di una serata insieme, ad ammirare i fuochi d'artificio.

Con un'improvvisa accelerazione, la mente di Bonnie corse a un altro ricordo, quasi altrettanto doloroso: il suo ultimo incontro di boxe. C'è un filmato su internet, in cui lei è quasi irriconoscibile. È l'ottavo round, e la pugile sudafricana l'ha costretta in un angolo. Bonnie cerca di proteggersi tenendo i guantoni alzati e la testa bassa. Ha il sopracciglio sinistro rotto, lo zigomo sporco di sangue. Un occhio gonfio e semichiuso. I pantaloncini con il bordo dorato e il reggiseno sportivo sono macchiati di rosso. L'avversaria prepara il destro e glielo scarica sulle costole. Lei si piega ma non si spezza. Però non reagisce. La sudafricana si volta verso il suo angolo come per chiedere se deve continuare. L'arbitro si avvicina per separarle, ma ecco che Bonnie, il viso e il petto grondanti di sangue, alza un guantone e fa segno di andare avanti. *Fatti sotto*. Si prende altri due jab sulla faccia, e ogni volta il collo si flette all'indietro. Una donna seduta in prima fila appoggia la fronte sulla spalla del vicino per non guardare. Anche gli spettatori piú incalliti si coprono gli occhi. Bonnie ha appena incassato un gancio in pieno viso quando da un angolo vede agitarsi qualcosa. Un asciugamano bianco sorvola il quadrato e atterra giusto al centro. L'incontro è finito.

Gettare la spugna. Si dimentica spesso che quest'espressione viene dal gergo della boxe. Molti la usano a cuor leggero, ma nella nobile arte non c'è umiliazione piú grande. Ci sono pugili che preferirebbero morire sul ring piuttosto che vedere i propri secondi rinunciare al posto loro. Da una sconfitta ci si può riprendere; una resa ti segna per la vita. Appena lanciato l'asciugamano, Pavel si infila sotto le corde, corre da Bonnie e la prende per le spalle. Lei, ancora in piedi, lo spinge via con una smorfia di dolore. Scansa il *cutman* e l'infermiere, si fa largo da sola verso l'esterno del ring. La folla sugli spalti rumoreggia, voci umane si infrangono come onde sulla sua testa: si sentono insulti, ma anche urla di sostegno. Cammina senza voltarsi fino agli spogliatoi. Quello che nessuno in tutto il palazzetto sa, a eccezione di Pavel, è che una settimana prima dell'incontro è stata lei a trovare il cadavere di Nicky.

Verso l'una di notte Peachy accese l'ultima Camel del suo primo pacchetto e puntò gli occhi su Velvet.

– Ehi, amico, puoi farmi un favore? Puoi dire *bacon*?

– *Beecón*? – ripeté Velvet, pronunciando la parola con

l'inflessione giamaicana e l'accento sull'ultima sillaba. – Perché vuoi che dica *beecón*?

Peachy era già piegato in due dalle risate. Velvet alzò gli occhi al cielo e guardò Bonnie.

– 'Sto cretino sghignazza per delle cazzate, – brontolò. – Mi sa che è sbronzo.

Peachy si raddrizzò all'istante, fingendosi offeso.

– Ma che dici, non ho bevuto niente... o quasi. Adesso senti, sentimi bene. Come si dice in inglese «lattina di birra»? *Beer can*.

Nella pronuncia britannica di Peachy non c'era quasi differenza tra il suo *beer can* e il *beecón* di Velvet. Rideva cosí tanto che i ricci della sua zazzera rossiccia si agitavano come molle. Velvet sputò di nuovo per terra, impassibile.

– Eddài, è buffo! – insisté Peachy. – Bonnie, puoi spiegare a quest'uomo cosa si intende quando una cosa è buffa?

Ma Bonnie si era distratta perché, per un istante, le era sembrato di vedere Nicky. Avrebbe quasi giurato che era lei. Veniva verso di loro e indossava un abitino di jeans senza maniche sopra una camicia a righe, il tipico stile di sua sorella. Capelli raccolti in una coda bassa, viso pulito a parte un tocco di rossetto color porpora. Camminava sottobraccio a un marcantonio in camicia azzurra, e a un certo punto si era voltata a chiedergli qualcosa con un certo nervosismo. Poi aveva puntato lo sguardo su Bonnie, e all'improvviso la visione si era dileguata: non era che una qualsiasi ragazza con i capelli castani e un vestitino di jeans.

– Oddio, ecco che arriva la marmaglia, – aveva brontolato Peachy mentre i due si avvicinavano. – Mi spiace, ragazzi, stiamo chiudendo.

Il tizio in camicia azzurra gli si era piantato davanti. Aveva un testone ovale come un enorme chicco di riso soffiato, le spalle esageratamente gonfie di uno che prende steroidi e si allena male, l'espressione sorpresa e irritata di chi non è abituato a sentirsi dire di no.

– Ma è solo l'una, – protestò. – Manca un'ora alla chiusura.

– Possibile, – rispose Peachy affondando la mano nella tasca posteriore dei pantaloni per estrarre un nuovo pacchetto di Camel Gold da quella che sembrava una scorta inesauribile. Aprí con gesti lenti l'involucro di plastica e se lo accartocciò nel palmo. – Però, come dicevo, stiamo chiudendo.

L'improvviso spalancarsi della porta sprigionò all'esterno del locale le sonorità chiassose di un pezzo della Motown, mescolate a un sottofondo di chiacchiericcio e risate; Peachy e gli altri videro uscire un loro cliente affezionato, un biker in giubbotto di pelle e baffi a manubrio.

Torno subito, disse il biker. Vado solo un attimo a controllare il mezzo. Ti serve qualcosa, Peach?

– Tutt'a posto, fratello, – rispose questi, mostrando alla coppia il suo sorriso piú schietto. – Come dicevo, ragazzi, passate una buona serata.

– Ma che mi stai prendendo per il culo? – disse Camicia Azzurra. – Quello lí va e viene e a noi due non ci lasci entrare? Non puoi trattarci cosí.

Peachy arricciò il naso e si infilò una sigaretta fra le labbra.

– La cosa buffa, – disse, – è che invece posso.

– Amore, andiamo via, – squittí la non-Nicky, tirando il braccio muscoloso dell'uomo. – C'è un altro bar qui vicino.

Camicia Azzurra se la scrollò di dosso. – No, amore, no. Io non mi muovo di qui finché questo pagliaccio non ci fa entrare.

– Puoi scordartelo, amico, – disse Peachy. – Dài retta alla tua ragazza e gira l'angolo: lí c'è *Scores*, vedrai che ti piace.

Camicia Azzurra gonfiò il petto.

– Chi ti ha detto che puoi parlarmi cosí?

Bonnie si accorse che Velvet era in allarme. Peachy ridacchiò e soffiò fuori una nuvola di fumo.

– Ho l'accento inglese, amico. Parlo cosí con tutti.

Camicia Azzurra avanzò di un passo e mise la faccia a pochi centimetri da quella di Peachy. Velvet fece un ringhio di avvertimento. Bonnie invece fissava la ragazza. Adesso capiva perché l'aveva scambiata per Nicky: non per gli abiti o per i capelli castani, ma per l'espressione del viso. O meglio, per l'espressione che stava sotto l'espressione, e che lei si illudeva di nascondere. Quella ragazza non aveva nessuno. Era attorniata da un'evidente solitudine. Ma il tizio accanto a lei non lo sapeva, era completamente ignaro, proprio come Bonnie lo era di Nicky.

Camicia Azzurra aveva appena pronunciato la seconda sillaba della parola con cui da secoli i bianchi offendono i Neri, e Bonnie gli era già addosso. Cominciò con un bel diretto veloce in pieno naso. Il tizio si piegò in due e si portò le mani alla faccia che già grondava sangue, poi si avventò su di lei con un ruggito e cercò di abbrancarle la vita. Lei lo fermò con un secco montante sinistro, poi gli affondò due destri nella pancia. Camicia Azzurra tornò alla carica, ma il suo pugno passò sibilando accanto all'orecchio di Bonnie, che reagí con un cazzotto all'altezza delle reni. Le ginocchia dell'uomo cedettero sotto il suo peso. Lei lo vide crollare sul marciapiede e arretrò barcollando, come appena destata da un sogno. La ragazza castana ululava, un suono lungo e acuto da allarme antiaereo.

Bonnie partí di corsa lungo Winward Avenue, poi svoltò in direzione della spiaggia. Sentiva che Peachy la stava chiamando ma continuò a correre lungo la passeggiata, oltre i negozi di magliette ancora inspiegabilmente aperti a quell'ora cosí tarda, oltre lo skate park dove i ragazzini volteggiavano agili nelle pozze gialle dei lampioni, oltre un capannello di figure lacere radunate intorno a un falò, fino all'ampia distesa di sabbia davanti al nero del mare.

Camminò sulla spiaggia fino al sorgere del sole, fermandosi solo a un certo punto per sciacquare le mani nella spuma delle onde. Quando la prima, pallida luce apparve all'orizzonte, si incamminò verso casa. Appena varcata la soglia si accorse di avere le piante dei piedi imbrattate di una sostanza oleosa, spessa e appiccicaticcia. Andò a sedersi sul bordo della vasca da bagno e si strofinò i piedi con acqua e sapone, ma il catrame non se ne andava. Provò a raschiarlo con le unghie, ma anche cosí, una volta rimossi gli strati superiori, la pelle restava macchiata. Prese il pezzo di pietra pomice che stava appeso con una cordicella al soffione della doccia, reliquia di un precedente inquilino, e con quello grattò via il nerume. Si ritrovò con le piante dei piedi nude e scorticate.

Ma il catrame, come una pestilenza, aveva corrotto ogni cosa. Aveva lasciato impronte sul pavimento e rovinato la suola interna dei sandali di pelle che le aveva regalato Nicky, una delle poche cose graziose in suo possesso. Andò in cucina e con un coltello tentò di raschiare via quella fanghiglia scura dal morbido interno dei sandali, ma riuscí soltanto a graffiare lo strato superiore. Tornata in bagno, notò che la vasca era macchiata di un sedimento nero che l'acqua corrente non riusciva a portar via. In preda al panico, tirò fuori dal sottolavello una bottiglia di ammoniaca e senza diluirla la versò sulla porcellana, poi si mise a sfregare con una paglietta di ferro. Respirò vapori chimici finché, con la testa che girava, uscí barcollando dal bagno e si lasciò cadere sulla sdraio nel salotto.

Solo allora capí che cosa fosse quella gromma nera. Gliel'avevano detto i vicini, quand'era appena arrivata. Capitava a volte, dopo le tempeste o i terremoti, che i residui di petrolio filtrassero dal fondo marino fino alla spiaggia. Il modo piú semplice di liberarsene era strofinare la pelle e ogni altra superficie con un panno imbevuto di olio d'oliva. Cosí facendo, le avevano detto, il catrame si sarebbe sciolto.

Quando ancora si allenava, Bonnie aveva imparato la differenza tra reagire e rispondere. Rispondere significava adoperare gli strumenti di cui si disponeva per contrastare un attacco con freddezza, in modo funzionale alla propria strategia; reagire era lasciarsi guidare dall'adrenalina, correndo il rischio di esporsi a ulteriori assalti. Nella luce del primo mattino, nel suo soggiorno vuoto, Bonnie aveva contemplato la distruzione dei propri piedi e dei sandali. E per la prima volta dopo la morte di Nicky, si era data il permesso di piangere.

Avery

In fondo al giardino, dietro il capanno degli attrezzi, nascosta dai cespugli di rose Queen Elizabeth, Avery si apprestava a fumare la sua sigaretta quotidiana. Indossò l'ampio giaccone Barbour e i guanti da cucina gialli che teneva da parte per quel preciso scopo, imboscati fra gli utensili da giardinaggio insieme al collutorio, al deodorante per ambienti e alla gomma da masticare. Accese un lungo fiammifero di legno e lo accostò alla punta della Winston con un misto di attesa e rassegnazione. Inspirò, espirò a lungo. Nella luce pallida della sera, la prima nuvola di fumo galleggiò via nell'aria leggera come un pensiero. Non era mai tanto consapevole del proprio respiro come quando fumava, mai piú presente a sé stessa. Avrebbe potuto essere un'ottima forma di meditazione, se non fosse stato un vizio mortale.

Il giardino era nel pieno della fioritura estiva, gerani lilla e fucsia con le facce sbarazzine volte al sole che tramontava. Diede un'ultima occhiata al sentiero bordato di viole del pensiero, si accertò che non stesse arrivando nessuno. Abitava in una casa vittoriana alta e stretta, a due soli isolati da Hampstead Heath. La facciata esterna era coperta di edera e aveva un'aria fascinosamente trasandata, tale da suggerire la presenza di un artista; e forse un tempo era stato cosí, anche se al giorno d'oggi le quotazioni degli immobili tenevano lontani pittori, musicisti e affini.

Lei e Chiti l'avevano comprata insieme sette anni prima, versando un acconto ben irrobustito dall'inattesa eredità di un nonno indiano, arrivata poco dopo che si erano conosciute; ma persino una psicoterapeuta come Chiti, con la sua vasta clientela privata, avrebbe fatto fatica a pagare le rate del mutuo se Avery non avesse contribuito con il suo stipendio da avvocata.

Hampstead era l'Inghilterra come se la immaginavano gli americani, e l'ampia distesa del parco dava un'idea della vita di campagna senza bisogno di allontanarsi da Londra. La via principale del quartiere, vero e proprio tempio del buon gusto inglese, ostentava un negozio di tè biologico, due librerie (una delle quali vendeva libri usati) e una cioccolateria artigianale. Persino la stazione della metro, con l'esterno in mattoni rossi e le graziose finestre a mezzaluna, aveva un che di sofisticato. A Hampstead un americano poteva comodamente scordarsi dell'altra Londra, quella dei palazzi popolari e delle agenzie di scommesse, delle sere ai tavoli del pub davanti a una pinta di birra e a un pacchetto di patatine, delle notti rissose che si concludevano con un kebab sbafato alla disperata sull'autobus notturno verso casa. Ad Avery piaceva far sapere che abitava a Hampstead perché dava subito una certa impressione: comunicava solidità, raffinatezza, benessere.

Durante l'infanzia e l'adolescenza, a lei e alle sue sorelle non era mancato nulla tranne ciò che avrebbero voluto, e cioè piú spazio. Erano state molto, anzi *troppo* vicine. Sembrava una frase fatta, ma rispondeva a verità. In quella casa si viveva cosí appiccicati che stare comodi era impossibile. C'era un unico bagno per tutti e sei: e se il J. Alfred Prufrock di Eliot misurava la vita in cucchiaini da caffè, lei misurava la sua in ore passate ad aspettare che il bagno fosse libero. Detestava quella situazione: Avery e le sorelle erano come aragoste pigiate in un acquario torbido, sempre lí a urtarsi e spintonarsi per vedere la luce al di sopra dell'acqua. Aveva trascorso l'adolescenza sognando di lasciare quell'appartamento, ma poi era rimasta finché Bonnie non aveva cominciato la carriera da dilettante, Nicky era andata all'università e Lucky si era messa a girare il mondo per fare la modella. Soltanto dopo che erano felicemente uscite di casa, si era permessa di fuggire a sua volta.

Espirò una boccata di fumo. Per anni, le sorelle erano state il suo primo pensiero. Aveva già cominciato a bere di nascosto la mattina, a sporgersi dalla finestra del bagno in piena notte per fumare le canne corrette all'eroina di cui aveva bisogno per dormire; ma finché era rimasta in quella casa non si era mai iniettata niente. Si era tenuta a lungo in equilibrio su un cornicione molto stretto e alto, poi alla fine si era lasciata cadere e cadere. Durante l'anno in cui era rimasta a San Francisco, le sue sorelle erano riuscite a parlarle ma non a stabilire un contatto. Si trovava in un luogo dove loro non potevano arrivare. Poi si era disintossicata, aveva preso la laurea in Legge e subito dopo era partita per Londra inseguendo il proprio successo, la propria libertà. Aveva abbandonato le sorelle, ma era decisa a non rifarlo mai piú. Non solo perché avevano bisogno di lei, ma anche perché lei aveva bisogno di loro. Il meglio di sé, adesso le era chiaro, lo dava quando correva in loro aiuto. Era questa l'unica struttura solida della sua vita, l'unico potere superiore in cui credesse.

Dopo il funerale di Nicky, aveva pagato per fermare il tempo. Era stata lei a coprire per un anno i costi di manutenzione e mantenimento della casa di New York, affinché potesse restare vuota con tutte le cose di Nicky intatte al suo interno. Solo che il tempo era piú potente del denaro, e nessuno lo sapeva meglio di Avery. Quella soluzione non poteva che essere provvisoria, eppure non era ancora pronta a chiuderla. E ora, sapendo che di lí a poco l'appartamento sarebbe stato perduto, provava un'insolita nostalgia. Nel bene o nel male, era sempre stato difficile sentirsi soli là dentro.

Spense a malincuore la sigaretta nella lattina di fagioli che aveva nascosto a quello scopo dietro una vanga, poi bevve un sorso di collutorio e lo sputò nel cespuglio. Si tolse il Barbour e i guanti di plastica gialla, infine si cacciò in bocca un pezzo di gomma alla menta. Agiva come un'adolescente, pensò. Aveva ricominciato a fumare da qualche mese dopo aver smesso dieci anni prima, quando ne aveva ventitre. Si sentiva ringiovanita, ma non per le sigarette; per il ritorno della sua identità nascosta, della Avery che solo lei conosceva.

Risalí il sentiero del giardino verso le luci gialle della casa. Al di là delle portefinestre spalancate vedeva Chiti e suo fratello Vish accanto all'isola rivestita di marmo della cucina, le facce illuminate dal bagliore azzurrino di un computer. Vish era il fratello minore, ma a guardarli da lontano li si poteva scambiare per gemelli; i menti aguzzi appoggiati sulle lunghe mani a coppa, i capelli neri lisci e lucenti, come se fossero smaltati. Entrambi avevano nasi importanti e fronti imperiose, convesse: tratti che suggerivano intelligenza e assennatezza. Quando Avery entrò, Chiti alzò il viso e le sorrise.

– Stiamo guardando in streaming la presentazione di mamma, – disse. – Arrivi giusto in tempo per le domande del pubblico.

– Scorrerà del sangue, – annunciò Vish.

Ganishka, la madre di Vish e Chiti, era una pluripremiata documentarista e militante politica il cui nome appariva spesso sulle pagine dei giornali a causa delle sue violente prese di posizione contro il neocolonialismo e la politica estera degli Stati Uniti. Aveva cresciuto i figli tra Delhi e Londra, ma quando Chiti aveva tredici anni e Vish undici li aveva impacchettati e spediti in un collegio in modo da potersene tornare in India e dedicarsi a tempo pieno al cinema, il suo primo amore. Ganishka non aveva mai criticato l'orientamento sessuale della figlia; il suo unico rammarico, come diceva sempre, era che tra tutte le possibili compagne avesse scelto proprio un'americana.

Con un gesto di affetto spontaneo, Chiti appoggiò la testa sulla spalla di Avery. Lei si irrigidí. La tecnica per nascondere l'odore del tabacco funzionava solo a distanza di sicurezza.

– Da quand'è che mastichi gomme? – chiese Chiti in tono tranquillo. – Sento scricchiolare la mascella.

– La sputo subito, – rispose in fretta lei, e si allontanò con un balzo.

– Raga', questa donna non beve, non si droga... Lasciale almeno masticare qualche gomma, – commentò Vish.

– Neanch'io bevo e mi drogo, lo sai? – ridacchiò Chiti.

– Perché non ti piace, – replicò il fratello. – A lei, invece...

– Mi piaceva un sacco, – ammise Avery mentre gettava la gomma nel cestino della spazzatura. – Però tua sorella ha ragione, è una brutta abitudine.

Chiti corrugò per un attimo la fronte.

– Non ho detto questo, – protestò.

– Avery, ehm... Chiti mi ha spiegato che giorno è oggi, – disse Vish, massaggiandosi la nuca con evidente imbarazzo. – Mi spiace davvero. Per Nicky. Ti faccio, ehm... le mie condoglianze.

Lei gli diede un pugnetto sul braccio. – Grazie, – disse, – ma sto bene.

Chiti le lanciò uno sguardo eloquente.

– Sai quel che penso in proposito.

– «Per gli analisti, *bene* è una parolaccia», – cantilenò Avery. – Dicevo sul serio, però.

– Volevo solo farti capire che non devi per forza star *bene* quando sei con noi, – rispose Chiti con dolcezza. – Siamo la tua famiglia.

– Lo so, – ribatté Avery in tono un po' forzato.

– Oh-oh. Ecco un nuovo agnello al mattatoio, – disse Vish, additando lo schermo del computer.

La telecamera sorvolò la platea e si fermò su un giovane indiano con gli occhiali. Un addetto gli piazzò davanti un microfono con una lunga asta e lui lo impugnò con la destra, mentre con la sinistra si ravviava i capelli.

– Io e i miei amici amiamo molto discutere tra noi dei documentari presentati all'Oscar, – esordí, sorridendo con aria fintamente ansiosa. – Siamo ancora lontani dall'unanimità, ma oso pensare che anche lei si conceda ogni tanto qualche chiacchiera da bar. E quindi, – seguitò schiarendosi la voce, – la mia domanda è: tra i candidati di quest'anno, qual è il suo preferito, e perché?

– Oh, merda, – mormorò Vish.

La telecamera tornò a inquadrare Ganishka, il cui viso appariva contratto dall'irritazione.

– Non sono avvezza alle «chiacchiere da bar», come le chiama lei, perché non penso all'arte in questi termini. Si fa un gran torto al cinema, quando lo si valuta a suon di classifiche. La mia idea è che i premi rispecchino una concezione capitalista della creatività, e pur avendone vinti alcuni non attribuisco loro alcun valore.

– Non è proprio riuscita a trattenersi, – borbottò Chiti.

– In effetti, – si accalorò Ganishka, – mi è stato chiesto varie volte di entrare nella giuria di qualche premio, ma ho sempre rifiutato senza deroghe. I premi danneggiano i registi, favoriscono le ingerenze politiche, e in quanto strumenti di marketing sono ormai del tutto obsoleti. Non ho bisogno che una commissione di giurati, spesso composta perlopiú da maschi, si degni di *mingere* – sottolineò la parola con una breve pausa compiaciuta – sulle mie opere per dimostrarne il valore. In conclusione, nutro forti dubbi verso chiunque si arroghi il diritto di pronunciare sentenze in campo artistico, e consiglio a lei e ai suoi amici di astenersi dal farlo.

Il giovane occhialuto, visibilmente confuso, tornò a sedersi.

– Accipicchia, – mormorò Vish.

– Be', non ha tutti i torti, – disse Avery.

– Certo, ma questi sono, diciamo cosí, gli *ammiratori* di mamma. Potrebbe essere un tantino piú gentile.

– Secondo me gli piace essere maltrattati, – insinuò Avery. – La vedono come una dominatrice.

– È inquietante, – disse Chiti.

– Però è vero, – aggiunse Vish.

Intanto nella sala si era alzata una ragazza bianca dall'aria timida, con orecchini pendenti a forma di frutti.

– Salve. Per cominciare vorrei ringraziarla di avermi cambiato la vita.

Chiti e Vish non riuscirono a trattenere un gemito.

– La mia domanda è molto semplice: quali sono, nella sua vita, i momenti che le dànno conforto?

Ganishka annuí e chiuse dolcemente gli occhi, come un gatto solleticato nel punto giusto.

– È una bella domanda, – mormorò, e la giovane donna arrossí di piacere.

– Vi siete mai accorti che quando parla in pubblico mamma chiude spessissimo gli occhi? – fece notare Vish. – Come se quel che dice fosse *cosí giusto* da non poterlo percepire con tutti e cinque i sensi.

– A onor del vero, io credo che abbia solo dimenticato gli occhiali, – disse Chiti.

Certe volte, pensò Avery, Chiti desiderava a tal punto amare sua madre che quel desiderio rompeva la scorza del disprezzo come un cucciolo di foca che fa capolino da sotto il ghiaccio. Il problema, trattandosi di Ganishka, era che non sapevi mai cosa aspettarti: potevano essere baci, ma anche bastonate.

– Uno di questi momenti, per esempio, – stava dicendo ora con molta serietà, – è quando appoggio la guancia sul pancino del mio cane. Ne ho due, – spiegò, – e una ha un pancino davvero ragguardevole.

Il pubblico rise, in parte per stemperare la tensione della sfuriata di poco prima, in parte per la sorpresa di sentire una delle piú feroci menti cinematografiche dell'epoca pronunciare in tono solenne la parola «pancino».

– Erano entrambe randagie, e le ho adottate, – stava spiegando Ganishka. – La madre della piú giovane era stata investita da un'auto proprio davanti a casa mia. Era cosí piccola che ho dovuto nutrirla con una siringa.

Chiti sbuffò di impazienza.

– *Noi*, invece, mica ha voluto allattarci al seno!

– L'altra cagna l'ho rubata, – seguitò la regista con un'alzata di spalle. – La tenevano legata a un albero notte e giorno, cosí alla fine ho deciso di prenderla. Sento che è mio dovere liberare i non amati.

Un mormorio di approvazione corse tra la folla. Chiti chiuse di scatto il portatile.

– Direi che basta cosí –. Avery cercò sul suo viso qualche traccia di sofferenza, ma sembrava del tutto serena. – Ho fame. Ti fermi a cena, piccolo Vish?

Lui fece un giro completo sul suo sgabello, alzò gli occhi al soffitto ed esalò un gran sospiro.

– Non posso mangiare, ho il cuore spezzato, – disse.
– Che succede? – chiese Avery.
– Il nuovo amore della sua vita, – sogghignò Chiti.
Avery stava ispezionando il contenuto del grande frigorifero.
– E quando l'avresti incontrato, questo nuovo amore?
– Ieri sera.
– Ah! Allora è una cosa seria!
Prese dal ripiano piú alto un mazzetto di coriandolo appassito e lo gettò nel cestino. Non era mai stata una gran cuoca, e quand'era da sola riteneva ancora accettabile una cena a base di latte e cereali.
– Serissima! – confermò Vish. – È una tipa speciale, te lo giuro. Pensa che sa a memoria tutto il testo di *Bring Da Ruckus* dei Wu-Tang.
– Il che è speciale, in effetti, – ammise Avery. – E se ordinassimo qualcosa dall'italiano?
– Abbiamo dell'ottimo cibo nel frigo, – rispose Chiti. – Potrei grigliare un po' di verdure.
– A me piace l'idea di Avery, – disse Vish. – E comunque, con la tipa ho scazzato alla grande. Oggi avevo un bisogno assoluto di scriverle qualcosa di particolare, unico.
– E quindi? Che le hai scritto?
Vish chinò il capo.
– La cosa piú scontata e prosaica che si possa immaginare.
Chiti trasalí.
– Non le avrai mandato una foto del tuo pisello, vero?
Vish si girò di scatto.
– Ma che dici, donna! Come osi pensare a certe bassezze?
Chiti si scusò con una risatina.
– In effetti cosa potrebbe esserci di peggio che una foto del tuo pisello? – insinuò Avery.
– Ehi! – protestò Vish, fingendosi offeso.

Avery alzò le mani in segno di resa.

– Io parlavo della *natura* del contenuto, non della sua qualità.

– Ma certo, siamo sicure che il tuo pisello non ha alcun difetto, piccolo Vish, – dichiarò Chiti.

Poi si voltò verso Avery, gli occhi accesi di ilarità.

– Smettila, donna! – gridò Vish esasperato. – Che cavolo, sei mia sorella!

– Ma insomma, che messaggio le hai mandato? – insisté Avery. – Non sarà stato cosí terribile, no?

– Le ho scritto... «Felice giovedí», – rispose lui, nascondendo il viso nella piega del gomito. – Dio, che banalità! Non vorrà piú saperne di me.

Chiti gli massaggiò la schiena. Aveva le unghie dipinte di un bel rosa acceso.

– Non fa niente, – sussurrò. – La prossima volta andrà meglio. Coraggio, domani è un altro giorno.

– Esatto, – ridacchiò Avery. – Potresti scriverle «Grazie al cielo è venerdí».

Vish le rispose con un gemito sconsolato, e un attimo dopo lei si chinò per cercare il cellulare nella borsa da lavoro.

– Tutto bene? – chiese Chiti, vedendola col telefono in mano e la fronte aggrottata.

– È un messaggio di mia sorella.

– Quella sexy o quella che mena? – indagò Vish, evidentemente ringalluzzito.

Chiti gli mollò uno scappellotto.

– Non fare il gradasso. Sai benissimo come si chiamano.

– Bonnie Blue sarebbe capace di spezzarmi come un ramoscello, – replicò Vish. – Ho detto *quella che mena* con il massimo rispetto possibile.

– Quella sexy, quella che mena, – ripeté Avery senza

riuscire a non pensare «e quella morta». – Io chi sarei, allora? Quella pallosa?

– *Equilibrata*, amore, – le sorrise Chiti. – C'è una bella differenza.

Lei però non si sentiva affatto equilibrata. Anzi, stava proprio cadendo a pezzi. Solo che non lo sapeva ancora nessuno; neppure lei, a dire il vero.

– Volendo ragionare per stereotipi, – aggiunse Vish in uno slancio di generosità, – tu saresti anche quella gay.

Chiti lo agguantò per la nuca e gli scosse la testa.

– Ma che hai, sei posseduto?

Avery alzò un sopracciglio.

– E chi ti dice che le mie sorelle non siano gay?

– Questo te l'ha suggerito la cervellona, qui, – ribatté Vish, cingendo la vita di Chiti. – Lei vede gay ovunque.

– Perché *è così*, – si ostinò lei. – Tutti sono gay, almeno un po'.

– Ma certo, come no, la scala Kinsey e blablabla, – fece lui, sarcastico. – Stavo solo dicendo che se una parte di me vuol essere inchiappettata dev'essere una parte molto nascosta, perché io non la conosco affatto.

– Non conosci neanche la tua prostata, eppure ce l'hai!

– Comunque, – tagliò corto Avery, – la sorella in questione è Lucky. Vuol venire a stare da noi.

– Oh, bene! – esclamò Chiti. – L'hai invitata un sacco di volte. E Parigi è vicina, in effetti.

Avery scosse la testa.

– C'è qualcosa che non quadra.

– Perché?

– Dice che arriva prestissimo. Tipo domani. Dev'essere successo qualcosa.

– O forse ha sentito parlare della favolosa stanza per gli ospiti che sono appena riuscita a ridipingere?

Chiti aveva ristrutturato la casa una stanza per volta, scegliendo per ciascuna una diversa dominante cromatica. Per lei i colori erano come un linguaggio, un linguaggio che parlava correntemente mentre Avery coglieva tutt'al piú una parola ogni cento. Chiti le aveva raccontato che a Jaipur, dove abitavano i suoi nonni, si distinguevano cinquanta gradazioni di blu e di turchese, e ognuna aveva il suo nome. Lei stentava persino a immaginarne una. Per le pareti della stanza destinata agli ospiti Chiti aveva scelto il verde smeraldo, e per esaltare il contrasto aveva messo sul letto delle lenzuola rosa quarzo, cosicché quello che un tempo era stato uno scialbo studiolo era adesso uno scrigno raffinatissimo. A pensarci bene, era piú o meno lo stesso effetto che Chiti aveva avuto sulla sua vita.

– E perché non mi avete invitato a passare la notte nella vostra *favolosa* stanza per gli ospiti? – domandò Vish.

– Perché abiti a Londra, sciocchino! – rispose Chiti.

Lui si guardò intorno: ammirò il raffinato azzurro polvere delle pareti, gli elettrodomestici di metallo scintillante, il marmo lucido dei piani di lavoro e il grande acquaio rustico in pietra con un secondo rubinetto (fatto installare da Avery e costato uno sproposito) da cui sgorgava acqua frizzante.

– Non in *questa* Londra, – rispose.

Qualche ora piú tardi, Avery era sdraiata nell'alta vasca da bagno con le zampe da leone e stava ascoltando la radio. Il programma le era indifferente; aveva solo bisogno di un po' di rumore per non restare sola con i propri pensieri. Un'abitudine presa nei primi tempi della vita da sobria, quando non riusciva neanche a lavarsi i denti senza qualcosa che la distraesse. Faceva la doccia con la tv al massimo volume, si asciugava i capelli con il fon in una mano e un libro nell'altra, mangiava scorrendo i siti di notizie sul cellulare, andava a letto con le cuffie e sentiva musica fino a tarda notte. Dopo un po', per fortuna, aveva ritrovato una certa tranquillità mentale. Aveva persino seguito dei ritiri di meditazione: giorni interi trascorsi senza fare altro fuorché essere presente a sé stessa, consapevole del proprio respiro, lasciando scorrere i pensieri come nuvole attraverso un cielo limpido. Da qualche tempo non era piú cosí. Adesso, quando chiudeva gli occhi, vedeva tutti gli errori che l'avevano condotta a quel momento. Il suo clima interiore, da sereno, si era fatto nuovamente burrascoso.

Scivolò sotto la superficie e ascoltò i mormorii liquidi dell'acqua. Rimase immersa finché poteva e risalí in fretta, boccheggiando. Infine aprí gli occhi: Chiti era lí e la stava guardando.

– Posso entrare anch'io, o è uno dei tuoi bagni in solitaria?

– Certo che puoi.

Chiti si slacciò i pantaloni e la camiciola di lino, poi li lasciò cadere accartocciati sul pavimento. La sua forma nuda, che un tempo Avery trovava cosí eccitante, le era consueta come i mobili di casa. Sciolta la treccia, Chiti si avvolse le lunghissime chiome nella morbida spirale che chiamava «chignon da letto». I suoi capelli, cosí belli e folti che per strada la gente si fermava ad ammirarli, erano l'attrazione di ogni festa. Aveva trentanove anni, quasi sette piú di Avery, ma chi le stava alle spalle e vedeva soltanto i capelli poteva immaginarla o molto giovane o molto vecchia, il che era appropriato, tenuto conto di una certa cosa che lei le aveva detto all'inizio.

Il loro primo incontro era avvenuto nel vecchio studio di Chiti, dove lei aveva accolto la nuova paziente con un taccuino in mano e le caviglie incrociate. In vita sua Avery non era mai stata da un'analista, ma parlare con Chiti era stato facile. Si era rivolta a lei, aveva detto, perché dopo essersi disintossicata dall'eroina, laureata in Legge e trasferita a Londra per lavorare in uno degli studi piú prestigiosi del mondo, di notte non riusciva a chiudere occhio. Quando la seduta era quasi arrivata al termine, Avery si era accorta di averne già nostalgia.

«Posso tornare la settimana prossima?» aveva chiesto.

«A me piacerebbe, se lei è d'accordo».

«E quindi può aiutarmi?»

Un breve cenno con la testa.

«Penso di sí».

«Dunque non sono un caso disperato?»

Chiti si era appoggiata allo schienale della poltrona e aveva guardato a lungo la sua interlocutrice.

«Posso dirle una cosa personale? Non parlo quasi mai di me stessa con i pazienti, e forse non lo farò mai piú, ma in questo caso potrebbe servire a spiegarmi meglio».

Avery aveva annuito. Chiti la incuriosiva fin dal primo momento ed era pronta ad ascoltare ogni sua parola.

«Le persone che faccio piú fatica ad aiutare sono quelle che non riesco a immaginarmi da piccole, – aveva detto. – Sono nata e cresciuta in circostanze particolari, che mi hanno obbligata a diventare una bambina alquanto adulta; tuttavia mi piacerebbe avere in me, da qualche parte, un'adulta alquanto bambina. A volte, parlando con certi pazienti, percepisco spesso lo stesso desiderio».

«E io? – aveva chiesto Avery. – Riesce a immaginare che tipo di bambina sono stata?»

Un altro cenno del capo.

«E...?»

«Lei fingeva. E finge ancora».

Avery avrebbe avuto il diritto di offendersi, ma non lo fece. Perché era vero.

«Come si fa a smettere?» aveva chiesto.

Chiti aveva posato in grembo il taccuino e l'aveva osservata con uno sguardo freddo, impassibile.

«Dicendo la verità, nuda e cruda».

Cosí aveva fatto. Per anni, anche quando ormai non era piú una sua paziente bensí la sua compagna, Avery le aveva sempre detto la verità. Quanto a Chiti, c'era una sola verità che trovava difficilissimo ammettere, ed era proprio *quella*: che Avery fosse stata una sua paziente. Non credeva di essere il tipo capace di innamorarsi di una persona che frequentava il suo studio, o almeno si era fatta quell'opinione ai tempi del tirocinio, mentre i formatori le spiegavano i terribili poteri del controtransfert. Era quello il motivo per cui aveva troncato i rapporti con il suo supervisore; e nelle sedute con la propria analista si era piú volte chiesta con angoscia cosa la spingesse a rischiare la reputazione, forse addirittura la carriera, per quella giovane americana che si era rivolta a lei con un problema di insonnia. Innamorarsi di Avery era la cosa meno etica che avesse mai fatto. Eppure l'amava. Non era una scelta; era la verità, nuda e cruda.

Per sette anni erano state felici. La prima volta che avevano fatto l'amore, mentre Chiti esplorava i segreti del suo corpo, Avery si era trovata a un certo punto con la testa oltre il bordo del materasso, a piangere lacrime che colavano alla rovescia sul suo viso. Il sole pigro del pomeriggio si stiracchiava sul letto in lunghe strisce dorate, splendeva come miele attraverso le palpebre chiuse. «Non lo sapevo», aveva mormorato con stupore, con dolore. «Non lo sapevo». La testa di Chiti era apparsa sopra di lei, l'aveva avvolta nei drappeggi fruscianti, sussurranti dei capelli. Il viso soffuso di un rossore dorato. «Che cosa non sapevi, mia cara?» Avery non era stata capace di spiegarglielo a parole. Non sapeva che l'amore potesse essere cosí dolce, cosí suadente. Non sapeva che il suo corpo meritasse tanta tenerezza. Si erano strette l'una all'altra nella luce sempre piú fioca del giorno, la pelle fresca di saliva e sudore, e in quel momento si era accorta di aver trovato ciò che cercava da tempo: amore, sí, ma anche sicurezza; adesso era al sicuro, finalmente.

«Armonia» era la parola migliore che avesse trovato per definire la loro vita insieme. Ogni tanto discutevano, come tutte le coppie, ma la vita quotidiana era armoniosa. Si completavano a vicenda. Chiti, che per natura era piú portata ad accudire, preparava i pasti, curava il giardino e rendeva accogliente la casa. Avery, pragmatica come sempre, si occupava delle tasse, pagava le bollette e organizzava le vacanze. Siccome a nessuna delle due piaceva granché pulire la casa, avevano affidato il compito a un'impresa che veniva una volta ogni quindici giorni. C'era stato un tempo in cui Avery credeva che l'amore vivesse di gesti grandiosi, appariscenti; il matrimonio, invece, era un accumularsi di atti semplicissimi, quasi irrilevanti, di devozione quotidiana: lavare le tazze rimaste nel lavandino prima di andare a letto, trovare il tempo di salire di sopra o scendere sotto per darsi un rapido bacio quando una di loro usciva di casa, tagliare e sbucciare la frutta anche per l'altra: gesti facili da dimenticare, la cui mancanza però si faceva sentire nel profondo. Per molto tempo, Avery e Chiti si erano vantate di non dimenticarli mai.

Poi l'anno scorso Nicky era morta, e Avery era cambiata. Ricominciare a bere perché sua sorella era morta, no; quello era impossibile e lo sapeva. Ma il dolore, il dolore. Non sapeva come gestirlo. La cosa piú straziante era che fosse arrivato cosí all'improvviso. Per l'intera sua vita adulta, Avery aveva sempre fatto il possibile per ridurre al minimo i rischi, per non farsi cogliere alla sprovvista dalla sofferenza; ma da una sciagura cosí enorme non aveva pensato a proteggersi. Quando Nicky era morta, lei era libera dalle dipendenze da quasi dieci anni: come aveva potuto non capire che anche sua sorella stava lottando? Come aveva potuto trascurare i segnali? Era la maggiore di loro: cogliere i segnali era *compito suo*. Una parte di sé, a cui non dava mai voce, temeva che fosse successo perché aveva occhi soltanto per Chiti.

Dopo il funerale di Nicky, a New York, Avery aveva portato via dalla chiesa un libro di preghiere. Erano anni che non rubava piú niente, ma l'effetto era ancora lo stesso. Il cuore che accelerava, l'eco del battito nelle orecchie. Nessun pensiero, soltanto il peso di quel libro annidato sotto gli abiti, nella cintura dei pantaloni. Tornata a Londra, aveva continuato a farlo. Piccole cose: una barretta di cioccolato nel supermarket all'angolo, un rossetto da Boots, un paio di sneaker nel negozio che rivendeva abiti usati per beneficenza. Rubare a chi aiuta i poveri, nonostante il suo lauto stipendio. Era abominevole, se ne rendeva conto.

Infatti dopo un po' era passata alle boutique di lusso: Burberry, Gucci e Chanel di Bond Street. Quando aveva poco più di vent'anni e viveva a San Francisco, era molto facile passarla liscia. Adesso però faceva affidamento su una nuova strategia. Adesso era una trentatreenne di successo, un'avvocata che poteva di certo permettersi i bellissimi capi che accarezzava con le dita, lanciando sorrisi d'intesa alle commesse. Accettava calici di champagne che poi non beveva, chiedeva che le aprissero gli espositori in vetro, si guardava allo specchio, dopodiché fingeva un appuntamento imminente, e tra ringraziamenti e promesse di sollecito ritorno guadagnava l'uscita con la sfrontatezza di chi non ha proprio nulla da nascondere. Mentre per tutto il tempo il suo bottino – un portamonete matelassé, un braccialetto d'oro, un fazzoletto di seta ricamata – stava rintanato contro la sua pelle, come un animale in cerca di calore.

Ancora in piedi, Chiti toccò l'acqua con la punta di un piede e si ritrasse.

– La vuoi sempre troppo calda.

– È cosí che mi piace, – rispose Avery, e si spostò di lato per farle posto. Chiti continuava a calarsi nell'acqua per riemergerne subito dopo lanciando gridolini. – Se alla fine non mi sento svenire, per me non è un vero bagno.

Dopo qualche tentativo Chiti riuscí a immergersi e appoggiò la testa contro il bordo della vasca.

– Solo tu saresti capace di trasformare un bagno rilassante in una lotta per la sopravvivenza. Da quant'è che cuoci?

Avery tirò fuori una mano e le mostrò i polpastrelli raggrinziti. Lei la prese tra le sue e accarezzò le increspature della pelle.

– Sai che hanno appena scoperto che le dita cotte hanno una funzione evolutiva?

– Davvero?

– Servono a fare piú presa nell'acqua, come i battistrada sulle ruote.

– In effetti ha senso, – mormorò Avery. – Pensa ai nostri antenati che si bagnavano nei fiumi, nei torrenti e via dicendo.

– Esatto. O andavano a caccia sotto la pioggia. Ora che lo sappiamo ci sembra evidente, ma è una scoperta recentissima. Da tempo immemorabile i nostri corpi compiono un miracolo di suprema ingegneria, e noi ne eravamo all'oscuro.

Avery sorrise.

– Ora però lo sappiamo.

Chiti annuí.

– Esatto.

Riappoggiò la testa al bordo della vasca e sospirò.

– È passato un anno, – disse. – Vorrei chiederti come stai, ma credo di saperlo.

– Sicura? – fece Avery.

Lei la guardò con un sorriso stanco.

– Due psicologi entrano in un bar. Il primo dice: «Vedo che stai bene. Io invece come sto?»

Avery si sforzò di sorridere. Era la barzelletta preferita di Chiti, e lo era per la semplice ragione che rispondeva a verità. Lei, poi, era dotata di un'empatia sovrannaturale, tanto che a volte indovinava l'umore di Avery dalla quantità di latte che si versava nel caffè a colazione. Aveva fatto del capire gli altri la sua professione. Solo che in quel momento sua moglie non voleva essere capita, né da lei né da chiunque altro.

– Ma oggi non avevi la riunione? – domandò Chiti, esitante.

Dopo quasi un anno di pausa, Avery aveva appena ricominciato a frequentare gli Alcolisti anonimi: Chiti lo sapeva ma evitava di parlarne, per scaramanzia. Avery scosse la testa.

– Domani.

Chiti annuí.

– Lei manca moltissimo anche a me, lo sai? – confessò. – Sento la sua mancanza proprio qui –. Si strinse la gola con due dita, e Avery notò che aveva gli occhi lucidi di lacrime. – So che dovrei lasciare spazio ai tuoi stati d'animo senza mettermi in competizione. Però... – le si incrinò la voce, ma si costrinse ad arrivare in fondo. – Però anch'io le volevo bene, e gliene voglio tuttora. Ci tenevo a dirtelo, ecco.

Tutte le sorelle Blue, d'altronde, volevano bene a Chiti. Chiti, che per festeggiare i ventun anni di Nicky era saltata su un aereo ed era venuta a New York insieme ad Avery, anche se uscivano insieme da neanche un anno (ammesso che comprare casa con una persona conosciuta tre mesi prima possa definirsi «uscire»), poi l'aveva convinta a girare tra discoteche e locali di karaoke fino alle quattro del mattino. E aveva cantato *Gonna Hurry (As Slow As I Can)* di Dolly Parton con una voce cosí tenera e piena di nostalgia che l'intero locale si era alzato in piedi per applaudirla. Chiti, che aveva la piú rara delle doti: saper ascoltare davvero. Che ricordava i nomi degli amici e dei fidanzati delle sorelle di Avery, e agli incontri successivi chiedeva notizie di loro; che quando dialogava con qualcuno sembrava voler costruire un castello di carte indistruttibile. Diceva cose tipo: «Stavo pensando a quel che dicevi la volta scorsa a proposito della fiducia...» e un attimo dopo se ne usciva con un'intuizione assolutamente geniale, di cui dava il merito all'interlocutore. A Natale faceva regali bellissimi, che rispecchiavano in pieno l'identità e le aspirazioni personali dei destinatari.

Non era perfetta, ovvio. C'erano i consueti screzi domestici: per esempio i suoi lunghi capelli neri ostruivano lo scarico della doccia, e il compito di rimuovere il groviglio nauseabondo toccava sempre ad Avery. Aveva gusti orribili in fatto di televisione e guardava certi reality show fatti apposta (diceva Avery) per istupidire il pubblico e sfruttarne l'ingenuità. Si rifiutava di usare i plantari ortopedici nonostante avesse i piedi piattissimi; in compenso adorava ogni tipo di scarpa progettata dal patriarcato allo scopo di limitare la mobilità femminile, e la morale della storia era che aveva sempre male ai piedi e voleva spostarsi in taxi, mentre Avery preferiva camminare.

Non mancavano le questioni piú importanti. Prima fra tutte il crescente desiderio di maternità di Chiti, tema sul quale Avery era ancora molto combattuta. E poi, a essere sincera, quel suo costante accudimento la faceva diventare claustrofobica. Nei momenti di minor generosità ci leggeva un'intenzione di controllo: facendo sí che gli altri dipendessero da lei, Chiti si proteggeva dalla paura dell'abbandono che aveva sperimentato con sua madre. Persino la decisione di acquistare una casa nel quartiere preferito di Avery, a pochi mesi dal loro primo incontro, poteva essere letta come una forma di coercizione. Adesso Avery guadagnava abbastanza per coprire metà del mutuo e sobbarcarsi gran parte dei costi di ristrutturazione, ma c'è stato un tempo in cui non avrebbe mai potuto permettersi una spesa cosí cospicua. Offrendole ciò che aveva sempre desiderato – spazio, sicurezza, un posto tutto suo – Chiti si garantiva di tenerla per sempre legata a sé.

Però era ingiusto. In fondo Avery aveva accettato volentieri di essere accudita. Era stata lei a convincere Chiti a uscire insieme malgrado le sue perplessità rispetto al modo in cui si erano conosciute, e aveva accolto con entusiasmo la proposta di andare a vivere cosí presto nella stessa casa. Un amore cosí Avery lo cercava da una vita. E le sorelle adoravano Chiti per le stesse sue ragioni: era la sua anima gemella. La sua penetrante intelligenza emotiva era la rosa del cespuglio di spine che era l'intelletto acuto e pungente di Avery: cosí, insieme, fiorivano.

– So che ti manca, – disse Avery, cercando di addolcire il tono. – È un lutto anche tuo.

Avrebbe voluto fare spazio nel proprio cuore per la tristezza di Chiti, ma non ci riusciva. Se Vish fosse morto Avery ne avrebbe sofferto terribilmente, certo, ma con un'intensità non paragonabile a ciò che sentiva adesso.

Era come se l'intera sua vita si fosse condensata in due giorni: quello in cui Nicky era ancora viva e quello in cui era morta. La trama preziosa e sottile degli anni e delle stagioni si era dissolta nel nulla.

– In realtà è Lucky che mi preoccupa, – seguitò Avery. – Nel messaggio non ha neanche accennato all'anniversario di oggi. Possibile che l'abbia dimenticato?

– Sono sicura di no, – rispose Chiti. – Magari non sapeva cosa dire, tutto qui.

Spiegazione plausibile, ma Avery aveva altri motivi per lamentarsi.

– E ti sembra possibile che nostra madre abbia scelto proprio oggi per mandare quell'e-mail? So già che toccherà a me risolvere la questione dell'appartamento, – disse, sentendo il corpo irrigidirsi nonostante gli effetti rilassanti del bagno. – Va sempre a finire cosí, del resto.

– Tu però non hai mai chiesto aiuto alle tue sorelle, – obiettò Chiti. – Magari sarebbero contente di dare una mano.

Avery scosse la testa.

– Bonnie non vorrà mai tornare in quella casa; e in fondo la capisco, dopo quel che ha passato. Su Lucky non si può contare e lo sai anche tu. Ma poi, perché venderla adesso? Appena un anno dopo! È troppo presto. Ho detto ai miei che avrei continuato a pagare: perché non mi permettono di farlo?

– Vorranno voltare pagina, – mormorò Chiti.

– Be', forse dovrebbero preoccuparsi di *noi*, tanto per cambiare.

– Ho l'impressione che anche le tue sorelle siano pronte a separarsi da quella casa.

Avery spalancò la bocca, ma Chiti alzò una mano per impedirle di interrompere. – Non perché gli importi poco, ma perché restare aggrappate a quel dolore è troppo penoso.

Avery fece per dire qualcosa, ma poi lasciò perdere e si abbandonò contro la parete della vasca.

– Mi piacerebbe vedere la gente come la vedi tu, – disse, prima di immergersi piú a fondo.

– E sarebbe?

– Con generosità.

Anche Chiti si appoggiò alla vasca e osservò il proprio corpo sotto la superficie increspata dell'acqua. Il suo viso, prima sereno, si spense di colpo. La tristezza ne oscurò i tratti come una nuvola che getta la sua ombra sopra un prato ampio e verdeggiante. Si passò stancamente una mano sugli occhi.

– Che c'è? – chiese Avery.

Senza pensarci, mise una mano a coppa sul seno sinistro. Rassicurarsi con il tocco era un'abitudine presa durante l'adolescenza, un gesto cosí inconsapevole che spesso doveva trattenersi dal farlo davanti ai clienti durante le riunioni piú stressanti. Sotto i polpastrelli bagnati, sentiva il cuore battere piú forte.

– Detesto che mi importi cosí tanto, – disse Chiti. – Che mi faccia arrabbiare cosí.

Ecco, era arrivato il momento, pensò Avery. La resa dei conti. Sapeva che fumava, che rubava, sapeva tutto. Premette piú forte le dita sul seno. Aveva paura, ma si sentiva anche sollevata. Poteva smettere. Con l'aiuto di Chiti, avrebbe potuto smettere.

– Credimi, mi vergogno moltissimo, ma sono contenta che…

Chiti la guardò da sotto in su.

– L'hai notato anche tu? – chiese, la fronte aggrottata. – Massí, certo che l'hai notato.

Avery non si aspettava quella reazione. Studiò attentamente il viso di sua moglie.

– Notato, cosa?

– Che sono ingrassata.

– *Eh*?

Avery dischiuse le labbra per il sollievo. O il disappunto. O entrambi.

– Non hai nessun bisogno di fingerti sorpresa, – reclamò Chiti. – Insomma, *guardami*!

Avery guardò Chiti, la guardò davvero come non faceva da tanto tempo. Gambe lunghe e affusolate come candelieri. La linea di peluria sotto l'ombelico, soffice e scura. Quante volte aveva seguito quella traccia sinuosa? Guardò le sue mani sottili ed eleganti tuffarsi nell'acqua come due gru. Le unghie smaltate di un rosa intenso e lucente. E sí, in effetti la pancia era un po' piú rotonda di quando si erano conosciute, le cosce piú floride. Ma questo non faceva che aggiungere sensualità e femminilità a un corpo già seducente.

Abbassò gli occhi sul proprio addome piatto e pallido, e sentí per l'ennesima volta che in confronto a quello di Chiti il suo corpo era privo di grazia. Non poteva definirsi brutta ma di certo non era una Venere, e lo sapeva. I tatuaggi la rendevano piú interessante, se non altro. Il meglio che poteva dire di sé stessa era di avere un aspetto *piacevole*. Un viso simmetrico, un corpo efficiente: spalle quadrate, fianchi stretti, gambe forti. Sensuale, pensava, quanto una scatola di cereali.

Ovviamente, avere una sorella come Lucky significava aver trascorso gran parte della vita a stretto contatto con la bellezza. Ma a differenza di Lucky, il cui aspetto angelico confondeva e rendeva invisibile l'oscurità interiore, Chiti sembrava né piú e né meno ciò che era. Soffice e levigata, aggraziata e robusta. Era bella come la natura, bella in eterno.

– Okay, *smettila* di guardarmi, – protestò Chiti.

Allungò un braccio verso Avery e ridacchiò imbarazzata. Lei le prese la mano.

– Sei perfetta, Chiti, – mormorò. Ma vedendola incupirsi, cambiò rotta alla svelta. – Okay, lo so che è una parola proibita perché la nostra ricerca di perfezione si traduce in un impulso autolesionistico eccetera eccetera. È solo che... a me sembri perfetta. Non cambierei niente –. Già, ma era vero? Non aveva forse appena fatto l'elenco dei suoi difetti? – Sai che non mi importa quanto pesi –. Questo almeno era vero.

– A me sí, invece! Detesto che sia un problema, ma è cosí. Quando sono in seduta con i pazienti, i pantaloni mi stringono addosso. Guarda, guarda qui il segno! Il segno della colpa.

– Compreremo dei pantaloni nuovi.

– Ma sono i miei preferiti!

– Quelli di seta, di Saint-Laurent?

Chiti annuí.

– Te ne regalo un altro paio, – disse Avery.

– Erano vintage, – si lagnò Chiti. – *Non voglio* diventare una portatrice di pantaloni elasticizzati! – esclamò, dando uno schiaffo all'acqua. – Dio mi scampi dal diventare una di loro.

– Nessuno ti obbligherà a portare i pantaloni elasticizzati.

Chiti si lasciò scappare un gemito.

– Ho quasi *quarant'anni*! Quand'è successa questa cosa?

– A quarant'anni si è giovani.

Chiti la guardò.

– A *trentaquattro* si è giovani.

– Io veramente ne ho trentatre.

Chiti le schizzò addosso qualche goccia d'acqua.

– Ancora peggio! – Prese la saponetta e la fece schiumare tra le mani. – Ero convinta che solo una gravidanza avrebbe reso il mio corpo irriconoscibile. Non ero preparata ad... *arrotondarmi* nella mezza età.

Avery si irrigidí. Loro due si conoscevano appena quando Chiti aveva fatto congelare gli ovuli, decisione che in apparenza aveva reso la questione meno urgente. Era ovvio però che sarebbe tornata alla luce. Avery sapeva da sempre di non volere figli, mentre Chiti sapeva di volerne. Ma poiché era piú grande, e all'epoca Avery diceva di volersi concentrare sulla propria carriera, conservare gli ovuli era sembrata la soluzione piú logica. Solo che Chiti aborriva l'idea di essere una madre attempata. L'anno precedente aveva cominciato a parlare piú spesso della necessità di trovare un donatore, idea che Avery non aveva mai respinto in modo esplicito, ma che di certo non incoraggiava. Poi Nicky era morta e loro due avevano smesso di parlare del futuro, a maggior ragione di un evento importante come la nascita di un figlio.

– Ho troppo caldo, mi sto surriscaldando, – disse Avery. Si tirò fuori dalla vasca con un movimento fluido e posò i piedi sulle piastrelle fredde. – Dovevamo mettere il riscaldamento a pavimento.

Balzò sul tappetino e si avvolse in un asciugamano tenendo gli occhi su Chiti, che intanto si sciacquava con cura la schiuma dalle spalle e dal petto. Poi srotolò un altro asciugamano e le si avvicinò strisciando i piedi per spostare il tappeto. Rimasero strette l'una all'altra come naufraghe sul minuscolo isolotto di stoffa, Chiti avviluppata nella spugna morbida, Avery che le strofinava le braccia per scaldarla.

– Hai cambiato idea? – chiese Chiti in tono tranquillo. – A proposito del bambino?

Guardò Avery da sotto le ciglia bagnate, appiccicate insieme come nere punte di freccia. Il viso era aperto, inerme. Il pensiero di ferirla con la verità – cioè che non aveva mai avuto quell'idea, perché era stata Chiti a decidere e lei si era soltanto adeguata – era insopportabile.

– *Tu* l'hai cambiata? – chiese Avery in un tono che sperava non tradisse la speranza.

Chiti fece un piccolo sospiro.

– No, – disse. – Su questo non cambierò mai idea.

Chiti era come Nicky: inesorabilmente materna. Avery invece non era sicura, non era sicura di nulla. *Forse è sufficiente che lo sia una sola di noi*, pensò. Forse era concesso non essere sicure, se l'altra lo era? Era possibile farlo per Chiti, e non per il bambino? Questo avrebbe fatto di lei una cattiva madre? Si stava già dimostrando una cattiva moglie. Non avrebbe dovuto fare qualsiasi cosa per Chiti, l'unica persona al mondo che amasse quanto le sue sorelle?

– Okay, – disse infine.

Chiti la fulminò con lo sguardo.

– «Okay» nel senso che sei pronta?

– «Okay» nel senso che forse non lo sarò mai, ma facciamolo. Tu che ne pensi?

Gli occhi di Chiti la fissavano tranquilli, indifesi.

– Amore, ho quasi quarant'anni. Voglio avere un figlio, e voglio che sia tuo. Lo farei oggi stesso, se fosse possibile.

Malgrado i dubbi, malgrado i sensi di colpa, malgrado tutto, Avery sorrise.

– Allora è il caso di darsi da fare, no?

Uscirono insieme dal bagno e andarono in camera da letto. Chiti sciolse il nodo dei capelli e li lasciò ricadere sulle spalle come un'onda frusciante. Si sdraiò sul letto, ancora avvolta nell'asciugamano, e guardò Avery esitante, speranzosa.

– È un po' che non lo facciamo, – sussurrò.

– Lo so.

Con molta delicatezza, come se stesse togliendo il bendaggio una ferita, Avery la liberò dall'involucro di spugna. La pelle ancora umida aveva un tenue profumo di sapone. Chiti posò le mani sul petto di Avery e la tenne ferma sopra di sé.

– Ti sono mancata?

Domanda seducente, che però sulle labbra di Chiti aveva un tono molto serio. Era cosí tanto che Avery non prendeva l'iniziativa di fare l'amore: che c'era di male a chiedere? Sí, Chiti le era mancata, ma quel che sentiva piú nel profondo era la sensazione di essere lei a *mancare* di qualcosa: il senso piú oscuro dello stesso verbo. In quanto moglie, sorella, donna, Avery si sentiva manchevole.

Invece di rispondere, posò una guancia sul petto di Chiti e le infilò una mano tra le gambe. Ritrovò quel calore cosí familiare. Cominciò a muovere le dita in piccoli cerchi, prima in un senso, poi nell'altro, ancora e ancora, finché non sentí i polpastrelli umidi. Affondò un dito dentro di lei, poi un altro, la riempí di sé finché non rimase piú spazio per nient'altro. Chiti sospirò; un unico sospiro tremante.

– Facciamo un figlio, – mormorò Avery, la faccia affondata nel collo di Chiti, là dove lei non poteva vederla. – Voglio darti un figlio.

Avery era sdraiata al buio, lo sguardo fisso verso la finestra. Lasciavano le tende sempre aperte perché entrambe amavano alzarsi alle prime luci del giorno. Una falce di luna si affacciava dietro un velo di nubi. Sentiva accanto a sé il corpo di Chiti abbandonato al riposo, il respiro tiepido, regolare. Sua moglie aveva sempre dormito il sonno profondo degli innocenti: passava dalla veglia al torpore come se scivolasse da un molo alle acque tranquille di un lago. Avery invece non chiudeva occhio. L'insonnia che sembrava risolta dopo aver conosciuto Chiti era tornata all'attacco. Ma se un tempo aveva temuto l'approssimarsi della notte, adesso provava sollievo per quelle lunghe ore di quiete indisturbata. Meglio non dormire piuttosto che sognare Nicky viva e svegliarsi ogni mattino ricordando. Contemplò oltre i vetri la sagoma scura delle aiuole, il profilo della magnolia in fiore contro il cielo blu cupo. Sapeva di essere in parte ancora là fuori, sola in fondo al giardino a soffiare fumo nell'aria notturna, invisibile e irraggiungibile.

Lucky

Ferma davanti alla casa di Hampstead, Lucky si chiese, non per la prima volta, come Avery fosse riuscita ad approdare in un quartiere cosí elegante. La sua attuale abitazione era dieci volte piú grande del vecchio appartamento di famiglia, e doveva dividerla solo con Chiti. Forse sua sorella, in quanto primogenita, aveva memoria degli anni vissuti come figlia unica, prima che il suo regno fosse invaso: in effetti era lei a soffrire piú spesso per la mancanza di spazio. *Be'*, pensò Lucky mentre saliva i gradini di pietra tirandosi dietro i grossi borsoni di tela, *adesso ce l'ha*.

Il trillo del campanello dorato, rumore di passi felpati, un mormorio, un piccolo strillo, ed ecco Chiti con un grembiule da cucina ricamato, le lunghe chiome svolazzanti.

– È arrivata Lucky! – annunciò, prima di attirarla in un abbraccio.

– Ciao, Chiti, – mormorò lei da dentro i suoi capelli. Profumava di agrumi, fiori e pane. Fino a quel momento Lucky non si era resa conto di quanto le mancasse, di quanto le mancasse la famiglia.

– Entra, entra, – disse Chiti. – E ti prego, dimmi che non sei diventata vegetariana.

Lucky trascinò dentro casa le sacche da viaggio. – Non potrei neanche se lo volessi, – rispose. – In Francia, se dici a qualcuno che non mangi carne loro ti offrono del pollo.

– Ottimo, perché è da stamattina che sto marinando il cosciotto d'agnello e sento che sarà squisito.

Chiti fece segno di lasciare la roba ai piedi della scala e la guidò verso la cucina. In quella casa, ogni dettaglio rispecchiava il buon gusto delle padrone. Nell'ingresso, il pavimento a piastrelle bianche e nere, disposte in un intricato motivo a spina di pesce, contrastava con il rosso sangue delle pareti: un accostamento audace, che altrove sarebbe parso fuori luogo. Lucky seguí Chiti e fu catapultata nella cucina azzurro chiaro con le porte finestre spalancate sul giardino, piena di cose belle e luccicanti e pulite.

– E allora, – disse Chiti strofinando le mani sul grembiule, – vuoi salire un attimo a darti una sciacquata?

Lucky scosse la testa. Finalmente si stava scaldando alla presenza di qualcuno che la conosceva davvero, e non aveva nessuna voglia di allontanarsi cosí presto.

– Ottimo. Se ti va puoi tagliare i cetrioli per l'insalata.

Chiti era abile anche in questo: assegnava agli ospiti piccole incombenze, cosicché sentissero di partecipare a una creazione. Per quanto marginale fosse l'apporto, anche loro potevano cosí sentirsi orgogliosi del risultato. Lucky si lavò le mani, poi cominciò ad affettare i cetrioli con il coltello che Chiti le aveva passato. Dopo qualche istante la guardò incerta.

– Cosí va bene? Sono abbastanza sottili?

Chiti allungò lo sguardo.

– Perfettissime, – rispose.

Lucky sorrise.

– E quindi, dov'è Avery? Ancora in studio?

– Stranamente, no. È andata a una riunione degli Alcolisti anonimi, ma dovrebbe tornare a breve.

– Le frequenta ancora?

Lucky non l'avrebbe mai ammesso, ma era un po' dispiaciuta che la sorella non si fosse offerta di venirla a prendere alla stazione di Saint Pancras, o quantomeno si fosse fatta trovare in casa al suo arrivo.

– Mm-hmm, – confermò Chiti. – È la terza, questa settimana. Le fanno bene. Dopo l'anno scorso aveva smesso per un po', capisci.

– Non mi parla mai degli Alcolisti anonimi.

– Non le va di ammorbare il prossimo con le storie del suo percorso. Sai com'è riservata. Comunque credo che in passato avesse perso un po' la fiducia.

– Capisco, – rispose Lucky in tono tranquillo.

– Perciò sono contenta che sia là in questo momento, – disse Chiti, con un'esuberanza che a Lucky parve un tantino forzata. – Anche se certamente le è dispiaciuto non essere qui ad accoglierti, dopo averti tanto aspettata.

– Oh, non ne sono poi tanto sicura, – disse Lucky. – Magari sta cercando di evitarmi. Sono la sorella cattiva, ricordi?

Chiti schioccò la lingua.

– Sciocchezze. La sorella buona, la sorella cattiva: non esiste. Avery vi ama tutte allo stesso modo, e piú di chiunque altro.

– Eccetto te, – disse Lucky.

Voleva essere una gentilezza, ma Chiti non rispose e si accigliò. Borbottò qualcosa che non era né una conferma né un diniego. Poi alzò il viso e increspò le labbra, ma gli occhi non sorridevano.

– A volte, – disse dopo un po', – tua sorella mi fa pensare a quei castelli medievali in Scozia che sono privati ma aperti ai turisti. Su certe cose è... molto riservata.

Lucky annuí, benché il discorso non le fosse molto chiaro. A guardarle dall'esterno, Avery e Chiti le erano sempre parse un'entità coesa e inattaccabile. Tra le sue conoscenze, erano l'unica coppia a darle un'immagine abbastanza passabile del matrimonio. Il che certo non si poteva dire dei loro genitori.

– Immagino sia difficile adeguarsi ai suoi parametri, – disse.

Ma non era questo che Chiti intendeva. Lucky la vide sforzarsi di imprimere al suo viso un'aria di risoluta gaiezza.

– Ha avuto un anno difficile, come tutte voi, – disse, e allungò una mano per stringerle l'avambraccio. – Ma adesso dimmi: tu come stai? A cosa dobbiamo questa graditissima visita?

Lucky si vide passare davanti agli occhi, come un'odiosa cartolina illustrata, la propria immagine fasciata nel tulle rosa che vomitava a spruzzo dalla finestra di una delle piú famose *maison de couture* parigine. Si era aggrappata alla scusa di un'intossicazione alimentare, ma la stilista doveva aver sentito puzza d'alcol: fatto sta che l'avevano rimandata a casa all'istante, sentenza che lei giudicava ridicola e alquanto esagerata. Un paio di espressi, due sniffatine, e sarebbe tornata come nuova. Quella mattina l'agenzia l'aveva già chiamata due volte. Lei non aveva risposto. Nel pomeriggio, mentre viaggiava sull'Eurostar, aveva infine trovato il coraggio di controllare il sito web, scoprendo cosí che avevano cancellato tutte le sue foto: come se lei non fosse mai esistita.

– Niente, volevo solo staccare un po', – rispose.

Chiti la studiò da sotto il velo scuro delle ciglia, sembrò sul punto di dire qualcosa, poi lasciò perdere.

– Chissà dov'è finita Avery, – brontolò, delusa e innervosita. – La sua riunione cominciava alle sei. Io però mi rifiuto di far freddare la carne, quindi sediamoci e mangiamo. Quando arriva, arriva.

Presero posto nella parte del tavolo lasciata libera dalle

scartoffie legali di Avery. Mentre Chiti tentava di compensare il disordine accendendo due lunghe candele, Lucky si guardò intorno speranzosa in cerca di una bottiglia di vino, ma ovviamente le padrone di casa avevano smesso di bere. Avery si vantava addirittura di non tenere niente di alcolico in casa, nemmeno per gli ospiti, cosa che a Lucky pareva assurda. Ma forse era meglio cosí, si disse. Non sarebbe comunque stato il caso di mettersi a bere davanti a Chiti. Riempirsi un solo bicchiere e sforzarsi di farlo durare fino alla fine, bagnarsi appena le labbra e fingere di apprezzare il sapore quando invece cercavi gli effetti, era peggio che non bere affatto.

Il cosciotto d'agnello, come predetto, era squisito. La carne si staccava dall'osso e si scioglieva come burro, in perfetto contrasto con la fresca croccantezza dell'insalata. Dovendo suo malgrado fare a meno di quello che considerava il piatto forte di ogni pasto, cioè l'alcol, Lucky si rese conto di avere una gran fame. Spazzolata la prima porzione nel giro di pochi minuti, ne accettò volentieri una seconda.

– Questo è il vero piacere della carne, – commentò tra un boccone e l'altro.

Chiti sorrise e si sfiorò la gola.

– In certi momenti me la ricordi cosí tanto, – disse. – Gli stessi, identici vezzi. Scusa, forse non ti fa piacere parlare di...

E invece Lucky la guardava deliziata.

– Davvero? Secondo te le somiglio?

Chiti annuí.

– Questo era anche il suo il piatto preferito.

Lucky assaporò l'orgoglio egoistico di essere piú simile a Nicky delle altre sorelle.

– Glielo facevo sempre, quando veniva a trovarci, – seguitò Chiti.

Quando Nicky aveva ottenuto la cattedra alle scuole superiori, che le concedeva più tempo libero nei mesi estivi, aveva inaugurato la tradizione di passare almeno una parte del tempo a Londra con Avery e Chiti, prima di andare a trovare Lucky ovunque si trovasse ad abitare. Lucky si rese conto all'improvviso che la sua ultima estate, priva com'era della prospettiva di una visita di Nicky, stava procedendo alla deriva.

– E tu, che mi racconti? – chiese. – Come va il tuo lavoro?

– Sei gentile a chiedere, – rispose Chiti. – Direi che cambia ogni giorno. A volte mi sembra di avere qualche effetto sulle vite dei miei pazienti, altre volte ne sono... – si guardò le mani. – ... meno convinta.

– Ma non ti annoi ad ascoltare tutto il giorno gente che si lamenta dei suoi problemi?

Chiti piegò leggermente la testa e sorrise.

– Non mi raccontano solo i loro problemi. A volte sento anche buone notizie. Matrimoni, figli, persone che rompono i soliti schemi e si sorprendono a fare cose che prima credevano impossibili...

– Che bisogno c'è di andare dall'analista a raccontare cose belle?

– La maggior parte dei miei pazienti rientra nella categoria dei «sani preoccupati»: gente come te e me che non ha disturbi mentali gravi, ma vuole parlare con qualcuno che gli dia riscontri piú obiettivi di quelli che avrebbe da un compagno o un amico.

– Come fai a sapere che io non ho disturbi mentali gravi? – obiettò Lucky.

Voleva essere una battuta, ma nel tono non mancava una certa serietà.

– Vero, – riconobbe Chiti. – In effetti non posso saperlo. Nessuno di noi può davvero sapere ciò che sta passando un'altra persona, finché non è lei stessa a condividere la verità sulla sua esperienza vissuta.

– Okay, ma come fai? E che succede se quella persona non conosce la verità, ehm... della sua esperienza vissuta?

– Ci vuole pratica, – rispose Chiti.

– Sembra difficile.

Lei la guardò con un sorriso forzato.

– Adesso invece mi rammenti Avery, – disse.

Finita la cena, Chiti si alzò per caricare la lavastoviglie, respingendo le offerte di aiuto da parte di Lucky. Avery non era ancora tornata, ed entrambe non facevano che sbirciare l'orologio.

– Posso offrirti un tè o un caffè? – chiese Chiti. – Abbiamo una macchina per il caffè fichissima che sarei felice di usare, una volta tanto.

– Certo, va benissimo, a patto che lo prenda anche tu.

Chiti si allungò a prendere una tazzina da espresso su una mensola alta.

– Credici o no, ho smesso di bere caffè, – ridacchiò Chiti. – Ma onestamente preferirei la tortura della goccia cinese.

Lucky inarcò le sopracciglia per la sorpresa: Chiti era una caffeinomane incallita. Una volta l'aveva persino sentita chiedere a che altitudine erano cresciute le piantine di cui stava bevendo i semi torrefatti.

– Niente piú alcol, niente caffeina. Non è che sei incinta?

Chiti si voltò di scatto, rossa in viso.

– Perdonami, ho detto una scemenza, – si scusò Lucky. Aveva parlato senza riflettere, ma dopo anni di lavoro in un ambiente perlopiú femminile sapeva benissimo che certe domande vanno evitate.

– No, tranquilla, – rispose Chiti. – Non sono incinta, ma abbiamo cominciato a cercare un donatore –. Abbassò gli occhi, incapace di trattenere un sorriso. – Mi rendo conto che rinunciare alla caffeina adesso è un po' prematuro, però ho pensato: Be', meglio troppe precauzioni che nessuna.

– Oh, merda, – esclamò Lucky. – Cioè, *wow*! È magnifico.

– Avrei dovuto tenerlo per me, – disse Chiti. – Non spetta a me dare la notizia. Anche se per ora non c'è nessuna notizia! – Gettò in aria le mani come se liberasse qualcosa che teneva stretto fra le mani, forse un passero, o una farfalla. – Quanto sono sciocca, mi lascio prendere dall'emozione!

Lucky si avvicinò per abbracciarla.

– Sarete le migliori mamme di sempre.

Ma c'era, in quell'augurio, anche un velo di tristezza. La vita come Lucky la conosceva stava nuovamente per finire. Avery e Chiti sarebbero state impegnate con il bambino e non avrebbero piú avuto tempo per prendersi cura di lei. Non vedeva Avery da un anno, eppure aveva tratto conforto dal sapere che c'era, e che all'occorrenza avrebbe mollato tutto per correre in suo aiuto. Lei però aveva già ventisei anni, si rammentò con severità. Non aveva piú bisogno di una mamma, tanto meno di una sorella che le facesse da mamma. Intanto Chiti si era sciolta dall'abbraccio; sorrise e batté insieme le mani.

– Allora, la camera degli ospiti è pronta per te, – disse. – Se vuoi fare una doccia prima di andare a dormire, gli asciugamani sono ripiegati sulla poltrona. Oppure, se ti va, ci accoccoliamo qui sul divano a guardare la tv. Non scandalizzarti, ma ho sviluppato una dipendenza da questo reality show in cui dei ragazzi segregati su un'isola cercano l'amore. Passano un mucchio di tempo a ubriacarsi, poi si azzuffano nella vasca idromassaggio. È affascinante, credimi. Se tu mi facessi compagnia, – aggiunse poi con un sorriso, – mi sentirei un po' meno sola.

– In realtà, – rispose Lucky sentendosi avvampare, – avrei appuntamento con una stilista che conosco. Una sua amica dà una festa. È un problema se vado?

Lucky aveva conosciuto la stilista durante la settimana della moda, il febbraio precedente. Non ricordava granché, ma erano mesi che lei la tempestava di messaggi, e Lucky non era tipo da rinunciare a una festa con bevande gratuite a volontà. Cercò di non notare l'espressione delusa che Chiti stava tentando di cancellarsi dalla faccia.

– Ma certo che no, certo che no! Mi ero scordata che è venerdí. Noi due stiamo sempre chiuse in casa, e Vish non fa che prendermi in giro.

– Come sta Vish? – chiese Lucky, ansiosa di cambiare argomento.

– Oh, bene, direi. Ogni settimana si innamora di una ragazza diversa, ma si sa, i giovani sono fatti cosí.

– Giusto... Sei sicura che non ti dispiace?

– Assolutamente no, – rispose Chiti in tono risoluto. – Va' e sii giovane. Ora ti do un mazzo di chiavi, cosí sei libera di tornare quando vuoi.

Lucky uscí da quella casa con una sensazione di sollievo mista a rimorso. La verità? Moriva dalla voglia di bere qualcosa. Richiuse pian piano la porta, si voltò e vide Avery al cancelletto del giardino. Sembrava diversa. Aveva le guance rosate; i capelli scuri, di solito raccolti in un'austera coda di cavallo, ricadevano morbidi a incorniciare il viso. Un abito a portafoglio con una fantasia di ortensie violette le fasciava il corpo. Sembrava giovane e piena di vita, del tutto diversa dalla persona che Lucky ricordava. In quel momento anche lei alzò gli occhi, vide Lucky in cima ai gradini e si fermò.

– Hai un abito *a fiori*, – constatò Lucky.

– È estate! – ribatté Avery, subito sulla difensiva.

– No, cioè, ti sta benissimo. Solo che non ti vedevo vestita cosí da quando eravamo bambine, ecco.

– È una menzogna clamorosa, – rispose l'altra, chiudendo il cancelletto con uno scatto secco. – Ho un sacco di abiti a fiori. Sei tu che non mi vedi molto spesso.

Lucky alzò le mani in segno di resa. – Okay, okay.

Neanche trenta secondi, e stavano già litigando. Poi Avery cambiò espressione e spalancò le braccia.

– Scusa. Ricominciamo da capo. Ehilà, sorellina!

Lucky scese i gradini a balzi e si fermò davanti a lei. Chinò la testa e la avvicinò quella di Avery. Si strofinarono piano le fronti, come fanno i leoni per dimostrare affetto ai membri del loro branco. Rivedere sua sorella faceva proprio quell'effetto, pensò Lucky: due creature selvagge che si arrendono l'una all'altra.

– È bello vederti, Aves, – mormorò.

– Vale anche per me, – rispose Avery. – E adesso fatti guardare per benino.

La tenne discosta da sé quanto bastava per esaminare la sua T-shirt striminzita, i pantaloni di pelle con la chiusura a laccetti incrociati, le radici scure dei capelli e i cerchi ancora piú scuri sotto gli occhi.

– Sei troppo magra, – disse.

Lucky si strinse nelle spalle.

– Mi pagano per questo.

– Non fare la furba. Però i tuoi capelli mi piacciono.

– Ti voglio bene, – si affrettò a dire Lucky, prima che alla sorella venisse in mente qualche altra osservazione.

Il viso di Avery si aprí in un sorriso radioso. In famiglia avevano sempre avuto talento per i saluti e per gli addii, per tutti i momenti di breve durata. Era facile amare qualcuno all'inizio e alla fine; piú difficile farlo nel tempo di mezzo.

– Ti voglio bene anch'io, – rispose Avery. – Senza «anche».

Lucky sorrise. Era una cosa che diceva Nicky. Niente «anche». Solo amore.

– Non riesco a credere che sia passato un anno, – continuò Avery. – E tu sei sempre stata lí, a poche ore di treno.

– Lo so, – disse Lucky con una sorta di vertigine. – Perché ci comportiamo *cosí*?

– L'elenco dei motivi sarebbe troppo lungo.

– Facciamo in modo che non succeda piú.

– Mai piú, – promise Avery, e la prese sottobraccio per salire i gradini. – Te l'ha detto il sesto senso, che stavo arrivando? Eri uscita per venirmi incontro?

– No, ehm… In effetti me ne stavo andando, – disse Lucky, divincolando goffamente il braccio.

Avery fece una smorfia delusa. Era la seconda volta in pochi minuti che Lucky deludeva qualcuno, e non le piaceva per niente.

– Ti ho aspettata per piú di un'ora, – replicò in tono difensivo. – La carne si stava raffreddando, perciò abbiamo cenato.

– Mi spiace, – disse Avery. – Mi sono fermata a socializzare e ho fatto tardi. Avrei dovuto chiamarvi.

– In che senso «socializzare»?

– È cosí che diciamo quando ci fermiamo a fare due chiacchiere dopo la riunione.

– Ma perché non le chiamate «due chiacchiere»?

– Non lo so, – rispose Avery con uno scatto impaziente della testa. – Le chiamiamo cosí, punto e basta.

Lucky fu infastidita da quel «noi». Sentirsi esclusa da quel sobrio microcosmo la irritava e la confortava al tempo stesso.

– Non ti andrebbe di entrare, cosí parliamo un po'? –

chiese Avery. – Dobbiamo decidere cosa fare dell'appartamento di New York.

Lucky si strinse nelle spalle con aria desolata.

– Ho degli impegni, Aves.

– E quindi non ti importa che la vendano? – replicò l'altra, la voce indurita dalla collera. – Non possiamo permetterglielo!

Lucky aggrottò la fronte. Dunque volevano venderla? Rivide in un lampo l'e-mail di sua madre, che non aveva ancora aperto. Allora era di *questo* che parlava. Il giorno dell'anniversario di Nicky, nientemeno. Un tempismo che denotava freddezza persino per gli standard materni, anche se Lucky ormai non si aspettava piú niente da quella matriarca con il cuore di ghiaccio. Si accorse che Avery la fissava impaziente, in attesa di una risposta. Atteggiò il viso a una pensierosa concentrazione che voleva mostrarsi il piú lontana possibile dalla completa indifferenza. Ma *davvero* le importava che i suoi vendessero quella casa? Aveva smesso di viverci stabilmente intorno ai quindici anni, e a dire il vero non provava una grande nostalgia. Da quando faceva la modella, New York per lei aveva sempre voluto dire «Nicky», e senza sua sorella non vedeva il motivo di tornarci. E poi non poteva impedirsi di pensare che rimanere legati a quella casa servisse piú che altro ad Avery, per far sí che la famiglia continuasse a dipendere da lei. Finché continuava a pagare per mantenere l'appartamento, erano tutti debitori nei suoi confronti. Ma a parte ogni altra considerazione, in quel momento Lucky pensava soprattutto a come andarsene.

– Non saprei, – rispose alla fine. – Mi fido delle tue decisioni.

Sorpresa da quell'insolito sfoggio di diplomazia, Avery faticò per un attimo a trovare il tono nervoso di prima.

– E poi, scusa, dove pensi di andare *a quest'ora*?

– A bere una cosa con un'amica.

«Amica» era un termine quanto mai generoso per il tipo di relazione che intercorreva fra Lucky e la stilista. Ma perché le era *impossibile* rientrare in casa e restare con Avery? Perché là dentro non c'era niente di alcolico e in quel momento lei aveva bisogno di bere, un bisogno che andava al di là di tutto, compresa sua sorella.

– Ti ho aspettata, – ripeté.

– Ho capito, – sbottò Avery. – Scusa se sono arrivata tardi. Non sapevo che avessi degli impegni.

Il calore di qualche minuto prima era svanito. Come se fossero passate dalla piena luce all'ombra.

– Possiamo parlare domani, – azzardò Lucky.

In qualche parte di sé molto nascosta, Lucky sarebbe stata contenta se sua sorella l'avesse fermata. Avrebbe voluto che lei l'abbracciasse e le dicesse che sapeva, conosceva la sete che la spingeva lontano, ma era pronta a restare con lei finché non fosse passata; perché di certo sarebbe passata. Invece Avery si limitò a guardarla con un sorriso stanco e rassegnato.

– Ce l'hai la chiave? – domandò.

Lucky annuí.

– E i soldi? Sterline, ne hai?

– Ne prelevo strada facendo.

– Aspetta...

Avery rovistò nella borsa e tirò fuori un portamonete matelassé dall'aria alquanto costosa. Lo aprí e le cacciò in mano tre banconote da venti sterline. Lucky abbassò lo sguardo sul ritratto in violetto della giovane regina dal sorriso enigmatico.

– Non dovevi, davvero, – disse, e le accartocciò all'istante nella tasca posteriore dei jeans.

– Fa' attenzione, – si raccomandò Avery. – Prendi un taxi per tornare a casa.

Lucky era già pronta a schizzare oltre il cancello quando si rammentò.

– A proposito, – disse, voltandosi di scatto. – Non ti arrabbiare, ma Chiti mi ha detto del bambino. Congratulazioni!

Fece in tempo a cogliere l'espressione atterrita di Avery, subito nascosta da un sorriso stiracchiato.

– Non doveva… – balbettò la sorella, poi cambiò idea. – Be', siamo ancora agli inizi. Ma grazie lo stesso.

Quindi ad Avery dispiaceva che lei sapesse? Perché cercava di escluderla dalla sua vita? Lucky scacciò il pensiero molesto e si avviò svelta lungo il marciapiede, camminando all'indietro.

– Sarai una mamma strafica! – gridò, prima di scomparire dietro l'angolo.

Avery si limitò a chinare la testa, come per scansare un colpo.

Un'ora piú tardi, Lucky aveva in mano una delle banconote da venti e la stava arrotolando a cilindretto. Si trovava nel salotto della stilista, il cui nome ancora le sfuggiva. Una piccoletta dai capelli tinti di rosa, con grandi occhi e una faccia raggrinzita che ricordava un po' le bamboline troll con cui Lucky giocava da bambina: questo spiegava perché nel suo cellulare il numero della stilista fosse salvato come Troll Doll. Chiederle adesso come si chiamava pareva uno sgarbo, dunque Troll Doll rimaneva tale, nella rubrica e nella mente di Lucky.

C'era voluto il tempo di tre album ascoltati da cima a fondo – Nick Cave, i Cocteau Twins e Kate Bush – per raggiungere da Hampstead l'indirizzo della stilista. Lucky si meravigliava sempre dell'enorme estensione di Londra rispetto a New York o Parigi, della sua inesauribile capacità di essere scomoda. In quale altra città ti toccava prendere prima un treno suburbano, poi la metropolitana e infine un autobus soltanto per andare a trovare un'amica il venerdí sera? Non c'era da stupirsi che Hampstead fosse un quartiere cosí sonnacchioso, pensò Lucky mentre percorreva le buie strade residenziali per raggiungere la stazione del treno: uscire era talmente faticoso che forse erano già tutti a letto. E forse era per questo, concluse con una punta di amarezza, che la Avery sobria e graniticamente austera ci si trovava tanto bene.

Per quanto Londra fosse frustrante, Lucky adorava comunque gli inglesi e la loro perenne disponibilità alle baldorie piú maestose. Non erano raffinati come i francesi né puritani come gli americani; se a Londra proponevi di andare a bere qualcosa, c'erano altissime probabilità di sbronzarsi alla grande. L'intenzione di alzare il gomito era data per scontata, non c'era alcun bisogno di dichiararla. I britannici volevano lo sballo, e lo volevano *adesso*. Il popolo preferito di Lucky. E Troll Doll aveva dimostrato un grande amor di patria sventolando sotto il naso di Lucky, appena entrata in casa, due belle bustine di plastica. Prima la ketamina o prima la coca? Il solito, annoso dilemma. Lucky scelse la coca e ne rovesciò mezza dose su un grande libro illustrato che aveva in copertina una foto di Kate Moss nuda. Cercò di radunarla in strisce dritte e spesse, ma le tremavano le mani.

– Che fico che mi hai messaggiata, eh, – disse Troll Doll. – Non ci speravo piú. Saranno tipo sei anni che ti ho dato il mio numero –. Erano sei mesi, in realtà.

– Hai ragione, scusa, – disse Lucky, sfoderando il suo sorriso a denti aguzzi. – Non vado tanto forte coi messaggi. Neanche con le telefonate, se è per quello.

– Un tipo indecifrabile, – sussurrò il coinquilino di Troll Doll, uscendo dalla sua stanza con una fondina ascellare di cuoio sul petto nudo e magro.

Troll Doll lo accolse con un urletto deliziato. – Fantastico! Sei *perfettamente* in tema!

– E quale sarebbe il tema? – indagò Lucky.

– Oddio, non lo sai?

Fece un altro urletto, poi partí con un lungo spiegone. Stavano per andare alla festa di compleanno di due gemelle abbastanza note negli ambienti mondani di Londra ma, come spesso capita alle celebrità minori, pressoché sconosciute altrove. Il padre delle ragazze aveva studiato a Eton, lavorava nel *private banking* e compariva spesso sulle prime pagine delle riviste di gossip a causa delle sue molteplici relazioni con attricette e modelle che avevano pressappoco l'età delle figlie. Quell'anno le gemelle avevano deciso di scandalizzare i tabloid inglesi organizzando un baccanale in un *sex club* molto esclusivo, che da anni ospitava feste alquanto misteriose. Il tema della serata era «Pura sconcezza», e la *jeunesse dorée* della capitale era stata invitata a presentarsi con il look piú indecente possibile.

– Quindi ci vestiamo tutte da puttane o da spogliarelliste. Non vi sembra scandaloso da morire?

Con collaudata efficienza, Troll Doll si chinò a sniffare una riga sul fianco di Kate Moss.

– Forse il nome giusto è *sex worker*, no? – obiettò Lucky.

– Io comunque credevo che sapessi già tutto, – disse Troll Doll, ignorando l'ultimo commento. – Altrimenti perché ti saresti vestita cosí?

Lucky si guardò la T-shirt logora e striminzita, i pantaloni di pelle, gli anfibi con la suola alta. Poi alzò gli occhi su Troll Doll.

– È il mio stile, – disse.

– *Oops*, – fece il coinquilino in un «a parte» teatrale, celando un sorrisetto dietro la mano.

Lucky arrossí in modo quasi impercettibile. Si sporse a prendere il suo drink.

– A me *piace*, – disse Troll Doll, e gli fece segno di smetterla. – E quindi, cos'è che ti porta a Londra?

– Sono venuta a trovare mia sorella, – rispose Lucky, svuotando il bicchiere in un colpo solo.

– Ti somiglia? – chiese Troll Doll a bruciapelo.

Lucky scosse la testa.

– Ha sette anni piú di me.

– È gelosa di te?

Lucky non se l'era mai chiesto.

– Non è gelosa di nessuno, credo.

– E tu? Sei gelosa?

– Strana domanda, – disse Lucky. – *Tu* lo sei?

– Oddio, stai di nuovo facendo quel gioco, – esclamò il tizio con la fondina di cuoio, alzando gli occhi al cielo.

– E tu me lo rovini! – strillò Troll Doll.

Lucky li guardò perplessa.

– Lo fa sempre, – spiegò il coinquilino ostentando un tono annoiato. – Ti tempesta di domande personali, una dietro l'altra, per vedere quante riesce a farne prima che sia l'altro a chiederle qualcosa.

– Come sono andata? – volle sapere Lucky, ma senza grande interesse.

Rovesciò la coca rimasta nella bustina e si accinse al gratificante compito di preparare altre righe.

– Rimani indecifrabile, – sentenziò Troll Doll.

– Ma quale sarebbe lo scopo? – domandò Lucky mentre separava la polvere usando la carta di credito. – Del gioco, intendo, – specificò. Giusto perché non pensassero che alludeva alla vita in generale.

– Scoprire piú cose che puoi sull'altra persona, senza svelare niente di te, – disse il coinquilino.

– Con gli uomini è piú facile, – aggiunse Troll Doll. – Certe volte arrivo a trenta domande prima che gli salti in testa di farmene una.

Suonarono alla porta, e la padrona di casa si precipitò ad aprire. Trovò sulla soglia un gruppetto di amici in abiti trasparenti o variamente scollacciati.

– Questa è Flopsy, e questi sono i miei cugini Cressida e Rupes, – disse Troll Doll a beneficio di Lucky, anche se nessuno dei nuovi arrivati sembrava aver notato la sua presenza.

Lucky diede un'occhiata circolare ai presenti e capí con un tuffo allo stomaco di essere attorniata da rampolli dell'alta società britannica, cosa che nessun autentico membro di quella classe avrebbe mai ammesso. Sua madre diceva sempre che la gente davvero snob non parlava mai con chiarezza della propria posizione sociale né, per gli stessi motivi, dei costi delle scuole private, delle amicizie con i membri della famiglia reale o dei patrimoni ereditati. Doveva essere tutto un po' vago. La madre di Lucky era inglese, ma detestava il rigido classismo di quella società. E come c'era da aspettarsi, era anche una fervente antimonarchica. Arrivava al punto di vietare a Lucky e alle sue sorelle di giocare alle principesse; all'inizio di ottobre andava a far provviste al mercatino dell'usato vicino a casa e confezionava per le figlie costumi di Halloween ispirati ai rivoluzionari piú famosi, da Giovanna d'Arco a Che Guevara. Un anno le aveva vestite da contadine russe ai tempi della Rivoluzione, con tanto di attrezzi agricoli rigorosamente d'epoca. Quando il figlio dei vicini aveva osato prenderle in giro perché erano sporche – per amore di verosimiglianza la madre gli aveva imbrattato la faccia con la terra di un vaso – Avery l'aveva minacciato con la sua falce da fieno.

Lucky si guardò intorno in cerca di qualcos'altro da bere.

– Ciao, io sono Flopsy, – disse una degli ultimi arrivati, prendendo posto sul divano accanto a lei. Portava un miniabito bianco elasticizzato e un boa di struzzo color avorio. I capelli castani erano pulitissimi, dritti e lucenti come il manto di un cavallo.

– Lucky, – disse Lucky.

– Che strano nome, – disse Flopsy.

Lei non rispose e la guardò di traverso.

– E dove hai conosciuto…

Indicò con un cenno la padrona di casa, che stava aiutando sua cugina Cressida a mettersi il reggiseno di nastro adesivo.

– A scuola, – rispose Flopsy scuotendo la criniera. – Ero avanti di un anno al Cheltenham. Ci conosciamo da sempre.

– Allora, beviamo una cosetta veloce e poi andiamo, okay? – chiese a tutti Troll Doll.

– Sono *letteralmente* straemozionata, – squittí Cressida, il seno blindato dentro un abito luccicante che lasciava scoperte le spalle e la schiena.

– Sarà la festa piú clamorosa dell'anno, *letteralmente*, – dichiarò Flopsy.

– Tipo Sodoma e Gomorra, – chiosò il coinquilino, – ma piú chic.

– Dove le hai conosciute? – chiese Lucky.

L'altro abbaiò una risata.

– Sodoma e Gomorra non sono *persone*, mia cara.

– Intendevo le ragazze che dànno la festa, – precisò lei.

Era in effetti quel che Lucky voleva sapere, ma c'era da scommettere che l'altro sospettasse un tentativo di nascondere l'errore. Sembrava proprio il tipo che ci gode a sottolineare le debolezze altrui, forse – pensava lei – per sviare l'attenzione dalle proprie. D'altronde faceva la modella, quindi era normale che la gente si divertisse a farla passare per idiota. Doveva essere un trucco per proteggersi dal proprio senso di inadeguatezza: se lei era carina ma scema, chiunque era autorizzato a sentirsi migliore, magari persino sul piano morale, e a vedere nell'assenza di bellezza commercialmente sfruttabile una conferma della propria superiorità intellettuale. E se invece le due cose fossero state slegate? Se fosse stato possibile essere belle per professione *e anche* intelligenti? A quel punto un aspetto banale avrebbe avuto l'unica funzione di apparire ordinario, e la bellezza di Lucky sarebbe diventata lo sgradito promemoria della loro inferiorità. Tuttavia, col passare del tempo aveva capito che era piú facile star zitta e lasciare che gli estranei pensassero di lei ciò che volevano. Cosí facendo, sembrava che la odiassero di meno.

– A scuola, – rispose Troll Doll, come se non potesse essere altrimenti.

Vennero distribuiti dei *vodka soda* piuttosto carichi, che Lucky tracannò con gratitudine. Il bianco secco che le avevano messo in mano appena arrivata era finito da un pezzo, e fu contenta di veder circolare qualcosa di piú forte. I nuovi arrivati si affrettarono a consumare, con sconcertante rapidità, le bustine di coca e ketamina che avevano portato. Quando tutti i presenti furono ben lontani dalla sobrietà, Troll Doll batté le mani con fare imperioso.

– Okay, facciamo un gioco.

Lucky sentí accartocciarsi le budella. Detestava il divertimento organizzato, e in gioventú aveva passato molte feste di compleanno nascosta sotto il mucchio dei cappotti in camera da letto. Per di piú sentiva arrivare quel tipico senso di ansiosa irrequietezza, quel formicolio diffuso di quando si calava anfetamine troppo in fretta senza poi potersi muovere. Rimpianse di non aver scelto subito la special K, che anche a piccole dosi la faceva sentire incorporea e assente; adesso invece era fin troppo presente.

– Quesito numero uno: come mandare all'aria un primo appuntamento in quattro parole, – comandò Troll Doll.

Sembrava che ognuno avesse già la risposta pronta.

– Ho scòrdato il portafoglio.

– Esco da una storia...

– Hai il naso rifatto?

– Credo che siamo cugini.

Ridevano tutti a crepapelle, eccetto Lucky.

– Sentite qua, ne ho una buona... – disse il cugino Rupes, che indossava una mascherina in stile *Eyes Wide Shut*. – Che fai nella vita?

Altre risate.

– Perché dovrebbe mandare all'aria un appuntamento? – chiese Lucky.

– È una domanda cosí *banale*, gioia, – spiegò lui.

– Sarà banale per te che non fai mai un tubo, tesoro, – disse Troll Doll. – Forza, Lucky, tocca a te.

– Non mi viene in mente niente.

Il coinquilino con la fondina sogghignò per farsi notare.

– Dài, ce la puoi fare, – insisté Troll Doll, esasperata. – La prima cosa che ti viene.

– È morta mia sorella, – disse Lucky.

– Ooh, molto *dark*, mi piace, – approvò la padrona di casa. – Adesso invece mi dite, sempre in quattro parole, la frase piú bella che vorreste sentire a un primo appuntamento.

– Piú di ventidue centimetri.

– È casa di papà.

– Uno Château Lafite, prego.

– Graaande! – esclamò Troll Doll.

– La vuoi una giuggiola? – mormorò Flopsy, girandosi verso Lucky.

– Sarebbe una… frase del gioco? – chiese lei.

– No, – rise Flopsy, – ma potrebbe anche esserlo.

Lucky si strinse nelle spalle.

– Perché no, – rispose.

Non aveva idea di cosa fosse una giuggiola e non gliene fregava granché. La scelta migliore era dire di sí. Flopsy aprí la sua borsettina di coccodrillo bianco, prese due pillole altrettanto bianche, tirò fuori la lingua e fece segno a Lucky di imitarla. Alla luce delle lampade, le palpebre di Flopsy scintillavano di brillantini argentei.

– *Bim bum bam*, – disse Flopsy, e insieme deglutirono le pillole.

Ed ecco che *whooooooosh* Lucky era fuori da quella casa e dentro il Suv nero e lucente che qualcuno aveva noleggiato, viaggiava per le strade buie e sonnolente di Londra, ecco King's Road con le vetrine dei marchi costosi accese anche di notte, e i gradini di una grande casa, un lungo corridoio, una porta segreta nascosta dietro uno scaffale di libri, una scala stretta che scendeva giú, verso la festa che pulsava, palpitava, vibrava, vorticava ed era già decollata.

Erano tutti vestiti a tema. Ospiti in lingerie e mascherine veneziane mollemente distesi sui divani di velluto, altri che ballavano un po' rattrappiti in abiti di pelle stile bondage. Un tizio dal petto villoso in calzoncini a volant stuzzicava una donna dalle grandi tette in camicia da sera e mutande da uomo. C'era un vecchio dall'aria aristocratica con un tanga diamantato e lunghissimi guanti da opera, circondato da dominatrici che agitavano i frustini a tempo di musica. Una brunetta alta in perizoma di latex accarezzò la guancia di Lucky con una piuma di pavone.

In un crescendo di strilli e versetti, le gemelle si precipitarono ad accogliere Troll Doll e i suoi amici. Indossavano stivali alla coscia, slip di seta e cappotti di pelliccia ognuna di un colore diverso: neri per una, rosa shocking per l'altra. Portavano scritto sul petto nudo, una parola ciascuna, il tema della festa a grandi lettere in stampatello: «Pura sconcezza». L'effetto, riconobbe Lucky, non era niente male.

– Ah, siete qui! – gridò Pura, abbracciandoli uno per uno. – Non vi sembra tutto perfettamente ridicolo?

– Eccome! – confermò Flopsy.

– Papino si è vestito da monaca sexy, – annunciò Sconcezza. – Fatevi un selfie con lui, prima che sia troppo sbronzo per reggersi in piedi!

– Che festa da urlo! – si entusiasmò Troll Doll.

Poi prese Lucky per mano e si lanciò a capofitto nella notte.

Ma Lucky ormai sapeva che per quanto ben frequentata, esclusiva o rifornita di costosi beveraggi, alla fin fine ogni festa si riduceva a poco: ballavi, bevevi, gridavi piú forte della musica. E andavi in bagno a drogarti, dove infatti si ritrovò anche quella volta, un'ora dopo.

– Allora, tu e Flopsy? – la interrogò Troll Doll. – Prima vi ho viste ballare insieme. Ti piace?

Lucky si strinse nelle spalle: stava diventando la sua risposta standard.

– Boh, non la conosco, – brontolò.

Erano entrambe chine su un lavabo di marmo rosa con i rubinetti dorati. Le pareti erano dipinte della stessa tonalità accesa, come l'interno di una laringe. In sottofondo, il ritmo ossessivo della musica. Gli specchi lucidissimi riflettevano le loro facce all'infinito.

– Vorrei essere bella come te, – disse a un tratto Troll Doll. – Lo vorrei proprio tanto, tipo che ucciderei per essere bella cosí. Mica qualcuno di importante, e neanche una brava persona. Ma uno normale, magari tendente allo stronzo? Lo farei fuori senz'altro, per avere un viso come il tuo. O una pancia come la tua. Il tuo ombelico è sexissimo, sembra un occhio di gatto.

Lucky si guardò il petto nudo. In qualche momento, nell'ora appena trascorsa, si era tolta la T-shirt e qualcuno le aveva imbrattato i capezzoli con due X nere e luccicanti.

– Davvero? – chiese con voce annebbiata.

– Ma voglio dire, non ti sembra un po' folle? Quest'idea di ammazzare qualcuno?

– Sí, abbastanza, – riconobbe Lucky. Offrí a Troll Doll una chiave con una piccola presa di coca. – Ma è un'idea tua.

La stilista la guardò, gli occhi stretti come due fessure.

– Non te ne importa niente.

– Sí che mi importa, – ribatté Lucky con scarsa convinzione.

– Di' un po', vorresti baciarmi, eh?

Troll Doll saltò giú dal piano del lavabo e si buttò addosso a Lucky, appiccicò la bocca alla sua e succhiò famelica. Lei la lasciò fare: era un po' come avere un piccolo koala appeso al collo, ma in fondo che importava? Aprí gli occhi e vide il loro abbraccio replicato dagli specchi, in cento versioni differenti.

– Torniamo di là, – propose dopo un po'. – Andiamo a cercare i tuoi amici.

– Non mi frega un cazzo di loro, – ansimò Troll Doll, ma Lucky era già sgusciata fuori dal bagno.

E tira la coca. E sniffa la ket. E fatti un drinkino. Fuma. Tirello di coca. Zinzino di K. Ribevi. Rifuma. Shniffacoca. Pippaket. Drinkiiiiino... Tirodishpiiiino... La stanza collassava su sé stessa, le pareti si arrendevano a una stralunata morbidezza. Lucky non sapeva piú dove finiva lei e dove cominciavano gli altri. Il pavimento continuava a cedere sotto il suo peso come un castello gonfiabile. Era tutto buffissimo e molle e molto sinergico. Lei pure seguiva il ritmo della musica in un modo complesso ma anche introspettivo, profondamente e puramente carnale. Indovinava ogni nota prima ancora di sentirla. Viveva nell'istante e qualche secondo piú avanti. Sentiva di avere mani grandissime.

Adesso era nel bagno con l'anziano nobiluomo e la sua giovanissima amica, una ragazza minuta con i copricapezzoli dorati. Adesso invece in una stanza a parte, con pareti e pavimenti foderati di velluto. Baciava un tizio alto con le ali da angelo e la lingua che sapeva di calce. Poi lui la spingeva verso un'altra ragazza, una rossa coperta di lustrini che sembrava una fragola ma sapeva di tabacco e Red Bull. Poi le baciava entrambe. Il tutto sembrava piacevole, o almeno passabile. Insomma, meglio di niente. Anche se a dire il vero avrebbe preferito non sentire niente – non *essere* niente. Ecco, era questo che voleva: trovare una falla nel velluto della stanza, aprirsi un varco e scomparire nel buco nero che stava al di là.

Sniffò qualcosa, va' a sapere cosa, dalla mano di una tipa travestita da Sailor Moon, e un attimo dopo era di nuovo sulla pista. Aveva perso di vista tutti: Troll Doll, Flopsy, Rupes, Ali d'Angelo, Fragola Lucente, insomma tutti. Stava cadendo in avanti, toccava con le mani il linoleum vischioso. Rimbalzava ed era di nuovo in piedi. Stava da dio, ragazzi, da dio. Oltre la massa dei corpi, un uomo enorme e sorridente si faceva largo verso di lei. La folla si apriva al suo passaggio come gocce di olio nell'acqua. Era calvo come un neonato, vasto come l'orizzonte, alto come una cattedrale. Un uomo massiccio, davvero massiccio.

– Lucky, – diceva. – Tu sei Lucky.

Lei annuiva e non riusciva a smettere. Il suo corpo si scuoteva e sussultava. Lei ballava, cadeva, sobbalzava, si stava disfacendo.

– Conosco tua sorella, – disse l'uomo.

– Chi, Avery? – farfugliò lei. La sua testa oscillava e vibrava. Se chiudeva gli occhi vedeva macchie di luce nerastra circondate da aloni color girasole. Li riaprí, e la faccia dell'uomo era enorme sopra di lei.

– La bimba di Nicky, – disse l'omone con un gran sorriso. – Sei la bimba di Nicky.

Fece per chiedergli: «Tu conoscevi Nicky?», ma si accorse di non riuscire piú a parlare.

Si aggrappò alle spalle dell'uomo con tutto il suo peso. Lui aveva sul petto una targhetta di plastica con la scritta «Security». Sicurezza, pensò Lucky, ecco quel che non aveva mai avuto: sicurezza. L'uomo la guardò e la folla svaní dietro il suo viso. Lui era il cielo notturno. Era la luna. Era una palla di specchi che rifletteva mille versioni di lei. Sotto il suo sguardo, Lucky si rifrangeva come luce. Era un milione di microparticelle che si sparpagliavano a terra. Era l'aria respirata dalla gente che ballava. Era la musica portata da quell'aria. Era il *thump thump thump* del basso. L'uomo le sorrideva con quel faccione cosí gentile. La sua testa mandava raggi di luce. Il suo sorriso era mille soli. Era l'eclissi.

– Sarai per sempre la bimba di Nicky, – disse la voce tonante dell'uomo. Le parole scoppiavano sulla pelle di Lucky come bolle di sapone.

Non ricordava di averlo lasciato andare. Non ricordava di essere caduta, né di essersi coperta il petto nudo con un boa di piume bianche. Quella sciarpa le avrebbe lasciato sui seni tanti piccoli graffi rossi, ma lei se ne sarebbe accorta solo l'indomani. Non ricordava di aver chiamato un taxi, né di essere crollata con la testa in avanti appena l'auto nera era arrivata davanti alla casa silenziosa di Hampstead, né il corpo del tassista contro il suo, il contatto fastidioso delle mani mentre la trascinava fino ai piedi della scala, il sollievo di vederlo allontanarsi senza fare nient'altro. Non ricordava di aver salito i gradini strisciando, né di essersi afflosciata sullo zerbino ispido, senza riuscire a infilare la chiave nella serratura. Non ricordava di aver alzato gli occhi su Avery, o meglio sui contorni del suo viso dentro un rettangolo di luce, né di essere stata portata dentro casa e poi su per la scala interna, aggrappata con un braccio al collo di sua sorella. Non ricordava di essersi accasciata, semivestita com'era, nella vasca da bagno vuota, né che Avery avesse aperto il getto della doccia, né le piume bagnate che scivolavano via e otturavano lo scarico.

La prima cosa che invece ricordava era il viso di Avery, i suoi capelli zuppi e ciondolanti mentre stava a cavalcioni su di lei e la scuoteva per svegliarla. Il getto dell'acqua che colpiva entrambe. La faccia di lei contratta dalla fatica, mentre tentava di farla rinvenire. Somigliava alla mamma. Lucky aveva anche provato a dirglielo, ma non riusciva a parlare. Avery invece ripeteva qualcosa, sempre la stessa cosa che lei non sentiva granché bene per via dell'acqua che scrosciava, di quel fischio ininterrotto nelle orecchie. Le pareva che fosse: *Tu no. Anche tu, no. Tu no.*

Bonnie

Quando bussarono alla porta Bonnie era in casa, sdraiata sul materasso posato sul pavimento. Camminando a schiena bassa, raggiunse il soggiorno senza fare rumore. Il cuore le batteva all'impazzata. Nelle ultime ventiquattro ore aveva alternato fasi di attività frenetica ad altre di totale inerzia, si era allenata con intensità maniacale fino a restare paralizzata dalla stanchezza, aveva ceduto nei momenti piú strani a un sonno leggero e intermittente. Era uscita di casa in piena notte per camminare da sola in riva al mare, seguendo la curva scura della costa fino al molo di Santa Monica per poi tornare indietro alla Marina. A quell'ora in spiaggia non c'era nessuno a parte la gente che ci viveva, figure indistinte rannicchiate davanti alle tende a parlottare fra loro, le facce illuminate dal breve lampo di un fiammifero o dal bagliore fioco di un cellulare. Lei gli passava accanto senza far rumore mentre andava verso la battigia, dove l'acqua fredda le lambiva i piedi nudi. Laggiú, finalmente, c'era silenzio. Laggiú poteva camminare e pensare indisturbata. Quando il cielo schiariva e i primi surfisti scendevano in spiaggia, Bonnie tornava a casa. Dalla sera della scazzottata, non aveva piú visto né sentito nessuno.

Guardò attraverso lo spioncino e vide la faccia lentigginosa di Peachy quasi addossata al battente per sbirciare a sua volta all'interno. Senza una parola, aprí uno spiraglio di porta. Lui allargò le braccia e le sorrise.

– Non telefoni, non scrivi. Che fai, la preziosa con me?

Bonnie chinò la testa.

– Dài, Peachy, entra.

Lui mise un piede in salotto e si guardò intorno: pavimenti nudi, un'unica sdraio pieghevole, sacchetti pieni di contenitori del take-away.

– Wow, mi piace come l'hai arredato. Minimalista.

– Dici sul serio?

– Cazzo, no! Sembra la casa di un serial killer! A proposito, tu non squarti nessuno, vero? Che ne so, i ragazzi del delivery…

Bonnie gli lanciò uno sguardo cosí sinceramente angosciato che Peachy si vide costretto a stringerle un braccio per rassicurarla.

– Scherzavo. Insomma, piú o meno. Cioè, quando ti ho vista perdere la brocca con quel tipo mi sono detto… Alla faccia dell'istinto omicida.

Il momento che Bonnie temeva era arrivato. Sentí subito freddo in tutto il corpo. Era tempo di affrontare la realtà. Comunque fosse andata, se lo meritava.

– È morto, vero? – disse in tono piatto. – L'ho ammazzato.

Peachy la guardò esterrefatto.

– Oh, baby, è questo che pensavi? Ma va', sta benissimo.

Bonnie crollò sulla sedia da spiaggia e si prese la fronte fra le mani.

– Oddio, ti ringrazio, – mormorò. – Io credevo… Oddio, grazie al cielo.

Peachy ridacchiò.

– Piú che altro l'hai ferito nell'orgoglio.

Bonnie sollevò la testa e lo guardò incredula.

– Sí, vabbe', gli hai rotto il naso, forse gli hai scosso un pochino il cervello, – ammise lui. – Ma sono cazzate, robetta da niente.

Lei mandò un gemito.

– E adesso che succede, Peachy?

– Sta' a sentire, non è niente di grave. Intanto hai fatto bene a startene lontana in questi giorni. Il tipo è passato ieri sera per dire che sta pensando di sporgere denuncia. A proposito, posso fumare?

Bonnie si guardò intorno. Detestava l'odore del fumo, ma in quell'ambiente cosí essenziale non c'era granché da proteggere. Annuí. Peachy accese una sigaretta e aspirò la prima boccata con evidente sollievo.

– Pensi che lo farà davvero? – chiese Bonnie.

– La verità? Secondo me non diceva sul serio. È in imbarazzo, capisci. Perché farlo sapere a tutti? Che una tipa l'ha conciato per le feste? – Peachy alzò subito le mani. – Scusa, volevo dire una donna! Conciato per le feste da una donna fortissima, indipendente e professionalmente qualificata.

Bonnie sorrise.

– Sempre una tipa, per lui.

– Esatto, – confermò Peachy. – Quindi se fossi in te me ne starei nell'ombra per un po' e lascerei sgonfiare la faccenda. Prenditi una vacanza.

– Per quanto tempo?

– Un paio di settimane, diciamo un mese per stare tranquilli.

– Ma è tantissimo, Peachy!

Senza il suo stipendio da buttafuori, Bonnie non avrebbe potuto permettersi quella casa. Si guardò intorno. Il capo aveva ragione: in effetti non era mai stata una vera casa. Bisognava dare il preavviso al proprietario, ma essendo un affitto a breve termine bastava pagare fino alla fine del mese.

Peachy la guardò comprensivo. – Lo so, lo so. Senti,

ti pago in anticipo la settimana passata. Non c'è qualche amico che potresti andare a trovare?

Bonnie scosse la testa.

– Non è roba mia, – disse.

Che cosa?

– Avere degli amici.

– Oggesú, che tristezza. Ma con chi parli allora? Tipo quando hai, che so, qualche problema?

Bonnie ci pensò un attimo.

– Una volta parlavo con Pavel, il mio allenatore. Adesso solo con le mie sorelle.

– Va bene, le sorelle vanno bene. Io ne ho una sola ed è una narcisista assatanata, ma sono contento che a te sia andata meglio. Non puoi andare a trovare una di loro?

Un altro segno di diniego. Avrebbe dovuto spiegare cos'era successo.

– Vivono tutte all'estero. Però... – L'appartamento. C'era sempre l'appartamento. Lo disse in fretta, prima di avere il tempo di ripensarci: – I miei hanno una casa vuota a New York: potrei stare lí per un po'. Vogliono venderla, ma comunque gli servirà aiuto per svuotarla.

– Vabbe', mi prendi in giro! *Adesso* lo dici? È perfetto! Cazzo, New York! Il mio prossimo locale lo apro lí. Ne ho le scatole piene di Hollywood. Verrei volentieri con te, ma la mia nuova morosa non sarebbe tanto contenta.

Bonnie sorvolò sul fatto che lei non l'aveva invitato. La vita per Peachy era l'ingresso di un club dove lui era sempre nella lista degli ospiti. Rimase in silenzio ad annuire mentre il suo capo tuonava contro i *grassi* nomi del cinema, cosí li chiamava, che frequentavano il locale. Intanto il cervello di Bonnie lavorava a pieno ritmo. Se la sentiva davvero di tornare a New York, dopo quel che era successo? Eppure in qualche modo sembrava inevitabile.

Non c'erano alternative. Intanto Peachy aveva terminato lo sproloquio e si strofinava il mento con aria pensosa.

– Secondo te condividere la posizione dei cellulari è una cosa romantica? La mia nuova morosa vuole cosí, – disse. – Non ti pare strano? Segue tutti i miei movimenti. Come se avessi addosso un localizzatore.

– Non saprei, Peachy. Dipende da quanto ti piace.

Lui scosse la testa e sbuffò una nuvola di fumo.

– Donne, – bofonchiò. – Sempre troppo vicine o troppo lontane, eh?

Bonnie annuí in un modo che sperava apparisse benevolo. Tante volte aveva pensato lo stesso di Pavel, ma in realtà non aveva mai capito se lui fosse troppo vicino per vederla chiaramente o troppo lontano per vedere in lei qualcosa di diverso da una pugile. Eppure c'erano stati momenti, ancorché passeggeri, di vicinanza assoluta. Ripensò a quando si allenavano fianco a fianco tirando pugni all'aria, volteggiando sul ring come fiamme gemelle, muovendosi a un ritmo segreto che solo loro due conoscevano. Non c'erano né leader né seguaci, né allenatori né allievi, ma soltanto il respiro condiviso, il frusciare leggero dei piedi sul tappeto, il mormorio dell'aria intorno ai corpi in movimento, la sensazione mai detta, ma nota a entrambi, di essere un'entità divisa in due, che danzava intorno a sé stessa. Quella sensazione le mancava piú di ogni altra cosa al mondo, eccetto sua sorella.

Dopo l'ultimo combattimento, Bonnie non aveva piú parlato con Pavel. Aveva cambiato numero di telefono ed era partita per Los Angeles subito dopo il funerale. Lui non aveva piú avuto modo di mettersi in contatto con lei; lei non poteva sapere se avesse tentato. Ma non appena si era immaginata di tornare a New York, era a Pavel che aveva pensato, ed era da lui che stava tornando. Guardò

Peachy, che faceva su e giú per la stanza con l'aria di apprezzare moltissimo il colpo di scena.

– Hai un bel posticino tranquillo a New York, e neanche me ne parli? Non è che sei ricca, per caso? Puoi dirmelo, piccola; sai che sono una tomba.

Bonnie scosse la testa.

– È solo la casa in cui sono cresciuta. I miei l'avevano comprata a poco prezzo negli anni Settanta. Ci ho vissuto un po' con mia sorella, poi… Non lo so, è rimasta vuota.

– Allora è fatta, direi. Te ne vai a New York, e se qualcuno ti viene a cercare dico che non lavori piú da me.

Peachy aprí la porta e gettò il mozzicone di sigaretta oltre il ballatoio. L'appartamento si riempí delle grida dei gabbiani. Lui fece per andarsene, ma poi si voltò indietro.

– Ci prendiamo un gelato prima che tu parta? Ho bisogno di caramello salato.

Bonnie sorrise. Erano dieci anni o forse piú che non mangiava gelati.

– Certo, – disse.

Lo seguí sul ballatoio, strizzando gli occhi alla luce obliqua del sole.

Lui si voltò a guardarla. – A proposito: ti sbagli, sai?

– Su che cosa?

Le diede un pugnetto contro il braccio.

– Io sono tuo amico, Bonnie Blue.

Non c'è newyorchese, per quanto cinico, che possa resistere all'emozione di un atterraggio notturno al JFK. Benché fosse esausta e divorata dall'ansia, appena l'aereo toccò terra Bonnie sentí posarsi nel cuore una segreta speranza. Era di nuovo a New York. La città delle sirene, la città dei segreti, la città delle sue sorelle. Aveva avuto paura di tornare, ma lo spettacolo delle mille luci che ammiccavano nel buio, come minuscoli segnali di vita, l'aveva confortata piú di quanto si aspettasse. Era a casa, l'unica casa che avesse mai avuto: non perché avesse sempre vissuto a New York, ma perché New York viveva sempre in lei.

All'ingresso mostrò le sue chiavi al nuovo portiere di notte, che annuí sonnolento. Era rimasto tutto come prima. Nell'atrio del condominio, che un tempo era stato un albergo, permaneva un'atmosfera di lusso un po' sfiorito: pavimenti di marmo consumato dall'uso, panche foderate di broccato stinto. Il quadrante dorato sopra l'ascensore era ancora fermo, come sempre, sul numero undici. Bonnie sostò davanti alle porte senza premere il pulsante. Aveva giurato di non salirci mai piú, dopo quel che era successo. Ma adesso era lí, e si sentiva stranamente inebetita. Alla fine premette il pulsante e varcò la doppia porta come in sogno. La cabina salí silenziosa fino al piano. Lei uscí e raggiunse la soglia di casa, grata per quell'assenza di emozioni. Con la mano sul pomello della porta, esitò un istante e si preparò a ciò che l'aspettava.

La prima sensazione fu l'odore. Non il classico odore di casa, quel profumo arcinoto eppure indefinibile che impariamo a riconoscere solo andando via. C'era invece uno strano aroma medicinale, come se avessero spruzzato un antisettico. Tutto il resto, però, era immutato. Il corridoio con la logora passatoia marocchina, la parete di fronte con i ganci a varie altezze per i loro cappotti. D'inverno si caricavano di una tale quantità di piumini, giacconi da marinaio e pellicce vintage, che era impossibile passarci accanto senza farne cadere almeno uno, cosa che infastidiva moltissimo la madre. La vita della casa sembrava scorrere ancora sotto la superficie del presente, come acqua imprigionata da uno strato di ghiaccio. Sarebbe stato bello poter spezzare la lastra e tornare a quei momenti: le sue sorelle in cucina che gareggiavano a chi sbucciava piú uova sode per i tramezzini, oppure sedute su un asciugamano che trascinavano a turno lungo il corridoio immaginando di volare su un tappeto magico, oppure stravaccate sul divano a guardare la tv dopo la scuola; l'ordinario, quotidiano miracolo di essere insieme.

Entrò nel soggiorno senza accendere le luci. Era mezzanotte passata, la città era tranquilla; non restava che un rigagnolo di traffico a illuminarne le vene. Il mobilio della stanza era un miscuglio male assortito dei gusti dei genitori. Dalla madre: una poltrona di pelle imitazione Noguchi, un enorme tavolo da pranzo ricavato dalla porta di una chiesa, varie sculture di oggetti di scarto realizzate da amici ai tempi in cui faceva la gallerista. Dal padre: alcuni quadri dalle tinte cupe raffiguranti navi e mari in tempesta, un sofà di velluto blu scuro con letto estraibile, le opere complete di Charles Dickens orgogliosamente schierate sulla mensola del camino. Bonnie si lasciò cadere sul divano, che emise il consueto sospiro. Sentiva intorno la presenza della città, di quell'assenza di silenzio che è New York.

Non avrebbe voluto ricordare, ma lí dentro non c'erano che ricordi. Il ritratto a olio di loro quattro bambine la fissava da sopra il caminetto. Nicky seduta sul grembo di Bonnie, Lucky su quello di Avery. Per uno strano scherzo della genetica, Avery e Nicky avevano i capelli castano scuro mentre Bonnie e Lucky erano bionde; ma a parte questo, erano inconfondibilmente sorelle. Il dipinto era opera di un'amica della mamma, un'artista israeliana dall'aria mite e addolorata che a volte intingeva il pennello nella tazza del tè e poi, per errore, beveva l'intruglio.

Non era un ritratto lusinghiero, o meglio non intendeva esaltare la grazia infantile delle sorelle. Al contrario, le facce avevano un che di caprino: occhi enormi e spauriti, nasi affilati, menti aguzzi. Il nero delle pupille, stranamente dilatate, tendeva quasi al violetto; gli sguardi erano fissi in una sorta di vigile tensione. Le teste, vicine e appena piegate, sembravano ritrarsi da qualcosa appena oltre la tela. In effetti a quel tempo erano proprio un piccolo gregge di capre, pensò Bonnie. Immaginò sé stessa e le sorelle avventurarsi con prudenza lungo il versante scosceso e accidentato della loro infanzia, quel paesaggio pietroso e inospitale: Lei e Avery agili e forti, pronte a guidare il cammino; Nicky e Lucky sulle loro orme, morbide cucciole saltellanti.

«È bello avere delle sorelle, – aveva detto la pittrice, guardandole con serietà mentre lavorava. – Tra sorelle ci si capisce al volo».

Aveva ragione. Essere una di quattro di sorelle era come vivere dentro un incantesimo. A un certo punto Bonnie si era accorta che il mondo funzionava in base quattro. Stagioni. Elementi. Punti cardinali. I quattro semi in un mazzo di carte. Le quattro camere del cuore umano. A lei piaceva far parte di quel numero mistico, di quella simmetria perfetta tra due coppie di due. «Finché non conosci le mie sorelle, – diceva sempre a Pavel, – non puoi conoscere me».

Ma non c'era soltanto armonia. Piú o meno all'epoca del ritratto, Nicky aveva cominciato a cercare ostinatamente l'attenzione delle sorelle maggiori. Lei e Lucky continuavano a fare coppia, ma Nicky voleva anche un biglietto d'ingresso nel regno delle ragazze grandi. Seguiva Avery e Bonnie di stanza in stanza, le tempestava di domande, tentava di far colpo su di loro con numeri sempre nuovi: un trucco con le carte, la rovesciata all'indietro sulle mani. Una sera Bonnie e Avery si erano barricate in camera, e sentendosi ancor piú vicine per il semplice fatto di avere qualcuno da escludere, avevano deriso le suppliche di

Nicky. La porta vibrava e sussultava per i colpi forsennati della loro sorellina che invano, e senza dire una parola, si scagliava di peso contro il battente. Ogni piacere che Avery e Bonnie potevano trarre dal gioco era stato annullato da quel persistente *thump, thump, thump*, finché non avevano aperto la porta e Nicky, con un finale comico a sorpresa, era ruzzolata nella stanza. «Smettila, sgorbio, ti fai male». Erano cose da bambini, certo; le inevitabili alleanze e discordie fra sorelle; ma ora che Nicky non c'era piú, il ricordo era intollerabile. Cosa non avrebbe dato Bonnie per poter correre a spalancare quella porta? Per non averla mai chiusa, soprattutto?

Vagò per la casa lasciando affiorare i ricordi, belli o brutti che fossero. Un venerdí pomeriggio d'estate, il padre era rientrato presto dal lavoro, pieno di gioia e rumoroso entusiasmo, portando il sole dentro casa. Anche da adulto aveva conservato una vena burlesca e quasi infantile; l'alcolismo l'avrebbe poi cancellata insieme ad altre cose, ma per anni era stata una sua caratteristica. Sapeva fare di tutto un gioco, e la sfida del giorno era lanciarsi la tazza da tè preferita della mamma, quella con i fiori di campo e le ortiche della campagna inglese. Dopo aver invitato le figlie a sparpagliarsi in salotto, il padre gli aveva lanciato a turno la tazza; le ragazze avevano urlato di gioia e di terrore, seguendo a occhi sbarrati il volo della porcellana verso le loro mani tremanti. Bonnie ricordava con chiarezza la gioia della cattura, il delizioso brivido del lancio. Lucky, che non aveva ancora nove anni, aveva mancato la presa, ma la tazza era atterrata indenne sul tappeto. Dopo un grido e un sospiro di sollievo, la partita era ripresa. La madre, che li guardava dalla soglia della cucina, si fingeva offesa ma stava allo scherzo. La paura che tutte provavano era buona; il rischio dava sapore al gioco. Alla fine la tazza era sopravvissuta e Bonnie aveva capito una cosa, un fatto chiaro e semplice come una zolletta di zucchero e altrettanto facilmente solubile: voleva bene ai suoi genitori.

Qualche mese piú tardi, in un momento di cieca follia, il padre avrebbe fracassato quella tazza e l'intero servizio di porcellana, dono di nozze. Un attimo dopo sarebbe scoppiato in un pianto dirotto e inconsolabile, stringendosi al petto quei poveri cocci. Non ricordava ciò che aveva fatto. Avery si era precipitata a nascondere le sorelle nella stanza che divideva con Bonnie, le aveva abbracciate mormorando filastrocche e poesiole per cercare di coprire con la voce il rumore dei piatti che andavano in frantumi al di là della porta. «Lunedí pianto un semino, martedí lo annaffio un pochino...»

Un giorno dell'ultimo anno in cui avevano vissuto tutti e sei insieme, il padre si era messo a spalancare uno dopo l'altro gli armadi a muro della casa. Avevano troppe cose, bisognava fare spazio, gridava. Alla fine, e di questo si doveva dargli credito, aveva buttato soltanto i propri vestiti. Bonnie si era resa conto di come suo padre, persino da ubriaco, cercasse di deviare su di sé la collera potente – inesauribile, implacabile, senza direzione – che lo divorava. Anche lei provava la stessa rabbia, ma a differenza del padre poteva sfogarla con la boxe. Lui invece aveva strappato, a mani nude, le camicie di seta che la moglie gli aveva regalato ai tempi in cui faceva la gallerista: bellissime camicie rosa polvere, azzurro fiordaliso, verde menta, impossibili da usare per andare al lavoro in banca. Il mattino seguente aveva proposto alle bambine un nuovo gioco: raccogliere i bottoni foderati di tessuto sparsi sul pavimento dell'ingresso. Per la prima volta in vita sua, Bonnie si era rifiutata di giocare.

Si accomodò sul divano e rimase a fissare il ritratto finché non sentí le palpebre pesanti. La sua vecchia camera era lí vicino, ma lei non si sentiva pronta. Chiuse gli occhi e si addormentò sul sofà. Era a casa, ma una casa che non conosceva piú.

Il mattino seguente era seduta su una panchina dal lato di Central Park West e stava facendo la sua solita colazione con un panino uova e formaggio comprato alla gastronomia, quando arrivò la telefonata di Avery.

– È una vita che provo a chiamarti! Dov'eri?

Bonnie posò quel che restava del panino nell'involucro di alluminio raggrinzito e si schiarí la voce.

– Sono a New York.

Sua sorella prese fiato.

– Davvero? E che ci fai a New York?

– Ci ho pensato e... Mi è venuta voglia di dire addio alla casa.

– Sul *serio*?

– E di fare la cernita delle cose di Nicky. Una di noi dovrà pur farlo, e io ero la piú vicina.

– Wow, mi togli un peso enorme dalle spalle, – rispose Avery. – Grazie davvero, Bon Bon. Stavo ancora cercando di capire quando andare. Ma sei sicura di star bene lí da sola, dopo quel che è successo?

Bonnie piegò il collo all'indietro e guardò la luce del sole che filtrava a chiazze attraverso il fogliame. Intorno a lei, la città innalzava il consueto lamento per clacson e sirene. Da un campo giochi che non riusciva a vedere le arrivavano le grida dei bambini.

– Mi sembrava ingiusto non dire addio. E poi... sto pensando di ricominciare ad allenarmi. Mi sembra che sia ora.

Appena lo disse, Bonnie capí che era vero. Non aveva idea di quel che Pavel avrebbe provato rivedendola a un anno di distanza, né di quel che avrebbe provato lei. Però sentiva che era il caso di scoprirlo.

– Oh, ma è magnifico! – esclamò Avery. – Incredibile! Come mai hai cambiato idea?

Raccontare a sua sorella l'incidente del bar era fuori discussione. Si sarebbe preoccupata, nel migliore dei casi; o l'avrebbe visto come un sintomo da trattare con l'aiuto di un professionista.

– È stato quando ci siamo parlate, in effetti. Grazie a te ho capito che fare la buttafuori non era, capisci, la cosa migliore per me.

Solo gli idioti credono che i pugili non siano intelligenti. Nessuno se ne intende di bugie piú di un boxeur. Che cos'è una finta, dopo tutto? O una combinazione modificata? I pugili sono ben allenati a far credere una cosa e farne un'altra.

– È *questo* che intendevo dire! – dichiarò Avery trionfante. – Vedi che quando voglio so rendermi utile? Io desidero soltanto il meglio per te, per la mia famiglia. Mi piacerebbe che Lucky potesse sentirti *in questo momento*!

– Perché? Su cosa state litigando, ultimamente?

Come in molte famiglie, le alleanze tra sorelle erano alquanto variabili, e nel corso del tempo si era stabilita fra loro quattro una sorta di divisione per età. In sostanza, Bonnie e Avery erano rimaste dallo stesso lato della porta; Lucky e Nicky dall'altro. Ma c'erano anche intese diverse, piú sottili. Per esempio Avery e Nicky potevano andare avanti per ore a parlare di libri. E il carattere riservato di Bonnie dava spazio a Lucky per manifestare la propria naturale timidezza. Anche il legame tra Bonnie e Nicky era molto forte. Dopo tutto era stata lei la prima a vederla boxare, e all'inizio la accompagnava sempre agli allenamenti. Il rapporto piú difficile era, da sempre, quello tra Avery e Lucky, la piú grande e la piú piccola.

– Sono davvero preoccupata, Bonnie.

– Che è successo?

Avery le descrisse con dovizia di particolari la scena di Lucky accasciata sui gradini di casa.

– Era coperta di lustrini, sporca di rossetto sbavato sulle guance e sul collo, e praticamente nuda a parte un paio di ali da angelo e un boa di piume luridissimo.

Bonnie sorrise suo malgrado. Certo, era sbagliatissimo, ma non si poteva non ammirare l'incrollabile dedizione con cui Lucky si tuffava nei bagordi. Quella poi, doveva essere stata una gran festa.

– Ha solo ventisei anni. È una ragazzina un po' vivace. Tu dici che è grave?

Poco mancò che Avery si mettesse a ululare.

– È tornata a casa *da sola* in quello stato, ti rendi conto? Una bestia ferita, pronta per essere isolata dal branco. È un miracolo che non l'abbiano stuprata.

Bonnie rabbrividí.

– Sí, ma tieni presente che vive sola all'estero da quando aveva quindici anni. Magari è piú assennata di quanto tu creda.

Stava cercando di convincere non solo Avery, ma anche sé stessa. Le restavano soltanto due sorelle, e se fosse successo qualcosa a una di loro Bonnie non se lo sarebbe mai perdonato.

– Tu non l'hai vista, io sí! – ribatté Avery. – Perdeva i sensi di continuo, cercavo di tenerla sveglia e da un momento all'altro si afflosciava. Ti giuro, sono morta di paura. Non sapevo come comportarmi, mi sentivo inutile.

– «Inutile» è l'ultima cosa che si può dire di te, – replicò Bonnie in tono gentile. – Alla fine cos'hai fatto?

– Be', l'ho messa sotto la doccia gelata e l'ho fatta rinvenire a suon di sberle. Ti dirò che mi è quasi piaciuto.

Bonnie rise a fior di labbra. Sua sorella era di certo la piú qualificata a riportare qualcuno alla realtà adoperando le maniere forti.

– A quel punto sono riuscita a farle bere una lattina di coca, – seguitò Avery. – Avevo letto da qualche parte che lo zucchero aiuta a smaltire le sostanze tipo mdma. E comunque ha dormito tutto il giorno.

– Meglio cosí, credo.

La voce di Avery divenne un mormorio.

– La stringevo tra le braccia e continuavo a pensare a Nicky. Non oso immaginare che cosa dev'essere stato per te.

Bonnie provò a rispondere, ma non ci riuscí. Quel momento, il momento in cui Nicky era morta, non si poteva descrivere a parole.

– Ascolta, – disse invece, – ora dovrei andare in palestra, ma mi ha fatto piacere sentirti. Vuoi che parli con Lucky?

– No. Anzi, sí. Forse. Non lo so. Vediamo come sta quando si sveglia. Di certo preferisce discuterne con te. Ironia della sorte, hai sempre avuto la mano piú leggera.

Bonnie terminò la chiamata e cercò di arginare i ricordi, ma era impossibile. Rimase seduta sulla panchina e pensò a Nicky, mentre intorno a lei la città correva alle sue faccende. Quel mattino si erano parlate al telefono e avevano preso accordi per vedersi la sera stessa: Bonnie sarebbe rientrata apposta dal suo ritiro nel New Jersey. Ma appena messo piede nell'appartamento aveva capito che qualcosa non andava. L'aria era troppo immobile. Poi aveva intravisto Nicky oltre la soglia della sua camera, il viso seminascosto dai capelli. Faceva pensare a un vaso di violette che si fosse appena rovesciato.

Ci aveva messo una frazione di secondo per correre fino da lei. Si era subito accorta che aveva le labbra e le unghie azzurrine. Doveva aver chiamato il 911, ma a posteriori non rammentava di averlo fatto. L'operatore le aveva chiesto il numero dell'appartamento, ma lei non se lo ricordava. Era dovuta correre fuori e leggere i numeri di ferro attaccati alla porta. «Mia sorella ha avuto un incidente», aveva detto. Non pensava che fosse morta.

Per far sí che gli infermieri non perdessero nemmeno un istante, aveva tirato su Nicky e barcollando l'aveva portata fino all'ascensore. Non molti ci sarebbero riusciti, ma Bonnie era forte. In famiglia era lei la piú forte. Con Nicky stretta al petto dentro la cabina scricchiolante, aveva sceso tutti e quattordici i piani fino all'atrio del condominio. Il portiere le aveva viste ed era balzato in piedi. Le sue labbra disegnavano una piccola *o* di impotenza. Poi i paramedici gliel'avevano strappata dalle braccia. Bonnie li aveva sentiti dire che non reagiva, che il polso non si trovava.

«Come si chiama?»

«Nicky. Nicole. Nicole Blue».

«Quanti anni ha Nicole?»

«Ventisei. Anzi, no, ventisette. Li ha appena compiuti».

«Lei è una parente?»

«Sono la sorella. La sorella maggiore».

«Che lei sappia, Nicole ha assunto dei farmaci?»

«Non credo. Non saprei».

«Quando l'ha trovata era cosciente?»

«Era per terra. Aveva le labbra blu. Io l'ho... presa in braccio. Ho sbagliato? Non dovevo? Le ho fatto male?»

Il cuore umano è un muscolo straordinario. Capace di fermarsi fino a un massimo di venti minuti e poi ripartire; se il corpo è immerso nell'acqua fredda, il tempo si protrae ulteriormente. La maggior parte dei nostri organi sopravvive alla morte piú a lungo di quanto immaginiamo. In tutte le parti del corpo al di sotto del cuore, la circolazione può essere bloccata per almeno trenta minuti. Parti del corpo staccate si possono ricucire entro sei ore. Ossa, tendini e pelle sopravvivono fino a dodici. Ma il cervello, come ogni pugile sa, è un'altra cosa. È piú delicato di ogni altro organo. Senza cure specializzate, è raro che si ottenga un pieno recupero a piú di tre minuti dalla morte. E quando Bonnie l'aveva trovata, Nicky era già morta da quattro.

Bonnie gettò via l'avanzo del panino e si incamminò verso la palestra prima di cambiare idea. Aveva fatto quel percorso cosí tante volte che i suoi piedi la portavano in automatico. Superò la scuola elementare nel cui cortile si teneva ogni domenica un mercatino delle pulci, poi la polverosa pasticceria italiana dove Avery ordinava le torte di compleanno. Arrivò fin quasi a Columbus Circle, dove il traffico aumentava e si addensava in un lento strisciare. Da quelle parti, in un isolato tranquillo e cadente di edifici costruiti negli anni Sessanta, c'era la palestra Golden Ring. Dalla grande vetrina si vedeva tutto l'interno; nelle pause degli allenamenti le era capitato spesso di alzare gli occhi e notare al di là del vetro un gruppetto di turisti o di studenti del vicino liceo. Adesso al posto loro c'era lei, a scrutare dentro sotto i raggi del sole di luglio. Pavel c'era, ovviamente; appoggiato alla parete in fondo, fissava la sagoma scattante e danzante di un ragazzo che boxava con l'ombra.

Il giorno dopo la morte di Nicky, Bonnie aveva dovuto descrivere piú volte la scena del ritrovamento. Lucky e Avery, rientrate da Parigi e da Londra con il primo volo disponibile, l'avevano implorata con facce scavate ed esauste di ricostruire ogni secondo, come se conoscere nei minimi dettagli quanto era successo potesse cambiare qualcosa. Bonnie aveva raccontato tutto, tranne una cosa: che

Nicky l'aveva chiamata per chiederle i farmaci. Se l'avesse fatto per proteggere lei o sé stessa, non avrebbe saputo dirlo. Era stata la polizia a trovare la bustina trasparente sul bancone della cucina. Dieci pillole rosa: il colore preferito di Nicky. Bonnie era talmente ingenua che prima di allora non aveva mai sentito parlare del fentanyl. Quella sera i suoi familiari si erano coricati presto, e lei era tornata in palestra. Non sapeva cos'altro fare. Quando Pavel l'aveva trovata, i lampioni della strada tracciavano sul pavimento lunghe strisce arancione e Bonnie si stava allenando al sacco pesante. Le aveva toccato una spalla con delicatezza, ma lei non si era fermata. Allora le aveva parlato, e la voce era greve di tristezza.

«Disdico l'incontro».

Lei aveva continuato a tirar pugni. Diretto, diretto, gancio d'incontro. Diretto, gancio, gancio d'incontro. Diretto, diretto, montante.

«Bonnie, mi hai sentito?»

Diretto, gancio sinistro.

«Io voglio combattere», aveva poi risposto, soffiando fuori il fiato tra un pugno e l'altro.

«Bonnie, fermati. Vai da tua famiglia, adesso».

La raffica di colpi non si era interrotta.

«L'hai detto tu stesso: prima la boxe, poi la famiglia». La voce di Bonnie era dura come pietra.

Pavel l'aveva guardata con angoscia.

«Cosí è troppo».

«Non era, – diretto, – cosí, – diretto, – che dicevi?»

Aveva sferrato un destro cosí violento che le catene cui era appeso il sacco si erano messe a cigolare. Pavel le aveva toccato di nuovo una spalla, ma lei si era girata e lo aveva spinto via. Al secondo tentativo l'aveva respinto di nuovo. Poi aveva parlato, quasi strappandosi la voce.

«Non è cosí che mi volevi? – aveva domandato, battendosi il petto. – Sei stato tu a fare questo di me! Sei stato tu!»

Pavel aveva cercato di fermarla, ma lei aveva rivolto i guantoni verso di lui. Pugni disordinati, senza forza. Lui se li era presi senza battere ciglio finché, con uno scatto fulmineo, l'aveva stretta fra le braccia. Lei, ansimando, si era appoggiata al suo cuore.

«È okay, – aveva mormorato Pavel, anche se ovviamente niente lo era e non lo sarebbe stato mai piú. – È okay».

Le aveva carezzato la testa varie volte, dalla cima al collo, come una benedizione. Poi, prendendole il viso tra le mani, aveva accostato la fronte alla fronte di lei. Le loro labbra non erano mai state cosí vicine.

«Che devo fare?» aveva chiesto lei, piangendo.

«Se tu vuoi combattere, – aveva mormorato Pavel, – combattiamo».

Sedici anni dopo aver gettato quel primo sguardo al di là della vetrina con Nicky al suo fianco, Bonnie era di nuovo davanti alla Golden Ring. Pavel la vide dall'interno. Non era tipo da sorprendersi facilmente, eppure Bonnie percepí un sussulto. Che cosa vedeva adesso, quando la guardava? Una ragazza dai capelli biondo chiaro, gli occhi di un azzurro ancora piú chiaro, e quel corpo compatto in cui nulla era superfluo. Immobile come una pietra nel fiume del suo sguardo. Aveva il doppio degli anni di allora ma era ancora giovane, poteva ancora sorprendere sé stessa e lui. Se Nicky fosse stata lí, l'avrebbe presa per mano e sarebbe entrata con lei. E allora Bonnie se lo immaginò, il palmo tiepido della sorella a contatto col suo, e aprí la porta.

Avery

Nel suo soggiorno perfetto, impreziosito da un divano vintage rifoderato di stoffa stampata a mano a Jaipur da un artigiano di terza generazione, da un basamento marmoreo proveniente dalla Danimarca utilizzato a mo' di tavolino e da una tappezzeria con motivi dorati a rilievo da ottocentoquaranta sterline al rotolo, Avery si stava preparando a redarguire la sua non tanto perfetta sorella.

– Insomma, era *una festa*! – stava dicendo Lucky, già sulla difensiva prima ancora che Avery intonasse la sferzante arringa elaborata quel mattino sotto la doccia. – Hai presente, no? Avevo bevuto troppo, come tutti del resto, e ho avuto qualche difficoltà a infilare la chiave nella toppa. Non fare un monumento di una cazzata, ti prego.

– Ti ho trovata svenuta e mezza nuda fuori dalla porta di casa, e la chiami una cazzata? Quando invece dovresti essere *tu* la prima a non prenderla con leggerezza? Possibile che ti importi cosí poco di te stessa?

Lucky alzò gli occhi al cielo con tale slancio che Avery si preoccupò per la salute dei suoi tendini oculari. Erano in piedi l'una di fronte all'altra, con il tavolino di marmo a fare da cuscinetto, ulteriormente appesantito da vari libri-soprammobile e dagli ultimi numeri del «New Yorker» che Avery non aveva mai tempo di leggere. La figura di Lucky si stagliava in controluce davanti alla finestra a ghigliottina che dava sulla strada. All'esterno, il sole del giorno prima era svanito in maniera cosí totale da far pensare che non ci fosse mai stato. Restava soltanto la tipica luce inglese, grigia e immutabile.

– Erano *tutti* sbronzi, ti dico! – esclamò Lucky. – È solo che non sei piú abituata, e per giunta sei sempre stata una catastrofista.

Avery sbuffò con aria sarcastica.

– Catastrofista, io? Come ti viene in mente? Sono una *realista*, vivo nel mondo reale. Dovresti provarci anche tu.

– La negatività non è una realtà riveduta e corretta. È solo un modo per giudicare gli altri. In base ai tuoi criteri tutti gli inglesi avrebbero problemi con l'alcol.

– Davvero? Pensa un po', è proprio cosí. Ma li hai visti, gli uomini per strada? Sembra un Paese di cinquantenni.

Adesso toccava a Lucky sbuffare.

– A me gli uomini interessano sul serio, e posso garantirti che ti sbagli.

Avery scrollò la testa, esasperata.

– Sai benissimo che ho avuto dei fidanzati prima di mettermi con Chiti. Te lo ricordi Steve?

Lucky rise beffarda.

– Chi, quello che veniva a casa nostra con le uova ripiene nel portavivande? Steve *non conta*.

Avery voltò le spalle stizzita. Steve era senza dubbio un imbecille. Aveva scelto un pessimo esempio.

– Chi è che giudica gli altri, adesso? – rilanciò. – Okay, ma non perdiamo di vista il problema. Tu vuoi che sia tutto normale? Benissimo. Ma non aspettarti che io ti dica «Va bene». Non va bene per niente, e tu *non stai* bene.

– Spetterà pure a me deciderlo, ti pare? E guarda un po', io sto bene. Magnificamente. Sono un fiore, cazzo.

Avery guardò Chiti, che era comparsa sulla soglia e le osservava torcendosi le mani.

– Non riesco a farmi capire, – disse, e indicò sua sorella. – È inutile.

– Tesoro, siediti, – replicò Chiti, – ci prepariamo un bel tè e poi discutiamo come persone che si vogliono bene.

Lucky e Avery si scambiarono uno sguardo e poco mancò che si sorridessero. Proprio come la mamma. Liti in famiglia, tempeste emotive, malattie oncologiche, crisi climatiche… non c'era problema che secondo la madre non si potesse risolvere, o quantomeno alleviare, con una tazza di tè. Ma poi Lucky guardò altrove e il momento ebbe fine. Avery sentí rimontare la collera.

– Questa qui si sta ammazzando, Chiti! – Poi, alla sorella: – Nicky non ti ha insegnato niente? Ancora non hai capito quant'è fragile la vita?

– Non parla sul serio, – disse Chiti a Lucky.

– Oh, vaffanculo, Avery, – sbottò lei. – Smettila di farci la morale: non sei meglio di noi. Non sei meglio di nessuno. Sei sempre stata una bigotta rompicoglioni. Adesso sei una rompicoglioni piena di soldi.

– Non parlava sul serio, – ripeté Chiti.

– E a proposito: non sei mia madre, – seguitò Lucky. – Ne ho già una ed è inutile, non me ne serve un'altra.

– Quella madre inutile è anche *mia* madre, – ribatté Avery. – E ti giuro, l'ultima cosa che voglio è farti da mamma. Hai ventisei anni, Lucky. Non fai piú tenerezza. Essere fuori di testa non è un vanto.

– Non sei fuori di testa, – disse Chiti a Lucky. Poi, a sua moglie: – Sei ingiusta, Avery.

Avery si scagliò contro di lei.

– Perché la difendi?

– Non difendo nessuno. Sto solo cercando di farvi capire che aggredirsi a vicenda non serve a niente.

Avery diede una lunga occhiata a entrambe. All'improvviso, con sorprendente e lacerante nitidezza, si accorse di sentire la mancanza di sua madre. Quella donna l'aveva sempre e soltanto delusa, ma con lei, se non altro, poteva ricordare di essere stata bambina. Con le sorelle, al contrario, era sempre la maggiore: come se non fosse mai stata piccola. Ma Avery non ne poteva piú di essere adulta. Non ne poteva piú di essere sé stessa.

– Sapete cosa? Sono stufa marcia. Sono stufa di fare sempre la parte della cattiva.

– Il problema è che *lo sei*, – scattò Lucky. – Hai comprato questa casa e sei diventata una specie di cyborg aziendale con la messa in piega.

Avery guardò Chiti.

– Io non posso dire che lei è fuori di testa, anche se di fatto lo è, invece lei può darmi del... coso aziendale con la messa in piega. Vi pare giusto?

– Nessuno ha detto che è vero, – provò a blandirla Chiti.

– Io sí! – esclamò Lucky. – Io dico che è verissimo!

– Sapete una cosa? Avete ragione voi, – disse Avery, la voce traboccante di disprezzo. – Scusate tanto se ho avuto successo nella mia professione. Scusate se non sono come i nostri genitori e non costringo la famiglia a vivere in un cazzo di ripostiglio mentre io mi stordisco con l'alcol. Scusate se ho voluto qualcosa di meglio dell'ambiente in cui siamo cresciute.

– E credi di essere l'unica? – si sgolò Lucky. – Perché faccio questo lavoro, secondo te? Credi che mi diverta a farmi misurare una volta l'anno, neanche fossi una mucca? Hai una vaga idea di quanto sia stupido e degradante il novanta per cento di quel che faccio? Credi che mi piaccia andare in giro vestita di *tulle rosa*? Eppure ho fatto tanti di quei soldi, da quando ho lasciato il liceo, che la gente normale non riesce a guadagnarli in... in... Che ne so! Ho fatto una barca di soldi, cazzo!

– Su questo non ho dubbi, – disse Avery. – Ma che fine hanno fatto i tuoi lauti guadagni, Lucky? Hai dei risparmi? Delle azioni? Dove sono quei soldi adesso?

Lucky distolse lo sguardo.

– Vabbe', ne farò altri.

– E ti fumerai anche quelli, – sentenziò Avery.

– Basta! – disse Chiti. – Sono stufa di sentirvi bisticciare! Lavorate come matte tutte e due. Ne avete passate piú che abbastanza. Non è una gara, smettetela di darvi addosso.

Chiti però non aveva idea di che cosa significasse avere delle sorelle. Contro i genitori, contro il mondo intero, erano fieramente alleate. Tra di loro, invece, facevano a gara per qualsiasi cosa. Non c'erano mai abbastanza attenzioni, mai abbastanza soldi, mai abbastanza amore. E cosí si litigavano ogni briciola.

– Mi sono rotta, – disse Avery. – Esco a fare due passi.

– Ecco, brava, va' via, – la rimbeccò Lucky. – Trattami come tratti chiunque non ritieni alla tua altezza.

– Ignorala, – disse Chiti ad Avery. – Ma dove vai? Resta qui.

– Non lo so dove vado, – rispose Avery, già quasi alla porta. – Torno in ufficio.

– È domenica! – implorò Chiti.

– E quindi? Qualsiasi posto va bene, pur di non stare qui.

– La discussione non è ancora conclusa, – disse Chiti.

– Non sarà conclusa per voi, – rispose Avery. – Per me sí. Non ne posso piú, cazzo.

– È per questo che non hai amici! – le gridò dietro Lucky.

Avery uscí sbattendo la porta e si incamminò lungo la strada. Si accertò che nessuno la seguisse, poi fece il numero. Lui rispose al secondo squillo.

– Ah, quindi adesso ci telefoniamo? – commentò lui.
– Che fai? Ti va di fumare una cicca?
Lui rise a fior di labbra.
– Mi andrebbe, ma sono a casa.
– Dove abiti? Posso prendere la macchina.
– Cioè, vuoi raggiungermi qui?
– Ho voglia di vederti.
Una piccola pausa. Avery si dimenticò di espirare.
– Ti scrivo l'indirizzo, – disse lui.

Se la settimana precedente Avery non fosse tornata dagli Alcolisti anonimi, se non avesse scelto un gruppo poco numeroso a cui non aveva mai partecipato prima, e se lui non fosse stato seduto in ultima fila quando lei era entrata in ritardo, quell'uomo non sarebbe mai diventato la scogliera contro cui Avery stava per schiantare il suo matrimonio e la sua vita. E invece era tornata, e lui era lí, e il resto era inevitabile.

Aveva scoperto con sollievo che la riunione cominciava alla stessa ora del suo vecchio gruppo, perciò difficilmente ci avrebbe trovato qualcuno che conosceva. Non le andava di sentirsi chiedere che cosa aveva fatto nell'ultimo anno, o come stava, se riusciva a mantenere l'equilibrio spirituale o persisteva nei suoi difetti caratteriali. Anche perché, a suo ponderato giudizio, lei persisteva in tutti: rubare, mentire, giudicare, cedere alla paura, arrabbiarsi con chiunque. Per evitare i convenevoli e non dover spiegare se era o non era la sua prima volta, si era fermata all'angolo della strada ed era entrata un quarto d'ora dopo l'inizio: impresa assai difficile per una come Avery, che aveva fatto della puntualità la propria religione.

La signora di mezza età che stava parlando aveva un trucco piuttosto pesante ed era già a metà della sua storia.

Avery si era guardata intorno: nessuna faccia conosciuta. Era andata a sedersi nell'ultima fila, accanto al tavolino con i biscotti all'avena e i bicchieri di tè tiepido. La donna aveva elencato una serie interminabile di disavventure con uomini violenti, cominciate con il padre (ovvio) e terminate con un ex marito che prima le aveva rubato dei soldi e poi l'aveva mollata per mettersi con la figlia di un'amica. Ma adesso lei era sobria da tre anni, e per di piú si teneva alla larga da quelli che chiamava «i suoi fattori scatenanti»: zuccheri, sigarette, caffè, shopping, riviste di gossip, sesso. Soprattutto il sesso, si era premurata di ripetere.

«L'altro giorno morivo dalla voglia di uscire e abbordare un uomo, – aveva detto. – Poi però mi sono chiesta: cedere a quest'impulso mi porterebbe piú vicina o piú lontana dal bere? È questo che vuole da me il mio Potere Superiore? Allora ho rinunciato e sono andata a una riunione. E indovinate cosa è successo? Ho trovato un Compagno di viaggio!»

Risolini garbati da parte di alcuni presenti. D'istinto, Avery aveva alzato gli occhi al cielo. In qualche punto della loro traiettoria, i suddetti occhi si erano posati sul suo vicino di sedia. Scriveva su un quadernetto con aria molto concentrata. Possibile che stesse prendendo appunti? All'improvviso si era ricordata di averlo fatto anche lei, da giovane. Un tempo le piaceva andare alle riunioni, ascoltare le storie, percepire quel senso profondo di identificazione che scaturiva dal nulla, come una sorgente calda nel deserto. A volte una persona che sembrava lontanissima da lei si dimostrava capace di descrivere, con precisione quasi irreale, ciò che lei stessa pensava e provava. Era questa la magia del gruppo: il momento in cui capivi che la connessione profonda con gli altri passava attraverso le parti piú nascoste e deplorevoli di te. Agli Alcolisti anonimi non eri mai un estraneo, non eri mai solo. Per anni Avery era stata certa di avere sotto e intorno a sé una rete di persone sobrie che, se fosse caduta, l'avrebbero presa. Ora però era un anno che cadeva, e nessuno era ancora corso a salvarla.

In realtà lo sapeva che il problema era in lei. Relazionarsi con gli altri è come allenare un muscolo: ecco un'altra citazione che fino a un anno prima avrebbe trovato condivisibile. E com'era quella cosa che dicevano? Che la desinenza *-ista* in «alcolista» significa «Io Solo Tra Altri». Proprio cosí: lei era sola in mezzo agli altri, e non capiva da dove venisse quel senso di isolamento. Si era messa a sbirciare il bloc-notes del vicino. Sembrava che stesse scrivendo dei versi. Le era venuto da sorridere. Un poeta sobrio: esattamente ciò che serviva al mondo. In quel momento l'uomo aveva alzato gli occhi. Avrebbe potuto provare imbarazzo (Avery l'avrebbe provato), chiudere il taccuino, e invece le aveva soltanto sorriso con aria complice. Si erano guardati. Era giovane. Nero, non bello, però interessante. Un viso particolare: labbra sottili dall'espressione seria, occhi grandi con la forma di due archi tesi. Avery era rimasta incantata.

Dopo la riunione, l'aveva visto fuori a fumare. Era solo, appena staccato dal gruppo che stava decidendo se andare a socializzare da *Le Pain Quotidien*. Avery gli si era messa al fianco.

«Posso scroccarne una?» aveva chiesto.

Grazie, Dio, aveva pensato, *di aver inventato il fumo*: l'appiglio universale per tutti i timidi, gli imbranati e i masochisti che vogliono attaccare discorso con qualcuno. Lui aveva spinto una sigaretta fuori dal pacchetto e si era chinato su di lei per accendergliela con un vecchio Zippo d'argento.

«Io sono Charlie», aveva detto, mentre la fiamma ardeva tra loro.

«Avery, – aveva risposto lei, aspirando la prima boccata. – E quindi sei un poeta?»

Lui non smetteva di sorridere, come se stesse intrattenendo un dialogo arguto con sé stesso.

«Colpevole, vostro onore, – aveva detto. – Tu invece sei americana».

Lei aveva sorriso.

«Colpevole anch'io».

Un momento di silenzio si era inserito fra di loro, come un palloncino che perdesse elio.

«Non sapevo che i veri poeti esistessero ancora», aveva detto lei.

«Io non so fino a che punto sono vero, però esisto. E tu, sei una vera americana?»

«Sono di New York».

«Okay, quindi no», aveva detto lui. Lei si era messa a ridere.

«Ma ti guadagni da vivere? Facendo il poeta?»

Un breve momento di imbarazzo. Sembrava gli stesse facendo un colloquio di lavoro. Da quando in qua era diventata cosí bacchettona? Anche lei aveva scritto poesie, quando viveva nella comune. Ma il viso di Charlie era rimasto aperto e fiducioso.

«Alcuni ci riescono. Io però mi guadagno da vivere facendo l'umile copywriter».

«Non mi sembra un lavoro cosí umile», aveva detto lei.

Il gruppo diretto a *Le Pain Quotidien*, compresa la donna che aveva rinunciato agli uomini, si stava avvicinando con la probabile intenzione di invitarli. Charlie e Avery si scambiarono uno sguardo che esprimeva il comune desiderio di sottrarsi. Non era bello, e lei lo sapeva, formare una coppia e separarsi dagli altri: era un'antica forma associativa che non giovava certo alla sua sobrietà. Ma poi

Charlie le sfiorò un gomito e lei non riuscí a pensare ad altro se non a scappare il piú presto possibile.

«Ehi, – fece lui con uno sguardo d'intesa, – vai a piedi fino alla metro?»

Al diavolo, si era detta lei.

«Andiamo», era stata la risposta.

Prima che gli altri potessero raggiungerli se l'erano svignata insieme camminando allo stesso passo, aspirando boccate di fumo a intervalli regolari, sospinti dall'ebbrezza della fuga. Era un bel pomeriggio d'estate e la luce calante del tramonto, mentre procedevano in salita, aveva il giallo intenso del buon burro francese. Avery pensò che Londra, quando voleva, sapeva essere deliziosa. Poi Charlie si voltò e le sorrise.

«E che mi dici di te?»

«In che senso?»

«Che fai nella vita?»

«È una domanda sgarbata, non lo sai?»

Di nuovo quel sorriso. Aveva denti molto piccoli, di un bianco cremoso, come minuscole perle.

«Perdonami», le disse.

Avery fissò quel viso cosí strano, quasi bello ma non del tutto, e sentí che avrebbe potuto perdonargli qualsiasi cosa.

«Sono un'avvocata», disse.

«Ah! Il meno umile dei mestieri».

Avery sorrise. Perché era vero.

«E quindi che ci facevi lí? – domandò lui, indicando con un cenno del capo la sede della riunione. – Troppa cocaina e champagne? Hai dovuto smettere?»

L'immagine era talmente lontana dalla realtà dei suoi ultimi anni da tossica itinerante, che Avery non poté fare a meno di ridere.

«Cosa ti fa pensare che fossero le mie droghe predilette?»

«Mi sembri una signora molto elegante».

«Perché?»

«Non saprei. Le scarpe, forse?»

Avery chinò lo sguardo sui suoi mocassini Gucci con il morsetto. Li portava anche il sabato precedente, quando aveva rubato il portamonete trapuntato di Chanel. Nessuno sospetta di una donna coi mocassini. Arrossí.

«No, non fraintendermi, – spiegò lui. – Sono bellissime. Però mi sorprende aver incontrato una come te a una riunione degli Alcolisti anonimi, ecco».

«E tu da quanto tempo li frequenti?»

«Sono all'inizio dei novanta giorni».

L'aveva detto con malcelato orgoglio. Quindi era un nuovo arrivato, pensò Avery. Ancora sulla nuvoletta rosa, nell'euforia di quella prima fase in cui hai i sintomi fisici dell'astinenza ma sei ben lontano dal comprendere la realtà. La breve finestra di tempo in cui tutto sembra possibile. Dio, quanto le mancava.

«Vedrai, qui c'è gente di ogni tipo, – commentò lei. – Come diciamo a New York, la malattia non risparmia nessuno, da Park Avenue alle panchine del parco».

Lui sorrise.

«Carino. Quale sarebbe l'equivalente per Londra?»

«Non so, forse da Kensington a...»

«Alla mia camera da letto», disse lui.

Il rossore non voleva abbandonare le guance di Avery.

«Funziona», mormorò infine.

«E come mai non ti ho vista prima?» chiese lui.

«Ho smesso di venire per un po'».

«Perché?»

«Vuoi la verità?»

«Certo».

«Non reggevo piú i discorsi su Dio».

Lui inarcò le sopracciglia.

«Spiegami».

«È solo che... Non ce la facevo piú a sentirmi raccontare che il Potere Superiore non ti impone mai niente che vada al di là delle tue forze. Se cosí fosse non ci sarebbero né stupri né abusi sui bambini né incesti né violenze domestiche, e nessuno soffrirebbe di stress post-traumatico, traumi complessi o dipendenze varie, che invece derivano *proprio* dal fatto che ci sono state imposte prove superiori alle nostre forze.

Charlie ascoltava attentamente; se con deferenza o con qualche riserva mentale, Avery non avrebbe saputo dirlo.

«Dunque tu non credi che ogni cosa accada per una ragione, e via dicendo?» le chiese.

Lei fece un bel respiro. Avrebbe potuto dargli una risposta facile, adatta a un nuovo arrivato, ma era un'avvocata: il bisogno di avere ragione, di difendere il proprio punto di vista, era profondo in lei quanto il bisogno di respirare.

«Io credo che ogni cosa *accada*, – disse. – Punto. O punto e a capo, come preferisci. Tutto qui. Le cose accadono e dobbiamo imparare ad accettarle; sempre che si escluda il suicidio, ovvio. Se riusciamo a trovarci un senso, bene; altrimenti dobbiamo comunque conviverci. Il senso che attribuiamo agli eventi è un'elaborazione a posteriori, un anestetico. L'unica cosa empiricamente dimostrabile è il verbo accadere. Il resto è quel che ti fa dormire la notte».

Charlie la guardò come se stesse esaminando la copertina di un libro che non era certo di voler leggere.

«Non ho nulla da eccepire», disse poi.

Proseguirono in silenzio per le strade tranquille della zona residenziale. Al di là di un muro di mattoni coperto di edera, due bambini saltavano su un tappeto elastico; le teste apparivano e sparivano, i capelli biondi si sollevavano e ricadevano intorno ai loro visi, tra grida di gioia.

«E poi mia sorella è morta».

Quando Charlie era tornato a guardarla, sembrava che la giudicasse con piú indulgenza. La tenerezza sul suo viso non aveva niente di forzato.

«Mi dispiace, – disse. – È successo di recente?»

«L'anno scorso».

«Posso chiederti come, o preferisci non parlarne?»

«No, va bene –. Si schiarí la voce, poi disse: – È morta di overdose».

«Oh, santo cielo, – mormorò Charlie. – Era anche lei dipendente?»

Avery scosse la testa. Quando Nicky era viva non aveva mai pensato a lei in quel modo, e farlo adesso sembrava un tradimento.

«No, – rispose con fermezza. – Soffriva di dolore cronico. Una malattia che si chiama endometriosi. Agli uomini non viene, – scherzò, provando a nascondere l'amarezza. – È andata da un sacco di medici, ha subito degli interventi, ma è stato inutile. Non è servito a un cazzo».

Ricordò le ore passate con Nicky al pronto soccorso, quando soffriva cosí tanto da non riuscire a dormire. Stava tutta raggomitolata, cercava di farsi piccolissima perché il dolore non potesse rintracciarla. Le infermiere la trattavano come una tossica. Pensavano fosse una scusa per procurarsi dei farmaci. Invece lei chiedeva soltanto conforto, soltanto un po' di sollievo. E in questo senso, a pensarci, non era molto diversa da una tossicomane. Chi si droga non cerca forse sollievo da un qualche dolore invisibile? E in fondo non è cosí per tutti?

Avery si sforzò di controllare la voce, di darsi un tono ragionevole: la voce di chi espone una tragica serie di eventi, non quella di una donna che impazzisce dalla rabbia e dal dolore.

«Come si può immaginare, data la situazione, mia sorella prendeva degli antidolorifici. Sono fatti apposta. Servono a combattere il dolore. Ma a lungo andare aveva sviluppato una dipendenza, e cosí si è trovata a comprare in strada delle pastiglie a base di fentanyl, e alla fine...»

Sarebbe mai diventato piú facile da raccontare?, si chiese Avery mentre riprendeva fiato. Sarebbe mai venuto il giorno in cui la storia di Nicky non l'avrebbe spinta a strappare il mondo, a farlo a brandelli come un foglio di carta da disegno su cui c'è qualcosa di orribilmente sbagliato, per poi ricominciare da capo?

Eppure, anche se Avery non lo ammetteva mai con nessuno, uno spiraglio di consolazione c'era. La morte di Nicky aveva posto fine ad anni di sofferenza per colpa di un dolore che non si vedeva. In un certo senso avrebbe preferito che la malattia la costringesse a usare le stampelle, o un qualche altro oggetto che lo rendesse in qualche modo visibile; anche se ormai aveva imparato che il dolore è quasi sempre una faccenda privata.

Si poteva tentare di afferrarlo a parole, ma era impossibile. Ogni volta che Nicky provava a definirlo, il suo dolore cambiava forma. A volte era un malessere sordo, cupo, carico di presagi e inevitabile, come l'oscurarsi del cielo prima di un temporale. A volte erano scariche elettriche in tutto il corpo, che la lasciavano senza fiato, piegata in due. A volte, diceva, era come il ritorno della risacca dopo lo schianto dell'onda, e le sue viscere erano la riva percossa e irriducibile. E quando il dolore svaniva lei rimaneva ad aspettarlo, come si aspetta un marito lunatico che è uscito di casa sbattendo la porta ma che tornerà di sicuro. A volte, diceva, l'attesa era il peggio.

Se le parole non ci arrivavano, i numeri non facevano di meglio. Quante volte avevano chiesto a Nicky di valutare il suo dolore in una scala da uno a dieci? Una specie di indovinello: di' un numero troppo basso e non ti offrono il sollievo che cerchi, dillo troppo alto e ti trattano da isterica. Qual era il numero magico? Aveva tentato con sei, poi sette, poi otto, poi nove... Non aveva mai osato darsi un dieci. Avery l'aveva vista contorcersi nelle sale d'attesa degli ospedali e negli studi dei medici, alla ricerca della giusta combinazione di parole e numeri: quella che avrebbe portato al sollievo permanente.

Non l'aveva mai trovata, ma Avery si era comunque trasferita a Londra. Ricordava ancora il lamento straziante di Nicky, il giorno che aveva chiamato per metterla al corrente sull'ultimo parere dei dottori. A Londra era venerdí sera, e Avery era in un bar di Soho insieme a un gruppo di colleghe di Chiti. Voleva fare buona impressione, perciò aveva risposto malvolentieri. Ma alla fine l'aveva fatto, aveva preso la chiamata. La pioggia era finita giusto in tempo per il weekend, e davanti al bar l'asfalto era ancora scivoloso. «Isterectomia». Si era premuta le dita sull'orecchio per non sentire il chiasso dei gaudenti che affollavano la strada, sbronzi ed euforici dopo giorni di maltempo. «Puoi ripetere?» Le luci al neon del bar si specchiavano liquide e sbavate sul marciapiede bagnato. «Isterectomia». La parola che le era sfuggita. Asportazione dell'utero. La chiave del sollievo permanente.

L'ultima volta che si erano viste Avery si era accorta del cambiamento, ma non era riuscita a spiegarselo. Dopo, avrebbe ricordato soprattutto gli occhi. Le pupille troppo piccole, due puntolini incapaci di reggere il suo sguardo. Il viso di Nicky era come l'acqua: in perenne movimento, ondeggiante, danzante. La madre diceva sempre che avrebbe dovuto fare l'attrice: non c'era emozione (ilarità, fastidio, stupore) che Nicky non riuscisse a trasmettere con un minimo dilatarsi degli occhi, un rapido balzo delle sopracciglia. Ma l'ultima volta il suo viso era parso stranamente immobile, come asserragliato in attesa del peggio.

Passeggiavano per Regent's Park; sua sorella era venuta a Londra per le vacanze di primavera, e l'indomani doveva ripartire per New York. Per gran parte del tempo era stata la solita Nicky, ma da due giorni si era fatta piú taciturna. Col senno di poi, Avery aveva capito che doveva essere a corto di pillole, e forse prolungava gli intervalli tra una dose e l'altra per essere sicura di arrivare fino a casa. Visto il caldo fuori stagione, avevano comprato due coni confezionati al chiosco vicino al laghetto. Lungo il tragitto Avery si era accorta che Nicky faticava a togliere la carta, come se le mani non obbedissero ai comandi.

«Stai bene, Nicks? – aveva chiesto, sfiorando con lo sguardo le sue dita tremanti. Senza aggiungere altro aveva preso il cono di Nicky, l'aveva scartato in un lampo e gliel'aveva reso. – Sicura che te la senti di affrontare il volo?»

Lei si era spazientita: «Perché tutti continuano a chiedermi se sto bene?»

Avery era rimasta sorpresa: non sapeva che glielo chiedessero in tanti.

«Sta per arrivarmi il ciclo», si era infine arresa Nicky, dopo un breve silenzio.

La sorella maggiore aveva fatto cenno di sedersi su una panchina. «Oh, mi spiace. Hai… molto male?»

Non sapeva mai come parlarne, e le sembrava quasi un'ingiustizia che le sue mestruazioni fossero sempre state noiosamente normali.

«Sí, certo, è ovvio, – aveva detto Nicky in tono secco, ma poi era parsa ammorbidirsi. – E a scuola avrò sei mesi molto impegnativi, dovrò correggere un mucchio di compiti durante il volo. Ma non è niente di che. Sto bene, fidati».

«Capisco, – aveva mormorato Avery, timorosa di insistere. Poi le era tornato in mente l'istituto cattolico in cui loro quattro avevano frequentato le medie e il liceo, gestito da suore perlopiú sorde, quando non decisamente impreparate, ai bisogni dei loro alunni –. Che fortuna avere un'insegnante appassionata come te. Te le ricordi, le nostre?»

Nicky aveva riso beffarda. Dalla loro panchina all'ombra di un frassino, le sorelle avevano guardato le anatre costeggiare impettite la sponda del laghetto. Due gemelli di circa tre anni, in salopette colorate e minuscole Converse, strillavano di gioia e di spavento mentre il germano a cui avevano teso un agguato spalancava le ali e starnazzava risentito.

«Guarda quei due», aveva detto Nicky, a un tratto sorridente.

«Che carini», si era adeguata Avery, pur convinta che i due piccoli aggressori avrebbero fatto meglio a lasciare in pace il povero pennuto.

«Sai che quando eravamo bambine sono stata morsa da un'anatra?»

«Ah, sí? E quando?»

«A Central Park, vicino al laghetto delle tartarughe. Avrò avuto quattro anni, piú o meno, ma non l'ho mai detto a mamma».

«Perché?»

«Temevo di cacciarmi nei guai. Era sempre cosí nervosa quando avevamo bisogno di lei. Forse avevo capito che dovevo cavarmela da sola».

Avery aveva annuito. Immaginava benissimo la scena. Se Nicky aveva quattro anni allora lei ne aveva nove, Bonnie sette, e Lucky solo due. La madre andava incontro a una giornata al parco con le bambine con una disposizione d'animo non molto diversa da quella con cui avrebbe affrontato un campo di addestramento militare. Era straordinario che Nicky, pur cosí piccola, avesse intuito già allora come andavano le cose in famiglia. Ma del resto era chiaro a tutte.

«Be', se mai dovessero morderti ancora, – aveva commentato Avery prendendola per mano, – spero che a me lo dirai».

Nicky l'aveva guardata con un sorriso triste.

«Quando avrò un figlio, potrà dirmi qualsiasi cosa, – aveva mormorato. – Sempre». Come un raggio di sole tra le nubi, Avery aveva visto affacciarsi la speranza sotto l'enorme stanchezza di Nicky.

«E comunque, – aveva aggiunto, – 'fanculo alle anatre».

Forse sarebbe stato il momento giusto per spingerla ad aprirsi, per farle altre domande, ma Avery era rimasta in silenzio. Si era accontentata di tenerle la mano, di guardare insieme a lei le anatre che entravano in acqua con il loro codazzo di anatroccoli, felice soltanto di starle vicino.

Ovviamente Nicky aveva rifiutato l'isterectomia. Preferiva essere madre piuttosto che libera. O meglio, essere madre era la forma di libertà che si era scelta: non una vita senza dolore ma una vita costruita intorno al dolore, in cui amore e paura sarebbero stati legati per sempre; una casa di bambole di carta costruita accanto a un fuoco. Per questo prendeva gli analgesici: per tenere lontano un tipo di dolore e fare spazio a uno migliore. Mentre Avery adesso era lí a promettere un figlio a Chiti. Ma era proprio certa di volerlo? Voleva davvero quel sogno per cui Nicky aveva vissuto ed era infine morta? Era sicura di poter amare un figlio solo perché sua sorella l'avrebbe amato? Perché Chiti l'avrebbe amato? Bastava anche per lei? Doveva per forza bastare?

«Merda, – mormorò Charlie. Avery si era quasi scordata della sua presenza. – Mi spiace tanto per quel che le è successo. E mi spiace per te. Io... io... Non so cos'altro dire».

Notando il suo sguardo imbarazzato, Avery si rese conto all'improvviso di quanto fosse giovane. Poco piú di vent'anni, venticinque al massimo. Che ne sapeva lui della morte?

«Non c'è niente da dire, – rispose; la voce era di nuovo controllata e risoluta. – È successo e devo conviverci. Fine della storia. Nessun perché, nessuna lezione nascosta, nessun *atteggiamento di gratitudine* –. L'aveva detto con rabbia, quasi sputando. – Lei è morta, io sono ancora viva. La vita è ingiusta ed è una serie di coincidenze; a volte è fin troppo giusta, ma rimane una serie di coincidenze. Tutto qui».

La luce gialla del tramonto si andava stemperando in un blu polveroso. Per l'ennesima volta Avery si stupí di quanto fossero lunghi i pomeriggi estivi a Londra. A New York duravano piú o meno come una canzonetta pop, e si arrendevano subito alle notti, che erano calde quanto i giorni; in Inghilterra la luce si attardava, come una nota tenuta all'infinito.

«Anch'io ho perduto un fratello», disse Charlie.

Lei lo fissò con stupore.

«Davvero?»

«Sí. È morto di leucemia. Ero ancora piccolo, perciò ho capito soltanto dopo che cos'era successo. Ricordo solo che mia madre piangeva sempre».

«È terribile. Poveretta, tua madre. E povero te».

«Io però continuo a pensare a me stesso come a uno di tre, anche se è da quando avevo sette anni che siamo soltanto io e mia sorella. È come un arto invisibile: nessuno sa che ce l'ho, ma è sempre lí. Fa parte di me».

Avery annuí con vigore.

«Esatto, è proprio cosí. L'unica differenza è che io sono una di quattro. O meglio, *ero*. Tutte femmine. Sono la piú grande».

«Sí, proprio cosí, è difficilissimo. E siccome sei la piú grande ti sentirai in dovere di essere forte per le altre; cosí è stato per mia sorella, almeno. Mi spiace davvero che sia capitato anche a te. Non posso capire, ma capisco. E tu capisci?»

Avery fece segno di sí con la testa.

«Capisco».

Charlie la guardò e le sorrise.

«È strano, vero? Che abbiamo avuto la stessa esperienza. Ma lo sapevo che c'era qualcosa in te».

Lei si concesse un leggerissimo sorriso. Era tanto che nessuno la faceva sentire speciale. Gettò la sigaretta a terra e la schiacciò sotto il tacco dei suoi ridicoli mocassini.

«Ma tu cosa pensi? – gli chiese. – Credi davvero che ogni cosa accada per una ragione? Che esista un Dio benevolo che veglia su di noi?»

Charlie si massaggiò il dietro del collo e la guardò con un'espressione che era metà sorriso e metà smorfia.

«Quando sei nel percorso di recupero ti riesce impossibile parlare del piú e del meno, vero?»

Avery fece una risata cupa.

«Non sei obbligato a rispondere».

«Ma no, è una buona domanda».

Charlie alzò lo sguardo verso uno stormo di colombacci che si erano appena alzati in volo da un albero decollando all'unisono come per magia, come a volte fanno gli uccelli.

«No, non ci credo, – mormorò, – ma mi piacerebbe. Anzi, vorrei credere nel Dio di mia madre. È una testimone di Geova: lasciamo perdere i vari riti, che sono davvero troppi per i miei gusti. Però lei crede in qualcosa che crede in lei, o almeno è *convinta* che creda in lei. Questo la conforta, e si vede. Glielo invidio molto».

Avery seguí lo sguardo di Charlie verso l'albero, ora vuoto. Le foglie brillavano elettriche nella luce della sera.

«Anche a me piacerebbe il Dio di tua madre».

Charlie annuí pensieroso.

«Se fossi riuscito a crederci anch'io, avrei speso meno soldi in cocaina».

Avery rise forte.

«Giusto. E io non mi sarei sparata l'eroina nell'inguine».

Charlie ne fu sorpreso.

«Davvero? Non riesco proprio a immaginarmelo. Mi sembravi piuttosto il tipo dell'eroinomane chic».

Avery arrossí appena. Nessuno, a quanto ne sapeva, aveva mai usato la parola chic per definire il suo modo di fare le cose; meno che mai di farsi.

«Ho vissuto per un po' in una comune di marxisti libertari e anarchici, poi sono finita a dormire in un parcheggio a Tenderloin. Era nato come una specie di presidio permanente contro il sistema, ma in sostanza stavamo lí a bucarci e passarci i pidocchi».

Charlie scoppiò a ridere, e la sua risata era un corrimano liscio sul quale scivolare verso un altro piano, un'altra vita.

«E ha funzionato? – le chiese. – Vi siete liberati dalle catene del capitalismo?»

«A me piú che altro prudeva la testa».

«Quant'è durato?»

«Il prurito?»

«No, quel periodo della tua vita».

«Finché non ho compiuto ventitre anni e mi sono disintossicata».

«Quindi adesso sono...»

Stava cercando di indovinare la sua età, ma lei non aveva interesse a nasconderla.

«Dieci anni il mese prossimo», rispose.

Ventitre piú dieci. Adesso ne aveva trentatre, e la sua vita da sobria era già piú lunga di quella passata a bere o a drogarsi. Ma Avery non si sentiva affatto sobria. Si sentiva sperduta.

«Wow, è... sensazionale!» esclamò Charlie, e in bocca a lui la parola suonava liscia e deliziosa, come un frutto esotico mai assaggiato.

«Io non so ancora che aggettivo usare, – disse lei, – ma di certo è qualcosa».

Alla stazione della metropolitana si scambiarono i numeri di telefono e un goffo, prolungato abbraccio. Appena rientrata a casa, Avery andò dritta nello studio a cercare il suo nome in rete. Scoprí con stupore che c'erano decine di articoli su di lui, e video di alcune sue letture pubbliche; l'aveva scambiato per un dilettante, e invece era la piú rara delle perle: una persona umile. Si guardò indietro per accertarsi che Chiti non fosse nei paraggi e fece partire il primo video. Le sembrava di commettere un peccato, come se invece di un reading poetico stesse guardando un filmino porno.

Charlie era in piedi davanti a una platea numerosa, in uno di quei bar nella parte orientale di Londra dove lei non andava mai. Il pubblico guardava all'insú, verso di lui. Erano tutti giovani e magri, e di certo nessuno di loro aveva problemi a sedersi a gambe incrociate sul pavimento. C'era una ragazza con un vecchio berretto militare. Charlie, in jeans e felpa col cappuccio, si stagliava al di sopra dell'uditorio e sembrava rilassato, pur avendo tanti occhi addosso. Cominciò a parlare senza cerimonie, senza imbarazzo, recitando i suoi versi a memoria con un mezzo sorriso che forse dava a intendere che sí, lui era su quel palco, impegnato in un serio tentativo di rinnovare l'antica tradizione della poesia orale, ma al tempo stesso si prendeva un po' in giro per il fatto di essere lí, e rideva di sé stesso, del pubblico, dell'intera faccenda. Cambiava registro di continuo, alternando in scioltezza il grave e il lieve, il cosmico e il comico, senza mai soffermarsi troppo a lungo sull'uno o sull'altro.

Alla fine del filmato, Avery aveva capito di non volere esattamente *lui*; voleva, piuttosto, *essere lui*. Voleva farsi un nido sotto l'arco delle sue costole e andare a vivere là. Voleva parlare e sentirsi uscire di bocca le sue parole. Voleva essere un uomo su un palco davanti a una ragazza col berretto militare che lo guardava come se avesse appena inventato il linguaggio. Voleva vedere il mondo come lui lo vedeva e trasformarlo in un dono.

Il giorno seguente Charlie le scrisse un messaggio per farle sapere che quella sera alle sei sarebbe andato a una riunione nei locali di una chiesa; lei rispose all'istante e si diedero appuntamento lí. Erano mesi che non usciva dallo studio cosí presto; spesso si fermava fin dopo le otto di sera, poi rientrava a casa con altro lavoro da sbrigare dopo cena. Chiti si era rassegnata da tempo a quello stato di cose, e a volte anche lei fissava appuntamenti a tarda ora con i pazienti che, come sua moglie, faticavano a porre una barriera tra lavoro e vita privata.

E comunque di tempo insieme ne passavano a sufficienza, si diceva Avery. Nei fine settimana andavano a fare escursioni nel Lake District e cenavano regolarmente al ristorante italiano in fondo alla strada principale che serviva la pasta al cartoccio e le omaggiava sempre con una fetta di tiramisú. Tuttavia era parecchio che non usciva presto dal lavoro per passare del tempo con Chiti, ed era quel rimorso a tormentarla mentre si affrettava verso la chiesa. Ma quando entrò vide Charlie seduto nell'ultima fila, un braccio allungato sullo schienale della sedia che teneva libera per lei, e smise di pensare a qualsiasi cosa.

«Ehi, americana», la salutò lui.

«Ehi, poeta».

Le porse una copia del *Dodici e Dodici*, da cui stavano leggendo quella sera. Con gli occhi sul libro, le teste chine e accostate, seguirono i passi letti a turno dai partecipanti. Alle riunioni degli Alcolisti anonimi lei si sentiva spesso come se fosse tornata a scuola: le letture ad alta voce, lo studio del *Grande Libro*, il percorso per gradi con lo sponsor che era un po' come fare i compiti. Le piaceva il fatto che le riunioni cominciassero e finissero all'ora giusta, che si aprissero sempre allo stesso modo e si chiudessero sempre con la preghiera comune. Dopo anni di caos e turbolenza, la regolarità le dava un senso di sicurezza, di struttura: il che, probabilmente, era lo scopo.

Ma in quel momento, seduta al fianco di Charlie, si sentiva davvero una scolaretta innamorata; la pelle di lui sapeva di fumo e di qualcos'altro, un odore innegabilmente maschio che le faceva ardere le guance. Al termine della riunione, quando tutti i partecipanti si erano presi per mano e avevano formato un cerchio, il contatto del palmo contro quello fresco e asciutto di Charlie aveva suscitato in lei un fremito di desiderio: sensazione che ormai non provava da tempo.

Qualche giorno piú tardi si erano visti a un'altra riunione. Lucky doveva arrivare da Parigi quella sera stessa, e Avery si rendeva conto che sarebbe stato meglio rientrare subito a casa dopo lo studio; ma era cosí piacevole, per una volta, non fare ciò che si doveva. E poi, a essere sincera, aveva proprio bisogno di un alibi che la tenesse fuori casa il piú possibile. Dopo la conversazione che avevano avuto il giorno dell'anniversario di Nicky, Chiti aveva prontamente cominciato a setacciare i siti dei donatori di sperma e a tempestarla di domande epocali con la stessa leggerezza con cui le avrebbe chiesto che cosa desiderava per cena. Aveva preferenze riguardo all'etnia del donatore? Alla statura? Doveva essere laureato? E intanto ad Avery mancava l'aria, come se gliela aspirassero via con una pompa.

Quella volta si erano dati appuntamento nel seminterrato di una chiesa di Belsize Park, dove si teneva un incontro di meditazione ispirato all'Undicesimo passo. A un certo punto lei, aprendo gli occhi, aveva scoperto di essere al centro dello sguardo fermo e sereno di Charlie. Lí per lí l'aveva presa alla leggera e aveva reagito con una smorfia, ma invece di ridere lui aveva continuato a fissarla con serena compostezza. Alla fine anche lei si era calmata ed erano rimasti cosí, a guardarsi negli occhi in un silenzio che sembrava potersi dilatare in eterno. Soltanto dopo il suono della campanella, quando la sala aveva ripreso vita con la consueta colonna sonora di sospiri e piccoli rumori, il contatto si era finalmente interrotto. Mentre il segretario leggeva il Libro, a un tratto Avery aveva sentito il bisogno di scrollarsi come un cane bagnato, o scoppiare a ridere, o aprire la bocca e gridare, qualsiasi cosa pur di scuotersi di dosso l'intensità di quegli ultimi minuti. Tutto il suo corpo vibrava di una nuova energia. *È la chimica dei corpi*, aveva pensato con stupore. Impossibile forzarla, impossibile fingerla. Inspiegabile e innegabile. Perché mai succedesse proprio con lui, era un mistero. Sapeva solo che era cosí.

Mentre lui la riaccompagnava a piedi verso Hampstead, lei si era voltata e gli aveva parlato.

«Ho visto i filmati delle tue letture».

Lui aveva inarcato le sopracciglia.

«Mi hai cercato su Internet?»

«Ho solo fatto i dovuti controlli. In fin dei conti sono un'avvocata».

«E cosa ne hai dedotto?»

Lei aveva sorriso.

«Prendendo in prestito una tua parola, direi... sensazionale!»

Lui non aveva neanche tentato di nascondere la gioia.

«Era cosí che te le aspettavi? Le mie poesie, intendo».

«Non so, forse le immaginavo piú politiche. E invece sono... poesie d'occasione».

Lui aveva riso apertamente.

«No, ma nel senso buono! – si era affrettata a spiegare lei. – Potresti leggerle a un party senza interrompere il ritmo dei festeggiamenti. Anche le piú tristi hanno qualcosa di gaio».

Charlie aveva staccato una foglia da una siepe e l'aveva sbriciolata in coriandoli verdi.

«Trovo interessante quello che dici. Certo, è possibile che da uno come me ci si aspetti qualcosa di politico, ma in realtà sono un poeta filosofico. La mia idea di fondo è che il codice etico di una persona non debba rifarsi a nessuna dottrina. Non c'è nulla di giusto o sbagliato a priori; c'è solo ciò che è giusto o sbagliato per me».

«In sostanza, una forma di nichilismo morale innestata sull'egoismo psicologico?»

«Sí, direi che è proprio cosí», aveva risposto Charlie, guardandola con rispetto.

«All'università ho seguito un corso di Filosofia, il che di solito mi rende insopportabile al novantanove per cento delle persone».

«Secondo me sei tutt'altro che insopportabile, – aveva replicato lui. – Io ti sopporto con molto piacere».

Avery era arrossita, poi era arrossita ancora di piú rendendosi conto di essere arrossita.

Si era schiarita la voce e gli aveva chiesto: «Quindi tu agisci sempre in funzione del tuo interesse personale?»

«Esatto, direi».

«Anche se questo va a scapito di altre persone?»

«A volte sí».

«Ma se tutti si comportassero cosí, e se sorgesse un conflitto tra i miei interessi e i tuoi, come si risolve la situazione? Come si fa a ristabilire l'ordine, in mancanza di un sistema di valori o un codice morale condiviso?»

Charlie aveva scosso via dalla mano quel che restava della foglia.

«Senti, fra': quello che posso dirti è che sono cresciuto in una famiglia religiosissima, e che secondo i miei genitori ogni cosa che desideravo era contraria alla morale. Sono stato male tanto di quel tempo, che alla fine ero quasi convinto di non avere alternative. Poi ho cominciato a sgomitare *molto forte* nella direzione opposta, e allora ho capito che non c'era niente di sbagliato in me. Completa indipendenza morale, è questo il mio credo. Rispondere a me stesso e a nessun altro».

Avery non era riuscita a trattenere un sorriso. Dieci anni prima, avrebbe detto le stesse identiche cose.

«E come ti senti?»

«Libero. Mi sento libero».

Charlie era corso in avanti e si era aggrappato al tubo di un'impalcatura. Usandolo come una sbarra, si era esibito in una rapida serie di sollevamenti durante i quali la sua maglietta era salita in alto scoprendogli i fianchi. Era agile e muscoloso come un pesce. Avery l'aveva raggiunto e si era fermata a guardarlo, incapace di nascondere l'ammirazione. Il viso di lui era contratto dallo sforzo.

«Ooh, come sei grande e forte», l'aveva punzecchiato.

Charlie era atterrato con leggerezza sul marciapiede ed era rimasto lí, a pochi centimetri da lei.

«Cos'è che hai detto?» aveva chiesto.

Le labbra erano aperte in un sorriso, ma gli occhi non si staccavano da quelli di Avery.

«Che sei grande», aveva mormorato lei.

Lui l'aveva attirata a sé.

«E...?»

«E forte».

Allora lui l'aveva baciata, e Avery aveva capito una buona volta che cosa significasse davvero «perdere il controllo». Quando le labbra di Charlie avevano incontrato le sue le era quasi parso di sentire un piccolo *pop*, come quando si fulmina un fusibile. Dentro di lei era felicemente calato il buio. La sua mente era splendidamente, beatamente vuota. Che sollievo, non dover piú pensare. Non dover piú fingere di essere tutta d'un pezzo. Si erano baciati per un'ora; le mani di Charlie avevano stretto e impastato il suo corpo con una forza tale da farle credere che lui potesse rimodellarla in una forma nuova, in una persona nuova. Quando Avery si era divincolata per correre a casa ad accogliere Lucky, sapeva già che era troppo tardi.

E adesso era ferma davanti all'indirizzo che le aveva dato Charlie, e buttava fuori il fiato in una lunga espirazione. Era proprio sicura di volerlo fare? Un bacio era una trasgressione, ma questo, *questo* sarebbe stato un tradimento. Il fatto che fosse un uomo lo rendeva piú grave? Chiti aveva sempre frequentato donne, senza mai dubitare che fosse la cosa giusta per lei. Invece Avery era uscita con dei maschi durante l'adolescenza; anche se forse sarebbe stato piú appropriato chiamarli *ragazzi*. Diceva sempre che

Chiti era l'unica donna che avesse amato, ma non era del tutto vero. Prima c'era stata Freja; ma se la sua relazione con Chiti faceva pensare al fuoco di un camino, quella con Freja era stata l'incendio di una foresta. Il primo dava conforto, il secondo era una strage.

Avery e Freja si erano conosciute a un seminario intitolato «Hobbes, o il Positivismo esistenziale». L'acronimo era HOPE, come speranza. Avery frequentava l'ultimo anno della triennale, mentre Freja si stava specializzando in Filosofia. Aveva origini svedesi, e si vedeva. I suoi occhi erano vetri di mare incastonati fra ciglia e sopracciglia bianchissime; la sua pelle aveva il colore della sabbia bagnata sotto il sole. Dotata di un'intelligenza feroce, Freja era sfrontatamente determinata a vivere in base ai propri princípî: per lei non c'era niente di piú nobile che compiacere sé stessa, e la ricerca dell'indipendenza era lo scopo morale della vita. Com'è ovvio, aveva letto molti libri di Ayn Rand. In effetti non era molto diversa da Charlie, pensò Avery con un soprassalto. Era stata lei a iniziarla all'eroina – l'ero, diceva con nonchalance – sostenendo che desse assuefazione soltanto se iniettata in vena. Poiché era una paladina dell'autodeterminazione nelle sue forme piú radicali, nessuno si era stupito che a un certo punto avesse mollato l'università per trasferirsi nel Nord della California ed entrare in una comunità anarchica, non-gerarchica e governata per decisioni consensuali; anche se forse, sospettava Avery, quella faccenda del consenso non doveva garbarle tanto. Il gruppo aveva scelto come sede un ranch disabitato fuori San Francisco appartenuto ai nonni di uno dei fondatori, un tipetto benestante e non abbastanza anarchico da credere nell'abolizione del diritto ereditario, il quale garantiva a Freja una fornitura stabile di *downer*.

La dipendenza dalle droghe, a quanto pareva, era un ottimo antagonista dell'indipendenza.

I compagni di università le chiamavano sale e pepe, non solo per l'evidente contrasto tra i capelli quasi bianchi di Freja e il caschetto nero di Avery, ma anche perché erano inseparabili. Legate l'una all'altra. Freja era la prima persona che Avery avesse mai amato al di fuori della cerchia familiare, la prima donna con cui fosse andata a letto, la prima persona che le avesse procurato un orgasmo. Il fatto era avvenuto non lontano dal campus, nella stanzetta ammobiliata che Freja affittava da una coppia di anziani grazie all'intermediazione della Chiesa svedese, che si occupava di trovare alloggio ai connazionali. Era l'ex stanza della figlia, che nel frattempo si era sposata o forse era morta – Avery non aveva mai scoperto quale delle due cose – ed era stracolma di centrini all'uncinetto, bambole di porcellana e immagini della Vergine Maria.

La prima volta che Freja si era inabissata sotto le lenzuola per baciarle il sesso, Avery aveva alzato gli occhi e incontrato lo sguardo amorevole di una Madonna sorridente. Il tempo poi si era liquefatto e rallentato; dentro il suo corpo, come in una pozza tra le rocce, si increspavano piccole onde di piacere. Era una cosa buona e giusta. La bocca di Freja, morbida e insistente come le onde del mare, dentro di lei, una sensazione che era come il riflesso della luna sull'acqua. Niente di paragonabile alle passate esperienze con i ragazzi. Intanto la Madonna non smetteva di sorridere, e con lo sguardo fisso nei suoi occhi grigi e benevoli Avery aveva sperimentato il suo primo vero orgasmo. Da allora aveva sempre avuto un debole per la madre di Gesú.

L'eroina la rendeva euforica, ma era Freja a farla sballare sul serio. Dopo che lei se n'era andata in California, Avery era precipitata in una delle peggiori crisi di astinenza della sua vita. Le mancava ogni cosa di lei: la peluria bionda e setosa delle gambe, il suo sapore dolce e salato al tempo stesso, la risata rauca, la sua abitudine di terminare ogni frase con un «no» interrogativo, come per invitarla ma anche sfidarla a obiettare: «Troppo sole nuoce al pensiero critico, no? Andiamo a far l'amore in biblioteca poi ci compriamo un gelato, no?» Anche dopo la laurea Avery era rimasta ad aspettare, struggendosi di nostalgia, che le altre sorelle andassero a vivere per conto proprio, poi si era trasferita a Ovest per seguire la donna che amava. Avevano vissuto nel ranch per qualche mese, senza combinare nulla e sempre piú strafatte, finché un altro membro della comune non aveva pensato bene di scavalcare la finestra della loro camera e abusare di Freja mentre Avery le dormiva accanto, nel sonno profondo indotto dagli stupefacenti. Il giorno seguente, quando il fatto era stato denunciato, gli altri membri (perlopiú maschi) della comunità avevano detto a Freja che lo stupro era *una scelta*; quanto a lei, era comunque libera di decidere che l'esperienza era stata consensuale.

Erano scappate a San Francisco, dormendo per strada o nei motel quando i genitori di Freja gli mandavano un po' di soldi, e rubando ogni altra cosa di cui avessero bisogno. Erano magre come chiodi, piene di pidocchi e candidosi sulla lingua, con la pelle secca e crisi di astinenza intermittenti, ma erano ancora sale e pepe. Ancora fatte l'una per l'altra, o almeno cosí credeva Avery. Poi Freja era andata in overdose. Era sopravvissuta, ma i suoi genitori erano piombati al General Hospital di San Francisco, alti e biondi come divinità vichinghe; l'avevano presa e se l'erano riportata in Svezia senza dire mezza parola ad Avery. Lei allora aveva chiamato Nicky dal telefono pubblico dell'ospedale, e Nicky aveva consumato tutte le sue miglia per pagarle il volo di ritorno a New York, anche se Avery era andata a ringraziarla di persona soltanto un mese dopo. Il suo orgoglio le impediva di mostrarsi in quello stato persino alle sorelle, perciò era andata direttamente dall'aeroporto al centro pubblico di disintossicazione, dove all'epoca era ancora possibile presentarsi senza prenotazione e fermarsi per ventotto giorni. Di Freja non aveva piú saputo niente, ma col passare del tempo aveva smesso di cercarla e in fondo era stato un sollievo. Quell'amore era stato una forma di pazzia, e lei, come imponeva il Secondo dei Dodici passi, doveva tornare alla ragione.

Solo che adesso, ferma davanti alla casa di Charlie, sentiva riemergere l'antica irragionevolezza. Da dove nasceva quella passione per gli incendi? Inutile fingere che non sarebbe entrata, dopo aver fatto tanta strada. La tortura preventiva era parte del metodo. Ormai non c'era niente che le riuscisse spontaneo, nemmeno farsi del male. E l'edonismo, chiaramente, non si confaceva a una trentatreenne sobria e alle prese con un grave lutto. L'indirizzo di Charlie corrispondeva a una modesta casetta a schiera in mattoni rossi nel cuore di Willesden Green. Forse aveva dei coinquilini, pensò con orrore, e un bagno con troppi flaconi di shampoo ammucchiati lungo il bordo della vasca. Percorse il breve, angusto sentiero, si fermò davanti alla porta di ingresso dipinta di un giallo sbarazzino e fece per bussare. Le tremava la mano. Anzi, tremava in tutto il corpo. Poteva ancora andarsene, si disse; bastava girare sui tacchi e tornare a casa. Ma sapeva che non l'avrebbe fatto: si sentiva troppo viva.

Charlie la accolse in pantaloncini neri e a torso nudo. I muscoli delle braccia e delle spalle guizzavano sotto la pelle mentre apriva la porta. A lei venne quasi da ridere: era vestito per la parte, se non altro. Varcò la soglia e lo baciò. Il petto di lui era solido al tatto, pronto, non morbido come le carni cui era abituata. Scese a baciargli i pettorali, fece correre la lingua sul suo addome e si inginocchiò davanti a lui, lí nel corridoio. Era come leccare del marmo. Sensazionale.

– Non qui, – rise lui, e la tirò su.

Ora che aveva deciso, Avery era inebriata dalla sua stessa incoscienza. Farsi beccare sarebbe stato quasi un sollievo, e ormai soltanto un intervento esterno avrebbe potuto fermarla. La casa, però, era silenziosa. Lo seguí per la scala un po' stretta, e mentre passava diede una rapida occhiata in soggiorno. Vide un divano a fiori scolorito, un caminetto con tante foto sorridenti sulla mensola. Charlie da bambino con la cravatta e gli occhiali. Una ragazzina in toga per il giorno del diploma. Una foto in bianco e nero di una donna molto bella in abito da sposa, forse la madre, accanto a un uomo impettito in giacca e gilè. La camera di Charlie era piena di libri ovunque, impilati a decine sulla cassettiera e contro la parete. Le lenzuola grigie erano tesissime e ripiegate con cura, come nelle stanze d'albergo.

– Hai un letto singolo, – constatò lei.

Lui sorrise.

– È la casa dei miei genitori.

Avery lasciò cadere a terra la borsa, si sfilò le scarpe.

– Ma certo, come no.

– Ehi, fra', gli affitti a Londra sono cari, sai?

– Non è che poi mi presenti la mamma, vero?

– È uscita con il gruppo della chiesa, e mio padre è al lavoro, – spiegò lui, – quindi dovrai accontentarti di me.

– Non mi avevi mai parlato di tuo padre.

– Non c'è molto da dire. Una brava persona, con i piedi per terra.

– Come te?
Poteva sembrare un giudizio, ma era una domanda.
Charlie le fece un sorriso lento, sornione.
– Ho idea che tu non sia venuta qui per parlare dei miei.
Con movimenti abili e precisi, la liberò dall'abito a portafoglio finché rimase con niente addosso, a parte il perizoma di cotone nero. La guardò a occhi sgranati. Intorno al braccio di Avery si attorcigliava un serpentello, la lingua forcuta a lambire l'interno del gomito. Due piccoli storni erano annidati sotto le clavicole.
– Bei tatuaggi, – mormorò.
Lei si strinse nelle spalle.
– Resti di un'altra vita.
– Quanti ne hai?
Lei gli lanciò un'occhiata maliziosa.
– Prova a scoprirlo.
Charlie la fece sdraiare sul materasso e con le dita le esplorò teneramente tutto il corpo: le piante dei piedi, l'interno delle cosce, la piega sotto i seni. Trovò la barchetta che solcava le onde del suo torace, il profilo femminile all'interno del braccio, disegnato a linea continua come gli schizzi di Matisse, la A dell'anarchia sulla scapola sinistra che le aveva fatto Freja con un ago a mano, mentre era sballata. Sul cuore, tre piccole lettere: *bnl*. Ne seguí la traccia con la punta di un dito.
– Le mie sorelle, – spiegò lei.
Charlie annuí in silenzio.
– Ne manca ancora uno, – disse Avery.
Lui si sedette sui talloni, accanto al letto.
– Mi arrendo.
Lei rovesciò il labbro inferiore e gli mostrò il quadrifoglio verde inciso sulla carne rosea all'interno della bocca.
– Sei piena di sorprese, – disse Charlie.

– Come un uovo di Pasqua?

Salí sul letto e si sdraiò su di lei, coprendole il corpo con il suo.

– Un uovo di Pasqua cosí, non l'ho mai avuto.

Poi fece scivolare le dita sotto l'orlo del perizoma, e Avery chiuse gli occhi. Con Chiti era sposata da otto anni e facevano ancora sesso, ma con lei doveva *scegliere* di eccitarsi. Non era piú istintivo come all'inizio, un impulso carnale che non potevi ignorare o negare. C'era una sorta di allarme interno che scattava nell'una o nell'altra per segnalare che era passato troppo tempo, e cosí decidevano di farlo. Era ancora piacevole, ma piú che lussuria la si poteva chiamare manutenzione. In quel momento invece era diverso. Il suo corpo agiva senza pensare, senza seguire istruzioni.

– Wow, – esclamò lui.

Sfilò la mano: le sue dita erano umide e scivolose.

– Scusa, – sussurrò lei senza un motivo preciso. Sembrava persino troppo: la prova che in lei c'era qualcosa di eccessivo.

– No, mi piace. Mi piace, – mormorò lui.

Poi si tirò su, le sfilò il perizoma, e fu di nuovo su di lei con la bocca, il respiro, la lingua. Lei lo spinse via.

– Non cosí. *Cosí*, – disse, e allungò una mano tra le gambe di lui.

In un attimo Charlie si liberò dei pantaloncini, e lei si rese conto che non portava biancheria. Cominciò ad accarezzarsi con una mano, e con l'altra infilò un dito dentro di lei.

– Sei sicura? – le chiese muovendo le mani allo stesso ritmo, una su di sé, l'altra in lei.

Avery annuí, poi chiuse gli occhi. Reggendosi con le braccia sopra di lei, Charlie si spinse dentro con un solo, lungo affondo. Lei ansimò. Da quanto tempo non si sentiva cosí? Dieci anni? Piú ancora? Non era mai stata con un uomo da sobria. Mentre lui si muoveva con lentezza, dentro e fuori, lei si accorse di emettere una serie di rumori decisamente inconsueti: brevi mugolii, guaiti animaleschi. Come se lui la stesse toccando nel profondo. A un certo punto le prese il viso fra le mani e la guardò. Sembrava del tutto indifeso.

– Non ti sto facendo male? – le chiese.

Lei scosse la testa.

– No.

– Non vuoi che mi fermi?

– *No*.

Avery serrò forte le palpebre e protese la bocca verso la sua. Respirò il respiro di lui. Il sapore era dolce, come succo di mela. Lui riprese a muoversi, colpi profondi e ritmici che arrivavano fino al suo centro. Erano entrambi sudati, scivolavano l'uno contro l'altra. Lui le scostò i capelli e le baciò le tempie umide. Lei affondò la faccia nel calore del suo collo. Non pensava a niente, se non a ciò che sentiva. La parte migliore era proprio il non-pensare, il non-pensare che avrebbe voluto non finisse mai.

– Non riesco piú a trattenermi, – disse lui dopo un po'.

– Aspettami.

Avery gli strizzò le natiche e lo spinse verso di sé, sempre piú a fondo, una serie di colpi rapidi e secchi. Poi fece strisciare una mano tra il proprio ventre e quello di lui, e cominciò a toccarsi mentre lui si muoveva. Alla fine venne, e fu una grande marea pulsante. Spasimò e spasimò. Mentre l'onda recedeva, lo sentí gemere appena e svuotarsi dentro di lei. Rovesciò gli occhi all'indietro. Ecco di nuovo la sensazione di un tempo, non piú cercata ma mai dimenticata: piacere unito a dolore. Come spingere il pistone di una siringa.

Dopo rimasero vicini, semisdraiati sul letto: le schiene contro la parete, le gambe che sporgevano fuori. Lui si allungò a raccattare i pantaloncini spiegazzati e se li adagiò sull'inguine con sorprendente pudicizia. Lei abbassò lo sguardo su di sé e vide il seme gocciolare fuori. Aveva già formato una chiazza scura sul copripiumino grigio perla.

– Oh merda, – disse. – Scusa.

– Aspetta.

Prese un lembo dei pantaloncini e glielo avvicinò, come per tamponare il sangue da una ferita.

– Tu... Usi qualche contraccettivo?

Lei gli piantò gli occhi addosso.

– Ma perché voi uomini lo chiedete sempre *dopo*?

Charlie chinò la testa per l'imbarazzo.

– Nessun problema, – disse lei, – ci penso io.

– Mi spiace non aver domandato. Se è il caso posso contribuire...

– Neanche per sogno, – rispose lei.

Avery si alzò in piedi, recuperò la biancheria, cominciò a sistemarsi il vestito. Armeggiò in cerca dell'asola attraverso la quale far passare il cinturino di stoffa.

– Dovrei essere io a chiederti scusa, – disse poi, di getto. – Tu sei un nuovo arrivato e io...

Anche lui si alzò e si infilò i pantaloncini, per nulla inquietato dal pensiero di averli usati un attimo prima per asciugare il suo sperma. Fece un passo verso di lei, si impadroní del cinturino e lo infilò abilmente nella fessura del tessuto, poi lo legò a fiocco insieme all'altro.

– Senti, sono entrato nel programma da tre mesi ma non è che sono un neonato. Ho ventisette anni, fra'.

Avery lo guardò in faccia. L'età di Nicky. Aveva gli stessi anni di Nicky.

– A ventisette anni si è giovani, – mormorò.

– Io li ho e non mi sembra.

– Volevo solo dire che... Il primo anno è un periodo delicato. Lo capirai anche tu.

– Lo so, lo so. Ma sono già cambiato un sacco.

Infilò una mano nella tasca dei jeans appoggiati alla sedia della scrivania, tirò fuori un pacchetto di sigarette e il suo Zippo d'argento. Aprí la finestra e le fece segno di avvicinarsi.

– Quand'è che hai cominciato a fumare? – chiese Avery, e accettò la sigaretta che lui le offriva.

– A dodici anni. Ho provato la prima sigaretta e la prima canna lo stesso giorno, con un mio cugino piú grande. Volevo essere come lui.

– E dov'è adesso tuo cugino?

– Lavora nella City, ha sposato una fotomodella e aspetta due gemelli. E tu quando hai cominciato?

– A quattordici anni, mi pare. Ero a Central Park, stavo tornando da scuola e ho scroccato una sigaretta a un giapponese in giacca e cravatta. L'ho fumata troppo in fretta e ho vomitato subito dopo. Ho giurato a me stessa di non provarci mai piú.

– Ah, sí, conosco la canzone. Mai piú, mai piú...

Avery fece un sorriso triste. Se la stava cantando in quel preciso momento.

– Sai cosa dice il mio sponsor? – domandò Charlie. – «Uno che beve può fregarti il portafoglio; l'alcolista te lo frega *e poi* ti aiuta a cercarlo». È cosí che ho capito di essere un alcolista, perché, giuro su Dio, ho fatto esattamente questo. Ho detto tante di quelle bugie che alla fine non me ne accorgevo neanche piú.

Già, la sincerità. Che ne sapeva Avery della sincerità? Appoggiò la fronte al telaio della finestra. Una brezza tiepida entrò baldanzosa nella stanza.

– Immagino che non sia il momento migliore per confessarti che sono sposata, – disse.

– Lo so.

Lei lo guardò allibita.

– Con una donna, – aggiunse.

– Lo so, – ripeté Charlie.

– Come fai a saperlo?

– Ti ho cercata anch'io. Vi siete sposate civilmente. Tua moglie ha un nome bellissimo che adesso non ricordo.

– Chitrita, – mormorò Avery. – Potrebbe chiedermi il divorzio.

Charlie annuí.

– Vero.

– Io però non voglio divorziare.

– Okay.

– E non ti importa comunque?

– Monogamia, fedeltà, eterosessualità… Per me sono solo parole senza significato.

– Giusto, – disse Avery. – Perché sei un amorale e un egoista.

– Esatto.

– Per te è molto comodo, certo, ma si dà il caso che per me significhino qualcosa, quelle parole.

Charlie si voltò a guardarla ma restò inquadrato nel vano della finestra.

– Il fatto è, – disse, – che in questo momento sto cercando di tenermi alla larga dalle storie importanti. Tu sei in gamba, sei intelligente e stai passando un periodo di merda. Se vuoi servirti di me per stare un po' meglio, non ho niente in contrario. Sono andato a letto con uomini e con donne. Sposati, non sposati… non mi va proprio di sentirmi in colpa perché qualcuno pensa che dovrei. Decido io che cosa va bene per me.

– Perché tu sei libero, – disse Avery.
– Esattamente.
– Be', allora grazie per avermi permesso di servirmi di te.
Charlie scoprí i denti in un sorriso.
– Quando vuoi, io sono qui. Sei forte, lo sai? Sei vera.
– Anche tu sei vero. Qualsiasi cosa significhi, – aggiunse subito dopo, sorridendo di imbarazzo.
Lui si guardò intorno nella cameretta.
– Adesso mi serve soltanto una casa tutta mia, con un letto piú grande.
Avery rise, si affacciò alla finestra e guardò l'erba secca del giardino. A destra una rete da calcio mezza distrutta, a sinistra un cespuglio di ortensie lussureggiante di fiori. Da una finestra aperta chissà dove, si sentiva ridere il pubblico di un programma tv.
– Sai cos'è che fa di me una tossica? – gli chiese. – Non le droghe che ho preso o l'alcol che ho bevuto. E nemmeno le bugie che ho detto.
– Che cosa, allora?
Lei respirò cosí a fondo da sentirsi bruciare i polmoni.
– Io cerco ciò che mi dà piacere e lo faccio finché non mi fa soffrire, – disse. – Ogni volta.
Charlie la guardò con quel suo buffo mezzo sorriso.
– Giusto. Sennò come fai a capire quando fermarti?

Lucky

Languiva da due giorni per i postumi della festa, il che per lei era un nuovo record. Sabato aveva dormito quasi tutto il giorno tranne i rari momenti in cui, aprendo gli occhi, si era trovata sul comodino prima una tazza di tè con del pane tostato, poi una pasta in bianco e del paracetamolo, infine un minestrone con dei crostini, probabilmente portati da Avery o Chiti mentre era addormentata. Domenica c'era stato l'inevitabile litigio con Avery, il cui universo nevrotico di perfezione domestica non era certo costruito per resistere ai cannoneggiamenti di una Lucky scatenata. Loro due avevano sempre litigato parecchio, ma senza mai serbarsi rancore. Prendevano fuoco in fretta, e altrettanto in fretta si perdonavano: erano fatte cosí. Però quella sera era stata una sorpresa vedere Avery rincasare molto tardi e dirigersi subito in camera senza dire mezza parola a lei e a Chiti, sedute in salotto a guardare un film. Lucky aveva fatto appena in tempo a vedere la sagoma di sua sorella salire i gradini in punta di piedi, e per la prima volta le era venuto il sospetto di conoscerla meno di quanto credesse.

Lunedí mattina una Avery ancora taciturna era uscita di casa presto per andare al lavoro, mentre Chiti era scesa nello studio al pian terreno per ricevere alcuni pazienti; cosí Lucky era rimasta sola con sé stessa. Fisicamente non le sembrava piú di essere un sacco pieno di pietre e pezzi di vetro messo a centrifugare in lavatrice, ma ciò non significava che stesse bene. Era stato uno di quei *down* balordi che non ti lasciano mai a lungo nello stesso stato: si era sentita letargica e nervosa, aveva avuto brividi e sudori, alternato momenti di panico ad altri di totale stordimento. Quella mattina era rimasta sempre a letto, a guardare cartoni sul portatile e fumare gli avanzi dell'erba che si era portata in treno da Parigi, nascosta dentro la biancheria.

Verso ora di pranzo, Lucky controllò il telefono per la prima volta in quarantott'ore. Si accorse che lo schermo era incrinato, ma ancora utilizzabile. Sperava di trovare un messaggio di scuse da Avery, ma c'erano soltanto una chiamata persa e un vocale di Bonnie, un messaggio in francese da Sabina che il suo cervello non era al momento in grado di tradurre, e una valanga di messaggi da Troll Doll che non intendeva leggere. Intuí, con un senso di vuoto allo stomaco, che forse Avery aveva parlato di lei con Bonnie. Se non altro poteva contare sul fatto che Bonnie non l'avrebbe sgridata, anche se a volte quella sua sollecitudine maldestra le pareva ancor piú stressante. Nella posta elettronica trovò un messaggio della sua agente, vecchio di due giorni. Lesse l'oggetto, che era «Dobbiamo parlare», e la cancellò senza neanche aprirla, poi tornò al vocale di Bonnie. Schiacciò il pulsante per ascoltarlo e si portò il cellulare all'orecchio.

«Ciao, Lucky, ehm, volevo solo sapere come stai. Avery dice che hai passato una nottataccia. Se vuoi parlarne, io ci sono... Insomma, ci sono anche se non vuoi parlarne. Decidi tu». Nella pausa di silenzio che seguí, Lucky avvertí distintamente il disagio della sorella. Bonnie non era un tipo loquace, neanche nelle situazioni piú tranquille; ma un messaggio vocale, in pratica un monologo forzato, doveva farla sentire come un orso costretto a ballare in tutú. «Comunque sono a New York; immagino che Avery te l'abbia detto. È strano stare qui senza di te. Se ci fossi sarebbe piú bello, ma non voglio obbligarti... Ah, ho anche ripreso ad allenarmi alla Golden Ring. Credo che resterò nell'appartamento finché mamma e papà non trovano un compratore, poi penserò a cosa fare. Non ho ancora cominciato a smistare le cose di Nicky, ma se vuoi che ti tenga da parte qualcosa, dimmelo. A meno che tu non voglia venire ad aiutarmi, eh? Che ne dici? Ma di nuovo, ecco, non voglio obbligarti... Okay, questo è tutto, mi pare. Chiamami».

Lucky si sedette sul letto sfatto, poi riascoltò il messaggio. Dunque Bonnie aveva ricominciato ad allenarsi, e Avery stava per avere un bambino. Le loro vite andavano avanti, a differenza della sua. E Bonnie reclamava la sua presenza a New York, questo era piú che evidente. Non aveva preteso mai nulla da lei, eppure nel messaggio l'aveva fatto per ben due volte («non voglio obbligarti!») Al contrario, Avery non sembrava granché entusiasta della sua presenza.

Con l'improvvisa ondata di sollievo che ogni volta seguiva la scoperta di una via di fuga, Lucky aprí l'app della compagnia aerea sul suo telefono incrinato. Con anni di viaggi aveva accumulato migliaia di miglia, e c'era ancora un posto libero sul volo in partenza l'indomani pomeriggio. Completò l'acquisto in un baleno, poi condivise via mail i dettagli del volo con Bonnie, senza alcun commento a parte una faccina sorridente e due baci abbreviati con la *x*. Di ciò che era successo preferiva parlarle in presenza, ma già sapeva che Bonnie sarebbe stata, come sempre e di gran lunga, la piú comprensiva delle sue sorelle. A quel punto non le restavano che ventiquattr'ore da trascorrere a Londra, città che in tutta evidenza non le faceva affatto bene. Molto meglio andarsene, pensò, e dimostrare ad

Avery che non intendeva girarle attorno come un cane bastonato in attesa del perdono. Le avrebbe dato una bella svegliata. Se c'era una cosa in cui Lucky era maestra, era senz'altro partire.

Scese in cucina, ma non aveva fame. Rimpianse di aver lasciato la sua chitarra a Parigi. Per la prima volta, si chiese vagamente quale sarebbe stato il suo futuro. Certo, si sarebbe fermata un po' a New York per aiutare Bonnie a svuotare la casa, ma poi? Delle sfilate di moda non voleva piú saperne, questo era chiaro, ma se non altro quel lavoro le dava qualcosa da *fare*. Ecco una cosa di cui la gente non parlava molto: quanta parte di vita si passi semplicemente riempiendosi il tempo. La sua esistenza era stata a lungo scandita da una bizzarra serie di stagioni: ogni sei mesi il circuito New York-Londra-Milano-Parigi, poi la settimana della haute couture a gennaio e a luglio, poi i servizi fotografici nei loft di New York, nei parchi di Berlino, in cima ai grattacieli di Hong Kong, sulle spiagge di Bali. Per tanti anni era stata troppo impegnata, troppo stordita dal jet lag o troppo sballata per *sentire* qualsiasi cosa. E proprio adesso che voleva sentire il meno possibile, non c'era niente a portata di mano per potersi distrarre.

Aprí la porta del frigo e la richiuse subito dopo, assalita dalla nausea. La cosa peggiore erano i ricordi improvvisi delle cose successe venerdí. Frammenti di scene che si accendevano come fiammiferi davanti ai suoi occhi, per poi spegnersi un attimo dopo. Lei che ballava nel fascio di luce dei fari di un taxi – o stava cadendo? Mani che le abbrancavano il petto coperto di piume. Un uccello spiumato, ecco cos'era. Lei che spingeva via il tassista, ignorava le sue grida, si squagliava dal suo abbraccio per strisciare sui gradini come una molla Slinky, infine si accasciava davanti alla porta di Avery.

Aprí la portafinestra della cucina e uscí nel giardino. Era una giornata bellissima, luminosa. Accese una sigaretta e soffiò fuori la prima boccata. «La bimba di Nicky». La parte della notte che ancora le sfuggiva. Qualcuno l'aveva chiamata «la bimba di Nicky». A quella festa c'era qualcuno che aveva conosciuto sua sorella, e lei non si sarebbe levata quel tarlo finché non avesse scoperto chi era. Prese il telefono e chiamò Troll Doll, che rispose al secondo squillo.

– Oh, *cazzarola*, credevo fossi morta, – esclamò. – Senti, scusa per i messaggi che ti ho mandato, ma ero strafatta.

– Nessun problema, – le disse Lucky.

– Il giorno dopo ero in piena *paranoia*, te lo giuro.

– No, sul serio, è tutto okay, – confermò Lucky. – Li ho già dimenticati.

Il che a suo modo era vero, visto che non si era data la pena di leggerli. Troll Doll sospirò di sollievo.

– Mitica. E allora quando parti? Riusciamo a vederci ancora una volta?

– Sto per tornare a New York. Con mia sorella le cose vanno... in modo strano.

– L'avvocata, dici?

– Sí.

– Perché non vieni a stare da me? Mi faresti felice!

Lucky prese fiato e alzò gli occhi al cielo. Si sforzò di rispondere educatamente.

– Non voglio essere d'incomodo.

– Ma no, ma che incomodo! Sarebbe... un incanto.

Lucky finse di non aver sentito.

– Senti, chiamavo per chiederti una cosa: il posto in cui eravamo l'altra sera, dov'è? Hai per caso l'indirizzo?

– Perché? Non starai pensando di tornarci, *vero*? È... un locale per scambisti, hai presente?

– È che ho perso una cosa e volevo andare a vedere se è rimasta là.

– La tua T-shirt? Ce l'ho io! Anzi, stanotte l'ho usata per dormire, capisci quanto sono patetica? – Fece una specie di sbuffo, mortificato o forse speranzoso. – A proposito, Flopsy dice che il boa di piume puoi tenerlo tu.

– No, non mi importa della T-shirt. Cercavo... un'altra cosa.

– Le pasticche? Quelle mi sa che te le sei fatte tutte, gioia.

– No, puoi darmi l'indirizzo e basta?

Troll Doll si mise a canticchiare.

– Se te lo do, dopo passi a trovarmi?

Lucky rimase in silenzio, ad aspettare il suo sospiro rassegnato.

– Okay, te lo scrivo.

– Grazie, sei gentile.

– Porca miseria, – mugugnò Troll Doll, – sei piú crudele di un maschio.

Lucky passò il pomeriggio nel buio di un pub con le pareti in boiserie, seminascosto in una stradina tortuosa vicina alla casa di Avery. Hampstead era un posto talmente bizzarro che non potevi non restarne affascinato. Specie se il sole brillava e aveva intenzione di farlo fino alle nove di sera, specie se il pub coperto di edera sembrava uscito di peso da un romanzo del Settecento, specie se dietro il banco c'era un ragazzo abbastanza giovane e niente affatto male (era iscritto, le aveva giurato, a una scuola di arti figurative) che offriva birre gratis per il solo piacere, diceva, di contemplarla con il suo occhio da esperto ritrattista. Lucky trascorse un'allegra manciata di ore a bere birra e giocare a freccette con una comitiva di anziani abbronzati, mentre il barista folgorato dalla sua bellezza le lanciava sguardi malinconici. A un certo punto uscí per fumare e controllò il telefono. C'era un altro messaggio dell'agente. Imbaldanzita dalle birre e dalla liquida indifferenza che accompagna le fasi iniziali di una nuova sbronza, lo cancellò senza leggerlo. Per la prima volta da quando aveva quindici anni, si trovava senza lavoro. Era il caso di festeggiare con un altro giro di birre.

Quando uscí dal pub aveva vinto un pacchetto di sigarette e dava del tu a un manipolo di pensionati londinesi d'alto bordo, unanimemente convinti che il lavoro fosse solo una perdita di tempo. Giusto per perderne un altro po', decise di andare al club per scambisti con i mezzi pubblici, e ci impiegò quasi due ore. Non mancò di apprezzare la bella novità di un viaggio al piano superiore di un tipico autobus cittadino, tanto piú che si era accaparrata gli ambitissimi posti in prima fila, e per tenere lontani gli aspiranti vicini di sedia ci aveva appoggiato di traverso le sue lunghissime gambe. Da quel punto di osservazione privilegiato, ammirò oltre il vetro di plexiglas le bellezze di Londra sotto la volta frondosa degli alberi. A differenza di New York, dove il caldo torrido si dava per scontato da maggio a settembre, a Londra i giorni d'estate erano un dono prezioso e fuggitivo. Le signore volteggiavano dentro e fuori dai negozi sfoggiando gli abiti colorati che attendevano da un anno dentro gli armadi; uomini a piedi nudi davano calci a un pallone nei parchi ampi e verdeggianti, anziani gentiluomini in maniche corte oziavano nei dehors col narghilè in mano. Lucky osservava ogni cosa dal suo trespolo, con il gentile distacco agevolato da un congruo numero di pinte. Era al punto perfetto della sbronza, non ancora del tutto partita ma non piú del tutto presente nel tempo e nello spazio. La parola migliore per definire quello stato era, secondo lei, *disancorata*; un palloncino che fluttuava leggero, appena scampato alle grinfie del mondo.

Mentre l'autobus serpeggiava lungo le strade screziate di sole, Lucky si mise comoda sul sedile e pensò a sua sorella. Avery era stata una scema a rinunciare a certi piaceri per vivere a tempo pieno nella realtà. Il vero errore era stato portare troppo avanti il gioco e farsi fregare dall'eroina. Avrebbe dovuto fermarsi ai classici: alcol, erba, coca, pasticche, qualcosa di psichedelico ogni tanto. Proprio come lei, che sapeva quel che faceva. Lei sí che era capace di gestire le sue stronzate, pensò con ebbro compiacimento; e quindi, a differenza di Avery, non sarebbe mai stata costretta a smettere. La brezza saliva in tiepide spirali dalle porte dell'autobus fino al piano superiore. Il trambusto della città, della vita in generale, pareva confinato in lontanissime profondità. Come un uccello al sicuro nel nido, Lucky spinse gli occhiali da sole in cima al naso, appoggiò il mento sul petto, e scivolò via.

Piú che sognare, ricordava. Lo studio dove doveva presentarsi era in centro, vicino alla riva dell'Hudson: il posto le piaceva perché aveva dei flipper nell'atrio, ai quali andava sempre a giocare nelle pause tra una foto e l'altra. Era piú brava al flipper che a fare la modella, pensò. Quel giorno poi si sentiva piú scarsa del solito, perché volevano farla parlare. Doveva leggere alcune frasi scritte su un foglio che l'assistente del regista le mostrava da dietro la fotocamera, ma continuava a fare pasticci. Nella lettura ad alta voce era una schiappa, infatti a scuola cercava sempre di evitare; non perché non sapesse leggere, ma perché si agitava troppo e si dimenticava di prendere fiato.

«Va bene, proviamo di nuovo, – aveva detto il fotografo. – Fa' pure con calma».

Peccato che piú si agitava, piú faticava a respirare. Sotto il calore esagerato delle luci, sentiva formarsi sul labbro piccolissime perle di sudore. Non le donavano di certo. Era tentata di asciugarsele con una manica, ma aveva addosso una camicia di seta, e poi forse era vietato. Se tutti i presenti avessero battuto le palpebre nello stesso istante, lei avrebbe approfittato di quell'attimo per tergersi la faccia, e invece no, non facevano che fissarla. L'idea di chiedere una pausa non la sfiorava nemmeno. A un certo punto, mentre tentava furtivamente di tamponarsi il labbro col palmo di una mano, le era arrivata all'orecchio la risatina delle due stiliste. Ferme accanto agli appendiabiti, si stavano scambiando un'occhiata che voleva dire: «Ma tu guarda che sorpresa, una modella che non sa leggere». Non era la prima volta che avvertiva, a malapena nascosto sotto una patina di cortesia, il disprezzo delle altre donne; e non sarebbe certo stata l'ultima. Lucky era alta uno e settantotto, pesava cinquantaquattro chili e aveva quindici anni. Era lo standard di bellezza cui loro dovevano conformarsi, e per questo la odiavano. «Benvenute nel club», avrebbe voluto dirgli. Anche lei odiava sé stessa.

Il fotografo l'aveva soppesata con lo sguardo, poi per fortuna le aveva sorriso gentilmente. Aveva lunghi capelli biondo cenere, la faccia allegra e spensierata di chi ha avuto un'infanzia ben provvista di sole e di soldi. Inoltre, come Lucky aveva scoperto grazie a un sussurro confidenziale della truccatrice, usciva da poco con una famosa top model. Dunque era un tipo importante, e l'agenzia di Lucky le aveva piú volte fatto notare che essere scelta da un personaggio di quel calibro era una gran fortuna, tanto piú che lei era nel giro da neanche un anno. Di lí a poco il tipo importante si era allontanato dalla fotocamera e le aveva lanciato un altro sorriso di incoraggiamento.

«Sai cosa? – aveva detto. – Per adesso facciamo solo qualche foto. Anzi, perché non sgomberiamo un attimo il set? Restiamo solo io, te, e il mio assistente Jared».

Lucky si era sentita piú leggera, aveva fatto un cenno di assenso ed era rimasta a guardare mentre parrucchiere, truccatrici, stiliste e tecnici vari si dirigevano alla spicciolata verso l'area catering, dove avrebbero senza alcun dubbio parlato male di lei.

«Posso solo un attimo? – si era intromessa una delle truccatrici, ed era corsa da Lucky per tamponarle il viso e cospargerle la pelle con una cipria finissima. – Buona fortuna», aveva poi bisbigliato senza entusiasmo, ed era sparita anche lei.

Il fotografo era tornato alla sua macchina e con aria allegra le aveva fatto l'occhiolino.

«Molto bene, tesoro, – aveva detto. – Vieni, mettiti qui».

Aveva cominciato a girarle attorno scattando foto a ripetizione, mentre Lucky per istinto girava insieme a lui. Aveva un talento naturale, era questa la verità. Dopo, vedendo le foto, era rimasta sorpresa dalla differenza tra il suo aspetto e ciò che aveva provato in quel momento. Sembrava matura, del tutto a suo agio con sé stessa. Come una donna.

«Sei bravissima, Lucy», aveva detto il fotografo.

«*Lucky*, – aveva mormorato lei. Poi, subito dopo: – Scusa».

L'altro si era battuto la fronte. «Sí, certo, Lucky. Il nome perfetto per te. Quanti anni hai, Lucky?»

«Quindici», aveva risposto lei in un batter di ciglia, prima di ricondurre il viso a una neutra imperscrutabilità.

«Wow, a vederti te ne avrei dati di piú. Devi avere un'anima antica, Lucky».

Lei era abbastanza sicura che anche la sua anima avesse

quindici anni, ma aveva comunque annuito. Lo shooting era andato avanti per un po': il fotografo con il viso oscurato dalla fotocamera, lei concentrata nell'apparire sexy ma leggermente impaurita come le avevano insegnato; poi si era interrotto di colpo. Temeva di sentirsi dire che non andava bene, che poteva tornarsene a casa, e invece il fotografo le aveva sorriso e si era passato una mano fra i capelli.

«Okay, ho un'idea –. Senza staccarle gli occhi di dosso, aveva passato la macchina al suo assistente. – Proviamo con la Pentax in bianco e nero –. Le aveva fatto segno di avvicinarsi, poi: – Ti spiacerebbe metterti in ginocchio?»

Vedendola esitare, aveva fatto segno all'assistente.

«Scusami, Lucky, dovevo pensarci. Puoi darle qualcosa, Jared, tipo un cuscino?»

Jared aveva preso un asciugamano dalla sedia del trucco, l'aveva ripiegato e sistemato a terra. Attutiva a malapena la durezza del pavimento, ma lei si era comunque inginocchiata.

«Fantastico, Lucky», aveva detto il fotografo, e si era rimesso a scattare. Ripeteva il suo nome un po' troppo spesso, ma forse lo faceva per compensare l'errore iniziale. Lei capí che voleva metterla a suo agio, quindi fece il possibile per sembrarlo.

«Adesso, Lucky, puoi aprire la bocca?»

Il tono di voce non era cambiato: il fotografo dava istruzioni nello stesso modo spigliato con cui aveva chiesto a Jared di cambiare fotocamera. Lucky aveva di nuovo esitato, prima di socchiudere le labbra.

«Ottimo. Un po' piú aperta, grazie».

Il fotografo si era avvicinato, e con delicatezza le aveva infilato un pollice in bocca. Si era sentito il *click* dell'otturatore. Il pollice sapeva di sigaretta, con in piú qualcosa di terroso, come un sapore di radici misto a uno sgradevole retrogusto metallico. Senza muovere la testa, Lucky aveva lanciato uno sguardo a Jared, che sembrava tuttora impassibile, forse persino annoiato. Poi aveva chiuso gli occhi, e riaprendoli un attimo dopo si era trovata davanti i genitali del fotografo, posizionati all'altezza dei suoi occhi. Lei non aveva mai visto un pene, ma chissà come, lí per lí le era venuto in mente di controllare se fosse eretto. Constatato che non lo era, il sollievo le aveva dato una specie di vertigine. Doveva far parte del lavoro, dunque.

«Guarda quassú», aveva mormorato il fotografo.

Solo in quel momento la sua voce aveva preso una tonalità piú roca, come se stesse per condividere un segreto. Continuava a scattare, e intanto muoveva il pollice dentro e fuori, lentamente, come al rallentatore. Lei aveva la bocca spalancata, la mandibola rigida, la lingua ripiegata dietro i denti per toccarlo il meno possibile. Negli anni a venire avrebbe sognato piú volte di azzannarlo, quel pollice, di serrare le fauci come un pitbull e incidere la pelle fino all'osso, finché lui non avesse implorato pietà. E invece no, aveva alzato lo sguardo. Lui, da lassú, le aveva sorriso.

«Hai proprio un talento naturale, Lucky. Ora, ti spiace chiudere le labbra e succhiare?»

Si svegliò all'improvviso con un sussulto di terrore. Per un orribile istante, non capí dove si trovava. Su un autobus? Okay, ma dove? Si tastò in tutto il corpo. Portafoglio, telefono, chiavi, sigarette: non mancava niente. Guardò fuori dal finestrino. Era ancora giorno. Si accorse con gioia che l'autobus stava superando una stazione della metro non lontana dall'indirizzo che le avevano dato. Sospirò. Aveva di nuovo abbassato la guardia, però stava bene. Sul sedile al di là del corridoio, una signora anziana in camicione lilla la guardava e sorrideva.

– Hai fatto un pisolino, – le disse. – Ma non preoccuparti, ti tenevo d'occhio. Ti avrei svegliata prima di scendere.

– Grazie, – farfugliò Lucky.

Osservò la donna, i cui occhi contornati da morbide rughe d'espressione seguitavano a fissarla con benevolo interesse. Notò con imbarazzo che i suoi erano umidi di lacrime. Mentre dormiva gli occhiali da sole le erano scivolati in grembo; li inforcò di nuovo e si alzò in piedi. La sua fermata non era lontana e sentiva il bisogno di muoversi.

– Sta' attenta, cara, – fece in tempo a dirle la signora, prima che lei sparisse al piano di sotto.

In effetti ricordava qualche dettaglio del luogo in cui il venerdí si era tenuta la festa, ma era tutto nebuloso. L'indirizzo che le avevano dato corrispondeva a un edificio stretto e anonimo, in fondo a una strada tranquilla. Alcuni gradini piastrellati in bianco e nero conducevano alla porta d'ingresso. Si aspettava di leggere il nome di una persona o di un'azienda, ma sul campanello d'ottone non c'era scritto niente. Suonò comunque, e il gesto produsse un rumore stridulo e acuto, come il grido di un gabbiano. Aspettò. Non successe nulla. Tornò indietro e cercò di sbirciare dalle finestre, ma le pesanti tende rosse erano ben chiuse. Rimase ferma sui gradini per parecchi minuti, sempre sperando che arrivasse qualcuno.

Quando capí che era inutile, prese un vicoletto laterale e girò intorno alla casa. Là, ferma tra grossi bancali di bevande, c'era una donna dall'aria piuttosto trasandata. Stivaletti logori dalla suola piattissima, pantaloncini di jeans con l'orlo sfrangiato, T-shirt rosa pallido con un cuore di lustrini che aveva perso qualche pezzo al centro. La faccia, invece, era tutta un'altra storia. Sapientemente truccata, la pelle incipriata e candida come avorio, labbra lucenti dello stesso color rubino delle scarpette di Dorothy, enormi ciglia finte con due piumette rosse all'angolo di ciascun occhio. In testa aveva una calza color carne della stessa tinta della sua pelle. Faceva pensare a una bambola di porcellana cui non avessero ancora attaccato i capelli. Lucky si avvicinò con fare esitante. La donna la squadrò con diffidenza.

– Hai bisogno di aiuto?

– Ehm… non saprei. Cerco una persona.

L'altra inarcò le sopracciglia disegnate a matita.

– Mica per caso vuoi ballare?

Lucky scosse la testa. La donna espirò una boccata di fumo.

– Peccato.

– Sto cercando una persona che si occupa della sicurezza qui, – spiegò Lucky. – O almeno credo.

La donna fece un tiro dalla sigaretta, il cui filtro era macchiato di rossetto. Fissò Lucky senza dire niente, poi si convinse che valeva la pena di risponderle.

– Ma com'è fatto? Il tizio che cerchi, dico.

Lucky chiuse gli occhi e cercò di evocare l'immagine dell'uomo che aveva visto venerdí. Le apparve una sagoma grande come una montagna, tanto da nascondere le luci dei lampioni.

– Enorme, – rispose.

La donna rise tra sé.

– Allora stai cercando il GGG! Sei fortunata che arriva presto. Vuoi che vado a chiamarlo?

– Se è possibile, sí.

Ma siccome la donna non accennava ad andarsene, Lucky rimase in attesa. L'altra intanto continuava a fumare, e la misurava con gli occhi in lungo e in largo. Lei, a disagio, si guardava i piedi. Che ci faceva lí? Cosa sperava di trovare? Forse era solo un modo per ammazzare il tempo. Il tempo invece di sé stessa. Scacciò via all'istante quel pensiero. Ma che le prendeva? Non aveva nessuna intenzione di ammazzarsi. Erano solo i postumi della sbronza.

– Sei una modella? – chiese infine la donna. – A vederti mi pare di sí.

Lucky ci pensò.

– Lo ero, una volta.

– Sei magra come un chiodo, – constatò l'altra.

Lei annuí. Non c'era molto da dire in proposito. Era magra, sí.

– Ma sei anoressica? Le modelle sono tutte anoressiche, giusto? «Niente ha piú gusto che sentirsi pelle e ossa», non è cosí che ha detto Kate Moss? Che stronza, – chiosò, tirando su col naso.

– È una cosa genetica, – rispose come sempre Lucky. – Ed è vero che l'ha detto Kate Moss, ma stava citando un'altra persona.

– Davvero?

La donna la guardò, tirò su col naso un'altra volta, poi si sputò in mezzo ai piedi.

– In effetti non mangio granché; in compenso mi drogo parecchio, – ammise Lucky. – E questo aiuta.

La donna gettò la testa all'indietro e rise soddisfatta. Lucky sorrise timidamente.

– Da giovane avrei fatto carte false per diventare modella, – disse la sconosciuta.

Il sorriso di Lucky si fece piú mesto.

– Non ti sei persa granché.

Un altro guizzo delle sopracciglia disegnate.

– Ho perso l'occasione di essere bella come te; e mi sarebbe piaciuto, credo.

Lucky si sentí a disagio. Aveva sempre detestato i complimenti. Poiché le altre donne la odiavano a pelle, faceva il possibile per non sembrare minacciosa, e il modo migliore era parlare poco di sé o prendersi in giro. Strano a dirsi, le uniche persone di cui non aveva mai temuto la gelosia erano proprio le sue sorelle. Le volevano troppo bene per rinfacciarle la sua bellezza.

– Le tue tette sono meglio delle mie, – azzardò.

Un'altra risata chioccia.

– Vero. E mi sa che questo non lo sai fare.

Sollevò la T-shirt e mise in mostra il petto sensuale e burroso. I capezzoli erano tinti di rosso vivo come gli occhi dei tori; la pancia era tonda e morbida. Cominciò a fischiettare tra i denti il ritornello di *We Will Rock You*, muovendo a tempo prima un seno, poi l'altro. Il primo a scattare verso l'alto fu il sinistro, seguito dal destro, finché, arrivata a «rock you», entrambi si alzarono all'unisono. Lucky la guardava con la bocca leggermente aperta.

– Ah, no, – ammise, dopo svariati bis dello stesso numero. – Non sono capace.

La donna la guardò e sorrise con evidente piacere.

– E ci credo, eh! Va bene, gioia, adesso torno dentro e ti mando il GGG.

Scagliò a terra la sigaretta, la spense con lo stivaletto imbottito di pelo, soffiò un bacio a Lucky e scomparve oltre l'uscita di servizio. Qualche minuto piú tardi, la porta si spalancò di nuovo. Lucky ne vide uscire una specie di colosso, l'enorme testa piegata all'ingiú per non battere contro il telaio. Indossava un gilè di pelle nera per la cui fabbricazione dovevano essersi immolati numerosi bovini; il collo massiccio era cinto da una catenella d'argento con un pesante ciondolo a forma di teschio. L'omone guardò Lucky e sorrise.

– Hai perso qualcosa, tesoro?

Lei si schiarí la voce.

– Ti ricordi di me? Ero qui venerdí scorso.

Il gigante scoppiò in una risata fragorosa.

– Alla festa degli elegantoni strafatti? Scusami, gioia, eravate un esercito. Ma dimmi, cos'è che stai cercando? Posso andare a vedere nel retro se c'è.

Lucky si sentí un'idiota. Eh, già, *che cosa* stava cercando? Ma ormai era lí, aveva fatto tutta quella strada: poteva almeno tentare.

– L'altra sera mi hai parlato. Non ricordi?

Il GGG fece un passo indietro e la guardò attraverso le palpebre socchiuse.

– Io non ci provo mai con le clienti, – disse. – Chiunque sia stato, non ero certo io.

– No, no, – rispose Lucky, agitando una mano per sgombrare il campo dall'equivoco. – Hai detto qualcosa a proposito di mia sorella Nicky. Hai detto che io… – moriva di imbarazzo, ma doveva andare in fondo. – Che sono sempre stata la sua bimba, – dichiarò in tono tranquillo.

Il GGG piegò la testa di lato come un grande uccello e la guardò incuriosito.

– Non conosco nessuna Nicky, – rispose. – Era anche lei alla festa?

Lucky scosse la testa. Non riusciva a spiegarsi, evidentemente.

– È morta, – rispose soltanto.

Il GGG rimase esterrefatto.

– È morta *dopo la festa*?

– No, è morta l'anno scorso, per un'overdose. Io credevo… Credevo di averti sentito dire che la conoscevi.

L'omone sembrò tranquillizzarsi; scosse la testa con aria compassionevole.

– Ah. Mi dispiace. Che cosa orrenda, le droghe. Con

tutto quel che si sente, ce n'è abbastanza per tenersi alla larga.

Lucky mosse la testa in un vago cenno di assenso, per quanto in tutta evidenza la morte di Nicky sembrasse avere su di lei l'effetto opposto. Le era sempre piaciuto fare baldoria, ma da un anno a quella parte i suoi stravizi avevano preso l'aspetto di una sfida contro la morte, il che era nuovo persino per lei.

– L'alcol basta e avanza, dico sempre cosí, – aggiunse l'uomo.

– Quindi tu *non conosci* Nicky?

Il GGG scosse la testa.

– Mi spiace, tesoro. Conosco una Becky, se può servire.

Lucky si guardò i piedi. Era sicura di averglielo sentito dire. E adesso le sembrava di impazzire. Certo, venerdí scorso non era tanto lucida. Ma quella frase era sembrata cosí vera, un messaggio solo per lei, un raggio di sole attraverso la nebbia. «La bimba di Nicky». Possibile che il suo inconscio, sapendo quanto aveva bisogno di un segnale da sua sorella, lo avesse creato per lei sotto forma di allucinazione? Quella notte doveva essere piú fusa di quanto pensasse. Quando alzò gli occhi, il GGG fissava pensieroso un punto piú in alto della sua testa. Del resto passava la vita a guardare sopra le teste altrui.

– Parlare della morte è sempre difficile, – disse poi. – Non credi? Quand'è morto mio padre, nessuno sapeva cosa dire.

– Già, – rispose Lucky. – Brutta situazione.

Stava sprecando il suo tempo. Il GGG non conosceva Nicky; nessuno in quel posto la conosceva. Era stata una scema a venire fin lí.

– Non se la passava per niente bene, mio padre, – disse ancora il GGG, dimentico di tutto. – E neanche tua sorella, mi sa.

– Ma è stato... per la droga? – chiese Lucky.

– Macché, si è impiccato. Però non cambia molto, ti pare?

Lucky guardò verso il fondo del vicolo. Non le andava di mettersi a discutere, ma cambiava eccome. Nicky prendeva gli analgesici per vivere, non per morire. Il GGG si accese una sigaretta e lei, per fargli compagnia, ne tirò fuori una dal pacchetto che aveva vinto al pub. Sembrava fosse passata una vita. L'omone le tese un accendino e lei si chinò sulla fiamma; si scambiarono uno sguardo di gradevole, momentanea complicità.

– Almeno ti sei divertita, alla festa? – chiese lui.

Lucky stava per dare una delle sue solite risposte vaghe, ma poi cambiò idea.

– Ero troppo fusa, non ricordo quasi niente, – disse, – tranne che ho fatto incazzare mia sorella. L'altra, quella piú grande, – spiegò. – Non Nicky.

L'omone scosse la testa.

– È tutta robaccia. Devi stare attenta. C'era un nostro cliente che a forza di sniffare gli è crollato il naso. Invece che due narici adesso ne ha una sola, grande il doppio del normale. Non scherzo.

Lucky non riuscí a trattenersi dal ridere.

– Okay, starò attenta.

– Sai perché la gente si droga, secondo me? – chiese a un tratto il GGG.

Lei fece il segno delle corna come i metallari, alzò gli occhi al cielo.

– Perché è fico? – disse.

Lui sbuffò un po' d'aria dal naso.

– Secondo me vogliono rinnamorarsi della vita, – rispose. – Lo vedo ogni sera qui dentro. Il sesso, l'alcol, la coca e compagnia bella: non sono lo scopo. È gente disincantata che vorrebbe sentirsi come una volta, mi capisci?

Lucky guardò il GGG. Muoveva lentamente il capo, perso nei suoi pensieri. Era questo che le stava succedendo? Si era disinnamorata della vita? A lei però non era mai fregato niente delle cose che secondo gli altri davano senso all'esistenza: lavorare, sposarsi, fare figli, mettere su casa. E dunque com'era possibile disinnamorarsi di qualcosa che non avevi mai amato?

Una volta, pochi anni dopo che aveva cominciato a fare la modella, Lucky era andata con Nicky a fare un'escursione sui monti intorno al lago Minnewaska. Un crinale boscoso si affacciava sulla nera superficie del lago, che rifletteva come uno specchio il bianco delle nuvole e il verde degli alberi. Al centro esatto, un puntino si muoveva sciaguattando. L'avevano seguito affascinate, e a furia di aguzzare lo sguardo avevano capito: era una nuotatrice solitaria. La sua cuffia rossa ballonzolava sull'acqua, e dalle braccia stillavano piccole lacrime bianche. Sedute fianco a fianco su una lastra di roccia, Lucky e Nicky erano rimaste a vigilare come due aquile, finché la minuscola sagoma umana non aveva smesso di agitarsi ed era uscita dal lago per scomparire un attimo dopo nel bosco. A quel punto Nicky aveva guardato sua sorella.

«Quella sei tu, – aveva detto. – La donna che nuota sei tu».

Lucky si era messa a ridere.

«Ma no, io sono qui!»

«Eri anche laggiú, – aveva insistito Nicky. – È cosí che ti vedo».

Sua sorella l'aveva capito. Per quante persone Lucky avesse intorno, una parte di lei stava sempre attraversando a nuoto, da sola, un lago vasto e scuro. Gli unici momenti in cui sentiva qualcuno accanto a sé erano quelli che passava con le sorelle.

Nicky però era diversa. Quando l'oratore di una conferenza dava spazio alle domande era sempre la prima ad alzare la mano, per non imporre quel silenzio imbarazzante a chi si era appena reso vulnerabile. A differenza di molti, non aveva bisogno di essere alticcia per mettersi a ballare o fare un discorso a un pranzo di nozze o uscire con qualcuno. Lei si buttava al centro esatto delle cose. Se prendeva quei farmaci, era per *non* disinnamorarsi della vita. Continuare ad amarla era il suo unico desiderio. E invece lei, tuttora viva mentre Nicky era morta, aveva preso la strada dell'autodistruzione. Lucky capí all'improvviso, con una chiarezza sconcertante, che il modo migliore di onorare la memoria di sua sorella era vivere la vita come lei avrebbe voluto, con gli occhi bene aperti, senza una briciola di anestesia. Solo che non sapeva come, e temeva di non riuscire a scoprirlo; quindi era meglio non pensarci.

Si schiarí la voce e tornò a guardare il GGG.

– Mi spiace per tuo padre, – disse.

– Ah –. Lui tornò da dove i pensieri l'avevano portato e fece uno svolazzo con la mano. – Era un vecchio ubriacone.

Lucky sorrise mestamente.

– Anche il mio lo è.

L'uomo abbassò lo sguardo su di lei.

– Davvero?

Lucky annuí.

– L'amore è un mistero, eh? – disse il GGG. Prese un coltellino dalla tasca, tagliò l'involucro trasparente di uno dei bancali e le offrí una bottiglia di sidro forte. – Lo vuoi, per il viaggio di ritorno? Offre la ditta.

Quando Lucky riprese conoscenza, aveva la faccia tra le gambe di Troll Doll. Le mani di Troll Doll le abbrancavano la nuca e la spingevano con forza verso una clitoride sorprendentemente tumida; le cosce muscolose di Troll Doll le strizzavano le guance. Sentiva in bocca un sapore salmastro di fica. Le tornò alla memoria quel che diceva sempre una sua amante di Parigi, una modella franco-caraibica il cui corpo aveva fatto da calco per una famosa bottiglia di profumo: «In questa fica io rischio la morte». All'epoca Lucky ci rideva sopra, pensava forse a un qualche errore di traduzione, ma adesso capiva. La morte per fica esisteva, e lei stava rischiando di sperimentarla. Quasi senza fiato, tirò indietro la testa e gettò via le coperte.

– Stavo venendo, – piagnucolò Troll Doll.

Lucky fece un gran respiro.

– Io stavo morendo.

Troll Doll prese la mano di Lucky e se la cacciò tra le gambe, usando le sue dita per lavorarsi con furia la clitoride finché, con un grido lacerante degno di una volpe in amore, raggiunse il traguardo. Lucky si ripulí le dita sul copripiumino e si distese accanto a lei, che ansimava tutta rossa in viso.

– È stato... – sospirò Troll Doll, – ... paradisiaco –. Si girò su un fianco ed esplorò bramosa il profilo di Lucky.

– Hai mica dell'erba? – chiese lei.

Troll Doll alzò gli occhi al cielo.

– Sembri un ragazzino di quindici anni –. Si girò ad aprire il cassetto del comodino e tirò fuori una penna da svapo. – La prossima volta vorrai sapere se ho dei videogiochi.

Lucky piegò un braccio sotto la testa e usò l'altro per infilarsi la penna tra le labbra. Troll Doll posò la testa sulla sua spalla e cominciò ad accarezzarle la pancia con aria pensierosa.

– Lo sapevo, che saresti venuta a trovarmi, – mormorò. – C'è qualcosa tra noi: io l'avevo capito.

– Mmmmm, – fece Lucky, osservando la nuvola di vapore che si alzava verso il soffitto.

La mano di Troll Doll scese sempre piú in basso e si aprí un varco nelle mutande di Lucky. Con molta delicatezza, lei la prese e la allontanò.

– Sto bene cosí, grazie lo stesso.

Troll Doll si sollevò per guardarla negli occhi.

– Ma io *voglio*, – protestò.

Lucky scosse la testa e tirò un'altra boccata. Nel silenzio che seguí, sentí risuonare l'eco di quattro parole. «La bimba di Nicky». Sapeva che avrebbe dovuto lasciar perdere, dare la colpa a un'allucinazione indotta dalla droga, ma una parte di lei continuava a credere di averle udite davvero.

– Tu credi che i morti cerchino di mettersi in contatto con noi? – le chiese di colpo. – Da dove... dove vanno dopo, capisci?

Troll Doll si sollevò su un gomito e scoppiò a ridere.

– Okay, abbiamo il record di stranezza nella categoria Chiacchiere da cuscino, *yeeeah*!

– Ma tu ci credi? – insisté Lucky.

L'altra si distese sul dorso e ridacchiò.

– Quando andavo a scuola ero *totalmente* in fissa per la Wicca. Facevamo sedute spiritiche, provavamo a parlare con Lady Diana, cose cosí.

– Ci siete mai riuscite?

Troll Doll sogghignò.

– Ma certo che no, figurati! Abbiamo persino tentato la levitazione. Hai presente quel gioco che si fa ai pigiama party... – disse, abbassando la voce a un mormorio comunque udibile: – «Lieve è la piuma, rigida la trave, gelido il ghiaccio, muta la civetta...» Tutte sciocchezze. Comunque, perché me lo chiedi? Non è che sotto sotto sei una strega, eh?

Lucky aggrottò la fronte.

– Quindi secondo te non andiamo da nessuna parte? Dopo la morte, cioè?

Troll Doll si puntellò sul gomito e la squadrò.

– Se fosse cosí, non pensi che ormai l'avremmo scoperto? Io non mi capacito che qualcuno creda ancora nell'esistenza dell'inferno e del paradiso. È un'idea cosí... retrograda, ecco!

La cosa piú simile al paradiso in cui Lucky avrebbe potuto credere era un rettangolo di acqua azzurro cloro al centro di un ampio prato verde, sul quale lei e le sue sorelle erano distese fianco a fianco, intontite dal caldo come lucertole sotto il sole pieno e rovente. Quella era stata la prima, vera vacanza della loro famiglia: dopo svariate suppliche e moine, erano riuscite a convincere i genitori ad affittare una casa nella parte settentrionale dello Stato di New York, per una settimana in agosto. Di per sé la casa era buia e umida, ma a loro non importava; passavano tutta la giornata intorno a quel lucido rettangolo di azzurro incandescente. Non c'erano alberi a fargli ombra, né tanto meno ombrelloni, e le vecchie sdraio di plastica erano alquanto volubili, perciò i genitori stavano trincerati sotto il portico o facevano gite nei dintorni, lasciando le quattro ragazze a godersi la piscina da sole.

Ogni mattina si riempivano un frigo portatile con lattine di Coca-Cola, ghiaccioli e sacchetti di patatine, e vivevano di quelli finché il sole non si spalmava lungo l'orizzonte nel suo delirio finale di tinte rosee e dorate, costringendole a rientrare. Divoravano libri in quantità, si scambiavano tascabili con le pagine arricciate dal caldo, litigavano in tono frivolo su chi poteva leggere questo o quel romanzo, o chi l'aveva bagnato e reso per sempre illeggibile. Quando il caldo diventava eccessivo, una di loro posava il suo libro e scivolava in acqua, subito seguita dalle altre come un branco di giovani foche.

Avery aveva insegnato a nuotare a tutte, ma Nicky era senz'altro la piú brava; riusciva a fare tre vasche sott'acqua senza mai prendere fiato. A volte restava sotto cosí a lungo che Lucky si allarmava, ma alla fine riemergeva sempre, aspirando l'aria a pieni polmoni e scuotendo via dai capelli gocce che luccicavano come diamanti. Facevano le verticali, giocavano a stare sedute sul fondo con in mano una tazza di tè immaginaria, poi, rinfrescate a sufficienza, riemergevano per sdraiarsi sul bordo di pietra calcarea e tornare a un soporifero silenzio. Trascorrevano cosí giornate intere, ad abbronzarsi al sole mentre intorno a loro l'erba brulicava di api, libellule, cicale, una miriade di forme di vita sconosciute.

«Fa un caldo paradisiaco», diceva Nicky a un certo punto, agitando pigramente un braccio.

«Vorrai dire infernale, – la correggeva Avery. – Un caldo infernale».

Nicky muoveva un dito nell'aria come se volesse scucire i punti del giorno e farne traboccare il contenuto.

«No, in paradiso fa caldo, – diceva. – Proprio come qui».

Lucky fissava il soffitto solcato dai fari di un'auto in transito.

– Un caldo paradisiaco, – mormorò.

– Eh? – fece Troll Doll.

Lei batté le palpebre e si alzò a sedere. Non si era accorta di averlo detto ad alta voce. L'altra scoppiò in una risata stridula.

– Sei già sballata? – chiese. – È per questo che ti sei lanciata nelle domande esistenziali?

Lucky deglutí a fatica.

– Sí, esatto, – disse. – Non badare a me.

Gli occhi di Troll Doll si accesero all'improvviso.

– Non vuoi che te la lecchi, sei sicura?

Lucky scosse la testa.

– Dormi, – ordinò. – È questo che voglio.

Con un lieve sospiro, Troll Doll riappoggiò la testa sulla spalla di Lucky. Lei rimase lí con lo sguardo rivolto al soffitto, inchiodata al materasso da quel peso. Sentiva le lacrime pungerle gli occhi mentre tirava forte dalla sigaretta elettronica. Rimase a lungo a fissare l'aria sopra di sé, ascoltando il russare leggero della sua amica, finché per fortuna il sonno non tirò sotto anche lei.

Fu svegliata da un fascio di luce nel buio. Aprí gli occhi e vide Troll Doll in piedi sopra di lei, con il telefono in mano.

– Cosa fai? – gracchiò.

Aveva la voce arrochita, la bocca secca per colpa dell'erba.

– Uh, scusa, – fece l'altra con un risolino. – Non sapevo di avere il flash inserito.

– Mi hai fatto una foto?

– Dormivi come un angelo. Eri un'opera d'arte.

– Cancellala, – disse Lucky.

– Perché?

– Cancellala e basta.

– Cosa mi dài in cambio? – la stuzzicò Troll Doll, sollevando in alto il telefono.

Lucky si alzò di scatto, la afferrò per la vita con entrambe le braccia e la fece crollare sul materasso. Le risate di Troll Doll si mutarono presto in grida allarmate mentre Lucky la bloccava in posizione prona e le stringeva entrambi i polsi con una sola mano. Come le sue sorelle avevano imparato da tempo, Lucky era magra ma inaspettatamente forte, se provocata. Per quanto l'altra si dimenasse, riuscí a tenerla ferma sotto di sé e a strapparle il telefono di mano.

– È il *mio* telefono! – strillava intanto Troll Doll.

Impadronitasi del cellulare, Lucky balzò via dal letto cosicché lei non potesse riprenderlo. Trovò la foto che le aveva scattato, il suo viso cereo e il petto nudo cosí indifesi alla luce cruda del flash, e schiacciò il pulsante per cancellarla. Poi aprí il cestino e la eliminò anche da lí. Troll Doll la fissava imbronciata, tenendosi una mano sulla guancia.

– Mi hai graffiata, – piagnucolò.

Lucky scagliò il telefono sul piumino e cominciò a rivestirsi. Col viso indurito dalla collera, Troll Doll acciuffò il cellulare e se lo strinse al petto.

– Mi hai fatto male!

Lucky si guardò intorno in cerca della sua T-shirt e se la infilò in fretta e furia.

– Cazzo, ma sei proprio fuori di testa, lo sai? – sbottò l'altra.

Lucky si chinò ad allacciare gli anfibi.

– Oh, mi hai sentita? – gridò Troll Doll. – Rispondi!

Lucky si toccò le tasche. Non trovava piú le sigarette. Pazienza.

– Dico sul serio, sei una *squilibrata*! Era solo una foto! Farti fotografare è il tuo lavoro, che diamine!

– Non piú, – brontolò Lucky.

Arraffò il resto delle sue cose e uscí sbattendo la porta. Si incamminò a passo di marcia verso la stazione della metropolitana e la trovò chiusa. Si era dimenticata che a Londra, la piú sonnacchiosa delle capitali, la metro chiude a mezzanotte. Fermò un taxi nero su King's Road, ma un attimo prima di salire il ricordo del tassista del venerdí precedente la investí come un'onda disgustosa; richiuse di scatto lo sportello e indietreggiò verso il marciapiede. Visualizzò la mappa sul telefono e la ingrandí. Per tornare a casa a piedi ci sarebbe voluta un'ora e quaranta. Fissò il pallino azzurro alla deriva in quello strano reticolo di verdi e grigi, poi si mise in marcia.

Erano le due e mezzo quando entrò nella casa di Hampstead. Dal corridoio lanciò un'occhiata in salotto e vide Avery seduta al tavolo da pranzo in una pozza di luce gialla, attorniata da pile di fogli e svariate tazzine da caffè. Lei la sentí entrare e alzò gli occhi. Gli occhiali con la montatura di tartaruga le davano un'aria intelligente e stravolta.

– Fai le ore piccole, – disse Lucky.

– Senti chi parla, – ribatté Avery. – Dove sei stata finora?

Lucky si strinse nelle spalle.

– Da un'amica.

– Hai amici ovunque, – constatò Avery.

Lucky aggrottò la fronte.

– È una bella cosa, – precisò la sorella.

– Che stai facendo?

– Preparo una causa –. Spinse indietro la sedia con un gesto di resa. – Roba noiosissima.

Lucky si avvicinò a lei e si inginocchiò a terra. Senza dire una parola, le cinse la vita con le braccia e appoggiò la testa sul suo grembo. Le mani di Avery atterrarono lievi sui suoi capelli. Accarezzarono i ciuffi corti e dritti, i lobi vellutati delle orecchie, la nuca.

– Che succede, Lucky Lou? – mormorò.

Lei sollevò la testa e la guardò. C'erano tante cose che avrebbe voluto chiederle. Perché sono fatta cosí? Perché tu sei fatta cosí? Che cosa c'è di sbagliato nella nostra famiglia?

Invece disse: – Ti ricordi la vacanza al Nord?

Avery sorrise al pensiero.

– La peggior scottatura della mia vita, – disse.

– Davvero?

– Sí. Papà è saltato in macchina e ha battuto a tappeto la zona in cerca dell'aloe vera per me.

Lucky aggrottò la fronte.

– Non me lo ricordavo.

– Mm-hm. È tornato con una foglia enorme; abbiamo estratto il gel e l'abbiamo versato nello stampo per i cubetti di ghiaccio che poi mi mettevo sulle spalle e lasciavo sciogliere.

– Non mi sembra una cosa da lui.

Avery batté un colpetto leggero sulla testa di Lucky.

– Sei piú solerte nel ricordare i momenti brutti.

Lucky fece una smorfia. Avery e Bonnie avevano memoria degli anni in cui il padre aveva mostrato una gamma di stati d'animo non ancora limitata al catatonico e al rabbioso. Forse avevano fatto in tempo a vederne una versione diversa, meno ubriaca e piú consapevole del proprio ruolo; ma Lucky era arrivata quando lui aveva già tirato i remi in barca. Stava per dirlo ad alta voce, ma capí che era inutile. Se Avery sentiva il bisogno di credere in suo padre, tanto peggio per lei.

– Sei ancora arrabbiata con me? – chiese invece.

Avery scosse la testa.

– In realtà ero preoccupata, – disse. – Non sono riuscita a fartelo capire. Avrei dovuto spiegarmi meglio.

– Scusa se ti ho spaventata.

Avery continuava ad accarezzarle la testa.

– Mi hai fatto paura, sí, ma… ti capisco. O forse no, ed è questo il problema. Di certo sono l'ultima persona che potrebbe giudicarti.

Lucky le rivolse uno sguardo perplesso.

– Ma tu sei… perfetta.

Avery fece un rumore strozzato che somigliava pochissimo a una risata.

– Non immagini neanche quanto io sia lontana dalla perfezione.

Lucky spiò la faccia stanca di sua sorella. Per un istante le venne il sospetto che Avery potesse avere altri pensieri, piú gravi della loro lite. Ripensò a una cosa che le aveva detto Chiti: «A volte tua sorella è come un castello medievale». Ma cosa poteva essere successo? Avery non sbagliava mai, o quantomeno non sbagliava da parecchio tempo. Per questo c'era Lucky.

– Va tutto bene, Aves? – le chiese. – Con Chiti, e via dicendo? Se ci fosse qualche problema me ne parleresti, vero?

Gli occhi di Avery saettarono verso di lei.

– Ma certo! Perché? Chiti ti ha detto qualcosa?

Lucky non lo diede a vedere, ma quella risposta la stupí. Chiti e sua sorella erano sempre state in perfetta sintonia.

– No, – rispose in tono prudente. – Volevo solo esserne certa. Fare la brava sorella, hai presente.

Avery sorrise, visibilmente sollevata.

– Non devi mai preoccuparti per me, – disse. – Non è compito tuo.

Lucky aggrottò la fronte.

– Ma se vuoi lo faccio, – disse.

Avery scosse la testa.

– Stai solo attenta a non correre rischi, ti prego –. Alzò le braccia, stiracchiò la schiena irrigidita. – È un peccato che non siamo riuscite a passare piú tempo insieme. Ho un sacco di lavoro in questo periodo.

– Quand'è che sei piú tranquilla? Potrei tornare a trovarti allora.

Avery la guardò con immensa stanchezza.

– Appena lo scopro te lo faccio sapere.

Come un cagnolino, Lucky appoggiò il mento sul ginocchio di Avery e la guardò da sotto in su.

– Domani parto per New York, – le disse.

Avery spalancò gli occhi.

– Cosí presto?

– Mi è venuta voglia di dire addio alla casa. E può darsi che a Bonnie serva una mano.

– È gentile da parte tua, – disse Avery in tono esitante. – Ma spero ancora di convincerli a non vendere.

– Sarà. Ma Bonnie è lí adesso, e credo che abbia bisogno di me.

Lucky si aspettava che cercasse di trattenerla; invece Avery si limitò ad annuire, e a lei toccò fare del suo meglio per non mostrarsi delusa.

– A che ora parte il tuo volo?

– Nel pomeriggio.

– Magari esco presto dallo studio e ti accompagno in aeroporto, che ne dici?

Lucky annuí. Accoglienze e commiati: le specialità di famiglia.

– Sarebbe bello, – rispose con sincerità.

Avery sorrise e le diede qualche altro colpetto sulla testa, ma i suoi occhi stavano già tornando alla pagina lasciata poco prima.

Il giorno seguente, seduta sul letto accanto alle borse di tela pronte, Lucky cercava di ignorare la raffica di messaggi ora imploranti ora minacciosi che Troll Doll continuava a inviarle, quando sentí un leggero bussare alla porta.

– Arrivo, Aves! – gridò.

Alzò gli occhi e vide Chiti ferma sulla soglia.

– È qui? – domandò Lucky.

– Mi ha appena chiamata. Dice che è bloccata in studio. Credo ti abbia mandato un messaggio.

Lucky controllò il cellulare e si accorse che tra i deliri di Troll Doll c'era in effetti un frettoloso messaggio di scuse da parte di Avery.

– Oh, – mormorò.

Non disse altro perché temeva che la voce potesse tradirla.

– Sono sicura che è molto dispiaciuta di non poterti salutare, – la consolò Chiti. – Ti chiamo subito un taxi.

Lucky si schiarí la gola.

– Non c'è bisogno. Lo chiamo io.

L'altra alzò gli occhi dal telefono sul quale era concentrata a digitare.

– Sei minuti –. Fece un passo ed entrò nella stanza con fare esitante. – Hai un secondo, prima di partire? C'è qualcosa di cui vorrei parlarti.

Lucky si spostò di lato per farle spazio sul lettino con le lenzuola rosa quarzo.

– Mi spiace andare via cosí presto, – disse. – Sai quanto adoro la vostra compagnia, ma devo proprio tornare a New York.

Chiti alzò una mano.

– Okay, – mormorò con dolcezza. – È una buona idea, stare a casa per un po'. Ma c'è un'altra cosa che volevo dirti.

Infilò una mano nella tasca della gonna e tirò fuori un astuccio, che posò sul letto in mezzo a loro.

– Mi rendo conto che non sono affari miei, – disse, – ma ho trovato questo nel cestino del bagno degli ospiti. Volevo solo dirti... Be', se hai bisogno di parlare con qualcuno, io ci sono sempre. Ecco, è tutto qui.

Lucky prese l'astuccio. Conteneva una placchetta con al centro uno spazio rotondo e vuoto, che aveva ospitato una pillola. Girò la scatola e lesse le scritte sul retro. Era un contraccettivo di emergenza. Alzò gli occhi sulla cognata, che aveva il viso contratto dall'ansia.

– Chiti, – mormorò. – Questa non è mia.

Lei spalancò appena gli occhi.

– Ma l'ho trovata nel cestino del tuo bagno.

Lucky scosse la testa.

– Non ho idea del perché fosse lí, visto che non faccio sesso con un uomo da... – Lucky si diede il tempo di riflettere. Il tassista di venerdí. Grazie al cielo non era successo niente. – ... da un minuto, – disse alla fine.

– Capisco, – mormorò Chiti.

– Magari è di una tua paziente? – azzardò Lucky.

Chiti posò su di lei uno sguardo preoccupato. – Sono sicura che c'è una spiegazione.

– Ma certo, – disse Lucky, annuendo con forza nella speranza di convincere entrambe. – Senza dubbio.

Ripensò all'espressione di Avery, la sera precedente. «Non immagini neanche quanto io sia lontana dalla perfezione». Tra lei e la cognata calò un silenzio carico di tensione. Poi Chiti si alzò e lisciò con la mano le pieghe della lunga gonna di seta.

– Okay, fatti abbracciare prima che arrivi il taxi.

Si strinsero l'una all'altra, e Lucky fece del suo meglio per nascondere l'amarezza.

– Mi spiace andar via, davvero, – sussurrò nei capelli di Chiti.

– Non devi scusarti.

– Non sono stata una grande ospite.

Chiti si staccò da lei e le prese il viso tra le mani.

– Abbi cura di te stessa, tesoro mio. Mi raccomando, Lucky.

– Io sto bene, – rispose lei. – Sei tu che devi avere cura di te stessa.

Chiti le puntò addosso gli occhi scuri e perspicaci.

– No, – disse. – Tu *non* stai bene.

Affacciata all'oblò dell'aereo, Lucky osservava il cielo notturno e il riflesso sfuocato del proprio viso. Possibile che la pillola del giorno dopo fosse di Avery? Ma perché mai avrebbe dovuto prenderla? Aveva sempre pensato ad Avery – e prima ancora a Nicky – come a una fonte di sostegno inesauribile e costante. Tra le quattro sorelle, loro due erano innegabilmente accoppiate: simili come gemelle nonostante la differenza di età.

Nicky aveva solo due anni quando Lucky era nata in casa: sgusciata via a sorpresa dal corpo della madre in soli quindici minuti, in camera da letto. Avrebbe potuto portare rancore a quella neonata che da un giorno all'altro le aveva soffiato il ruolo di «piccola» della famiglia, e invece no, tutt'altro. Aveva deciso all'istante che Lucky era «la sua bimba» e per mesi se l'era portata ovunque, trascinandola per casa come un sacco di patate.

Di lí a poco era stata Lucky, compiuti i due anni, a seguire Nicky ovunque come un anatroccolo o un cagnolino. Fin dall'inizio, aveva scelto lei su chiunque altro. Il mondo di Lucky cominciava e finiva con sua sorella.

I suoi quattro anni e i sei di Nicky erano stati l'età dei bagni insieme nella vasca, delle matte risate e delle zuffe giocose, due cucciole di foca dai corpi levigati e scivolosi. Erano stati il giocattolo preferito di Nicky, una gatta di stoffa rosa con quattro gattini nella pancia di velcro, che ogni volta nascevano e poi ritornavano al ventre materno. Erano stati un pomeriggio a Central Park a mangiare gelati confezionati, con lunghi rivoli di crema sciolta sulle braccia. E Nicky che aveva proposto di farla leccare ai gattini. «Oh, sono cosí dolci», aveva sospirato.

Sei e otto anni: stesso taglio di capelli a scodella, fatto dalla madre sul lavello della cucina. Giocavano a nascondino, inventavano coreografie, parlavano una lingua che solo loro capivano.

Otto e dieci anni: papà aveva fatto a pezzi il servizio di porcellana del matrimonio. Durante le feste si era tirato addosso l'albero di Natale, tanto era ubriaco. Quando papà era in casa, loro due restavano in camera ad ascoltare canzoni a basso volume. Lucky era Baby Spice, Nicky era la Posh. Non gli servivano altre identità.

Dieci e dodici: il piccolo scarto di età si era fatto grande all'improvviso. Nicky era entrata nella pubertà presto, e con dolore; Lucky era ancora una bambina. In quanto tale, aveva imparato a temere la boule dell'acqua calda: quando Nicky se la teneva premuta sulla pancia, non aveva mai voglia di giocare. Per la prima volta nelle loro vite, Nicky si era messa in cammino verso un luogo dove lei non poteva seguirla. Un posto pauroso, dove c'era bisogno del Clearasil.

Dodici e quattordici: Nicky si era fatta crescere i capelli, aveva comprato un reggiseno imbottito da Bloomingdale's, si dipingeva le unghie alla francese. Lucky era cresciuta di trenta centimetri, aveva scoperto i Ramones e diceva che il nero era il suo colore preferito. Avevano smesso di sembrare uguali.

Quattordici e sedici: Nicky era rientrata in anticipo da scuola perché ancora una volta era svenuta nei giorni del ciclo. Faceva la melodrammatica: cosí sosteneva la madre, e Lucky era segretamente d'accordo. Perché soffriva cosí tanto? Nessuna di loro aveva problemi. A fine anno le quattro sorelle erano fiori di iris blu che straripavano dal vaso. Ognuna voleva una camera tutta per sé, difendeva i propri gusti, i propri spazi. Ognuna sognava di rompere il vaso e scappare.

Sedici e diciotto: c'erano riuscite. Lucky faceva la modella a tempo pieno; Nicky frequentava l'università e una confraternita femminile. Lucky fumava un pacchetto di sigarette al giorno. Nicky usciva con un ragazzo di nome Chad. Lucky era indietro con i test di uscita della scuola superiore. Nicky aveva sempre il massimo dei voti. Lucky era insofferente. Nicky era accondiscendente. Si sentivano ogni giorno.

Diciotto e venti: Lucky era in Giappone e Nicky era svenuta all'esame di psicologia, poi aveva ricevuto la diagnosi di endometriosi. Lucky si sentiva in colpa per avere anche solo pensato che stesse ingigantendo i suoi disturbi mestruali. Mentre era a Tōkyō, Nicky l'aveva chiamata dall'ospedale ma non aveva detto granché. I farmaci la rendevano torpida e irritabile. Lucky aveva capito che sua sorella era di nuovo andata dove lei non poteva seguirla. Era certa, però, che l'avrebbe vista tornare.

Venti e ventidue: la peggior lite di sempre, dopo che Lucky aveva involontariamente dato fuoco ai capelli di una delle tre Britney invitate alla festa di laurea di Nicky. Detestava le ragazze della confraternita, con i loro capelli piastrati e i sandali con la suola piatta e quel codice segreto che escludeva chiunque altro. Era sicura che la disprezzassero perché non si era neanche diplomata. Provateci voi a lottare per cinque anni contro le mani lunghe dei fotografi, le crisi di gelosia delle colleghe, le domande incessanti degli agenti: «Quanto pesi? Cosa mangi?» E poi dicono *la scuola della vita*. Nel bagno del locale dove stavano festeggiando, Nicky aveva spruzzato dell'acqua in faccia alla sorella. «Da quand'è che sei cosí pallosa?» aveva biascicato lei, china sul lavabo. Allora Nicky l'aveva presa per le spalle e l'aveva scossa fino a farle ballare il cervello. «Non c'è niente di sbagliato nel voler essere normali!» Il giorno seguente i genitori avrebbero voluto portarle al ristorante per celebrare l'evento, ma Nicky aveva proclamato di non voler mai piú rivolgere la parola a sua sorella. «Okay, – aveva detto la madre. – Abbiamo prenotato per le sette: ti spiacerebbe smettere di parlarle dopo la cena?» Alla fine si erano divise il dolce.

Ventidue e ventiquattro: continuavano a perdersi di vista. Nicky era a New York per la laurea magistrale, Lucky si era stabilita a Parigi dopo aver vagato qua e là per l'Europa. Per alleviare i dolori Nicky aveva provato l'agopuntura, la terapia del respiro, i bagni di acqua ghiacciata e la sauna a infrarossi, ma era stato tutto inutile. Lucky beveva ogni giorno, e ogni notte si faceva una canna per addormentarsi. Le loro telefonate da quotidiane si erano fatte settimanali, talvolta mensili. Ma come quando da piccole giocavano a nascondino, prima o poi una di loro c'era sempre: all'altro capo della linea telefonica o in attesa al gate di un aeroporto, sperando di essere trovata.

Ventiquattro e ventisei: Lucky era tornata a New York per rivedere Nicky. Arrivata in anticipo al liceo dove lei insegnava, si era messa a vagare per i corridoi silenziosi finché non aveva trovato l'aula giusta, e affacciandosi alla finestrella l'aveva vista rilassata e sorridente, con un bel vestito estivo a colori vivaci, mentre parlava a venti ragazzi che ridevano. Nicky era una maga, aveva pensato. Nel cortile della scuola, gli studenti avevano costruito un'installazione artistica chiamata *L'albero dei desideri*: chiunque passasse da lí era invitato a scrivere il proprio su una strisciolina di carta che poi appendeva all'albero per riempirne i rami con i fiori della speranza. Lucky scriveva e intanto sbirciava la strisciolina di Nicky, ma lei rideva e se la stringeva al petto: «Se guardi non si avvera!» Piú tardi, mentre Nicky era andata in sala professori a prendere degli elaborati, Lucky era tornata all'albero per leggere il foglietto di sua sorella. Immaginava già quel che avrebbe trovato. Ogni anno, da quando si era laureata, Nicky soffiava sulle candeline esprimendo sempre lo stesso desiderio: un marito e un figlio. Giusto per verificare, aveva aperto il foglietto e si era trovata a leggere quelle tre parole nell'elegante corsivo di sua sorella: «Niente piú pillole». Piú tardi ancora, sollecitata in proposito, Nicky aveva negato di averle scritte.

Per i venticinque anni di Lucky, Nicky le aveva spedito un quadro in cornice con due farfalle blu. Invece Lucky si era scordata il ventisettesimo compleanno di Nicky e l'aveva chiamata il giorno seguente, tra i postumi della sbronza. Una settimana dopo le aveva proposto, a mo' di regalo tardivo, di raggiungerla a Parigi: era estate, la scuola era finita, e con tutte le miglia accumulate Lucky avrebbe potuto prenotarle un volo dall'oggi al domani. Ma Nicky si era sottratta.

«Non sono molto in forma, Lucky Lou. Un'altra volta, magari».

Lei aveva sospirato.

«Ti prego, non tenermi il broncio per sempre. Permettimi di rimediare».

Nicky era rimasta un istante in silenzio.

«Sai che cosa vorrei davvero per il mio compleanno? Scoprire cos'è che rende felici e poi farlo, cazzo».

Lucky si era guardata le mani. Che ne sarebbe stato di lei, se fosse stato possibile?

«Devo andare, – aveva detto dopo un po'. – Ti voglio bene».

Le era parso che Nicky volesse aggiungere qualcosa, ma alla fine aveva risposto nel suo solito modo.

«Ti voglio bene anch'io. Senza «anche».

Avevano chiuso la chiamata, Lucky era andata a prepararsi per chissà quale festa e quella era stata l'ultima volta che aveva parlato con sua sorella.

E adesso, mentre l'aereo volava nella notte verso New York, Lucky beveva vodka pura senza degnare di uno sguardo le mini-lattine di soda accanto al bicchiere di plastica. Di dormire non se ne parlava. In quella nebbia sospesa, la sua mente tornava di continuo allo stesso pensiero. Lei era viva. In questo non c'era niente di straordinario, se non che da un anno si ostinava a negare l'evidenza, e tra alcol e droghe continuava a esistere in un limbo che non era né vita né morte. Lei era viva, e Nicky no. Non era giusto, ma era cosí. E poiché vivere era toccato a lei, bisognava che capisse come farlo.

Quando Lucky era scesa dall'aereo, e zigzagando incerta si era fatta largo tra passeggeri e carrelli dei bagagli, Bonnie la stava aspettando nell'atrio arrivi. Era stata Lucky a vederla per prima, mentre Bonnie scrutava ancora la folla sotto i neon impietosi del JFK. Teneva in mano un cartello con il nome di Lucky. Aveva disegnato due puntini sulla *u*, per trasformarla in una faccia sorridente. Lei era crollata addosso al cartello, e tra le sue braccia.

Bonnie

Era tornata in palestra da nemmeno una settimana, ma non c'erano dubbi sul fatto che la vecchia vita fosse finita per sempre. Si era presentata senza avvertire, e Pavel l'aveva salutata con fredda cortesia. Se si aspettava delle scuse, poteva rassegnarsi. Se lui si aspettava delle scuse, idem come sopra. Era pronta a render conto della sua sparizione dopo il funerale, o di quel che aveva fatto da un anno a quella parte, ma le parole si erano sciolte sulla lingua non appena se l'era trovato davanti. Poteva allenarsi alla Golden Ring, si era affrettato a chiarire Pavel, ma non con lui. Doveva trovarsi qualcun altro. Bonnie si rese conto in quel momento di non essersi mai preoccupata del sistema gerarchico e della rete di favoritismi che governavano in segreto la palestra, per il semplice motivo che al vertice di quella piramide c'era proprio lei: l'indiscussa stella nascente della Golden Ring, la pugile preferita di Pavel. Soltanto adesso capiva quanto facesse freddo, fuori dal cono di luce della sua attenzione.

Cominciò a scaldarsi in un punto della sala dove lui poteva vederla, sperando che la notasse. Pavel sedeva di fronte a un giovane pugile bulgaro, Danya, che aveva vinto da poco i suoi primi due incontri da professionista, uno dei quali per knock out. Bonnie posò lo sguardo su di loro nel momento in cui Pavel rigirava tra le sue la mano di Danya, e sentí ingarbugliarsi nel cuore i fili ritorti della gelosia e della nostalgia. Allenatori e pugili sono soliti scambiarsi mille gesti affettuosi. Per anni Pavel le aveva asciugato la fronte, tolto il paradenti, fasciato le mani, allacciato i guantoni e il casco protettivo, versato acqua nella bocca spalancata, spalmato la fronte di vaselina: una lunga sequela di devozioni quotidiane, un'intimità brusca e spontanea del tutto diversa da quella degli amanti. Genitoriale, forse, anche se non esattamente paterna. La cosa piú simile, pensò Bonnie, era il tocco di una madre. Guardò Pavel mormorare qualcosa a Danya, e si chiese quale preziosa lezione stesse imparando, mentre lei ne era esclusa.

Ripensò a quando Pavel le aveva insegnato lo *step jab*, sotto gli occhi di Nicky che li osservava dalla panca di legno a bordo ring. Il trucco consisteva nel ridurre la distanza tra sé e l'avversario, colpendolo con il sinistro mentre si avanzava con un piede, per poi scivolare in avanti con l'altro piede quando il braccio tornava indietro. Una mossa semplice e basilare che, una volta acquisita, le avrebbe permesso di mettere a segno le sue combinazioni di colpi.

«Piedi attaccati a terra, Bonnie», insisteva Pavel.

Lei invece faceva ogni volta un saltino, come un cervo su un lago ghiacciato. E Pavel scuoteva la testa. Dopo un po' si era voltato verso Nicky.

«Voglio che ascolta anche tu, Nicky».

Sua sorella aveva annuito con aria seria, fissando Bonnie che ansimava costernata.

«Bonnie, da dove viene tua forza?»

Lei l'aveva guardato sconcertata.

«Dal pugno?» aveva biascicato da sotto il paradenti.

Pavel si era girato verso Nicky.

«Nicky, da dove viene forza di Bonnie?»

«Dal suo odio per il patriarcato!»

Bonnie aveva sbuffato una risata.

«No, il contrario, – aveva detto Pavel. – Forza viene dalla madre».

Bonnie e Nicky l'avevano squadrato in silenzio.

«Madre Terra».

Si era chinato a toccare con l'indice un piede di Bonnie, calzato negli eleganti stivaletti rossi avuti in regalo per i sedici anni.

«Madre Terra è origine di ogni forza. Passa attraverso piedi, poi ginocchia... Piega ginocchia, grazie... Poi sale a fianchi, spalla, pugno. Se tu stacchi piedi da terra, perdi contatto con la forza. Capito?»

«Madre Terra», aveva farfugliato Bonnie.

Pavel aveva annuito.

«Riproviamo».

Bonnie si era lanciata in avanti, ma invece di saltellare aveva strisciato i piedi. Il viso di Pavel si era spalancato in un sorriso, e l'ampio spazio fra gli incisivi centrali aveva aggiunto un che di infantile alla solita espressione truce. I suoi occhi chiarissimi si erano accesi e posati su Bonnie con un sentimento che forse era gioia, o rispetto, o amore. Era stata questione di un istante; subito dopo, gelido e imperscrutabile come sempre, si era schiarito la gola.

«Meglio, – aveva detto. – Di nuovo».

E per quanto i suoi piedi fossero rimasti a terra, Bonnie aveva capito che Nicky l'aveva vista volare.

In quei giorni, invece, Bonnie sentiva il peso della gravità con un'acutezza fino a quel momento sconosciuta. Stava finendo lo stretching e aveva già dolori in tutto il corpo. Guardò Pavel e Danya, ancora assorti nel loro colloquio privato; prese i suoi guantoni e si avvicinò. Era stufa marcia di quell'andazzo. Ma appena si trovò di fronte a Pavel, la sua baldanza svaní all'istante. Cercò di evitare lo sguardo del pugile bulgaro, che la soppesava con malcelato disprezzo.

– Pensavo che oggi potrei fare qualche round, – disse Bonnie.

Senza spostare lo sguardo dalla mano di Danya, Pavel scosse la testa.

– Non sei pronta.

Bonnie si strofinò una scarpetta con la suola dell'altra.

– Senti, non è che ho smesso del tutto. Ho sempre fatto allenamento in strada. Sono ancora in forma.

Pavel la misurò da capo a piedi.

– Non sei pronta, – ripeté.

Fermo al fianco del suo allenatore, Danya sbuffò una risata divertita. Bonnie socchiuse le palpebre.

– Potrei boxare con lui. Pesiamo quasi uguale.

– No, – rispose Pavel.

Danya alzò le mani e sorrise.

– Io non combatto contro le donne.

Bonnie colse un lampo di irritazione sul viso di Pavel.

– Un po' di pazienza, – disse. – Per piacere.

Se Bonnie fosse stata una persona diversa, avrebbe pestato i piedi per la delusione.

– Ora Felix ti allena con i guanti da passata, – aggiunse poi, e voltò la testa per segnalare la fine della conversazione.

Felix era il nuovo addestratore, un ex peso medio messicano noto per la mitezza di carattere e di voce, tratti assai rari in uno sport dove abbondavano le personalità ingombranti e fumantine. Sentendosi chiamare, Felix uscí subito dalla segreteria e abbracciò tutti e tre nel suo sguardo pronto e perspicace.

– Andiamo, Bonnie, – mormorò. – Infila i guanti.

La guidò verso il lato opposto della palestra, poi prese i guantoni di Bonnie e cominciò ad allacciarli. Era la solita, brusca confidenza a cui lei era ormai abituata: del resto ogni pugile passa la vita a farsi toccare e manipolare. Quando i suoi polsi furono al sicuro, Felix la guardò da sotto le ciglia, che erano lunghe e dritte come quelle degli elefanti. Lo sguardo del messicano esprimeva una tale delicata compassione da far dubitare che si trattasse dello stesso uomo che una volta, durante un incontro, aveva picchiato cosí forte che alla fine del round qualcuno aveva trovato sul tappeto due denti dell'avversario.

Bonnie si mise al lavoro, e presto la sua mente si svuotò. Provarono combinazioni di tre colpi, con spostamento laterale. Lei percepiva la concentrazione con cui Felix analizzava i suoi schemi e i suoi istinti, dandole istruzioni in un tono poco piú che sussurrato. Non c'era altro da fare se non respirare e muoversi. Jab, destro, gancio, respira. Sinistro al corpo, sinistro alla testa, gancio, respira.

A un tratto le balenò l'immagine dell'uomo che aveva picchiato a Venice, rannicchiato a terra sul marciapiede davanti allo sguardo terrorizzato della sua ragazza. Ma Peachy le aveva detto che il tizio stava bene, che non era piú tornato al locale. Con uno sforzo titanico, scacciò il ricordo. Jab, jab, destro, respira. Ora piú che mai aveva bisogno di disciplina, non solo fisica ma anche mentale. Niente doveva distrarla dai suoi allenamenti. Doveva smetterla di danneggiarsi da sé.

– Brava, Bonnie, – mormorava Felix di tanto in tanto. – Mi piace questo destro cosí dritto.

Lei ringraziava con un piccolo cenno del capo e continuava a lavorare, ma il complimento accendeva in lei un calore alquanto familiare. Si era dimenticata che effetto le facessero le lodi. Era questo il bello degli allenamenti: per quanto duri, per quanto estenuanti, avevano una loro dolcezza. Essere guardata, sentirsi consigliata e incoraggiata: non c'era niente che amasse di piú. Non le era mai importato davvero di sapere se era o non era una buona pugile; si preoccupava soltanto di compiacere Pavel. Persino adesso, in ogni istante, rimaneva cosciente del suo sguardo. Per quanta cura lui mettesse nel tentare di ignorarla, Bonnie sapeva benissimo che gli costava una fatica enorme. Pavel non era mai stato un chiacchierone, neanche quand'erano piú vicini; lei però *sentiva* chiaramente quanto fosse consapevole della presenza di lei. In modo quasi impercettibile, e senza che nessuno lo notasse, si piegavano l'uno verso l'altra come piante che seguivano il sole.

Escludendo i viaggi per disputare gli incontri, non si poteva dire che avessero passato molto tempo insieme al di fuori della palestra. Eppure c'erano stati dei momenti. Boxava già da dieci anni quando un giorno, mentre andava ad allenarsi, si era bloccata di colpo sul marciapiede. Dall'altra parte della strada, seduto da solo nel séparé di una tavola calda sulla Sessantottesima, c'era Pavel. Quando la cameriera si era avvicinata reggendo ben alta su un piattino una fetta di cheesecake, Bonnie lo aveva visto illuminarsi; una scena cosí innocente, cosí tenera, che intromettersi sembrava quasi una violenza; eppure, incapace di resistere all'impulso, aveva attraversato la strada ed era entrata nel locale, attirata da lui come un'ape da un fiore. Pavel aveva subito alzato gli occhi, la forchetta a mezz'aria già carica di un pezzettone di torta. Le aveva sorriso un po' titubante.

«Colto sul fatto».

Con un cenno l'aveva invitata a sedersi, e lei si era infilata nel divanetto di fronte. Senza staccarle gli occhi di dosso, Pavel si era cacciato in bocca il pezzo di torta e aveva chiaramente gradito.

«Hai scoperto mia sola debolezza», aveva detto tra un boccone e l'altro.

«La cheesecake?»

«La cheesecake. Questa poi è buonissima. In Russia purtroppo non la fanno. Ne vuoi una fetta?»

Bonnie stava per declinare l'offerta (la sua dieta in allenamento prevedeva una quota bassissima di zuccheri), ma poi ci aveva ripensato.

«Certo, perché no?»

Pavel aveva ordinato, e mentre lei assaggiava il primo boccone l'aveva osservata con fervente intensità.

«Cosa pensi? – aveva chiesto con ansia. – È buona, no?»

In tutta onestà, a lei era sembrata una cheesecake come tante, ma l'entusiasmo di Pavel era irresistibile.

«Deliziosa», aveva risposto, la bocca ancora piena.

Pavel si era illuminato.

«Prossimo incontro che vinci, ti porto questa», aveva detto.

Tranquillamente seduti in silenzio, avevano finito le loro torte e ripulito i piattini. A quel punto Bonnie si aspettava che le dicesse di correre in palestra; invece Pavel si era appoggiato allo schienale e le aveva sorriso beato.

«Vuoi un caffè?»

Un altro piacere che non si concedeva spesso, poiché Pavel era contrario all'uso eccessivo di stimolanti, caffeina compresa.

«Lo prendi anche tu?» si era stupita lei.

«Oggi, piccola botta di vita», aveva annunciato, prima di ordinare.

Quando la cameriera gli aveva servito le due grosse tazze di liquido nero e fumante, Bonnie aveva accostato le labbra con prudenza, e spiando oltre l'orlo del recipiente aveva visto Pavel mandare giú un'abbondante, ingorda sorsata.

«Aaaah, – aveva esclamato soddisfatto, senza smettere

di osservarla con occhi divertiti e perspicaci. – E allora, come stai?»

Come stava? Cioè come stava *lei*, in quanto… persona? Bonnie non sapeva come rispondere. Negli ultimi mesi Pavel aveva voluto sapere se le sue combinazioni erano abbastanza fluide, se la spalla destra le dava ancora fastidio, se aveva il fiato corto alla fine dei round, se teneva sempre il mento basso e la guardia alta, ma mai, mai come stava. Aveva brontolato un «bene», poi, afferrata la tazza, si era ustionata la lingua con un lungo sorso.

«E tue sorelle? – aveva incalzato lui. – Nicky come sta?»

Questa era piú facile.

«Bene, – aveva detto con orgoglio. – Studia per diventare insegnante. Vuole fare la prof. di Inglese».

«Buono per lei –. Sempre sorridendo, Pavel si era picchiettato la fronte con un dito. – Quella Nicky, sempre che prendeva appunti».

«Giusto».

Lei aveva sorriso a sua volta, felice come sempre di parlare della sua sorellina speciale. Poi, nel silenzio, aveva stretto le mani intorno alla tazza e si era schiarita la voce.

«E… tu come stai? Anahid sta bene?»

Va' a sapere perché gliel'aveva chiesto. Pavel parlava raramente di sua moglie, e Bonnie non faceva mai domande. Anahid si era fatta vedere di rado in palestra, e le era sempre sembrata bellissima e molto seria: il tipo di donna che incute un reverente timore, perciò in apparenza la compagna perfetta per Pavel, finché non lo conoscevi meglio e ne scoprivi il lato giocoso, la versione infantile e un po' sciocchina che amava ballare e fare giochi di destrezza. Nonché, si era detta sorridendo tra sé, mangiare cheesecake da solo nelle tavole calde.

«Sta bene, credo», aveva risposto lui.

Bonnie aveva aggrottato la fronte. *Credo*?

«Storia finita, – aveva spiegato lui. – Già da un poco ormai».

«Oh».

Lei non sapeva proprio cosa dire. Parlare con Pavel di un argomento che non riguardava la boxe, e per giunta cosí personale, era come andare a braccetto su una lastra di ghiaccio: rischiavano entrambi di scivolare.

«Infatti, – aveva seguitato lui, – ho firmato documenti proprio oggi».

Si era concesso una risata timida, sorpreso lui per primo di ciò che aveva detto. Lei gli aveva cercato sul viso i segni di un'eventuale sofferenza, ma no: era lo stesso Pavel di sempre. Il naso piatto e squadrato (un vero naso da pugile, diceva lui, fratturato piú volte a suon di pugni), l'inattesa gentilezza dei suoi occhi.

«Mi spiace davvero, Pavel», aveva mormorato Bonnie.

Lui si era stretto nelle spalle.

«È difficile, questa vita che abbiamo scelto. Non è per tutti».

Lei si era limitata ad annuire, ma quel *noi* le aveva provocato un brivido di gioia.

«E quindi… cheesecake», aveva scherzato.

La faccia di Pavel si era aperta nel suo sorriso da ragazzo.

«A volte sí, c'è bisogno di cheesecake».

Era stato lui a pagare il conto, fermando la mano di lei che cercava il portafoglio nella borsa. Si erano alzati insieme e lui le aveva aperto la porta, l'aveva invitata a uscire con un leggerissimo tocco sulla schiena. E allora Bonnie l'aveva sentito: un palpito di speranza, come un leggerissimo alito di brezza. La vita con lui avrebbe potuto essere cosí, dolcissima e semplice. Colazione insieme prima di andare in palestra, la mano di lui che la sfiorava non per correggerla ma per semplice tenerezza, loro due che chiacchieravano come persone qualsiasi, con frasi piene di affetto e di risate. Avevano raggiunto la palestra insieme, camminando fianco a fianco, e Bonnie si era lasciata portare da quell'alito di brezza. Ma appena varcata la soglia, lui le era passato davanti e in tono burbero le aveva detto di scaldarsi alla svelta, visto che era arrivata cosí tardi; Bonnie aveva capito che a volte una fetta di cheesecake è solo una fetta di cheesecake, e aveva lasciato che la brezza si spegnesse.

Tornò a concentrarsi su Felix e sui guanti da passata. Doveva impegnarsi. *Thump, thump, thump*, piede perno. Ma si accorse che Pavel li stava fissando. Il suo sguardo era come una corrente d'aria fredda. Lei cominciò a colpire un po' piú forte, a cambiare fronte un po' piú rapidamente. *Pow, pow, pow*. Come sospinto da una marea invisibile, Pavel si avvicinava pian piano al suo lato del ring. Imbaldanzita, mise ancora piú slancio nelle combinazioni di colpi. *Swiss swiss swiss*. Pavel la guardava senza tradire alcuna emozione. Quando lei si girò, lui aveva già voltato le spalle.

Quella sera, rientrando tardi, Bonnie trovò Lucky rannicchiata sul sofà, il mento piegato sul petto. Senza pensare, si gettò su di lei per capire se respirava ancora, ma vide subito il dolce sollevarsi del torace. Tirò il fiato. Si appollaiò sul bracciolo del divano e rimase a osservare il corpo lungo e snello di sua sorella. Sembrava un cerbiatto addormentato, oppure una volpe; un'elegante, misteriosa creatura dei boschi che viveva lontana dall'uomo. A quella breve distanza, notò il velo di sudore umidiccio che copriva la pelle chiarissima. Aveva, anche nel sonno, un'espressione tesa. Sotto la T-shirt bianca e consunta, le vertebre sporgevano come perle di una collana. Bonnie si rabbuiò. Era sempre stata cosí magra? Come poteva badare a sé stessa, esile com'era? Il ricordo di Lucky che scendeva incespicando dall'aereo, malferma sulle gambe come un bambino di due anni, la riempí di sgomento. Certo, nessuno sapeva far baldoria come lei, e sotto sotto Bonnie l'aveva sempre ammirata per questo; ma da qualche tempo sembrava non esserci piú gioia nei suoi eccessi alcolici.

Posò a terra il borsone ancora agganciato alla spalla e si alzò con l'intenzione di fare una doccia; ma un attimo dopo era tornata al divano, per sorvegliare Lucky ancora un po'. Sua sorella non stava bene, questo era chiaro, eppure era un tale conforto averla vicino. Come se per qualche istinto atavico Bonnie non potesse vivere tranquilla senza avere accanto almeno una delle sorelle. Dopo la morte di Nicky aveva temuto di non ritrovare mai piú la quiete, la calma profonda. Ecco cos'era una famiglia, pensò con tristezza: la radice di ogni conforto e di ogni sconquasso. Ma stando lí seduta a guardare sua sorella che dormiva, le sembrava di ritrovare quell'antica sensazione di pace. Promise a sé stessa di prendersi cura di Lucky. Finché era vicina, l'avrebbe protetta. Rinunciando alla doccia, si sdraiò sul tappeto davanti al divano come un cane ai piedi del padrone, e infine prese sonno.

Il giorno dopo stava saltando la corda quando Pavel si avvicinò. Lei lo sentí arrivare anche se aveva gli occhi incollati al Salmo 18, che da sempre era incorniciato su una parete della palestra. Sotto il vetro la carta era vecchia e ingiallita, le parole sbiadite dalla lunga esposizione al sole. Ma non importava, perché lei lo sapeva a memoria. Lo fissava sempre quando saltava la corda; anno dopo anno, il suo sguardo non si era mai rivolto altrove. Ormai sentiva propri quei versetti come se li avesse scritti lei.

Infatti, chi è Dio, se non il Signore? O chi è rupe, se non il nostro Dio?

Il Dio che mi ha cinto di vigore
e ha reso integro il mio cammino,
mi ha dato agilità come di cerve
e sulle alture mi ha fatto stare saldo,
ha addestrato le mie mani alla battaglia,
le mie braccia a tendere l'arco di bronzo.
Tu mi hai dato il tuo scudo di salvezza,
la tua destra mi ha sostenuto,
mi hai esaudito e mi hai fatto crescere.
Hai spianato la via ai miei passi,
i miei piedi non hanno vacillato.

Era questo il segreto di Bonnie, il segreto che in famiglia nessuno conosceva. Lei credeva in Dio. Il padre era cattolico ma non osservante, la madre ferventemente atea; nessuna di loro era stata battezzata, e in casa non si parlava mai di religione, spiritualità o vita ultraterrena. Quando il criceto di Bonnie era morto, la madre le aveva spiegato in modo spiccio che *lo scopo* di un animale domestico era proprio quello: insegnare la morte. Malgrado ciò, tutte le figlie avevano frequentato le medie e il liceo in una scuola cattolica, e qualcosa doveva per forza essersi trasmesso. Non che Bonnie credesse nel paradiso, o in un Dio dalle fattezze umane; ma insomma, in qualcosa credeva.

La storia era iniziata quando faceva le medie. Aveva preso a soffrire di attacchi di panico, con momenti di affanno e tumultuose onde nere che sembravano infrangersi ai contorni del suo campo visivo. Le sembrava che suo padre fosse sempre arrabbiato, tranne quand'era ancora ai primi drink o la guardava praticare qualche sport: doveva spingere di piú, le gridava dai bordi del campo, essere piú generosa, piú forte. Se avesse messo al corrente la madre dei suoi attacchi di panico, lei avrebbe immancabilmente dato la colpa al padre, e questo le era intollerabile. Alla fine aveva capito come affrontarli senza chiedere aiuto a nessuno: si chiudeva nell'unico bagno singolo della scuola, quello all'ultimo piano vicino al ripostiglio dei materiali artistici, e pregava. Parlava con Dio finché i battiti del cuore non rallentavano e il respiro tornava regolare. Anche in seguito, quando aveva avuto bisogno di tranquillizzarsi o di farsi coraggio, le era bastato pensare a quella presenza ultraterrena, silenziosa e partecipe, per trovare all'istante la pace interiore.

Con l'andare del tempo il suo Dio era diventato piú amorfo e gentile della punitiva entità cattolica che le insegnavano a scuola. Era un senso di quiete che viveva dentro di lei, e se ascoltava con sufficiente attenzione, a volte le parlava. Lui, o lei, o quel che era, aveva una voce appena piú udibile del soffiare del vento sulla sabbia. Lei stessa riusciva a sentirla solo restando in silenzio, molto in silenzio. «Questo è giusto per te», diceva la voce. «Questo è sbagliato». Quando Dio le parlava Bonnie si sentiva cosí supremamente accudita, cosí profondamente ed esistenzialmente pacificata, che la fonte di quella beatitudine non poteva che essere divina. Era ogni volta accarezzata e lisciata, riconfigurata in un'interiorità che da caotica si faceva armonica. Quando udiva quella voce, niente doveva cambiare perché tutto cambiasse. Ma ormai era piú di un anno che non la sentiva.

Bonnie saltava alternando i piedi, con morbidezza e agilità da ballerina, incrociando le braccia e la fune davanti a sé. Come ogni cosa nel pugilato, anche saltare la corda era al tempo stesso una questione di abilità e di stile. Quando faceva ruotare la fune di lato, passandola con destrezza da destra a sinistra mentre i piedi accarezzavano leggeri il pavimento, Bonnie si muoveva come un cigno sull'acqua, e la fatica restava sotto la superficie. Anche quel giorno, Pavel aveva percorso l'intera palestra per fermarsi davanti a lei e studiarla con l'ormai consueta espressione neutra e imperscrutabile, pericolosamente vicina alla blanda ostilità.

– Lo sparring partner di Danya si è fatto male, – disse. – Vuoi sostituirlo?

Senza perdere il ritmo della corda, Bonnie rispose con un cenno d'assenso. Non voleva dargli la soddisfazione di mostrarsi contenta.

– Oggi pomeriggio, – disse ancora Pavel. – Sei round. Mangia leggero.

Soltanto dopo, quando lui le aveva voltato le spalle, Bonnie si concesse un breve, estatico sorriso.

Decise comunque di pranzare a casa, in parte per risparmiare, ma soprattutto per vedere come stava Lucky. La chiamò ad alta voce mentre la porta si chiudeva alle sue spalle, e per tutta risposta sentí provenire dal bagno un mugolio sordo e animalesco. Corse fino al fondo dell'ingresso e la trovò rannicchiata intorno alla base di porcellana del water. Si inginocchiò a palparle il corpo, in cerca di un trauma o di una ferita.

– Che è successo? Dov'è che ti fa male?

Lucky staccò la guancia dalle piastrelle e alzò su di lei uno sguardo annebbiato.

– Ce l'hai... un po' di erba?

Bonnie aggrottò la fronte.

– Lo sai che non ne ho.

Lucky rimise la guancia a terra e parlò fissando un punto sul pavimento.

– Non ce la faccio, Bon. Mi serve qualcosa.

In che senso non ce la faceva? Bonnie scrutò da capo a

piedi la sagoma afflosciata della sorella. Poi pensò al corpo di Nicky tra le sue braccia, a quelle labbra livide ed esangui, e capí.

– Non ti serve quella roba, – disse.

Lucky si rannicchiò piú stretta e mugolò.

– Ho i crampi allo stomaco.

– È normale, – mormorò Bonnie. – Passerà.

In realtà non sapeva che cosa fosse normale. In vita sua non si era mai sbronzata, né aveva preso droghe, e di certo non aveva mai provato ciò che Lucky stava passando.

– Dov'è il tuo cellulare? – chiese Bonnie.

– Perché?

– Voglio cercare una cosa.

– Usa il tuo.

– Il mio è a conchiglia, non serve.

– Dio, se sei strana, – si lagnò Lucky.

Bonnie fece un piccolo sorriso. Era ancora insolente: buon segno.

– Qual è il pin?

– Compleanno di Nicky.

Bonnie non fece commenti ma mostrò il suo apprezzamento con un colpetto alla spalla di Lucky. Era un suo tratto tipico, manifestare affetto nei modi piú nascosti. Andò in soggiorno a prendere il telefono e per prima cosa controllò l'ora. Doveva mettere a letto Lucky, poi sarebbe tornata in palestra per fare da sparring partner a Danya, poi di nuovo a casa da lei. Al primo tocco, il cellulare si animò con una serie di messaggi da un contatto di nome Troll Doll.

«Dove sei».

«Rispondi al tel x fv».

«Ok scusa se ti ho fotografata lol».

«Stronza».

«Sei già partita per New York?»

«Mi spiace davvero x fv rispondi».

Bonnie tornò nel bagno e trovò sua sorella ancor piú ripiegata su sé stessa.

– Ma chi è Troll Doll?

Lucky rispose con un altro mugolio.

– Be', chiunque sia, – disse Bonnie, – è un tipo molto emotivo.

Lucky sollevò la testa e spese le ultime briciole di energia in un sorriso pallido e lupesco.

– Non hai idea.

Bonnie lasciò perdere i messaggi e aprí il motore di ricerca, ma rimase coi pollici a mezz'aria sulla tastiera. Non sapeva neanche cosa scrivere. Guardò il viso di Lucky, le mezzelune scure sotto gli occhi. Digitò «Alcol e varie sostanze come smettere» e le apparve all'istante il link sponsorizzato di un centro di recupero. Era quello che serviva a Lucky? E quanto poteva costare? Ah, se ci fosse stata Avery: lei sí che avrebbe dato un taglio netto alla questione.

– Se chiamassimo Avery?

– No! – gridò Lucky con inatteso vigore.

– Lei è piú brava in queste cose, – insisté Bonnie, la voce incrinata in un lamento infantile. Poi si schiarí la voce e aggiunse: – Potrebbe darci una mano.

– Lei pensa già che sono una testa di cazzo.

Bonnie corrugò la fronte.

– Forse rivede un po' sé stessa.

Era possibile, ma soprattutto rivedeva Nicky. Bonnie però non voleva dirlo ad alta voce, e nemmeno pensarlo. Abbassò lo sguardo sul telefono.

– Qui dice di bere molto, mangiare frutta e verdura.

Lucky si tirò su appena in tempo per vomitare nella tazza del water. Emetteva lunghi versi gutturali che sembravano uscire dalle parti piú profonde del suo addome. Il corpo era scosso da violenti conati, ma non rigettava niente. Bonnie sussultò: anche solo ascoltarla la faceva soffrire. Dopo qualche minuto Lucky si staccò dalla tazza, strisciò sul pavimento fino ad appoggiarsi con la schiena alla vasca da bagno, poi si pulí dalla bocca un rivolo di saliva. Le tremavano le mani.

– Non ho piú niente dentro, – boccheggiò.

Bonnie mandò giú la saliva e si sforzò di parlarle in tono tranquillo e ragionevole.

– Allora forse sta per passare. Quante volte hai vomitato stamattina?

Lucky chiuse gli occhi e appoggiò la nuca al bordo ricurvo della vasca.

– Un milione –. Si passò una mano sulla faccia. – E non vado in bagno da tre giorni. Googla anche quello, magari.

– Certo –. Bonnie eseguí, ma la nuova ricerca non produsse che altri centri di recupero. – Te la senti di mangiare qualcosa?

Lucky scosse la testa senza riaprire le palpebre.

– Che altro consiglia?

Lei diede una scorsa alla lista.

– Fare una doccia fredda.

Lucky rabbrividí, come se fosse già sotto l'acqua gelata.

– Lasciami qui tranquilla, – implorò. – Non posso riposarmi e basta?

Era giusto insistere? Bonnie non ne aveva idea. Detestava costringerla, ma quella sua riluttanza non era forse, come avrebbe detto Avery, una sorta di complicità? Continuò a leggere l'elenco dei suggerimenti sul sito del centro di recupero, fino all'ultimo punto: «Durante una crisi di astinenza, la cosa davvero importante è una sola: accoglierla. Quando il dolore si presenta, non cedete alla tentazione di attutirlo e cancellarlo. Accoglietelo, e opponetevi alla vostra dipendenza».

Bonnie leggeva e annuiva. Accogliere il dolore, questo sí che sapeva farlo. Chi avrebbe potuto aiutare Lucky meglio di lei, che da sempre tentava di spingersi al di là dei propri limiti fisici? Fece un respiro profondo, si inginocchiò davanti a sua sorella e la prese da sotto le ascelle, come quando era piccola. La sollevò senza fatica, alta e magra com'era.

– Che stai facendo? – piagnucolò Lucky.

Lei se la tenne stretta contro il petto perché non scivolasse a terra. Era sottile e fragile come il vetro.

– Adesso fai una doccia, – le disse. – Poi mangi qualcosa.

Lucky si scostò appena da lei e la guardò in faccia. Bonnie sentí il suo alito cattivo e notò che le tremava il labbro inferiore, come quand'era bambina e stava per mettersi a piangere.

– Non ce la faccio, – sussurrò Lucky.

– Sí invece, – disse Bonnie. – Ti aiuto io.

Cominciò a spogliarla con la massima delicatezza possibile. Le venne in mente il giorno in cui aveva visto esporre un nuovo quadro al Metropolitan Museum: una squadra di addetti in guanti di cotone bianchi aveva aperto l'imballaggio protetto, accarezzando la cornice dorata con una tenerezza piena di rispetto. La stessa cautela con cui adesso maneggiava Lucky, come se fosse l'opera piú preziosa del Met. Le sfilò la maglietta da sopra la testa, ignorando l'odore acre del sudore.

– Scusa se puzzo.

Bonnie respinse con un gesto della mano il sorrisetto imbarazzato di Lucky.

– Dovresti sentire i maschi in palestra.

Si inginocchiò per sfilarle i jeans. Sembrava un atto di

devozione, una specie di preghiera. Con le mani sulle spalle della sorella, Lucky liberò i piedi dal tessuto accartocciato. Aveva le gambe piene di lividi, e bianche come il latte. Quando non le rimase che la biancheria, toccò leggermente una spalla di Bonnie.

– Faccio io, – disse.

Bonnie uscí dal bagno per lasciarle un po' di privacy e attese al di là della porta finché non sentí lo scroscio dell'acqua. Andò in cucina a vedere se c'era qualcosa che Lucky potesse mangiare. Prima che arrivasse la sorella, per fortuna, aveva fatto provvista di bevande isotoniche, uova, frutta, barrette proteiche e sacchettoni di spinaci: tutta roba che andava benissimo per rimettersi in forze e smaltire le schifezze. Guardò l'orologio sulla parete. Se solo fosse riuscita a sistemare Lucky, forse avrebbe ancora avuto il tempo di mangiare un boccone e tornare in palestra. Prese una bottiglia di Gatorade blu (il preferito di Lucky) e staccò una banana dal cespo.

Sua sorella era ancora nel bagno, e batteva i denti avvolta in un asciugamano. Bonnie non si era ancora abituata a quei nuovi capelli cortissimi e decolorati: diversamente dai suoi, non si scurivano quando li lavavi, e adesso le spiovevano sul cranio come aculei ossigenati.

– Sto gelando, – disse, con uno sguardo torvo.

– Tieni, comincia con questi.

Bonnie le porse il Gatorade e la banana, prese il fon da sotto il lavabo e la guidò nella camera grande. L'appartamento aveva solo due stanze da letto: una piú ampia, un tempo appartenuta a Bonnie e Avery e poi passata a Nicky, e una piú piccola, in origine assegnata alle sorelle minori. Nella prima c'erano un letto da una piazza e mezzo e una toilette con sgabello; la moquette color crema era macchiata e aveva fatto i pallini. Nella stanza piccola, oltre ai letti a castello in cui a un certo punto della vita tutte loro avevano dormito, c'erano una cyclette impolverata e il suo primo sacco da pugilato. Bonnie infilò la presa, andò a sedersi sul bordo del letto e fece cenno a Lucky di sedersi a terra fra i suoi piedi. Il fon prese vita con un ruggito e lei cominciò ad asciugare i capelli della sorella, strofinando le dita sul cuoio capelluto.

– Bevi quel Gatorade, – le disse, alzando la voce al di sopra del ronzio.

Lucky aprí obbediente il tappino e piegò indietro la testa per mandare giú un sorso di liquido colorato, poi diede un morso alla banana. Intanto Bonnie muoveva le mani sulla sua testa come un orso intorno a un alveare. Man mano che si asciugavano, i capelli diventavano morbidi sotto i suoi palmi come soffioni di tarassaco. Una volta certa che Lucky non avrebbe rischiato un raffreddore, spense l'asciugacapelli; nella stanza tornò il silenzio. Con delicatezza, Bonnie le prese la testa tra le mani e stampò un bacio sulla cima del cranio.

– Fatto. Che dici, vuoi metterti a letto?

Tirò fuori dal groviglio della sua borsa a sacco un'ampia T-shirt e un paio di pantaloncini sportivi, e dopo averla aiutata a indossarli le tirò le coperte fino al mento. Tra la collinetta dei cuscini e il copripiumino, la faccia di Lucky era pallida e magra. Le rimboccò le coperte e rimase a guardarla finché non chiuse gli occhi.

– Scusa se sono crollata cosí miseramente, – mormorò Lucky da sotto le palpebre. – Non pensavo di stare tanto male.

Bonnie soffiò un po' d'aria dal naso.

– Sí, devi averci... – esitò un istante, in cerca dell'espressione giusta. – ... dato dentro di brutto? – disse alla fine, e si sentí subito scema.

Lucky aprí gli occhi e fece una risatina secca.

– Puoi dirlo forte.

Bonnie non chiese dettagli: temeva che lei si trincerasse nel silenzio. Non osava immaginare cosa fosse successo, ma si augurò che le sue fantasie fossero peggiori della realtà.

– Va tutto bene, – mormorò, dandole dei buffetti attraverso il piumino. – Sei una Blue: sei tosta per natura.

Lucky la fissò da in mezzo ai cuscini.

– Tosta per natura, – ripeté. – E quindi Nicky che cosa sarebbe?

Mentre parlava, una grossa lacrima le spuntò dall'angolo di un occhio e rotolò fino all'orecchio.

– Anche lei era tosta, – rispose Bonnie, asciugando con l'angolo del piumino il tracciato umidiccio della lacrima. – Solo che ha avuto sfortuna.

Dopo aver chiuso le tende al sole di mezzogiorno, Bonnie andò in cucina a prendere un secchio, casomai sua sorella fosse stata ancora male. Mentre lo posava a terra vicino al letto, la mano di Lucky strisciò fuori da sotto e le tirò una manica.

– Stai andando via? – chiese, con una vocina sottile.

Bonnie non ebbe bisogno di pensarci.

– No, resto qui, – rispose, scuotendo la testa.

Si appollaiò sul bordo del letto e rimase di sentinella finché Lucky non le parve appisolata. Quando fu certa che dormiva, riprese in mano il telefono e continuò a leggere. Sentiva il cuore batterle in gola mentre scorreva le pagine e racimolava consigli. Quasi tutti gli articoli spiegavano quanto fosse rischiosa una disintossicazione domestica. Bonnie però sapeva che le possibilità di convincere Lucky a entrare in una clinica erano poche o nulle. Non ci sarebbe mai andata di sua volontà; e in ogni caso, come si faceva a trovarne una buona, e a racimolare i soldi per pagarla? Poteva chiamare Avery, certo, ma a quel punto Lucky non si sarebbe piú fidata di lei.

Come se non bastasse, non riusciva a liberarsi dalla sensazione di dover essere *lei* a salvare sua sorella. Chi, se non lei, poteva aiutarla ad accogliere il dolore? Anni di combattimenti sul ring le avevano insegnato che bisogna sempre approfittare delle opportunità. Perciò doveva avvantaggiarsi della finestrella di disponibilità che si era aperta nella mente di Lucky, e sollevarla di peso per farla passare dall'altra parte. Con Nicky aveva fallito: era arrivata tardi, sebbene di pochi minuti. Ora non intendeva abbandonare Lucky.

Tornò in cucina e cominciò a preparare un brodo con la ricetta trovata su Internet di un nutrizionista olistico che affermava di poter curare con la dieta qualsiasi malanno, dalla gastrite al cancro. Mentre nel modo piú silenzioso possibile faceva a tocchetti le carote, alzò gli occhi sull'orologio nero a forma di gatto che dondolava la coda su una parete della cucina. Forse a quell'ora Danya si stava scaldando in palestra. Si sforzò con tutta sé stessa di allontanare il pensiero, di riportare l'attenzione sull'arancia che adesso doveva tagliare a fettine sottili. Era una cosa che andava fatta bene.

Nei giorni seguenti Bonnie rimase sempre accanto a sua sorella e si accertò che mangiasse, dormisse e si lavasse. Guardarono insieme gli orrendi programmi diurni di vari canali tv e fecero lente passeggiate a Central Park, con Lucky che strizzava gli occhi al sole e camminava appoggiandosi a lei, la mano infilata nella piega del suo gomito. Sedute davanti alla statua di Alice nel Paese delle meraviglie, osservarono bambini vestiti con colori vivaci inerpicarsi sui funghi a ombrello per sedersi nel grembo di Alice, la cui patina bronzea era stata nel tempo lisciata e lucidata da migliaia di piccole mani e piedi.

– Ti ricordi quando eravamo noi ad arrampicarci lí?

Lucky fece un pallido sorriso.

– Davvero siamo state cosí giovani?

Bonnie ignorava qualsiasi pensiero associato alla palestra e leggeva una serie infinita di articoli sui migliori rimedi per le crisi di astinenza. Preparava per Lucky succhi e frullati dissetanti, le faceva massaggi alle tempie con olio di menta piperita per tenere lontana la nausea, la guidava negli esercizi di respirazione yoga che aveva imparato su YouTube. Sembrava che tutto andasse secondo i piani, ma poi, la sera del terzo giorno, Lucky pretese di uscire da sola senza spiegare né dove andava né perché, e Bonnie si oppose. Si piazzò davanti alla porta e le sbarrò l'uscita.

– Vuoi sul serio impedirmi di uscire? – le disse Lucky.

Come aveva fatto tante volte all'ingresso di *Peachy's*, Bonnie incrociò le braccia e si appoggiò al battente con espressione neutra e imperscrutabile.

– Non te lo posso ancora permettere, – rispose in tono calmo, senza tradire nulla del suo scompiglio interiore.

– Sul serio? – insisté Lucky, stizzita.

Bonnie annuí.

– Stai scherzando, cazzo! – gridò l'altra, e si voltò come per tornare indietro.

Ma dopo qualche passo girò sui tacchi, prese la rincorsa e si lanciò addosso a Bonnie come se volesse spostarla di lato.

– Non puoi controllarmi! – gridò.

– Non sto cercando di controllarti, – rispose Bonnie mentre con tutta calma afferrava le braccia di Lucky e gliele teneva ferme contro il petto. – Voglio solo proteggerti.

– Proteggermi? Ci penso io, a proteggermi! – gridò Lucky. – Cosa cazzo credi che abbia fatto in questi anni?

Lucky si agitava tra le braccia di sua sorella come un pesce nella rete. Quando piegò le ginocchia e finirono entrambe per terra, Bonnie dimenticò in un attimo tutto ciò che aveva imparato in palestra. Erano tornate bambine e si stavano azzuffando per un gioco finito male. Lucky riuscí a divincolarsi e si rimise in piedi, pronta a schizzare verso l'uscita; allora Bonnie la prese per le gambe e cercò di trascinarla a terra, ma riuscí solo ad abbassarle i pantaloni della tuta, mettendo in mostra le natiche pallide e un assai vezzoso perizoma rosa. Con una mano impegnata a tirarsi su i pantaloni, Lucky afferrò con l'altra la maniglia della porta e ci si aggrappò disperatamente prima di crollare in ginocchio, sempre reggendosi i pantaloni. Chinò la testa, e dal tremito delle spalle Bonnie capí che era riuscita a farla piangere. Era stata troppo brusca, proprio come da bambina.

– Oh, merda, mi dispiace –. Si avvicinò trascinandosi sul pavimento e le posò una mano sulla spalla, con tutta la delicatezza di cui era capace. – Mi dispiace davvero.

Ma quando Lucky si voltò, la sua faccia sorrideva divertita. Fece un'altra risata singhiozzante e strattonò con forza la cintura dei pantaloni.

– E va bene, chissene, – esclamò mentre si asciugava gli occhi. – Hai vinto tu. Guardiamoci un film.

Alla fine di quella settimana, constatato che per la prima volta Lucky non sembrava sul punto di vomitare, appisolarsi o ammazzarsi, Bonnie propose una corsetta di primo mattino.

– È bello averti qui con me, – le disse mentre trotterellavano fianco a fianco. Avevano fatto quasi due chilometri e cominciava a sentire le prime scariche di endorfine. – La mia compagna di corse, – aggiunse con un ampio sorriso.

Lucky tentò per quanto le era possibile di stringersi nelle spalle senza perdere il passo.

– Soffro ancora... ’sto cazzo... di jet lag, – ansimò. – E la notte... non riesco... a dormire... senza fumo... né pastiglie.

Bonnie fece una mezza piroetta e cominciò a correre a ritroso. Ogni tre passi dava un colpetto a terra con la punta, come faceva sul ring: la aiutava a tenersi leggera sulle gambe e a guadagnare punteggio per il lavoro di piedi. Sembrava quasi che danzasse, come un pony a una parata, e intanto non smetteva di parlare.

– Vedrai che ci riesci. Ci vorrà un po’ di tempo per abituarsi.

– Tu però... non sudi... neanche, – ansimò Lucky. – Ti odio.

Bonnie tornò al suo fianco e cominciò a toccare di lato con i talloni per ridurre la velocità. Lucky tirò su dalla gola un gigantesco bolo di catarro e lo sputò con violenza nell’erba.

– Facciamo una pausa, – disse Bonnie.

– Oh, grazie al cielo –. Lucky si lasciò cadere sul prato, braccia e gambe aperte nella posizione della stella. – Devo smettere di fumare, – boccheggiò.

Bonnie aveva letto su qualche sito online che nel primo anno di disassuefazione non era consigliabile smettere di fumare: troppo faticoso liberarsi di tante dipendenze tutte insieme, e c’era il rischio di agevolare una ricaduta.

– Non è un grosso problema, – rispose di slancio.

Lucky le lanciò un’occhiata.

– Ma non ti dava fastidio che fumassi?

«Abbandonate le dipendenze cominciando dalle piú mortali» suggeriva brioso un certo sito. Seguendo quella logica stringente, Bonnie aveva deciso che per il momento era meglio concentrarsi su alcol e stupefacenti; il resto poteva aspettare.

– Ti aiuto a fare un po' di stretching, – disse, afferrandole un piede e sollevando la gamba in obliquo. – Tieni il ginocchio teso.

Bonnie la sentí gemere, non sapeva se di piacere o di dolore. Poi la vide incrociare le braccia sotto la nuca e tirò il fiato: era piacere. Finalmente stava meglio, pensò con soddisfazione. Adesso bisognava fare in modo che non dimenticasse ciò che aveva appena passato.

– Non credi che sarebbe il caso di frequentare, ehm... qualche gruppo? – azzardò mentre le stirava il tendine di Achille. – Come fa Avery, hai presente?

– *Pffffft*, – fece Lucky da in mezzo all'erba.

– Non è mica tutta d'un pezzo come pensi, sai?

– Avery? In che senso?

Lucky stava per dire qualcosa, poi cambiò idea.

– Non ti sembra un po' triste, – considerò alla fine, – che dopo tanti anni abbia ancora bisogno di andare alle riunioni?

Bonnie studiò sua sorella, la testa inclinata di lato.

– Le fanno del bene. Perché dovrebbe smettere?

Lucky si puntellò sui gomiti per tirarsi un po' su.

– Ma non ti sembra una stampella psicologica? Come se adesso fosse dipendente dalle riunioni invece che dalla droga.

– Tutti dipendiamo da qualcosa. A questo punto, meglio qualcosa che ti fa star bene.

Lucky la squadrò dal basso in alto.

– Tu no. Non dipendi da niente. Sei, tipo, Miss-Pulita-da-Una-Vita.

Bonnie soffiò un po' d'aria dalle narici e cambiò gamba.

– Sai qual era la mia seconda scelta per il mio nome da ring?

– No, sul serio, – disse Lucky. – Sei mai stata dipendente da qualcosa?

– Certo che sí.

– Da cosa, allora?

Bonnie scoprí i denti in un sorriso.

– Dal dolore, tesoro.

Lucky tornò a sdraiarsi sull'erba e fissò il cielo azzurrissimo, non segnato da nuvole. Sospirò.

– In sostanza... cioè, io credo che farebbe bene anche a te, – disse ancora Bonnie.

Guidò verso terra la gamba di sua sorella e si chinò accanto a lei sul prato. C'era una domanda che voleva farle da giorni, e forse adesso era il momento.

– Ti volevo chiedere... Perché proprio adesso? Perché hai deciso di smettere?

Lucky si tirò su a sedere e si abbracciò le gambe con le lunghe braccia.

– Non so se riesco a spiegartelo a parole, – disse. – Quel che so è che dovevo provarci. E poi c'eri tu –. Guardò la sorella con molta serietà. – Non sarei mai riuscita a superare questa settimana senza di te, Bon. Dico sul serio.

Bonnie deglutí e le accarezzò goffamente la schiena.

– Ogni volta che avrai bisogno di aiuto, io ci sarò sempre, – disse. – Sempre e comunque. Lo sai, vero?

Lucky abbassò la testa e annuí.

– Ehi, – fece poi, sbilanciandosi di lato per darle una spallata, – ma tu non dovresti andare in palestra?

Bonnie fece un gesto vago con la mano.

– Devo stare con te.

– Non è che puoi farmi la guardia per sempre, però.

– Per sempre, no, – sorrise Bonnie. – Soltanto oggi, e domani, e dopodomani...

Lucky scosse la testa.

– Non voglio che tu ti rovini la vita perché io ho rovinato la mia.

– Non hai rovinato un bel niente, – protestò Bonnie, guardandola dritto negli occhi. – Anzi, sei stata molto coraggiosa.

Lei fece un verso di disgusto.

– Non dire cosí, ti prego. Non sono stata affatto coraggiosa.

– È solo perché non ti vedi ancora, – replicò Bonnie. – Prima o poi capirai.

Lucky strappò un filo d'erba e se lo avvolse tra le dita.

– L'agenzia mi ha mollata, – disse in tono tranquillo. – Oppure io ho mollato loro, non so bene.

– Ma che è successo?

Lucky si guardò le mani.

– Niente, è solo che… Non voglio piú fare la modella, Bon. Non è possibile, capisci? La mia carriera, tutta la mia vita, ridotte a… – sollevò un braccio e lo agitò nell'aria. Bonnie fece cenno che aveva capito.

– A un corpo, – disse.

Lucky accartocciò il filo d'erba e lo gettò lontano.

– Anche tu hai smesso di boxare per lo stesso motivo? Ti sentivi come me?

Lei scosse la testa. A dire il vero, la dimensione fisica del suo mestiere le piaceva molto. Consisteva nel chiedere al proprio corpo di compiere un'impresa apparentemente impossibile, scoprendo poi che non lo era: e questo la faceva sentire invincibile. Non riusciva a immaginarsi di vivere facendo qualcosa che *non fosse* fisico. Al contrario, era stata la dimensione mentale a metterla in difficoltà.

– Dopo Nicky, – disse con lentezza, – quando ho perso il titolo, non sapevo piú come andare avanti. Senza Pavel, poi… Non riesco a boxare senza di lui.

– Ma *perché* l'hai lasciato? Questo non l'abbiamo mai capito. È il miglior allenatore che ci sia, no?

Bonnie fece un respiro profondo. Se doveva essere sincera con qualcuno, quella persona era senz'altro Lucky, che aveva avuto il coraggio di lasciarsi aiutare da lei.

– Perché mi sentivo...

Non riusciva a trovare la parola. *Infatuata* suonava ridicolo. *Attratta* era troppo insipido. *Innamorata*, poi, era indicibile. Allora si mise una mano all'altezza del cuore e guardò sua sorella con occhi imploranti.

Lucky trasalí. – Di *Pavel*?

Lei nascose la faccia tra le mani. Era rossa come un peperone. Le guance le bruciavano come asfalto al sole.

– Be', questa proprio non me l'aspettavo, – mormorò Lucky.

– Credi che lui non possa... sentire la stessa cosa? Per me? – chiese Bonnie, alzando il viso verso di lei.

L'espressione di Lucky si ammorbidí all'istante.

– Ma va' là, scherzi? Dovrebbe sentirsi onorato! È solo che... Insomma, lo sai, lasciamo perdere. Ma ti capisco, ti capisco davvero. Lui è carino, in effetti. Carino tipo «Ho-lottato-contro-gli-orsi-siberiani-e-sono-sopravvissuto-soltanto-grazie-alle-mie-riserve-di-grasso», ma in fondo sí, ti capisco.

Bonnie si sforzò di sorridere, ma ardeva ancora d'imbarazzo.

– E quindi gliel'hai detto? – chiese Lucky. – Gli hai spiegato che cosa provavi?

Lei scosse la testa. Lucky strinse i denti e puntò l'indice verso di lei, alzando il pollice nel gesto della pistola.

– Insomma, sei scappata. Un classico.

Bonnie fece una smorfia.

– Ora però sei tornata in palestra con lui, – disse ancora Lucky. – È una buona cosa, no?

– Mi ha messa a lavorare con questo Felix. Come allenatore è bravo, però…

– Non è lui. Chiaro.

Rimasero entrambe in silenzio a riflettere sul dramma di Bonnie. Sul vialetto passò una madre con una grande borsa di Chanel e varie buste con marchi eleganti; tentava di prendere per mano il figlio adolescente, che però non era d'accordo.

– Ma *che fai*? – strillava, cercando di scrollarsela di dosso.

Bonnie e Lucky si scambiarono un sorriso. Malgrado l'imbarazzo, pensò Bonnie, era bello stare lí a chiacchierare della vita. E in qualche modo la questione Pavel sembrava piú gestibile, ora che ne aveva parlato. Per la prima volta dopo tantissimo tempo provò un sentimento simile alla gioia, ma piú leggero, piú usuale. Forse era allegria, pensò. La semplice, quotidiana spensieratezza che sosteneva i suoi giorni prima della morte di Nicky. Capí soltanto in quel momento quanto le fosse mancata. L'allegria. Semplice come un raggio di sole.

– E quindi, – disse Lucky, girandosi verso di lei. – Hai intenzione di confessargli i… Cioè, i tuoi…?

Guardò la sorella e fece un gesto circolare sopra il cuore. Bonnie però non voleva perdere la leggerezza appena ritrovata mettendosi a elucubrare su ciò che Pavel provava o non provava. *Non* provava, soprattutto. Era ovvio che non gli importava nulla di lei: bastava vedere come la trattava in palestra.

– Parliamo di te, invece, – rispose Bonnie. Balzò in piedi e tese le mani per aiutare Lucky a rialzarsi. – Cosa ti piacerebbe fare, ora che non sei piú soltanto una bella ragazza?

Lucky scoppiò a ridere.

– Hai davvero intenzione di cambiare argomento?

– Dico sul serio. Hai qualche idea?

Bonnie si incamminò a passo di corsa leggera e fece cenno a Lucky di seguirla.

– Sono solo una modella, – disse lei. – Non so essere nient'altro.

Bonnie si fermò, la prese per le spalle e la scosse delicatamente.

– Tu non sei «solo una modella» –. Tacque un istante e la fissò con sguardo eloquente. – Sei anche, a quanto sembra, un'accanita tossicomane.

Lucky esalò una debole risata.

– Già, come ho fatto a dimenticarmi. E non ho neppure finito il liceo, – aggiunse con gli occhi a terra.

– Liceo? *Pffft*, – fece Bonnie. – Che te ne fai di un diploma? Sei Lucky Blue, cazzarola. Puoi fare qualsiasi cosa.

Lei alzò un sopracciglio.

– Mi fai i discorsetti alla Rocky Balboa?

– No, dico sul serio, – protestò Bonnie. – Sei la persona migliore che io conosca. Non ti fai mettere i piedi in testa da nessuno. Hai girato tutto il mondo. Parli *giapponese*, diamine!

– *Nihongo sukoshi dekimasu*, – mormorò Lucky.

– Ecco, vedi!

– Vuol dire che lo parlo solo un po'.

– Sempre piú di molte persone di mia conoscenza. Credimi, Lucky, tu puoi fare qualsiasi cosa. Non vale per chiunque, ma per te sí. Non c'è niente che possa fermarti; nemmeno tu puoi fermare te stessa.

Lei si sforzò di sorridere.

– Okay –. Posò le mani sulle spalle di Bonnie e costruí un ponte fra loro due. – E che mi dici di te?

– In che senso, di me?

– Potrei fartelo anch'io, sai, un bel discorsetto motivazionale.

Bonnie lasciò cadere le braccia lungo i fianchi. La differenza tra loro due, pensò, stava nel fatto che Lucky era *davvero* una persona eccezionale. Come Avery, la cui intelligenza fulminea e paurosamente capace poteva aver ragione di qualsiasi cosa. E Nicky era stata la persona piú amabile del mondo: l'avevano capito anche gli studenti, che si erano scaldati al fuoco della sua attenzione. Quanto a lei, sapeva soltanto lavorare sodo. Se le sue sorelle erano cavalli selvaggi, lei era il mulo.

Si voltò in direzione di casa e riprese a correre. Sopra di loro si stagliavano i grattacieli dell'Upper West Side, le torri puntute e barocche del San Remo Building che le erano piú familiari di ogni cima montuosa. Lucky la raggiunse e si mise al suo fianco.

– No, sul serio, che mi dici di te? Se io posso fare qualsiasi cosa, anche tu puoi.

– Come no, – rispose Bonnie.

Lucky le diede un pizzicotto su un braccio.

– Avanti, dillo!

– Smettila!

Un altro pizzicotto.

– Dillo!

Bonnie la spinse via con una mano, ma stava ridendo.

– E va bene, pazza che sei. Anch'io posso fare qualsiasi cosa.

Incredibilmente, Lucky riuscí ad aumentare il passo, poi si girò indietro e le fece un largo sorriso.

– Questo è lo spirito giusto.

Sospinta da un'onda di felicità, Bonnie arrivò fino a casa, poi nell'atrio del condominio, e nell'ascensore, infine al loro pianerottolo. Discutevano allegre su cosa mettere nel frullato da prepararsi a colazione, quando Bonnie si arrestò di colpo e rimase col fiato sospeso.

Lucky era indietro di un passo. – Che c'è? – domandò.
Seduta di fronte alla porta di casa c'era Avery. Non si era accorta della loro presenza, e per una frazione di secondo Bonnie poté vederla com'era davvero. Niente lustrini. Niente trucchi né inganni. Non sapeva ancora perché, ma intuí che Avery stava soffrendo. Sentí nel proprio petto il suo stesso dolore. Era accasciata a testa china, le membra abbandonate, quasi accartocciata su sé stessa. Un istante dopo alzò gli occhi e le riconobbe. Guardare Avery che si ricomponeva fu come veder innalzare una grande e sontuosa tenda da campo: un attimo prima era un ammasso informe di tessuti, ma bastava tirare le corde ed ecco levarsi una struttura imponente. Mentre le correva incontro, Bonnie si disse che sua sorella era proprio cosí: aveva sempre le corde ben tese. Avery intanto si era rimessa in piedi e le tendeva le braccia: ma sarebbe stato bello, pensò lei, se per una volta almeno le avesse chiesto di aiutarla.

Avery

La sera in cui Lucky era partita da Londra, Avery era rientrata tardi dal lavoro e aveva trovato sua moglie addormentata sul divano, con un plaid bordeaux e oro attorcigliato intorno alle gambe. Si era seduta sull'orlo di un cuscino e le aveva sfiorato leggermente una coscia; Chiti aveva aperto gli occhi e l'aveva guardata con occhi pieni di sonno.

«È tardi», aveva mormorato Avery.

«Aspettavo te».

«Andiamo a letto, allora».

Fece per liberarla dal nodo della coperta, ma Chiti si tirò su di scatto, prese un oggetto che aveva in tasca e lo posò sul divano in mezzo a loro. Avery, che aveva già capito cosa fosse, pregò invano di essersi sbagliata.

«Lui chi è?» chiese Chiti in tono freddo e tranquillo.

Avery chinò la testa.

«Lui non ha importanza».

Sua moglie alzò una mano per farla tacere.

«Avresti potuto sbarazzarti di questa prova senza difficoltà, ma l'hai tenuta qui in casa nostra. Non importa fino a che punto ne fossi consapevole, ma di fatto volevi che io sapessi. Dunque parliamone. Chi è il tizio che ti sei scopata?»

Avery strinse le dita intorno al manico della borsa da lavoro, come se stesse per darsela a gambe. Ma non poteva andare da nessuna parte. Sollevò lo sguardo.

«Non è nessuno. È solo questo che devi sapere, Chiti».

Lei batté le mani e si finse sorpresa.

«Ah, quindi seguiamo questo copione? L'ho già visto questo film, sai? – Poi, con un accento americano che imitava crudelmente quello di Avery, cominciò a declamare: – "Non è nessuno! Non significa niente! Ti prego, perdonami!"»

«Dico sul serio, non è nessuno, – insisté Avery. – E non significa proprio niente».

«No che non è nessuno, – ribatté Chiti. – È una *persona*. Sarà mica quel Charlie, il poeta emergente che hai cercato su Internet?»

Avery la fulminò con gli occhi. Lei gettò via il plaid, si alzò in piedi di scatto e cominciò a fare su e giú per il soggiorno, evitando con cura lo sguardo della moglie.

«Sí, okay, ho controllato la tua cronologia, – ammise. – Non l'avevo mai fatto prima d'ora. Non ne sentivo il bisogno, ovvio. Fino a oggi».

«Mi dispiace», rispose Avery sommessamente, inutilmente.

«Quindi è proprio questo Charlie?»

Lei chinò di nuovo il capo. Ferma davanti a lei, Chiti appoggiò le mani sui fianchi; i cerchietti d'oro al suo polso accompagnarono il movimento con un lieve tintinnio.

«Hai scopato con un uomo», ribadí.

«Solo perché si trovava lí, giuro. Il problema non è lui, ma sono io».

Chiti girò attorno al divano, Avery si alzò. Poi si voltarono per guardarsi in faccia.

«Quindi hai chiuso con le donne, è cosí? La tua storiella lesbica è finita e sei tornata a caccia di cazzi?»

Quell'ultima parola le uscí di bocca con una tale furia che per poco Avery non scoppiò a ridere; ma poi guardò Chiti e comprese che non c'era niente di buffo.

«Sei *mia moglie*, Chiti. Non una storiella».

«Certo che sono tua moglie, cazzo! Io me lo ricordo, e tu?»

«Sí che me lo ricordo! È per questo che sono angosciata e mi sento terribilmente in colpa. Mi odio, te lo giuro».

Chiti scuoteva la testa, incredula.

«Mi stai chiedendo di compatirti?»

«No! Io...»

«E quindi ti odi? Ma pensa! Non sei piú un'adolescente, lo sai? Non è che devi sempre dare sfogo ai tuoi impulsi autodistruttivi».

«Non voglio cercare scuse, però...»

Chiti la interruppe di nuovo. «Io vivo nella casa che tu hai voluto. Mangio il cibo che piace a te. Tratto la tua famiglia come se fosse la mia. E tu mi *mortifichi* cosí».

«Non ti ho mai chiesto di comprare questa casa», brontolò Avery.

«Cosa?» sbottò lei, improvvisamente attenta.

«Sei *tu* che hai voluto comprare la casa che piaceva a me. Sei *tu* che insisti a cucinare le cose che piacciono a me. Ti sei presa il ruolo della martire e hai lasciato a me quello del mostro. Hai bisogno che io sia cattiva per poterti sentire buona».

Chiti scosse la testa con forza.

«Stai davvero cercando di dirmi che non volevi il mio amore? Che non hai tratto beneficio dal mio amore? E allora perché te lo sei preso per tutti questi anni? *Perché*?»

«Ma certo che lo volevo! Anche tu, però, volevi darmelo! Anche tu hai tratto beneficio dal fatto che io avessi bisogno di te».

Nel silenzio che seguí, Chiti appoggiò le mani sullo schienale del divano e si piegò in avanti, come se fosse a corto di fiato. Poi riprese a parlare fissando i cuscini, senza alzare gli occhi su sua moglie.

«Hai sempre voluto allontanarti da quel che sei. Fin dal primo momento che ti ho conosciuta. Ma non immaginavo che volessi anche allontanarti… – Avery sentí che le si spezzava la voce, e sussultò a quel dolore cosí puro e animale. – … *da me*».

«Le cose non stanno cosí», mormorò.

Gli occhi di Chiti, ardenti e neri, le furono addosso in un baleno.

«E come stanno allora? *Spiegami*! Perché non dici niente? Perché hai voluto distruggerci la vita solo per farmi sapere che sei infelice? *Lo so* che sei infelice! Anch'io lo sono! E quindi, cazzo, comportati da adulta e spiegami!»

«Io… Io… Non so da dove cominciare», balbettò Avery.

Era una vigliacca e lo sapeva. Stava obbligando sua moglie a parlare non solo per sé ma anche per lei, in una sorta di un crudele ventriloquio. Chiti sbuffò disgustata.

«Sai come si dice, che la prima bevuta è la fine della ricaduta? Comincia sempre mesi prima, con il distacco, i rancori, i pretesti».

Avery corrugò la fronte, perplessa.

«Non ho avuto nessuna ricaduta, – disse. – Te lo giuro».

«E io ti credo. Ma scopare con il primo che passa è *la fine* del tradimento. È da un anno che ti stai allontanando da me. È da un anno che mi aspetto *questo*».

«È successo una volta sola», rispose Avery, come se fosse importante.

Chiti si portò le mani alle tempie e cominciò ad aggirarsi freneticamente per la stanza, come se cercasse qualcosa. Tremava in tutto il corpo. All'improvviso sollevò un vaso dal tavolino a fianco del divano e lo scagliò a terra. Un vaso che avevano comprato in India durante la luna di miele, uno splendido cilindro di vetro soffiato a spirali rosa e turchesi. Andò a schiantarsi nello spigolo tra il parquet e la parete, esplodendo con tanta forza da far credere che non attendesse altro. I frantumi si sparsero sul tappeto e rimasero lí, ad ammiccare alla luce.

«E questo è appena un decimo di come mi sento», commentò Chiti con voce malferma.

Già, pensò Avery. Sarebbe bello se i sentimenti si potessero scomporre ed esprimere cosí.

«Resta lí, – le disse. – Non muoverti. Vado a prendere la scopa».

«No, – esclamò Chiti in un tono a metà tra il grido e la supplica. – Per una volta nella vita rimani qui, in mezzo alle macerie che tu stessa hai creato. Non nasconderle, non ricomporle. *Guarda* che cosa hai fatto. Per favore, – aggiunse con l'affanno nella voce. – Una volta nella tua cazzo di vita, Avery».

Fissarono entrambe i cocci di vetro, lucenti come gocce di pioggia. Chiti fece un passo in avanti, a piedi nudi. Avery cacciò un urlo di dolore, come se fossero i *suoi* piedi a calpestare le macerie. Le sembrò di vederli sanguinare, ma era solo il rosso delle unghie smaltate.

«Basta!» gridò.

Sua moglie si fermò in mezzo ai vetri rotti e la guardò con occhi fiammeggianti.

«Credi di soffrire solo tu, in questa casa?»

«Chiti, ti prego!»

«Credi di soffrire solo tu?»

«No».

Fece un altro passo, sussultando leggermente mentre le schegge tagliavano la pelle.

«Non sei l'unica qui che sta passando un periodo di merda, Avery».

Lei fece un sospiro angosciato.

«Lo so, manca anche a te. Ma era *mia* sorella».

Dal centro esatto della sua vita esplosa, Chiti le lanciò un'occhiata di puro disprezzo.

«Non è solo Nicky, – disse. – Sei tu. Io ho perduto *te*. Ti ho aspettata per piú di un anno, con la speranza di vederti tornare. Ma tu non c'eri piú. L'ho sentito al funerale, quando non hai voluto farti abbracciare».

Avery corrugò la fronte. Non ricordava quel dettaglio, ma un attimo dopo capí: il *Libro delle preghiere*! L'aveva rubato in chiesa, se l'era infilato nella cintura dei pantaloni e temeva che Chiti, abbracciandola, potesse accorgersene.

«Hai continuato ad allontanarti per mesi e mesi, – stava dicendo lei, – e adesso mi fai *questo*! Credi che io sia sorpresa? Era un anno che sabotavi la nostra relazione, un pezzetto per volta».

«Per favore, togliti da quei vetri, – disse Avery. – Per favore, Chiti».

«Oh, adesso t'importa se mi faccio male? *Adesso?*»

«Certo che mi importa! Se ti fai male sto male anch'io! Questo vuol dire essere sposate!»

Chiti rimase ferma a fissarla. I suoi lunghi capelli, liberati dal nodo in cima alla testa, ricadevano liberi sulle spalle. Avery si rese conto che ormai le erano piú familiari dei suoi. Ebbe l'impulso di toccarli, di seppellire il viso in quel nero sipario come una bambina che si nasconde tra le gonne della madre; ma sapeva che ormai non c'era posto dove nascondersi.

«Cosa vuoi che faccia? – le chiese Chiti con il tremito nella voce. – Vuoi sentirti dire che non sei degna di essere amata? Che non sei degna di essere felice perché un anno fa eri troppo presa dalla tua vita per salvare quella di Nicky? Scordatelo. Perché io ti amo. Amo il tuo dolore, la tua rabbia, il tuo silenzio, le sigarette che fumi di nascosto, persino le tue bugie. Amo tutto di te. Nutro per te quello che chiamano "amore incondizionato". Anche se, – aggiunse, prendendo il fiato con tale forza che le narici sbiancarono, – in questo momento preferirei non fosse cosí».

Dopodiché, con un balzo leggero, si allontanò dai frantumi di vetro. Si guardarono l'un l'altra con silenziosa meraviglia, come se fosse tornata da un luogo lontanissimo.

«Vado a prendere le pinzette», disse Avery.

Tornata dal bagno con la cassetta del pronto soccorso, trovò Chiti seduta sul divano. Sistemò una sedia davanti a lei, la invitò con un gesto a metterle un piede in grembo, poi la sentí sobbalzare a ogni minuscola scheggia verdazzurra o rosa che riusciva a estrarle dalla pianta. I piedi di Chiti rappresentavano per lei una fonte inesauribile di meraviglia e frustrazione. Erano molto piatti, del tutto privi di arco, tant'è che quando camminava a piedi nudi sulle piastrelle del bagno facevano strani rumori di risucchio, cosa che Avery aveva sempre trovato buffissima. Ogni volta che passeggiavano su qualche spiaggia si meravigliava di quanto apparissero diverse le loro orme: banalmente curvilinea la sua, appiattita quella di Chiti. Le dita, poi, erano lunghe e prensili: quasi come quelle delle mani, diceva orgogliosa la loro proprietaria. Poiché erano spesso doloranti e Chiti si rifiutava di portare scarpe degne di quel nome, era a causa dei suoi piedi che invece di camminare si spostavano ovunque in taxi, cosa che Avery reputava uno spreco di soldi e di punti cardio. Malgrado ciò, era sempre stata convinta che i piedi di Chiti fossero tra le parti piú aggraziate del suo corpo. Erano lunghi e sottili come pesci latterini, e a tenerli in mano come in quel momento le pareva di averli appena pescati, due creature vive e danzanti nella sua stretta sventurata. Piegando di traverso le pinzette, tirò via l'ultimo frammento di vetro e fermò il sangue con un batuffolo di cotone. Lo tenne premuto sul taglio e alzò gli occhi verso il viso di Chiti.

«Male?»

Chiti rispose con un sorriso truce.

«Sopravvivrò. Ho fatto una cazzata».

Avery incrociò il suo sguardo.

«Io ne ho fatte di peggio».

«Lo so», rispose lei a palpebre socchiuse.

A quel punto fu Avery a sobbalzare. Tutt'a un tratto Chiti era scoppiata a ridere.

«È stata la nostra lite peggiore, sei d'accordo?» domandò, quasi incredula.

Avery annuí, fece un sorriso timido.

«Peggio di quel capodanno in cui ci siamo prese un'intossicazione alimentare perché avevo voluto ordinare il plateau di frutti di mare», disse poi.

Chiti fece un'altra risatina, poi si alzò zoppicando sui piedi tagliuzzati. Si strofinò gli occhi e sospirò.

«Tesoro, lo sai quanto odio queste cose. Non sono portata per le sceneggiate: adesso vorrei tanto dire basta e andare a letto. So che non dovremmo, ma… possiamo?»

Avery guardò il viso luminoso di sua moglie. La prese per mano e raggiunsero barcollando la camera da letto. Si sdraiarono senza alzare le coperte, strette l'una all'altra, e dormirono cosí tutta la notte, tanto che lei osò sperare che il peggio fosse passato. Il mattino seguente, però, Chiti spostò le sue cose nella camera degli ospiti e tra di loro scese il silenzio. Lo stesso silenzio che ancora persisteva a distanza di una settimana, il giorno in cui Avery era fuggita a New York.

– Che ci fai qui? – le chiese Lucky.

Il tono era piú sospettoso che sorpreso: Avery sobbalzò appena. Bonnie e Lucky, rosse in viso, grondavano sudore in cucina sotto le magliette e i pantaloncini tecnici. In quale mondo parallelo, si chiese lei perplessa, Lucky si dedicava all'attività fisica?

– Wow, è bello vedervi qui, – disse.

– Non è mica tanto che non mi vedi, – replicò Lucky con una punta di ostilità.

– Intendevo che è bello essere qui insieme.

Lucky era certamente offesa perché non l'aveva accompagnata in aeroporto. Avery si era giustificata con sé stessa dando la colpa al troppo lavoro, che in effetti c'era, ma il vero motivo era un altro: non aveva avuto il coraggio di affrontare un lungo viaggio in auto a tu per tu con la sorella. Che diamine, le aveva fatto una scena madre per rimproverarle il suo stile di vita, e adesso guarda lei con Charlie. Chiti le aveva addirittura chiesto di interrompere i contatti finché fosse rimasta a New York, perché voleva pensare al proprio futuro e capire se lei dovesse ancora farne parte. E adesso Bonnie guardava Lucky con l'aria di dirle «Sii gentile!» e lei soffriva sentendosi tagliata fuori dalla loro intesa. Bonnie era sempre stata sua alleata. Ora che non aveva nemmeno piú Chiti, si sentiva abbandonata da tutti.

– Ma certo che è bello vederti, Aves, – esclamò Bonnie. – Perché non ci hai avvertite del tuo arrivo?

– Volevo farvi una sorpresa! E ci sono riuscita, vero?

Il tono suonava aspro e innaturale persino alle sue orecchie. Si schiarí la gola.

– Fantastico, – esclamò Bonnie. – La banda è tornata insieme! Be', insomma, – aggiunse, guardando le altre con improvvisa tristezza, – mi avete capita.

– E quindi quale sarebbe il piano? – indagò Lucky mentre apriva il rubinetto e si riempiva un bicchiere d'acqua voltando le spalle ad Avery. – Quanto ti fermi?

– Quanto sarà necessario per mettere ordine nelle cose di Nicky.

Bonnie aggrottò la fronte.

– Ma... Mi sembrava di aver capito che non saresti venuta.

– E in realtà non ci serve il tuo aiuto, – aggiunse Lucky.

– Ohi, gente! – esclamò Avery dando una manata sul bancone della cucina. – È cosí strano che io abbia deciso di tornare a casa per rivedervi insieme dopo mille anni?

Lucky bevve l'acqua e guardò la sorella da sotto le palpebre socchiuse.

– Come mai non c'è Chiti?

– In che senso?

– Come mai tua moglie non è qui? – ripeté Lucky, quasi sillabando.

Avery si soffiò via dalla fronte una ciocca di capelli. In quella casa c'era un caldo soffocante. Perché non avevano acceso il condizionatore?

– Ho deciso all'ultimo minuto. Chiti ha i suoi pazienti da seguire, sai. Non può prendere e partire da un momento all'altro.

– Giusto, – disse Bonnie. – Le dirai che ci manca, vero?

Avery si accorse che Lucky la stava fissando con una strana intensità. *Che sappia qualcosa?*, si chiese. *Ma com'è possibile?* Bisognava cambiare argomento.

– E poi volevo capire bene cos'è quest'idea di vendere l'appartamento.

– Secondo me *dovrebbero*, – disse Lucky di punto in bianco. – Chiudere la questione, mi capite.

– Non parli sul serio, – la rimbeccò Avery.

– Perché restare ancorati al passato? Chi se ne importa.

– Il nichilismo è un lusso riservato ai giovani, – sentenziò Avery. – Credimi, quando l'avranno venduto ti importerà eccome.

– Ascolta, non ci serve il tuo aiuto, – ripeté Lucky. – Finora ce la siamo cavata benissimo senza di te.

– Ah, sí? – fece Avery, le mani sui fianchi. – A che punto siete con il riordino delle cose di Nicky?

Le due sorelle si scambiarono un'occhiata colpevole.

– Non avete neanche cominciato, – constatò lei in tono piatto.

– Avevamo... altro di cui occuparci, – mormorò Bonnie.

– Cioè? – chiese. – Hai già ripreso ad allenarti ogni giorno?

– No, in effetti ho sospeso un attimo.

Avery si stupí.

– Sul serio?

– Abbiamo avuto altri impegni, tutto qui, – tagliò corto Lucky.

– Se resti sveglia fino all'alba per fare baldoria con i tuoi amici non puoi chiamarlo «un impegno», Lucky.

Si pentí subito di averlo detto. Non si era forse rimproverata, appena un attimo prima, di averle fatto una scena madre? Era una vecchia bisbetica, ecco, e le vecchie bisbetiche non piacciono a nessuno.

– Non ho fatto baldoria, – protestò Lucky.

– Non ha fatto baldoria, – confermò Bonnie.

Lo sguardo di Avery passò dall'una all'altra.

– Perché? Che succede?

Bonnie guardò Lucky come per chiederle il permesso di parlare.

– Ma che diamine, – si stizzí Avery, sempre piú contrariata da quella nuova dinamica. Lucky aprí bocca per dire qualcosa, ma poi cambiò idea e lanciò un'occhiata di avvertimento a Bonnie.

– Niente, – rispose Lucky dopo un po'. – Ho solo patito il jet lag. Datemi il tempo di fare una doccia, poi cominciamo a smaltire le cacate di Nicky.

– Bello, – commentò Avery. – Molto rispettoso.

Lei stava già uscendo dalla cucina.

– Era nostra sorella, mica una santa, – disse senza voltarsi. – Le sue cacate restano cacate.

Prima di cominciare, Avery propose di uscire insieme a fare colazione; era un modo per prendere tempo, certo, ma non se la sentiva di affrontare l'impresa a stomaco vuoto; inoltre voleva tentare di recuperare il rapporto con Lucky prima di aprire il vaso di Pandora della vita di Nicky. Stavano tornando dalla gastronomia con i loro caffè nei bicchieroni con la greca e i panini alle uova e formaggio, quando Lucky si fermò di colpo e trattenne il respiro. Si aggrappò al braccio di Bonnie e indicò qualcosa sul lato opposto della strada.

– Porca troia, – disse. – Vedete anche voi quel che vedo anch'io?

Sul lato opposto dell'Ottantanovesima, un frigorifero rosa di marca Smeg sostava placido al margine della carreggiata, come se stesse aspettando un amico. Quella macchia color zucchero filato sullo sfondo dell'asfalto grigio rammentò ad Avery la colomba dipinta di rosa che un giorno, nelle sue prime settimane di vita londinese, aveva visto volare tra i piccioni color fuliggine di Trafalgar Square. Uno spettacolo di sorprendente bellezza.

– Wow, – fece Bonnie. – È carino.

– Sarà certamente di qualcuno, – disse Avery, ma Lucky era già dall'altra parte della strada e a grandi gesti le invitava a raggiungerla.

– *Presto*, prima che lo prendano!

Bonnie guardò la sorella maggiore con un sorriso indulgente, poi alzò le spalle e attraversò.

– Ragazze, stiamo perdendo tempo, – protestò Avery, rimasta sola sul marciapiede abbandonato dalle altre.

Quando capí che non le davano retta si arrese e le raggiunse, aggirando un taxi che procedeva a passo d'uomo. Si radunarono davanti all'elettrodomestico, alto pressappoco come Avery, e lo fissarono in reverente silenzio. Il frigo ricambiò il loro sguardo. Lucky aprí lo sportello e guardò dentro.

– È praticamente nuovo, – dichiarò. – Niente schifezze né muffa, niente.

– Ammetto che è grazioso, – disse Avery, – ma non ne abbiamo bisogno. L'ultima cosa che ci serve in questo momento è un grosso frigorifero rosa.

Lucky tirò fuori la testa dall'interno.

– Aves, non capisci che è... è Nicky in forma di oggetto? *Dobbiamo* prenderlo.

– In effetti le somiglia molto, – riconobbe Bonnie.

Avery le piantò gli occhi addosso, come a dirle che da lei si aspettava di meglio.

– Per non parlare del fatto che questi affari costano migliaia di dollari, – seguitò Lucky. – È come aver trovato il Santo Graal in una strada di New York!

– Noi però siamo qui per *liberarci* della roba di Nicky, – obiettò Avery. – Non per raccattare un elettrodomestico di cui nessuna ha bisogno, solo perché è del suo colore preferito. E dove lo mettiamo, poi?

– In casa, – rispose Lucky, come se fosse ovvio.

– Ah, sí, ma certo, quella che sarà messa in vendita tra un mese. Grande idea.

Lucky fece una faccia delusa.

– Okay, allora lo portiamo nella casa in campagna di mamma e papà. O me lo spedisco a Parigi. Oppure può prenderlo Bonnie, se vuole –. Lucky soffiava aria dalle narici, come quando era bambina e non riusciva a stare alla pari delle sorelle. – Insomma, che ne so! So soltanto che *dobbiamo* prenderlo. È Nicky, lo sento. È un suo regalo.

Bonnie girò intorno al frigo e lo inclinò verso di sé per valutarne il peso.

– Be', credevo peggio, – annunciò. – Ma dovremo sollevarlo insieme, se vogliamo portarcelo via.

Lucky guardò Avery con occhi imploranti.

– Non se ne parla proprio, – brontolò lei.

– Ti preeeeeego! – la blandí Lucky, e sfoderò il suo sorriso da licantropo.

– È un'idea ridicola.

Il magico sorriso lupesco si spense, e fu come se una nuvola avesse coperto il sole. Avery deglutí. Perché toccava sempre a lei la parte dell'adulta, di quella che dice no? Non sarebbe stato divertente, per una volta, fare la sorella spensierata anziché la madre brontolona? Appoggiò una mano sulla superficie smaltata di rosa.

– Io sto nel mezzo, – disse.

Quando arrivarono sotto casa erano tutte senza fiato, non tanto per la fatica di trasportare il frigo quanto per le risate. Piú di una volta avevano dovuto posarlo a terra per cedere all'ennesimo attacco di ridarella. Non si capiva bene che cosa ci fosse di tanto comico nel camminare a ginocchia piegate come i Tre Marmittoni portandosi a spasso un enorme frigorifero rosa, eppure era cosí.

– Oh, salve! – esclamò stupito il portinaio quando le vide arrancare goffamente nell'atrio del condominio. – Serve un aiuto, signore?

– Ce la facciamo, grazie, – rispose Avery. – A questo punto è una questione d'orgoglio.

– Ognuno si porta la sua croce, e la nostra è rosa, – sentenziò Lucky mentre premeva con un gomito il pulsante dell'ascensore, scatenando una risata generale.

Il portinaio le guardò dubbioso.

– Se siete proprio sicure… Ah! Prima che mi dimentichi: è passata vostra madre e ha lasciato questi documenti per l'agenzia immobiliare. Volete tenerli voi o li lascio qui in portineria, in attesa che vengano a ritirarli?

Le tre sorelle smisero di ridere. Posarono a terra il frigorifero.

– Nostra madre è passata da qui? – chiese Bonnie.

– Sí, mentre eravate fuori.

– Per caso le ha detto che siamo tutte a New York?

– Certo! Le ho detto che eravate appena uscite.

– E lei che cos'ha risposto? Tornerà? – chiese Lucky in tono piú acuto.

– Io… Ecco, non credo, – balbettò il portinaio, sconcertato dall'improvviso cambio di umore. – Mi ha solo consegnato i documenti ed è andata via senza salire.

Lucky controllò il cellulare.

– Non ha chiamato, né niente, – disse.

– Certo che no, – brontolò Avery. – Sa benissimo che siamo qui.

– Ma perché non ci ha aspettate? – chiese Bonnie con un filo di voce.

Avery guardò le facce mortificate delle sorelle. Sembravano fiori a cui avessero strappato tutti i petali. Lei stessa era incredula: prima quell'e-mail glaciale sulla vendita dell'appartamento, e ora *questo*. D'altronde la mamma era fatta cosí.

– Perché è una stronza, – dichiarò. Poi, vedendo la faccia sbalordita del portinaio: – Scusi, ma lo è davvero –. In quel momento si aprirono le porte dell'ascensore. Le tre sorelle sollevarono il frigo, questa volta senza ridere, e solo allora Avery si rese conto di quanto fosse identico, per forma e dimensioni, a una bara.

Si ritrovarono fianco a fianco davanti all'armadio a muro di Nicky, e Avery ebbe l'impressione di vederlo crescere a un'altezza insormontabile, trenta metri se non di piú. Il suo primo impulso fu di sdraiarsi da qualche parte. Avevano lasciato il frigo accanto alla porta d'ingresso: l'incantesimo che l'aveva avvinto, contagiando anche loro, si era sciolto come vapore nell'aria. Tutt'a un tratto era solo un vecchio frigo di chissà chi.

– Bene, – fece Avery, cercando di darsi un tono energico. – Dividiamo le cose in tre mucchi: quelle che vogliamo tenere, quelle da regalare e quelle da buttare.

Per fortuna Nicky, da persona organizzata qual era, teneva in ordine il suo armadio. Il vero problema, però, era che amava lo shopping. Con uno stipendio da insegnante che non le consentiva grandi eccessi, privilegiava i marchi della moda casual come Forever 21, Strawberry o Zara: i magazzini dove poteva fare un giro «per tirarsi su il morale», come diceva lei, e comprare qualcosa da mettere quella sera stessa, o un gioiello finto che macchiava la pelle di verde. Gran parte dei suoi abiti finirono perciò nei mucchi della roba da regalare o da buttare: decine di maglie con i pallini, una borsa da spiaggia piena di bikini incrostati di sale, un cappello a tesa larga con le piume e il fiocco forse indossato a qualche addio al nubilato per il quale le sorelle l'avevano di certo presa in giro. Avery aveva detto piú volte a Nicky che invece di buttare i soldi in paccottiglia di nessun valore avrebbe fatto bene a risparmiare per comprarsi un capo esclusivo, ma a lei piaceva andare per negozi dopo il lavoro, come ad altri piace bersi un aperitivo a fine giornata: smussava gli angoli.

Per molti aspetti, i gusti di Nicky non erano cambiati granché da quand'era bambina: aveva sempre amato fiocchi, fiori e fronzoli. Mentre passava in rivista le sue cose, Avery capí che in quella stanza c'erano tutte le età di sua sorella: la bambina con la finestra nei denti che dava spettacolini di danza in soggiorno, l'adolescente che si metteva in tiro per un appuntamento, l'universitaria che rideva con le sue compagne dell'associazione. Sfiorò leggermente le piume che ornavano il cappello. Che problema c'era se a Nicky piacevano le cose un po' kitsch? Alle prese con quell'ammasso di top senza spalline e maxigonne, stivali in finta pelle e collane aggrovigliate, Avery si pentí di averla sempre criticata. Nicky adorava quel genere di cose, e a ripensarci adesso le faceva tenerezza; come sarebbe stata fortunata, se la mania dello shopping fosse rimasta la peggiore delle sue dipendenze.

– Che stronza! – esclamò Lucky dall'angolo opposto della stanza. – Sapevo che era stata lei a fregarmela!

Aveva in mano una maglietta delle Spice Girls, con le date di un'antica serie di concerti. Bonnie e Avery sorrisero senza volerlo. Considerati i sette anni che separavano la maggiore dalla minore e l'ampia diversità dei gusti musicali di ognuna, c'era un solo gruppo che fosse piaciuto a tutte contemporaneamente, ed erano le Spice Girls. Quando Lucky aveva otto anni, Nicky dieci, Bonnie tredici e Avery quindici, erano riuscite a convincere la madre a comprare i biglietti per il tour che celebrava la loro riunione. La data di Manhattan era troppo cara, ma in compenso erano riuscite a trovare dei posti nell'arena di Long Island, in una zona lontana dal palco. Avevano implorato la madre di affittare una Limousine come le loro compagne di scuola che erano andate al concerto in città, ma lei l'aveva giudicata una pretesa assurda, come se non bastasse il costo dei biglietti; e cosí avevano preso la Long Island Railway. Per non pagare un quinto biglietto, la madre aveva affidato ad Avery il ruolo di capogruppo: le aveva dato una carta di credito, da usare solo e tassativamente per le emergenze, e istruzioni severe per rientrare a casa subito dopo il concerto. Erano state tre ore di beatitudine, trascorse cantando a squarciagola ogni canzone insieme a migliaia di altre fan in preda a un'identica gioia sfrenata e spudorata, quasi che essere una ragazza insieme ad altre ragazze non fosse una debolezza, come gli dicevano sempre, ma un potere: il piú felice e fortunato potere al mondo. A concerto finito, sull'onda del picco di estrogeni, Avery aveva usato la carta di credito per comprare a ciascuna di loro una maglietta della tournée. Lei era troppo grande per certe cose, aveva detto, ma in verità temeva le ire della madre.

Bonnie osservò la maglietta con le facce sorridenti delle cinque ragazze e il loro classico motto: *Spice Up Your Life*.

– No, questa era la mia, – disse. – È una large, vedi? Compravo sempre la taglia piú grande.

– Tu invece hai voluto l'extra small, – disse Avery puntando il dito verso Lucky, che come al solito indossava una T-shirt striminzita e cortissima su un paio di jeans a vita bassa, ora abbinati al cappello a tesa larga pescato dal mucchio degli scarti. – Come sempre.

– L'avevo data a Nicky perché lei aveva regalato la sua a Carter Beaumont, – spiegò Bonnie.

– Quella babbiona di Carter Beaumont! – esclamò Lucky. – Mi ero scordata dell'amica rompicazzo.

Lanciò una rapida occhiata ad Avery, paventando un rimprovero, ma lei scoppiò a ridere: Carter Beaumont *era* una rompicazzo. La scuola in cui loro quattro avevano frequentato medie e liceo era un istituto cattolico, piú o meno nella zona del Guggenheim Museum. Grazie ai fondi erogati dalla Chiesa, le rette erano molto piú basse rispetto alla media della zona, ed erano previsti sconti per le famiglie che iscrivevano piú di un figlio: per questo i Blue erano riusciti a mandarle lí tutte e quattro, una volta uscite dalle elementari pubbliche. Nonostante l'assenza di insegnamenti extracurricolari, specie nell'ambito delle arti e delle discipline umanistiche, la scuola aveva fama di offrire un'istruzione completa senza inutili fronzoli, ed era apprezzata da una folta schiera di agiati residenti dell'Upper East Side: quelli di loro che lavoravano nella finanza, in particolare, vivevano nel terrore di allevare una prole di orientamento artistico che avrebbe poi tentato una carriera in ambiti poco redditizi come la scrittura creativa o – peggio ancora – la recitazione. E poi, nessuno piú di un ricco ama gli sconti.

Questo spiega perché Avery e le sue sorelle, pur non avendo mai temuto di restare sprovviste di cibo, casa, libri nuovi, uniformi pulite e persino beni piú voluttuari come le biro luccicanti e i pigiami coordinati, spesso in quella scuola si sentivano povere. A loro non era mai parso strano che una famiglia di sei persone potesse strizzarsi in un appartamento con due sole camere da letto: d'altronde alle elementari avevano avuto compagni con le situazioni abitative piú disparate, compresi alcuni che dividevano il tetto con nonni, zie, zii e cugini. Tutto questo finché non avevano conosciuto quella babbiona di Carter Beaumont. Abitava in un palazzo tra Madison e Park, il campanello all'ingresso suonava le note introduttive di *Nessun dorma*, e ognuno dei suoi sei fratelli aveva a disposizione un intero piano della casa.

Nessuna di loro era stata granché brava a inserirsi nel milieu altolocato dei rispettivi compagni di classe, eccetto Nicky, che dopo la prima settimana di scuola era già diventata migliore amica di Carter e di una biondina di nome Mary (in ogni scuola cattolica ci sono almeno tre Mary), con le quali aveva formato un sodalizio detto *le tre moscerine*, sul modello dei tre moschettieri. Viziata e malevola, Carter traeva un intenso piacere dall'aizzare le sue amiche l'una contro l'altra e mettere alla prova la loro lealtà nei suoi confronti. Poco dopo il concerto delle Spice Girls, Nicky era stata invitata a casa di Carter per un pigiama party di compleanno durante il quale avevano guardato *Titanic*, inventato coppe di gelato sontuosamente guarnite per le quali avevano dato fondo all'intero assortimento di un famoso negozio di caramelle, e preparato una maschera per il viso secondo la ricetta trovata in una delle riviste di moda della mamma di Carter.

Quella sera, stando al racconto di Nicky, erano successe due cose orribili. La prima era che mentre giocavano a Obbligo o verità le amiche l'avevano sfidata ad assaggiare la famosa maschera per il viso, che consisteva in una miscela di avocado, olio di cocco e crema idratante. Era bastata una sola cucchiaiata dell'intruglio per farle vomitare gelato sciolto in ogni angolo del bagno privato di Carter. Il che sarebbe stato già abbastanza spiacevole, se l'effetto a lungo termine non si fosse rivelato addirittura peggiore. Essendo quello il primo incontro fra lei e l'avocado, Nicky non sarebbe mai piú riuscita ad assaporare la delizia di un buon guacamole, giacché anche il piú piccolo pezzetto di quel frutto pastoso le avrebbe rammentato il sapore acido delle creme idratanti da supermercato: e questo sarebbe rimasto, fino all'ultimo dei suoi giorni, un gravissimo rimpianto.

Ma la disgrazia ancor piú orribile era stata che la loro frugalissima madre, a differenza di ogni altra mamma sul pianeta Terra – cosí almeno diceva Nicky – non si era attrezzata con una riserva di cose carine da portare in dono agli innumerevoli compleanni di adolescenti ai quali sua figlia sarebbe stata invitata quell'anno; perciò Nicky era andata al pigiama party con niente da regalare alla festeggiata, eccetto una macchina fotografica usa e getta comprata con lo sconto all'ufficio postale. Aperto il pacchetto, Carter aveva fatto una faccia non proprio disgustata, ma senz'altro sconcertata: uno sconcerto che aveva umiliato Nicky a tal punto da spingerla a balzare in piedi, aprire il suo zainetto con l'occorrente per la notte e tirarne fuori la maglietta delle Spice Girls ancora nuova di zecca, che aveva pensato di inaugurare con orgoglio l'indomani mattina. Invece l'aveva data a Carter dicendo che sua madre non aveva fatto in tempo a incartarla, e lei si era compiaciuta di accettarla con una scrollata di spalle.

– E quindi dopo le hai dato la tua? – chiese Avery.

Bonnie fece segno di sí.

– Era cosí sconvolta, poverina. Vi ricordate come piangeva quand'è tornata a casa?

Aveva singhiozzato cosí tanto che le si era rotto un capillare sotto l'occhio, ma Avery era certa che Nicky, anche avendone la possibilità, non avrebbe fatto niente di diverso. Voleva con tutta sé stessa essere accolta in quel gruppo, e alla fine c'era riuscita. Avery avrebbe voluto essere comprensiva come Bonnie, ma in realtà ricordava di aver provato una gran delusione. Perché privarsi di una cosa a cui teneva, e che lei le aveva comprato al costo di una sontuosa lavata di capo della madre, soltanto per leccare il culo a una come Carter Beaumont? Perché cedere cosí in fretta alla tentazione della popolarità? Anche dopo i vent'anni, quando, con gran sollievo di Avery, Nicky aveva stretto relazioni piú profonde con persone meno frivole tipo i colleghi insegnanti, non aveva mai tagliato i ponti con le amicizie di un tempo. «Tua sorella ha il talento di farsi degli amici», diceva sempre la madre; era vero, ma aveva anche il talento di essere come gli altri volevano che fosse. Quella babbiona di Carter Beaumont era persino venuta al funerale: aveva singhiozzato sulla spalla del padre milionario e del fidanzato banchiere, la mano appesantita da un anello di fidanzamento con un enorme solitario. «Non devi cancellarti per essere accettata», predicava Avery, con l'unico risultato di mettere Nicky sulla difensiva. «Perché in questa famiglia si considera sbagliato essere normali? O piacere alla gente?» contrattaccava lei.

Ma la famiglia Blue non era normale. La dipendenza correva in ciascuno di loro come l'elettricità in un circuito. Persino Nicky ne era stata toccata. Perché altrimenti accumulare in segreto una scorta di pillole? Era dipendente dalla fantasia di normalità che aveva creato per sé stessa, dalla fantasia di una vita ordinaria, esente dal dolore. Ci aveva creduto persino Avery, che aveva chiuso gli occhi davanti alle sue pupille contratte, alla sua irritabilità, alle sue reticenze. Guardò le cataste di cose appartenute a Nicky, ognuna un tentativo di riempirsi la vita di colori, gioia e vivacità, e sentí con una stretta al petto l'ingiustizia di quel destino. Si poteva incolpare sua sorella per aver voluto essere normale? Macché, la colpa era sua, che non aveva visto i segni; non certo di Nicky che li aveva generati.

– Be', adesso è mia, – disse Lucky, e agguantò la T-shirt dalle mani di Bonnie.

Bonnie ci rise sopra, ma Avery prese fuoco all'istante. Al di là dei rimproveri che rivolgeva a sé stessa, c'era un altro pensiero che la tormentava. Certo, avrebbe dovuto accorgersi di quanto stava succedendo a Nicky, ma perché *nessun altro* se n'era accorto? Dove cazzo erano le sue sorelle? E la madre? Il padre? Possibile?

– Non capisco perché, – rispose in tono secco. – Era di Bonnie, prima. E comunque l'avevo comprata *io*.

– Ma no, va bene, Aves, – disse Bonnie. – Non volevo mica mettermela.

– E io sono la piú piccola, – piagnucolò Lucky con quella strana miscela di mollezza e arroganza che mandava ai matti Avery. Cercò di strapparle la maglietta, ma Lucky fu piú lesta. Si tolse quella bianca, che indossava senza reggiseno, e infilò la nuova con la disinvoltura acquisita in anni di lavoro sulle passerelle. Come se il suo corpo non le appartenesse, pensò fugacemente Avery: e in effetti era ancora troppo giovane quand'era diventato di pubblica proprietà. – Mi sta da dio, – annunciò Lucky, lisciandosela sul petto.

– Non hai rispetto per *niente*, – sibilò Avery.

– Rispetto? – replicò Lucky facendole il verso, anche se quel tono sussiegoso non somigliava affatto al suo. – È una maglietta delle Spice Girls! Cosa cazzo dovrei *rispettare*?

Dal centro del letto, dove era balzata per sfuggire alle grinfie della sorella, Lucky si sporse a raccogliere il cappello con la piuma e se lo calcò in testa per completare l'insieme.

– Non è solo questo, c'è molto altro! – ribatté Avery, e si mise a contare sulle dita. – Non ci hai chiamate il giorno dell'anniversario. Quanto a me, non mi chiami proprio mai. Siamo qui per smistare la roba di Nicky e fai il minimo indispensabile. Okay, sei la piú piccola, ma non vuol dire che puoi infischiartene di tutto.

Ma perché attaccava briga in quel modo? Perché non riusciva a trattenersi? I motivi erano troppi per contarli sulle dita. Perché era stanca del viaggio in aereo. Perché ora come ora non aveva alcuna voglia di rovistare negli armadi di Nicky, ma ci teneva a dimostrare alle altre che il modo migliore per fare una cosa era *farla* e basta. Perché per l'ennesima volta la sua spietata efficienza si ritorceva contro di lei, obbligandola ad accollarsi suo malgrado un compito che nessuno le aveva chiesto di svolgere. Perché adesso Bonnie e Lucky erano amiche e lei avrebbe dovuto rallegrarsene, invece era alquanto scocciata. Perché stava distruggendo il suo matrimonio e non poteva raccontarlo a nessuno dato che, in quanto primogenita, era tenuta a dare l'esempio. Perché la madre le aveva rinnegate per l'ennesima volta e bisognava far finta di niente. Perché senza Nicky l'equilibrio tra loro era saltato: prima erano pari e adesso dispari. Ma specialmente perché sua sorella era morta: la sua bella, vispissima, sciocca e carismatica sorella, e niente al mondo avrebbe potuto compensare la sua assenza.

– Secondo te io davvero non mi ricordo che giorno è il quattro di luglio? – insorse Lucky. – Mi credi una testa di cazzo fino a questo punto?

– Be', ti sei scordata il suo ultimo compleanno, – replicò secca Avery.

Lucky sobbalzò come se l'avessero colpita.

– Sei molto ingiusta, – mormorò.

– Avery, smettila, – disse Bonnie.

La sorella maggiore si girò verso di lei.

– E tu non sei affatto migliore! Te ne sei scappata a Los Angeles e hai nascosto la testa nella sabbia. Una di voi due ha mai pensato di chiedere *a me* come stavo? Oh, non sia mai che dobbiate preoccuparvi per qualcun altro, a parte voi stesse.

– Hai ragione, – ammise Bonnie, ma Lucky si interpose fra loro.

– Oh, pooovera Avery, – esclamò. – Chissà com'è difficile essere te, nella tua casa perfetta con il tuo lavoro perfetto e la moglie altrettanto perfetta... Scusaci tanto se non ci preoccupiamo abbastanza per te.

Lei reagí con una smorfia.

– Tu credi di essere la sola che quest'anno avrebbe voluto buttare a mare la sua vita e scappare lontano da tutti i problemi? Credi di essere l'unica a soffrire?

Appena pronunciata quella frase, si rese conto che Chiti le aveva fatto la stessa domanda.

– Questo non c'entra con Lucky, – la interruppe Bonnie. – Anzi, lei è...

– Zitta! – gridò l'interessata. – Lei non deve saperlo!

– Ehi, – fece Bonnie, arretrando istintivamente di un passo. – Sto solo cercando di dare una mano.

– Cos'è che non dovrei sapere? – chiese Avery.

– Non sono cazzi tuoi! – strillò Lucky.

– Ma che state combinando, voi due? Bonnie, come mai non ti alleni? Lucky, come mai non lavori?

– Mi sono presa una vacanza, – dichiarò Lucky, saltando giú dal letto. – Potrò prendermi una vacanza, no?

– È da quando sei nata che sei in vacanza! – le gridò Avery. Poi si avvicinò e le fece volar via dalla testa quello stupido cappello con la piuma.

– Non toccarmi! – gridò Lucky, e la spinse via.

– Non toccare *me*! – disse Avery, restituendo lo spintone.

Continuarono ad azzuffarsi finché Bonnie non si mise in mezzo e le separò con collaudata efficienza.

– Basta! – gridò, quando fu sicura di poterle tenere lontane. – Siamo troppo vecchie per certe stronzate.

– Vecchia *sarà lei*! – brontolò Lucky.

– Ho detto di smetterla, Lucky. È ovvio che tornare qui la fa star male. Vale per tutte e tre.

– Io non sto affatto male, – ribatté Avery in tono petulante. – Parlate per voi, piuttosto.

Bonnie incrociò lo sguardo della sorella maggiore.
– E dài, Aves, – mormorò in tono gentile. – Non è da te comportarsi cosí.
Lei soffiò fuori il fiato. Certo, Bonnie aveva ragione. Stare lí era difficile. Molto piú di quanto si aspettasse.
– Hai ragione, – ammise. – Scusami, Bon Bon.
Lucky fece un passo indietro e le squadrò entrambe.
– Lo sapevo che sarebbe finita cosí –. Si asciugò il naso con il dorso della mano e additò Bonnie. – Lo sapevo che avresti preso le sue parti. Come sempre.
– Ti sbagli, non è cosí, – protestò Bonnie.
Lei scosse la testa.
– Sei solo una vigliacca, – brontolò. – Fai sempre come dice Avery.
– Lucky, chiedi scusa a tua sorella, – ordinò quest'ultima.
Avrebbe dovuto saperlo che era la mossa sbagliata. Mettersi a fare la mamma, cosí, senza pensare: era scontato che Lucky sarebbe andata in bestia.
– Tu credi di sapere tutto, è vero? – la stuzzicò Lucky. – Be', non sai un bel niente di Bonnie, per esempio.
– Ma che dici? – scattò Avery.
– Sta' zitta! – ringhiò Bonnie.
– Vuoi sapere perché non si allena? Perché è innamorata cotta di Pavel ma è troppo cacasotto per dirglielo, ecco perché!
– Eh? *Cosa*?
Avery guardò stupefatta Bonnie, che a sua volta fissava Lucky con aria molto offesa.
– Non mi alleno perché ho dovuto aiutarti, ingrata stronzetta! – esclamò Bonnie mentre Lucky le voltava le spalle.
– Bonnie e Pavel? – rifletté Avery. – Bonnie e Pavel! – ripeté, sorridendo sorniona.
In effetti non aveva mai capito perché sua sorella aves-

se smesso di allenarsi con Pavel dopo l'ultimo incontro. Okay, l'aveva perso male, ma era ovvio che lui aveva gettato la spugna per proteggerla. E che fosse un po' innamorato di Bonnie, Avery lo sospettava da tempo. Tra allenatori e atleti c'è sempre un rapporto speciale, questo si sa, ma come spiegare diversamente gli sguardi estasiati che Pavel lanciava a Bonnie durante gli incontri, o le smorfie che faceva a ogni pugno dell'avversario, quasi che anche lui stesse incassando il colpo? I russi sono tipi tenebrosi, o almeno cosí si dice, ma quando Bonnie era nei paraggi Pavel era sempre acceso come una lanterna. E adesso veniva fuori che anche nel cuore di lei albergava una fiammella? Be', possibile. Quei due si somigliavano parecchio, pensava Avery, e forse per questo non si erano mai messi insieme. Entrambi forti ma timidi, gentili ma implacabili, come due grandi orche nel vasto oceano: capaci di girarsi attorno, ma non di nuotare fianco a fianco.

– Smettila di ripetere i nostri nomi! – gridò Bonnie. Poi, con uno sguardo furente a Lucky: – Io non ci posso credere! Dopo quello che ho fatto per te in questa settimana!

– Ookay! – si intromise Avery. – Qualcuno vorrebbe per cortesia spiegarmi cosa diamine avete combinato di recente?

– Non fiatare, – intimò Lucky, gli occhi fissi su Bonnie.

Lei si strinse nelle spalle. Quale che fosse il patto tra loro, Lucky l'aveva tradito.

– L'ho aiutata a disintossicarsi, – disse in tono tranquillo. – È pulita da quando è arrivata a New York.

Lucky le si rivoltò contro.

– Vaffanculo!

Bonnie la guardò allibita.

– Vaffanculo? Vaffanculo *tu*!

– No, aspettate un momento, – disse Avery, alzando una mano davanti a entrambe.

Sentiva la speranza aprirsi un varco in mezzo a loro, ingombrante e incongrua come un pallone aerostatico alla parata del Ringraziamento. Eppure c'era: una buona notizia, finalmente.

– Quindi sei *pulita*, Lucky? – chiese, cercando di nascondere la contentezza.

Lucky alzò gli occhi al cielo e si lasciò cadere sul letto, lontana da loro. Prese un cuscino e se lo strinse al petto a mo' di scudo.

– No! – rispose. – Anzi, sí. Ma non è come pensi. Ho solo deciso di fare una pausa. E non intendo sorbirmi le tue riunioni del cazzo, per cui non chiederlo nemmeno.

– Cosa intendi per «fare una pausa»? – la incalzò Bonnie. – Io credevo... Credevo volessi smettere per sempre.

– Non si diceva che il trucco è smettere un giorno alla volta? – replicò Lucky.

– Ma tu... T-tu dicevi di voler smettere *sul serio*, – farfugliò Bonnie. – E adesso mi dici che è solo una pausa?

Lucky additò Avery. – Io non sono come lei. Lei non era capace di gestirla. *Io sí.*

Avery sbuffò sdegnata. Che stava dicendo? Cos'era questa storia di *gestire*? Lei aveva *gestito* la sua dipendenza mantenendosi sobria per dieci anni e costruendosi una vita di successo, da persona adulta. La stessa vita che, c'era da ammetterlo, in quel momento stava grandiosamente sabotando, ma Lucky non lo sapeva ancora. C'era da baciarsi i gomiti, a saper *gestire* le cose come lei!

– E Nicky? – chiese Bonnie. – Che mi dici di Nicky?

– Quella è tutta un'altra storia, – replicò Lucky.

Bonnie lanciò ad Avery uno sguardo disperato.

– Ha detto che si sentiva *pronta*! – si rammaricò.

– E lo ero! – gridò Lucky. – Lo sono. Non so che dire. Però non voglio che voi due mi mettiate sotto pressione.

– Non è pressione, – obiettò Avery. – È preoccupazione. Ci preoccupiamo per te.

– E allora non voglio che vi preoccupiate, cazzo! Smettetela di proiettare su di me. Io non sono voi, non sono papà, non sono Nicky. Sono *io* e basta.

Avery voltò le spalle alle altre due e si impose di restare calma. Ecco che Lucky cominciava ad accampare scuse. Era tipico di lei, questo sottrarsi a ogni responsabilità. Ricordò di aver letto da qualche parte che i topi non hanno le clavicole, ed è per questo che riescono a infilarsi in tutti i buchi, anche quelli piú piccoli di loro. I tossicodipendenti funzionano allo stesso modo. Non hanno le clavicole; e neanche le vertebre, a ben vedere. Si girò di nuovo verso Lucky.

– Tu non hai spina dorsale, – affermò. E al diavolo la calma. – Prenditi almeno la responsabilità di quel che sei.

– Non ti rendi conto che mi manca, mi manca ogni secondo, ogni cazzo di giorno? – urlò Lucky. – Ma è inutile, lei non c'è, e allora cerco di tirare avanti meglio che posso senza di lei. Si può sapere perché non ti va mai bene niente di quel che faccio?

Avery alzò le mani in un gesto esasperato. – Oh, per favore! Risparmiami i piagnistei. Non sei solo tu ad averla persa. E noi la conoscevamo da piú tempo!

Era una pretesa ridicola, lo capiva benissimo, ma era troppo arrabbiata per controbattere in modo razionale, e questo la mandava ancora piú in bestia. Lucky reagí con una risata incredula.

– Ma ti sei sentita? Solo perché sei piú vecchia, non vuol dire che la conoscessi piú di me. Anzi, ero io quella che la conosceva meglio.

– La conoscevamo tutte, ognuna a suo modo, – disse Bonnie al soffitto della stanza, già sapendo che non l'avrebbero considerata. Del resto, da quando Lucky aveva ammesso di non voler restare sobria per sempre la lite sembrava non interessarla piú.

– Oh, Gesú, Lucky! – sbottò Avery. – Sono stufa di vederti recitare la parte di quella che soffre piú di chiunque. Non è vero che la conoscevi meglio. È solo che Nicky era piú disposta a sopportare le tue stronzate.

Lei si allontanò di un passo, come se stesse tendendo un arco e volesse prendere bene la mira.

– Una cosa la so, ed è che secondo lei sei una stronza sputasentenze.

Bersaglio colpito. Senza volerlo, Avery buttò fuori il fiato come se il dardo dell'ingiuria l'avesse presa in pieno. L'unica reazione possibile era strapparselo di dosso e rispedirlo al mittente. Guardò Lucky con aria torva.

– Meglio una stronza sputasentenze che una tossica testa di cazzo, – disse. – Destinata a seguire le sue orme.

Bonnie smise di contemplare il soffitto.

– Non dirlo mai piú! – esclamò. – Non pensarlo nemmeno, Avery!

Ma lo sguardo serpentino e minaccioso di Lucky era già puntato verso la sorella.

– Sarò anche una tossica, – rispose a bassa voce. – Tu però sei una bugiarda. Io *ti vedo*, Avery. Ipocrita che non sei altro.

Lei sentí un brivido. Erano i furti? Il tradimento? Entrambi? Eppure era stata cosí attenta. Com'era possibile che lei sapesse? E se anche, per qualche strano scherzo del destino, sapeva qualcosa, chi cazzo era per giudicarla?

– Come osi, – ringhiò.

Lucky sfoderò il suo sorriso lupesco, i canini aguzzi.

– Ti lascerà, lo sai.

Avery scosse la testa. Come se per un'intera settimana non avesse passato ogni minuto a dirsi esattamente la stessa cosa.

– Tu non sai di che diavolo stai parlando, – rispose.

– Infatti. Di che diavolo stiamo parlando? – si intromise Bonnie. – Avery? È successo qualcosa fra te e Chiti?

La domanda non era stata posta in tono accusatorio, ma Avery si tirò indietro come se avesse sfiorato una fiamma. Tra lei e Bonnie passavano due anni, ma si erano sempre sentite un po' gemelle. C'era tra loro un legame inconscio, una capacità istintiva di percepire lo stato d'animo dell'altra cosí come si avverte un cambiamento di temperatura. Avery l'aveva sempre trovato confortante. Sempre, ma non in quel momento.

– Io non ho idea di cosa stia dicendo, – disse. – Fa la stronza e basta.

Bonnie se n'era accorta, che lo stato d'animo di Avery era cambiato? All'improvviso era sceso un gran freddo, ma la vergogna per quella storia da due soldi si sprigionava da lei come una vampa gelida.

– Non te la meriti, – disse Lucky.

Avery chinò lo sguardo. *Credi che non lo sappia?* Questo avrebbe voluto risponderle, ma non era disposta a dargliela vinta cosí facilmente.

– Tu sei troppo giovane e troppo stupida per renderti conto di quanto sei fortunata, – disse invece con lentezza. – Non tutti abbiamo ciò che meritiamo.

– Cosa significa? – chiese Lucky.

Non dirlo, pensò Avery. *Non dirlo*. Ma era troppo tardi.

– Se avessimo sempre ciò che meritiamo, in quella bara ci saresti stata tu, non lei.

Il rimorso fu enorme, immediato. Lucky la guardò in sbigottito silenzio, come un bambino ai primi passi che è appena caduto e non ha ancora deciso di piangere. Ma alla fine non pianse. Ricacciò indietro le lacrime e si strofinò la faccia con il palmo di una mano.

– Be', spiacente di averti delusa, – disse, e uscí dalla stanza.

Bonnie le corse subito dietro, ma Avery sapeva che non sarebbe tornata. Sentí sbattere la porta di casa, e un attimo dopo Bonnie rientrò nella stanza. Guardò la sorella con un misto di orrore, disprezzo e pietà.

– Come hai potuto dirle una cosa del genere?

Avery si sedette su una pila di abiti e nascose la faccia tra le mani.

– Bonnie, no, ti prego.

– Hai una vaga idea di quanto sia fragile in questo momento? E se adesso va a sbronzarsi?

Avery sospirò stancamente.

– Non sarò stata io a farla sbronzare, e non sarai tu a farla smettere per sempre. Prima accetti questa cosa, Bonnie, e meglio sarà per te.

– Ma io *c'ero riuscita*, a farla smettere. Io... ce l'ho messa tutta per farle superare questa settimana.

– Ho detto farla smettere *per sempre*, Bonnie.

– E allora che fai, ci rinunci e basta?

Avery scosse la testa. Era stravolta.

– Ho avuto questa famiglia sulle spalle per troppi anni, – sospirò. Poi, senza nessuna logica: – Volevo andare a studiare a Berkeley!

Bonnie latrò una risata incredula.

– Ma se sei andata alla Columbia! Non è che sia meno blasonata! E alla fine sei comunque andata via di casa: prima sei sparita in California per un anno, poi ti sei trasferita a Londra. Hai sempre fatto quel che volevi.

Avery balzò in piedi.

– Secondo te sono stata *contenta* di pagare le spese di

questa casa per un anno? Niente affatto, però non volevo farvi perdere anche la casa, dopo aver perso lei. Volevo che tu e Lucky aveste un posto dove tornare se ce ne fosse stato bisogno. Io non faccio altro che proteggervi. Ho insegnato a nuotare *a tutte voi*! E sai chi l'ha insegnato a me? Nessuno! Ho dovuto imparare da sola, per non annegare. E lo dico in senso sia letterale, sia metaforico.

Bonnie alzò gli occhi al cielo.

– Sí, Avery, sí, ho capito. Non c'è bisogno che ti metti in cattedra. Non sono una tua cliente.

– Tu invece chi diavolo sei, per dire a me che io rinuncio e basta? – ribatté Avery. – Consacri la vita alla boxe, poi molli dopo *una* sconfitta? Una!

Bonnie si guardò i piedi.

– Non sai di cosa stai parlando.

– Io so che stai permettendo ai tuoi sentimenti per Pavel di ostacolare una carriera che ti spetta di diritto. Lo ami? Uh, sai che roba! Tira fuori le palle e diglielo!

– Io ce le ho, le palle! – gridò Bonnie.

Avery si sarebbe messa a ridere, se la situazione non fosse stata cosí tragica.

– Hai trentun anni, – disse invece. – Sei al massimo della tua forma.

– Non farmi la predica.

Lei però non intendeva fermarsi. Non le importava piú di niente. Il rischio era che alla fine Bonnie la odiasse tanto quanto Lucky, ma pazienza. La cosa davvero importante era bloccare quella dinamica tra sorelle, salvare Bonnie dalle sabbie mobili di una famiglia disfunzionale, da quel momento di sconfitta che rischiava di essere definitivo.

– Vuoi buttare via tutto per aiutare Lucky? E va bene. Ma non sorprenderti se fra un po' ti troverai un altro cadavere in braccio.

La faccia di Bonnie si contrasse in una smorfia di dolore. Aprí la bocca, poi la richiuse. Come rispondere? Avery si rese conto di aver appena detto a entrambe le sue sorelle la cosa piú crudele che potesse immaginare. Ma c'era un lato positivo. Adesso era libera. Il pensiero la attraversò come una scossa elettrica. Era libera dalla responsabilità del loro amore. Rimasero cosí, ognuna risolutamente chiusa nel suo silenzio, mentre sotto di loro la città recitava la consueta litania di rumori. Un camion della spazzatura arrancava cigolando lungo la strada. In mancanza di uccelli canori, le auto si esprimevano a colpi di clacson. Nell'appartamento al piano di sotto, un cane emise un lungo ululato. Alla fine Bonnie rinunciò a reggere lo sguardo della sorella. Si incamminò verso la porta.

– Credo che a volte tu ti dimentichi che sono stata io a trovarla. Proprio lí, – disse, e indicò un punto sul pavimento della camera. La sua voce, che pure era tranquilla, aveva una durezza che Avery non conosceva. – Hai ragione a dire che la morte di Nicky non riguarda soltanto Lucky. Ma neppure riguarda solo te.

Lucky

Uscí in strada di corsa e arrivò fino all'angolo del parco prima di fermarsi a riflettere. Aveva il respiro affannoso. A parte il telefono non aveva niente con sé, neppure le sigarette. Strinse i denti e si piantò le unghie nei palmi. Non voleva piangere per colpa di Avery. Cominciò a fare la spola davanti all'ingresso del parco in cerca di qualcuno a cui scroccare una sigaretta, finché non adocchiò un uomo d'affari in giacca e cravatta che camminava tranquillo sfumacchiando quella che sembrava un'American Spirit. L'uomo gliene offrí una senza esitare, e sorrise mentre Lucky si piegava sulla fiamma del suo accendino d'argento.

– Hai una faccia nota, – le disse.

– Non credo, – rispose lei, aspirando profondamente.

– Potrei per caso avere il tuo…

– No, – tagliò corto Lucky, poi fece dietrofront e si allontanò di buon passo lungo il marciapiede.

Raggiunta una distanza che sembrava sicura, si fermò sotto il tendone di un condominio di lusso e tirò un'altra boccata, cosí forte da far crepitare i polmoni. Dio, quanto odiava Avery. Buttò fuori il fumo. La odiava *da morire*. Aspirò di nuovo, ma troppo in fretta, e finí per sputare fumo e saliva. Odiava Avery a tal punto che quell'odio la *soffocava*. Dopo qualche minuto che stava lí a inalare e sbuffare con furia, il portiere uscí e si mise al suo fianco per invitarla silenziosamente a smammare. In ogni caso, aveva finito. Buttò il mozzicone nella canaletta, trattenne la voglia immediata di fumarne un'altra e si incamminò in direzione sud.

All'angolo dell'Ottantunesima si arrestò indecisa davanti all'ingresso della metropolitana. Ebbe un vago impulso di andare verso il centro, verso i quartieri in cui si sentiva piú a suo agio e c'erano meno cose che le rammentassero le sorelle. Scese nel sotterraneo, si accertò che non ci fossero controllori, scavalcò i tornelli con un salto da professionista e arrivò giusto in tempo per salire su un treno della linea C. Rimpianse di non avere le cuffie per ascoltare un po' di musica; in mancanza d'altro, cominciò a studiare gli altri passeggeri e giocò a comporre l'outfit perfetto scegliendo un capo da ciascuno. Una vecchietta dai tratti asiatici, che teneva in braccio una pianta e portava dei sandali intrecciati che Lucky aveva appena abbinato ai pantaloni Dickies dell'uomo seduto accanto a lei, incrociò il suo sguardo e le sorrise. Lucky ricambiò con un po' di imbarazzo. Era strano trovarsi di nuovo sola in città dopo una settimana intera in compagnia di Bonnie, senza impegni di lavoro né progetti né persone da andare a trovare. Erano anni che non viveva stabilmente a New York, ma ogni volta che ci era tornata aveva sempre passato il suo tempo con Nicky.

Riemerse alla stazione dell'Ottava strada, accanto al locale della pizza al taglio, e senza un motivo particolare andò avanti e svoltò in Christopher Street. Si fermò davanti alle vetrine di un lussuoso negozio di animali a guardare un cucciolo di *cockapoo* che zampettava dietro il vetro come una nuvoletta in gabbia. Appena la vide, il cucciolo si drizzò sugli arti posteriori e con due zampette soffici come piumini cominciò a grattare la superficie trasparente. Lucky sorrise e posò una mano sul vetro. E se si fosse presa un cane? Di certo le avrebbe voluto piú bene delle sorelle. Forse, per uno strano fenomeno cosmico, il cane che avrebbe scelto sarebbe stato una reincarnazione di Nicky: lo stesso temperamento, lo stesso spirito. Si inginocchiò per mettersi alla stessa altezza del cucciolo. Cercò i suoi occhi neri e luminosi, ma adesso il *cockapoo* stava giocando a mordersi la coda, e faceva capriole e acrobazie sul pavimento a strisce di carta del recinto. Aveva il pelo color biscotto allo zenzero. Lucky stava ancora cercando di catturare il suo sguardo (*Sei tu mia sorella?*) quando una coppia di ragazzi con le T-shirt di un'università si soffermarono lí accanto e cominciarono a sussurrare parole dolci al cagnolino.

Lucky si voltò e riprese a camminare. Ma certo che il *cockapoo* non era Nicky. Forse un estraneo si sarebbe lasciato ingannare dall'indole socievole e dall'aspetto da orsacchiotto, ma chi l'avesse conosciuta davvero avrebbe capito che non era lei. Se Nicky fosse stata un cane sarebbe stata l'esemplare di una razza nobile e ferocemente fedele come i levrieri persiani, le mitiche creature care ai faraoni egizi; non certo l'amabile batuffolino prediletto dalle coppie bianche del West Village. Ma sarebbe stato fantastico, pensò Lucky con nostalgia, avere Nicky di nuovo vicina, accoccolata nel suo grembo, pronta a scacciare qualsiasi ospite indesiderato (sorelle comprese), testimone muta e sapiente dei suoi giorni e delle sue notti. Come sarebbe stato bello credere al paradiso dei cattolici, alla vita dopo la morte dei musulmani, alla reincarnazione dei buddisti. Come sarebbe stato bello credere in qualcosa, punto.

Il funerale di Nicky era stato celebrato nella chiesa cattolica di Sant'Ignazio di Loyola, in Park Avenue: l'avevano deciso i genitori, senza coinvolgere le figlie. Lucky aveva proposto di mettere le ceneri di Nicky in un fuoco d'artificio e spararle nel cielo notturno, stile Hunter S. Thompson, ma i genitori avevano insistito per una funzione in piena regola, e in tutta onestà lei stessa doveva ammettere che forse la sorella avrebbe gradito la solennità e lo sfarzo di una chiesa con un indirizzo tanto prestigioso. Mentre parenti e amici prendevano posto nella navata, Lucky, Bonnie e Avery erano nascoste in sacrestia, sedute in mesto silenzio accanto all'armadio degli abiti talari. Restare invisibili finché si poteva era stata una scelta saggia, specie per Bonnie, che avendo perso l'incontro nel weekend precedente era ancora piena di lividi in via di guarigione, striature giallastre, verdastre e marroni sugli zigomi e sotto gli occhi. Ma a un certo punto la madre si era affacciata da uno spiraglio della porta e le aveva fulminate con lo sguardo.

«Ah, siete qui, ragazze! Perché vi nascondete? È da maleducate non farsi vedere».

«È il funerale di nostra sorella, – aveva obiettato Avery. – Nessuno si aspetta che diamo spettacolo».

«Ma poi, chi è quella gente?» aveva chiesto Lucky.

«Gente che conosceva Nicky, ovvio», era stata la risposta della madre.

Avevano sbirciato nella chiesa, gremita di figure nerovestite che si accalcavano in attesa di prendere posto. Il padre, con l'espressione smarrita di chi avrebbe bisogno di un cicchetto, conversava con il parroco. Due ragazze, forse appartenute alla stessa confraternita di Nicky, sembravano aver colto l'occasione per mettersi in ghingheri e barcollavano su tacchi altissimi, fasciate in due miniabiti dalla scollatura vertiginosa. Una delle due sfoggiava un microscopico cappellino adorno di piume.

«L'ho sempre detto, che aveva troppe amiche», aveva commentato Avery.

«No, ma sul serio, – si era intromessa Lucky, – chi diavolo è quel tizio laggiú?»

Stava indicando un uomo anziano con i capelli lisciati all'indietro e un completo di lino dall'aria costosa.

«Credo sia il padre di Carter Beaumont, un'amica di Nicky, – aveva risposto la madre. – Ecco, vedi, c'è anche Carter».

«Quella babbiona di Carter Beaumont! E che ci fanno qui?»

«I Beaumont le hanno sempre voluto bene, – aveva risposto la madre in tono nostalgico. – E voi, ragazze, dovreste cambiare atteggiamento. È gentile da parte sua venire al funerale. È un uomo molto importante».

Avery fece una smorfia di disgusto.

«Perché? Perché è ricco?»

La madre agitò la mano in un gesto vago.

«Ha inventato una cosa molto utile. Un aggeggio, il baby controllore».

Le sorelle si scambiarono un'occhiata incerta.

«E a cosa servirebbe?» domandò Lucky.

«A sorvegliare i neonati mentre dormono».

«Non dovrebbero pensarci i genitori?» ribatté Avery.

«Certo che sí!» rispose la madre con veemenza.

«Ma se per caso dovessero uscire, andare al lavoro...», azzardò Bonnie.

«Eh? Non scherziamo, – protestò la madre. – I neonati non si lasciano *mai* soli in casa».

Lucky guardò le sorelle, perplesse quanto lei.

«E quindi? Che senso ha quell'aggeggio?»

La madre aggrottò la fronte.

«Oh, insomma! È una specie di radio, e... Baby control, ecco! È cosí che si chiama».

La messa era stata lunga, e come c'era da aspettarsi pesantemente centrata sulla questione Gesú-è-morto-per-i-nostri-peccati. «Sia che viviamo, sia che moriamo, siamo dunque del Signore», aveva intonato il prete mentre deponeva sulla bara il drappo funebre e la croce. Lucky si era detta che forse sua sorella avrebbe preferito appartenere a una buona cooperativa di inquilini o a un circolo ricreativo, ma in fondo, tutto sommato, anche Cristo non era male. Durante l'omelia, l'eucaristia e le letture dal Vecchio e dal Nuovo Testamento era sempre rimasta immobile a fissare il vuoto con la certezza di non provare nulla, il nulla piú assoluto. Quella certezza aveva cominciato a incrinarsi solo nel momento dell'invocazione finale.

Il prete aveva fatto oscillare sulla bara il turibolo argentato dell'incenso, spandendo fumo sulla forma oblunga che nascondeva il corpo di Nicky, e Lucky aveva guardato quel fumo levarsi in volute e sciogliersi nell'aria al di sopra della navata. «Concedi alla nostra sorella di riposare in pace, finché tu non la risveglierai nella gloria». Lucky aveva chinato il capo. «Allora ella si presenterà al tuo cospetto e nella tua luce vedrà la luce». Sentiva lacerarsi le viscere, sentiva letteralmente squarciarsi il petto. «Finché non ci incontreremo in Cristo e vivremo in eterno con te e con la nostra sorella». Dalla gola di Lucky era uscito un lamento. Stava per spezzarsi sotto il peso di quel dolore. Accanto a lei, Bonnie era scossa dai brividi. Avery le aveva prese per mano e le aveva tratte a sé.

«Baby controllore», aveva sussurrato, e tutte e tre si erano abbandonate a un attacco di ridarella talmente inopportuno e fuori luogo che Lucky era quasi soffocata nel tentativo di trattenersi. La madre le aveva fulminate con lo sguardo, ma non importava. Anche Nicky avrebbe riso insieme a loro.

Lucky stava vagando senza meta. Svoltò a sinistra, poi ancora a sinistra, fino a trovarsi a sud del punto da cui era partita, vicina ai campi da basket a pochi passi dalla stazione della metropolitana di West Fourth Street. Giocatori a torso nudo, con la pelle lucida di sudore, correvano e saltavano dietro le reti; le loro scarpe stridevano sull'asfalto mentre facevano piroette in aria o scartavano gli avversari. E se avesse imparato un qualche sport di squadra? Avrebbe dato uno scopo alla sua vita? Quando andava alle medie aveva avuto una breve e umiliante esperienza con la pallavolo: l'istruttore, convinto che la sua notevole statura facesse di lei una schiacciatrice nata, l'aveva convinta a fare una prova.

Al primo giorno di allenamento le ragazze della squadra l'avevano sottoposta a un rito di iniziazione che consisteva nel fare cerchio intorno alla nuova venuta e gridare: «Come sei? Come sei?» Lei, debitamente istruita dalle altre, avrebbe dovuto rispondere gridando a squarciagola: «In palla!» Ma vedendosi circondata da quelle facce rosse e agitate, la cui esultanza si traduceva visivamente in smorfie di angoscia e di terrore, Lucky era subito uscita dal cerchio, forzando con muta determinazione la barriera di quei corpi tenaci. Rammentava ancora la sensazione di sollievo quando, una volta sfuggita a quella trappola infernale, si era trovata fuori dalla palestra, fuori dallo spogliatoio, fuori dal cancello della scuola e finalmente sola nelle strade di Manhattan, dove poteva essere anonima e libera. Ora invece guardava le sagome dei cestisti saettare per i campi, i visi contratti in un'estasi di concentrazione e comunanza che a lei sarebbe stata per sempre ignota. No, non avrebbe imparato nessuno sport. Lei non era, né mai sarebbe stata, «in palla».

Doveva continuare a muoversi, altrimenti i ricordi l'avrebbero sopraffatta; stava per rimettersi in marcia quando si sentí chiamare per nome da una voce maschile ansimante e piena di entusiasmo. Era Riley, il modello con l'accento del Sud che aveva conosciuto a Parigi. La sua frangia bionda era trattenuta da una fascia elastica che metteva in evidenza il viso bello e innocente. Grondava sudore e la guardava felice.

– Mi sembravi tu! – disse.

Aveva una parlata lenta e strisciante, con vocali allungate che parevano intinte nel miele. Tra le sue labbra, quel *tu* suonava piú come un sospiro di sollievo che come un pronome. *Tuuuuh*.

Lucky si voltò per andarsene, ma era troppo tardi per fingere di non aver sentito: Riley si avvicinava saltellando come un cucciolo. Un attimo dopo aveva infilato le dita nella rete metallica che li separava e la stava guardando con un gran sorriso.

– Cazzarola, son proprio contento di rivederti! – disse. – Che fai di bello?

– Niente di che, – rispose Lucky, – vado un po' a zonzo.

– Bella maglietta. Mi piacciono le Spice Girls. Tu sei la Posh, tale e quale.

– In realtà sono Baby, – disse lei. *La Posh è Nicky*, pensò, senza dirlo ad alta voce.

Riley si voltò gesticolando verso i suoi compagni di gioco.

– Ehi, raga'! Guardate chi c'è! La mia amica Lucky.

Amica sembrava un termine molto generoso per le due ore ad alto tasso alcolico che avevano passato insieme, ma lei sorrise benevola. Gli altri giocatori di basket, tra i quali riconobbe svariati colleghi, la salutarono da lontano e tornarono a spintonarsi sotto i canestri, ridendo con gioia eccitata e infantile. Lucky ricambiò i saluti con lieve imbarazzo. Ecco un altro ricordo della scuola media: il tempo passato a osservare. I ragazzi facevano gare di sport, i ragazzi formavano bande, i ragazzi si facevano scherzi, le ragazze stavano a guardare. Per questo, almeno all'inizio, il suo lavoro da modella le era sembrato al tempo stesso emozionante e terrificante. Per la prima volta in vita sua, era lei a essere guardata.

– Ho cercato di mettermi in contatto dopo che ci siamo visti a Parigi, ma non ho trovato il tuo profilo, – la informò Riley. – E Sabina diceva di non averti piú sentita. Non sei facile da scovare, eh?

– Mi conosci, – rispose lei. – Sono la donna del mistero.

Riley scoppiò a ridere e scosse i capelli.

– Sei buffa, tu –. Di nuovo: *tuuuuh*. – E allora, che combini di bello?

Mi sto ripulendo l'organismo da un decennio di alcol e droghe.

– Niente di speciale. Sto in famiglia, cose cosí.

– Giusto –. Forse Riley sperava di sentirsi ricambiare la domanda, ma fu svelto a capire che lei non ne aveva intenzione. – E adesso? Che fai adesso? – domandò, tutto acceso di entusiasmo.

– Io... – Non le riuscí di inventarsi una bugia. – Niente. Assolutamente niente.

– Ti andrebbe di aspettare un minutino? Finiamo la partita, poi andiamo qui dietro l'angolo a bere qualcosa. *Devi* venire con noi.

Bere qualcosa. In quel momento Lucky sarebbe stata pronta a uccidere, pur di bere qualcosa. In quel momento, bere qualcosa l'avrebbe uccisa. Alzò gli occhi al cielo. Cos'era, una specie di test? Ma ci credeva davvero, lei?

– Resta qui, – insisté Riley, avvertendo la sua indecisione. – Non muoverti –. Trotterellò all'indietro verso i suoi compagni, senza staccare gli occhi da lei. – Oddio, non ci credo, – esclamò. – *Lucky Blue*, cazzo!

Quindici minuti piú tardi Lucky era seduta a un tavolino rotondo nel cortile ombreggiato di una birreria belga dalle parti di MacDougal Street, attorniata da una mezza dozzina di indossatori sudati in pantaloncini da basket.

– Allora, Lucky, per te offro io, – disse Riley, – e so che ti piace la birra. Cosa ti ordino? Qui hanno un'ottima bionda che si chiama Delirium Tremens.

Le si strinse un attimo la gola, ma riuscí a mantenere la calma.

– Solo un'acqua minerale, – disse.

Lui inarcò le sopracciglia.

– Sicura?

– Sí, – rispose lei in un rantolo.

Riuscí a resistere al primo giro di birre fumando una dietro l'altra le sigarette offerte dai colleghi e tracannando acqua gassata mentre rispondeva a monosillabi alle domande del curiosissimo Riley, che sembrava intenzionato a sapere tutto il possibile su di lei. Continuava a immaginarsi il sapore della birra fresca nella gola. Era un'autentica tortura. Quando Riley si alzò per andare in bagno, lei vide un'opportunità di fuga e si alzò di scatto dalla sedia.

– Vado solo... – brontolò. – Torno... subito.

Si incamminò verso l'uscita, ed era già a metà strada quando cambiò idea e decise di addentrarsi nel locale. L'interno della birreria era buio e tiepido, irraggiungibile dalla luce screziata che dominava il cortile. La prima cosa che sentí fu il profumo. Sentí il profumo della birra come non l'aveva mai sentito quando ancora la beveva. Era dolcissimo e familiare. Era croste di pane e aghi di pino e caramello. Era terra e lievito e frutti col nocciolo. Era consolazione. Il barista scivolò verso di lei, subito in ascolto. Poteva farlo, sí. Nessuno l'avrebbe scoperto. Aprí la bocca per ordinare.

– Dov'è la toilette? – chiese.

Il barista le indicò un punto alle sue spalle, e Lucky si costrinse a staccarsi dal bancone. C'erano due toilette separate, e ogni porta aveva una finestrella di vetro satinato. Attese all'esterno, vibrante di desiderio represso. Una ragazza alta e bella uscí da uno dei bagni, la osservò prima distrattamente, poi con sorpresa, infine si allontanò. Lucky ci era abituata, ormai. Spesso le donne la guardavano in modo piú esplicito degli uomini: non tanto per curiosità sessuale, o almeno non sempre, quanto piuttosto per una sorta di indagine comparativa. Un tempo lo trovava seccante, ma da quando aveva deciso di abbandonare il mondo delle sfilate nutriva un insolito distacco verso la propria identità fisica. Che guardassero pure. Il suo corpo non era piú una fonte di guadagno. Rimase ad aspettare, senza entrare nella toilette libera, finché Riley non emerse dall'altra. Appena la vide, il suo viso si illuminò.

– Oh, ciao, – disse.

Le tenne aperta la porta per farla passare, ma Lucky lo prese per la maglietta e lo attirò di nuovo dentro il bagno. Quando lui aprí la bocca per la sorpresa, lei ci premette contro la sua. Poi cominciò a baciarlo: baci caldi e impetuosi, feroci e famelici, la lingua che serpeggiava nella bocca, gli incisivi che si toccavano. Stringeva tra i pugni la sua canottiera, la torceva e tirava. Lo avvinghiava con le braccia, lo schiacciava contro di sé. Sentiva scrocchiare le costole contro il petto di lui. Caddero all'indietro sul lavandino, e allora lui la sollevò e la tenne stretta mentre lei gli allacciava le gambe intorno alla vita. Adesso lo sovrastava con tutta la testa, e se avesse potuto avrebbe sganciato la mascella per inghiottirselo intero come un serpente che si mangia un uovo, liscio e rotondo. Gli passò le dita fra i capelli, tirò via quella stupida fascia e la gettò a terra. Lui la fissò con stupore mentre lei, con i palmi delle mani, gli scostava dal viso i ciuffi morbidi e dorati. Schiacciò di nuovo le labbra sulle sue, spasmodicamente, scompostamente, finché lui non piegò le ginocchia e lei ricadde in piedi, fuori dal suo abbraccio. Riley si allontanò barcollando e appoggiò una mano al davanzale della finestra.

– Wow, – ansimò. – Non me l'aspettavo... Wow.

– Non parlare, – disse Lucky.

Si lanciò di nuovo verso di lui e infilò una mano nell'elastico dei pantaloncini da basket. Chiuse gli occhi e cominciò a esplorare.

– Ehi, – mormorò lui, cercando di tirarle via la mano. – Ehi, aspetta.

Lucky aprí gli occhi.

– Che c'è? – domandò.

L'intento poteva sembrare giocoso, ma la domanda vibrava di impazienza.

– No, è solo... – Deglutí, le tolse la mano da dentro i pantaloncini. – Ci sono gli amici là fuori...

– Facciamo in fretta, – rispose Lucky, e ricominciò a farsi strada con le dita.

– E non ho fatto la doccia...

Tentò di arretrare di un passo e per poco non inciampò nella tazza. Lei insisté.

– Non importa.

– E poi... Dio santissimo, Lucky –. La prese per le spalle e la tenne ferma di fronte a sé. – Mi piaci. Ti trovo in gamba, sai? Sarebbe bello magari uscire una sera.

Lucky lo guardò con occhi vacui.

– Ti *piaccio*?

Lui la lasciò andare e si passò una mano fra i capelli.

– Be'... sí.

Lei batté le palpebre.

– Ma non sai niente di me.

Lui alzò le mani in un gesto di resa.

– Be', ci ho *provato*, Lucky, ma sei difficile da decifrare. Forse se uscissimo insieme una sera potrei scoprire qualcosa di piú.

Lucky lo guardò tra le palpebre socchiuse.

– Uscire una sera? Per fare cosa?

– Non lo so, non ci ho ancora pensato. Scegli tu. Cos'è che ti piace?

– Mi piace drogarmi, – rispose Lucky, – e bere fino a perdere i sensi.

Lui reagí con una risatina nervosa mista a qualcos'altro: paura, forse, o fascinazione. Difficile capirlo.

– Ma… sono aperta ad altre proposte, – aggiunse lei.

A quelle parole Riley si animò tutto, come un cane che sente aprirsi la porta di casa.

– Quindi è un sí? – chiese, con un gran sorriso. – Perfetto! Wow, okay! Potremmo… che ne so, andare al bowling?

Lei scosse la testa.

– Niente sport. Niente passatempi organizzati, di nessun tipo. Riprova.

Riley aggrottò la fronte.

– Capito. Niente passatempi. Okay.

– Ho detto passatempi *organizzati*, – rettificò Lucky. – Non sono un mostro. Non ho niente contro i passatempi. È solo che detesto dovermi divertire per forza.

Riley deglutí, serio in viso.

– Assolutamente, – disse. – Anch'io.

Lei smise di sorridere. Puzzava di bugia lontano un miglio, visto che al momento la personalità di Riley le sembrava molto simile a un manuale di giochi di animazione per bambini. Tuttavia lo sforzo era apprezzabile.

– Idea! – esclamò lui. – Potremmo andare a ballare! Io ballo benissimo.

Adesso era proprio impossibile trattenere il sorriso.
– Non sta bene vantarsi cosí, – disse.
– Ma sono bravo, davvero! Ho studiato un sacco! Prima di venire a New York ero nel gruppo dei Kentucky Fried Toyboys.
Lei non riuscí a trattenere la risata.
– Dei *cosa*?
– I Kentucky Fried Toyboys. Ballavamo, tipo, alle feste di addio al nubilato. Anche ai compleanni, qualche volta.
Lucky si portò una mano al petto per riprendere fiato.
– Aspetta un minuto, stai dicendo che eri uno *spogliarellista*?
Riley si illuminò in un sorriso.
– Preferirei «intrattenitore per adulti», ma diciamo di sí.
– Okay, devo saperne di piú su questa storia.
Lui sorrise di nuovo, visibilmente felice di essere al centro della sua attenzione.
– Ho fatto ginnastica artistica fino all'università, ma poi ho avuto un infortunio e ho perso la borsa di studio; a quel punto sono entrato nei Toyboys e ci sono rimasto qualche anno. Guadagnavo benissimo. Poi a un addio al nubilato ho conosciuto una scout di modelli, ed eccomi qui.
Lucky fece un passetto indietro e lo guardò pensierosa. Mai sottovalutare, si disse, la capacità della gente di sorprenderti.
– Prima di accettare l'invito, – dichiarò in tono serio, – voglio vedere come ti esibivi nei Kentucky Fried Toyboys.
Senza esitare, Riley sollevò la canottiera e disegnò un'onda con il corpo, dalla testa al petto e poi alla pancia, contraendo gli addominali a ritmo cadenzato. Poi ruotò piú volte il bacino. Lucky non fu capace di trattenere un gridolino di piacere, neanche fosse un'amica della futura sposa. Riley sorrideva radioso.

– E dovresti vedermi al palo, – disse.

Lucky squittí un'altra volta.

– Ma se sei appeso al palo non puoi muoverti cosí!

– Oh, sai, dopo anni di ginnastica artistica posso fare qualsiasi cosa a testa in giú. L'unico problema è che ti muoiono le terminazioni nervose. Tipo qui, – disse, palpandosi il retro delle ginocchia. – Non sento niente.

Lucky si chinò per toccare con una mano la pelle morbida dietro il ginocchio destro di Riley, e per farlo dovette avvicinarsi fino a premere la guancia contro il suo torace.

– Questo lo senti? – chiese, e gli diede un pizzicotto.

Riley la guardò dall'alto e cercò di soffocare una risata.

– Nossignore.

Lei allora si mise carponi. Il pavimento non era impeccabile, ma pazienza. Il bagno era cosí angusto che adesso aveva una parte del corpo sotto il lavabo e captava in sottofondo il mormorio dei vecchi tubi. Allungò e torse il collo intorno alle gambe di Riley, poi addentò con delicatezza la pelle del poplite.

– E adesso? – chiese, i denti ancora stretti sulla sua carne.

Lui fece una risatina.

– Adesso sento.

Rimase immobile, preda consenziente delle grandi fauci lupesche di Lucky.

Uscí dal bagno insieme a Riley rianimata da quella scarica di adrenalina. Andava già meglio. Mentre tornavano al tavolo, l'alterco con le sue sorelle sembrava lontanissimo. Tornò a sedersi e si guardò intorno alla ricerca di una sigaretta; uno dei modelli stava spingendo verso di lei una pinta di birra coperta di brina.

– Senti, l'abbiamo ordinata per Petey ma è dovuto scappare. La vuoi?

All'improvviso lei non riuscí piú a ricordare perché smettere di bere le fosse sembrato cosí importante. Voleva dimostrarsene capace, ma per fare colpo su chi? Bonnie? Avery? Loro se ne infischiavano di lei. Avery era arrivata al punto di dirle chiaro e tondo che avrebbe preferito vederla morta al posto di Nicky. E Bonnie, dovendo scegliere, avrebbe sempre scelto Avery. Dunque perché tormentarsi cercando di essere chi non era, per guadagnarsi l'amore di gente che non voleva saperne di lei? *'Fanculo*, pensò mentre afferrava il bicchiere. La birra era buonissima, proprio come se la ricordava.

Poi le birre si trasformarono in shottini in un locale di karaoke a Chinatown, e quindi in bottiglie servite al tavolo di una discoteca di Soho nella quale erano entrati passando dalla cucina di un ristorante messicano, e quindi in tequila calda sul tetto del loft di uno dei modelli, e quindi in altre bottiglie comprate al volo alle quattro del mattino in una tavola calda, e quindi in balli e righe di coca mentre un altro modello faceva ascoltare l'ultimo singolo del suo gruppo un po' cringe ma in fondo simpatico, e quindi in Riley che cercava di convincere Lucky a rimettere la maglietta delle Spice Girls che si era strappata di dosso al grido di «'Fanculo le Spice Girls!» mentre si scolava una mezza bottiglia di vinaccio della tavola calda, e quindi in Lucky che accusava Riley di essere un bacchettone del cazzo con la mania del controllo, e quindi in Lucky che pomiciava con il padrone di casa facendosi vedere da Riley per fargli capire quanto poco le fregasse di lui, e quindi in Riley che minacciava di andarsene, e quindi in Lucky che faceva la faccia triste ma intanto gli mostrava il dito medio e chiedeva al padrone di casa di tagliarle un'altra riga di coca, e quindi in Riley che di fatto se ne andava, e quindi in Lucky che beveva altro vinaccio della tavola calda e poi vomitava a spruzzo sullo scicchissimo tappeto berbero color crema del padrone di casa, e quindi nel padrone di casa che la sbatteva fuori a calci, e quindi in lei ferma all'angolo tra Greene e Grand a quell'ora mortissima tra le cinque e le sei del mattino in cui girano soltanto i camion della spazzatura, e quindi in lei che si rendeva conto che anche il suo telefono era morto e allora si accasciava sul marciapiede decisa a dormire lí, e quindi in lei che alzava gli occhi e vedeva Riley venirle incontro con la faccia stanca e triste e le diceva di essere tornato perché il padrone di quel loft non gli sembrava tanto una brava persona ma lui ci teneva che Lucky arrivasse a casa sana e salva, e quindi in Lucky che gli diceva che lei una casa non ce l'aveva e comunque nessuno le voleva bene perciò tanto valeva che la lasciasse morire lí su quel marciapiede, e quindi in lui che la portava a casa sua e la metteva a dormire nel suo letto con un bicchiere d'acqua e il cellulare in carica sul comodino, e quindi in lei che scoppiava in lacrime sul cuscino di Riley e si scusava mille volte ripetendo «Non piango mai, non piango mai», e quindi in lui che le diceva di non preoccuparsi perché aveva solo bisogno di dormire un po' e l'indomani sarebbe andato tutto meglio.

E invece no. Lucky si svegliò nel letto di Riley e per prima cosa desiderò di essere morta. La luce del sole trapassava le tende scure sotto forma di minuscoli puntini; anche quel minimo chiarore sembrava un attentato ai suoi occhi. Sul comodino, accanto a una pila di libri che comprendeva *Sapiens* e *Il potere di adesso*, c'era il suo telefono carico al cento per cento. Accese lo schermo incrinato e vide che era quasi mezzogiorno, poi riappoggiò la testa sul cuscino con un piccolo gemito e si premette i palmi sugli occhi. Che diavolo aveva fatto? Come poteva essersi sbronzata dopo quel che lei e Bonnie avevano passato la scorsa settimana? Aveva rovinato ogni cosa. Ma ancora peggio, aveva dato ragione ad Avery. Era proprio una testa di cazzo. Quel pensiero suscitò un'onda di vergogna cosí violenta da costringerla a tapparsi la bocca per non gridare.

Una volta qualcuno le aveva detto che il senso di colpa nasce da qualcosa che si è fatto – si può provare rimorso per un gesto o un comportamento senza smettere di sentirsi tutto sommato brave persone –, mentre la vergogna è piú profonda: la vergogna nasce da ciò che si è. Lei non si limitava a fare cose cattive: lei *era* cattiva. Se il bere portava a galla la sua vera identità, non c'era dubbio che la sua vera identità fosse mostruosa. Era un animale selvaggio preso in trappola, che ringhiava e dava zampate alla mano che cercava di aiutarla. Nessuna delle persone che l'avevano vista l'altra sera, o in una qualsiasi delle tante sere in cui si era sbronzata, avrebbe piú voluto avere a che fare con lei. Nemmeno le sue sorelle, adesso. Avery già la odiava, e dopo la sera scorsa l'avrebbe odiata anche Bonnie. Era sola al mondo.

Per quanto lo desiderasse, non poteva rintanarsi per sempre in camera di Riley, quindi staccò il cellulare dalla presa (tre chiamate perse di Bonnie, nessuna di Avery) e sgattaiolò fuori, trasalendo alla luce che inondava il soggiorno. Riley abitava a Williamsburg, in un loft con le finestre a tutta altezza e il classico arredamento funzionale e senz'anima degli appartamenti ammobiliati, con quei colori neutri a prova di macchia. Sul frigo della cucina open space c'era una lavagnetta bianca con su scritto: «Sii di piú nella vita!» Decisamente una casa modello, si disse Lucky.

Riley era seduto al tavolo da pranzo, a torso nudo, curvo sul suo portatile. Quando la vide alzò lo sguardo, ma non sorrise. Lei si accorse per la prima volta di quanto fosse bello: capelli dorati e pelle abbronzata, una pioggia di lentiggini color cannella che scendeva dagli zigomi alle scapole. Con un imbarazzo che non le era abituale intuí che lei, al contrario, doveva sembrare una chiavica.

– Ehi, – fece lui, – vuoi un caffè? – Il tono non era né caldo né freddo.

Lucky scosse la testa. Voleva soltanto uscire da lí alla svelta e poi, se possibile, trovare un posto in cui raggomitolarsi e spirare.

– Dovrei andare, – disse, o meglio gracidò. Deglutí un po' di saliva. – Mi spiace davvero per ieri notte.

Riley scosse la testa.

– Figurati, tutto... – Tacque un istante. – Anzi, non è stato *per niente* okay, Lucky.

Ed ecco di nuovo quell'onda di vergogna, quella sensazione cosí spaventosamente fisica da costringerla a piantarsi le unghie nei palmi e aspettare che passasse, come una contrazione.

– Lo so... – esordí.

– Ma, – la interruppe lui, – mi rendo conto che forse non stai bene –. La guardò, il viso addolcito dalla preoccupazione. – E quindi... stai bene, Lucky?

Lei non se l'aspettava, quella gentilezza a dispetto della sua cattiveria. Non se la meritava, eppure c'era: stava semplicemente lí davanti a lei, come quando ti offrono un caffè. Ne fu sorpresa a tal punto che non le venne neppure in mente di inventarsi una scusa.

– No, – rispose. – Non sto affatto bene. Sono... – A questo punto, pensò, tanto valeva dirlo; non aveva niente da perdere. – Sono un'alcolizzata, Riley. E una tossica. Credo davvero che dovrei smettere, ma non so come cazzo fare.

Riley deglutí a lungo. Lei rimpianse immediatamente

di avergliela detto. Cosí nuda e cruda, la verità non sembrava granché bella.

– Di persone come te ne ho conosciute poche, – disse alla fine.

Lucky accennò a un sorriso.

– Resta ancora un paio d'anni in quest'ambiente, e vedrai, – gli rispose. Poi fece un cenno in direzione della porta. – Io vado, eh. Grazie ancora, e... scusami se ti ho dato quest'incomodo. Dimentica tutto, ti prego.

Si incamminò verso la porta, che per qualche misterioso motivo aveva tre diverse serrature. Tentò una sequenza, poi un'altra, ma senza successo. Stava cercando invano di ricordare quali manopole avesse già ruotato, quando sentí attorno a sé il braccio di Riley.

– Aspetta, ti aiuto.

Manovrò le serrature con gesti capaci ed efficienti, poi le aprí la porta. Lucky gli fece un sorriso timido.

– Credersi un genio è facile, finché non provi ad aprire la porta di casa di un altro, – disse.

Lui rise.

– O usi la sua doccia, – aggiunse lui. – L'acqua calda non è mai dalla parte giusta.

– Vero, – convenne Lucky. – Okay. Allora ciao, – disse, agitando goffamente la mano.

Stava per varcare la soglia quando Riley la prese e se la strinse al petto. La sua pelle profumava di sapone e di un'essenza dolce, forse caprifoglio. Lucky era abituata a essere la piú alta, eppure adesso la sua testa si incastrava alla perfezione sotto il mento di lui.

– È cosí, Lucky, – mormorò Riley nei suoi capelli. – Non puoi fare nient'altro che farlo.

Lei alzò il viso verso di lui.

– È un proverbio del Sud?

Lui sorrise e scosse la testa.

– È una frase di Maya Angelou, – rispose, mentre scioglieva Lucky dal suo abbraccio. – Mia mamma insegna Lettere al liceo. La signora Angelou? *Lei sí* che sapeva il fatto suo.

Lucky si incamminò verso la stazione di Marcy Avenue, poi cambiò idea e proseguí a piedi verso l'ingresso del Williamsburg Bridge. Si sentiva troppo scossa e suonata per salire su un treno in movimento, e comunque non aveva alcuna fretta di tornare all'appartamento e affrontare le sue sorelle. Il sole splendeva in un cielo azzurro cloro, senza neppure una nuvola, e scaricava a terra un caldo da rimbecillire. Davanti all'ingresso di un caffè, un massiccio bulldog sdraiato pancia a terra sull'asfalto alzò il muso indolente per guardarla passare da sotto le palpebre semichiuse. Lei raggiunse l'ingresso del ponte e si accorse con sollievo che dall'acqua saliva una brezza leggera. La passerella pedonale con le ringhiere rosse e il pavimento decorato dai graffiti si allungava davanti ai suoi occhi come il fluire del tempo; le sfrecciò accanto un ciclista, poi piú nessuno.

Ben presto ebbe l'acqua sotto di sé, e sopra un intreccio di travi metalliche. Non avendo cuffiette per rifugiarsi nella musica, rimase sola con i suoi pensieri. Come un'ape intrappolata che batte e ribatte sul vetro in cerca di una via di fuga, la sua mente percorse l'usuale circuito dei ricordi. Il desiderio di Nicky: «Niente piú pillole». Perché non aveva insistito, quando lei aveva detto che il biglietto non era suo? Perché non ne aveva parlato con nessuno? E l'ultima telefonata: «Scoprire cos'è che rende felici e poi farlo, cazzo». La scena finale, quella su cui si fermava sempre, era il giorno del funerale. Continuava a rievocarla, come se tornarci potesse cambiare qualcosa, spalancare una qualche finestra.

La veglia funebre si era tenuta in una sala mal arieggiata a lato della chiesa, con la moquette spugnosa e l'aria condizionata troppo fredda. Il rinfresco consisteva in tè, caffè e tramezzini un po' secchi: niente che Nicky avrebbe apprezzato. A lei sarebbe piaciuta una di quelle torte con i diavolini colorati, o un vassoio di cupcake della pasticceria *Magnolia*, o una fontana di cioccolato bianco: qualcosa di stupido e un po' decadente, tanto per alleggerire l'atmosfera. I partecipanti al funerale giravano in tondo parlottando in toni cupi, mentre Lucky e le sue sorelle si stringevano insieme in un angolo come le tre streghe di Eastwick. Di lí a poco il tintinnare di un bicchiere interruppe il chiacchiericcio e il padre si alzò in piedi barcollando. Il rinfresco non prevedeva alcolici, perciò aveva in mano un bicchiere di acqua frizzante, ma di certo prima del funerale aveva bevuto qualcosa per aiutarsi a superare la mattinata. Era sempre stato un bell'uomo: biondo e con gli occhi azzurri, un po' stile Frank Sinatra, ma quel giorno Lucky si era accorta che era invecchiato. Le guance arrossate e percorse da venuzze, gli occhi, un tempo cosí trasparenti, ora velati e opachi. Si schiarí la voce, poi si accorse che gli tremava la mano e posò il bicchiere sul tavolino accanto.

«Volevo dire qualche parola su Nicky, il nostro angelo, la nostra figlia amatissima, – aveva esordito guardandosi intorno. – So che sua madre non apprezzerà quello che sto per dirvi, ma ecco: quand'è nata volevo chiamarla Holly, perché avevo appena letto *Colazione da Tiffany*».

Piccola pausa a effetto, ma nessuno aveva riso.

«Molti di voi ricorderanno il film con Audrey Hepburn, che però non è niente di che: una banale commedia sentimentale».

«Non possiamo farlo tacere?» aveva bisbigliato Lucky nell'orecchio di Avery.

«Solo se hai idea di dove sia l'allarme antincendio», era stata la risposta.

«Comunque il film è tratto da un libro di Truman Capote, – aveva proseguito il padre. – Be', "libro" mi pare eccessivo. Come si chiama una storia piú lunga di un racconto ma meno di un romanzo?»

«Una novella, papà», aveva detto Avery, visibilmente spazientita; a quel punto in effetti qualcuno aveva riso.

Il padre aveva puntato un indice tremante verso Avery. «Ecco, la vedete? È la maggiore delle mie figlie. Ha una memoria fotografica. Una mente che è una trappola d'acciaio. Non fatela arrabbiare, perché non lo dimenticherà mai. Lei non dimentica e non perdona». Lo sguardo del padre era duro, e a Lucky si era stretto il cuore. Voleva davvero rimproverarla cosí, davanti a tutta quella gente? Al funerale di Nicky? Ma per fortuna aveva smesso di fulminarla con gli occhi e si era rivolto al resto della sala. «Allora, dov'ero rimasto? Ah, sí, la *no-vel-la*, grazie Avery –. Aveva pronunciato la parola con infiorettata diffidenza, come se fosse un'invenzione della figlia. – La storia di Truman Capote è molto piú cupa del film, molto piú sinistra. Nel libro Holly è sostanzialmente una prostituta, anche se non si definisce cosí. Un'escort d'alto bordo, se vogliamo».

Lucky si era ripiegata su sé stessa, come se in qualche modo fosse possibile voltarsi a rovescio e scomparire.

«Ma è affascinante, sapete, questa Holly Golightly. Carismatica. E ha un gran bel nome. Cosí ho detto alla mia signora: "Chiamiamola Holly!" – A quel punto si era messo a parodiare l'accento inglese della moglie: – "Il nome di una prostituta, mio caro? Preferirei di no!" – Nuova pausa, e ancora nessuna risata. – Insomma, continuavamo a cercare un nome, e per fortuna Nicky è nata con quasi due settimane di ritardo, per cui abbiamo avuto piú tempo. Pochi giorni prima che nascesse avevo finito di leggere *Tenera è la notte*, che a mio parere è il libro piú bello di Francis Scott Fitzgerald. In quel romanzo c'è un personaggio che si chiama Nicole Diver, e la sua storia comincia in un reparto psichiatrico. È una donna bellissima, ma è matta, capite: un autentico caso psichiatrico».

«Come faccia a ricordarsi certe stronzate, ma non i nostri compleanni, – aveva brontolato Avery, – è un mistero».

«Ora, lo so cosa state pensando, – aveva continuato il padre, sorridendo tra sé della propria battuta. – "Prima una prostituta, adesso una pazza? Non la voleva proprio, quella figlia!"»

Bonnie, seduta vicino a Lucky, aveva lasciato andare un piccolo gemito: il primo suono che le fosse uscito di gola da quando il padre aveva cominciato a parlare.

«Alla fine della storia, però, Nicole è molto cambiata. Sappiamo che qualche anno dopo Fitzgerald sua moglie Zelda sarebbe morta nell'incendio della clinica psichiatrica in cui era ricoverata; invece Nicole riesce a stare meglio. E nei capitoli finali del romanzo è felice, capite; è libera. Era ciò che desideravo per le mie figlie: che qualsiasi accidente la vita gli avesse scagliato addosso, e se c'è una cosa di cui ero certo è che la vita gli avrebbe scagliato addosso degli accidenti, loro sarebbero sopravvissute e avrebbero trovato il modo di essere felici e libere».

Il silenzio nella sala si era fatto piú profondo: quello strano tipo di silenzio in cui ti accorgi di essere ascoltato con piú attenzione.

«Adesso ovviamente ho paura di aver fatto un errore. Forse se l'avessi chiamata Holly le cose sarebbero andate in modo diverso. Forse non le sarebbe toccato… – La voce gli si era strozzata in gola. Per un istante Lucky aveva temuto che stesse soffocando, ma in realtà stava inghiottendo le lacrime. La madre si era alzata per accorrere al suo fianco, ma lui aveva sibilato: *Siediti!* e lei, mogia, aveva obbedito. – Golightly significa "va' leggera", ed è questo che adesso vorrei augurare a mia figlia. Ha avuto una vita difficile, troppo difficile; e io prego che ora, ovunque lei sia, possa andare leggera –. Si era voltato ad abbracciare Lucky, Bonnie e Avery nel suo sguardo azzurro e velato. – E alle figlie che mi rimangono, che dovranno sopravvivere a questa perdita, auguro la stessa cosa. Perciò vi invito a levare i calici con me e brindare alla nostra amatissima figlia, alla nostra preziosa Nicole Blue –. Teneva alto il bicchiere, la mano continuava a tremare e le lacrime gli scorrevano copiose sulle guance. – Ovunque tu sia, Nicky, va' leggera. Va' leggera».

«Nicky, va', leggera», avevano ripetuto i presenti. Sembrava il verso di una canzone, si era detta Lucky, ma era una preghiera. Va' leggera, Nicky.

Lucky era quasi arrivata all'altro capo del ponte. *Va' leggera, va' leggera, va' leggera*. Continuava a ripetersi la frase, al ritmo del suo passo. La città si estendeva davanti a lei senza mostrarle alcuna destinazione. Non poteva tornare all'appartamento in quello stato, ma non sapeva dove altro andare. Rimase immobile sul marciapiede di Delancey Street e guardò la città scorrerle intorno indifferente e frettolosa, nel suo eterno trafficare che non si fermava per nessuno. Tirò fuori il cellulare, e in modo quasi inconsapevole cercò su Google la piú vicina riunione degli Alcolisti anonimi. Mentre scorreva l'elenco si spostò per far passare un rider che pedalava a gran velocità sul marciapiede e considerò con tranquillo stupore il gran numero di riunioni che si tenevano in città, a qualsiasi ora. Ce n'era una sulla

Dodicesima, nell'East Village, che stava per cominciare. Controllò i tempi di percorrenza a piedi: venti minuti, diceva, ma lei aveva le gambe lunghe e ci avrebbe messo di meno. Si avviò verso Nord.

Camminava, e il suo cuore correva. Avrebbe provato una volta, non di piú, si disse, non per Avery o Bonnie o i genitori, e nemmeno per Nicky, ma per sé stessa. Doveva capire chi era davvero. Arrivò nell'East Village e passò piú volte davanti all'indirizzo indicato prima di individuare una porta di metallo piuttosto malconcia, con vari adesivi e la vernice scrostata. Era appena al di sotto del piano stradale, in fondo a una corta scala di mattoni. Scese, provò a spingere, ma senza risultato. Tirò. Ancora niente. Scosse la maniglia di metallo, fece forza con la spalla. Chiuso. Risalí i gradini e si voltò indietro, caso mai la porta si fosse aperta per magia ora che aveva smesso di provarci. Ma era come prima, inviolabile. Lucky non poteva crederci: dopo che si era preparata mentalmente e tutto il resto.

– E va bene, 'fanculo anche a voi, – brontolò.

Una donna dall'aria vispa con una maglietta da jogging fluorescente le passò accanto di corsa, si voltò a guardarla e si mise a correre sul posto.

– La sala è allagata! – disse. – Prova piú avanti, in St Mark's Place. C'è una riunione tra poco, credo, – aggiunse dopo aver controllato lo smartwatch.

– Grazie, – gridò Lucky alla jogger che si allontanava.

Meravigliata e perplessa, la guardò girare l'angolo e sparire. Quante persone dall'aspetto normalissimo, in quella città, avevano una storia segreta di alcolismo? Verificò l'elenco sul telefono e vide che in effetti c'era un'altra riunione a pochi isolati di distanza, e sarebbe cominciata fra venti minuti. Si incamminò verso St Mark's Place, ma poi decise che arrivare in anticipo e chiacchierare del piú e del meno in attesa dell'inizio sarebbe stata un'impresa superiore alle sue forze; allora andò a sedersi poco lontano, su un gradino all'ombra, e rimpianse di non avere una sigaretta. Sul lato opposto della strada, un uomo e una donna caricavano su una decapottabile i bagagli per un weekend fuori città; alla fine richiusero il baule e si diedero un bacetto. Sul gradino screziato dal sole accanto a lei, un uomo dai capelli bianchi spazzolava il suo golden retriever, liberando nel vento nuvolette di peli che sembravano semi di tarassaco. L'uomo incrociò il suo sguardo e le sorrise. Malgrado tutto, pensò Lucky, era bello trovarsi di nuovo a New York, la città in cui era nata e dove non aveva intenzione di tornare, ma che a modo suo la accoglieva sempre.

Il giorno del funerale di Nicky era stato il suo ultimo giorno in città. Finita la veglia i genitori si erano subito ritirati in campagna: non se la sentivano di rimettere piede nell'appartamento. Anche le sorelle, pur senza dirlo ad alta voce, la pensavano allo stesso modo. Avery aveva preso una stanza per ciascuna di loro in un hotel poco lontano, ma era scontato che si trattasse di una soluzione provvisoria. La sera del funerale, mentre Chiti era in camera a dormire, le tre sorelle si erano date appuntamento nell'anonimo ristorante dell'albergo. Di solito quand'erano insieme bisognava lottare per fare breccia nel loro chiacchiericcio, ma quella sera avevano cenato in tetro silenzio. Il menu comprendeva molteplici variazioni sul tema dell'hummus, che per puro caso era anche il colore dominante dell'arredamento, nonché della carnagione del cameriere.

«Io prendo un tè alla menta», aveva annunciato Avery, chiudendo di scatto il menu.

«Anch'io, – aveva detto Bonnie. – E… l'antipasto di hummus».

«Quale? – aveva chiesto il cameriere. – Ne abbiamo diversi».

Bonnie l'aveva fissato atterrita. Il suo occhio destro era ancora gonfio, semichiuso e rabbiosamente violaceo. Da quando aveva trovato Nicky e perso l'incontro, aveva pronunciato sí e no una frase tutta intera.

«N... Non saprei», aveva balbettato.

Avery era corsa in suo soccorso: «Il primo della lista, con un po' di pane». Bonnie l'aveva guardata con gratitudine.

«Per me un vodka soda, – aveva detto Lucky. – Zitta, – aveva aggiunto vedendo Avery inarcare le sopracciglia».

«Non ho parlato».

«Le tue sopracciglia sí».

«Oh, quelle. Fanno di testa loro», aveva scherzato Avery, e per un attimo la tensione si era allentata.

Ma col passare del tempo l'atmosfera si era fatta intollerabile. Come terzetto non funzionavano: erano *nate* per essere in quattro, e ritrovarsi insieme senza Nicky peggiorava soltanto le cose. Bonnie si era arresa per prima e aveva comunicato alle altre la sua decisione di sospendere gli allenamenti e trasferirsi a Los Angeles. Lucky sosteneva di dover tornare a Parigi l'indomani per un (inesistente) impegno di lavoro al quale non poteva sottrarsi. E Avery, ovviamente, doveva tornare a Londra, alla sua vita con Chiti.

Va', leggera; andate leggere, aveva supplicato il padre. Ma nessuno aveva mai insegnato loro il modo, e cosí erano andate e basta. Be', pensò Lucky mentre si alzava dal gradino per andare alla riunione in St Mark's Place, forse era il momento di cambiare.

Raggiunse il luogo indicato e alzò gli occhi verso un tendone rosso e scolorito con sopra il nome di un teatro. Una scala ripida e sbreccata conduceva a una porta aperta. Lucky rimase inchiodata giú, come davanti a una montagna che non era certa di poter scalare. Un uomo pelato con una sciarpa viola luccicante e occhiali tondi alla David Hockney si avvicinò a passo leggero. Squadrò Lucky dalla testa ai piedi.

– Che fai, tesoro, entri?

Lucky lo guardò in preda al panico.

– Non lo so.

L'uomo le sorrise, e un raggio di sole scintillò sulle sue lenti.

– Prima volta?

Lei annuí, esitante.

– Sai cosa succede quando qualcuno va alla sua prima riunione?

– A un angelo spuntano le ali? – azzardò lei, cupa.

– Una persona ritrova la propria dignità, – rispose l'uomo.

E smette di divertirsi per sempre, aggiunse Lucky tra sé. Non sopportava quelle frasi insulse, la strana lingua degli adepti di AA. E sua sorella era peggio di tutti. *Socializzare. Nel programma.* Che diamine voleva dire? Neanche fosse un'università per ricchi, invece di un gruppo gratuito di autoaiuto per gente cosí scema da rovinarsi la vita.

– Io non credo in Dio, – sbottò Lucky, – e non intendo convertirmi.

L'uomo le fece l'occhiolino. – Ah, non è mica indispensabile, – rispose. – Ma se sei qui adesso, ho il forte sospetto che qualcosa creda in te.

Ciò detto, imboccò la scala e Lucky lo seguí.

All'interno, la sala era angusta e dimessa. Una moquette grigia e molto macchiata, un cerchio di vecchie sedie di legno al centro. A sinistra si intravedeva una piccola cucina con una caffettiera e dei bicchieri di carta accanto al lavandino. Lucky lanciò uno sguardo nostalgico alla porta che aveva appena varcato. Già che c'erano avrebbero potuto appendere un cartello con la scritta «Non vi divertirete mai piú».

Un giovane uomo gli si avvicinò reggendo una pila di libri blu. Avrà avuto una trentina d'anni, folti capelli scuri che nascondevano in parte la faccia, occhiali con la montatura metallica. Un po' nerd e un po' Harry Potter, pensò lei, ma brutto non era. Provò un sollievo immediato (*anche i tipi bellocci vanno alle riunioni degli AA!*), ma subito dopo si sentí una cretina.

– Ehi, amico, che piacere vederti, – disse il belloccio all'uomo con gli occhiali tondi che aveva fatto entrare Lucky.

– Ciao, Cooper, ti presento... Com'è che ti chiami, tesoro?

Lucky gli disse il nome.

– È la sua prima riunione.

– Wow, – fece Cooper, poi depose su una sedia la pila di libri e si strofinò le mani sui jeans. – Benvenuta. Che bella cosa. Benvenuta. L'ho già detto.

Ruotò la testa di scatto verso la spalla destra e fece schioccare la lingua sul palato numerose volte, molto rapidamente. Si girò di nuovo verso Lucky e batté fortissimo le palpebre.

– Grazie, – disse Lucky, e diede un altro sguardo alla porta.

– Vuoi leggere *Come funziona*? – chiese Cooper, e le passò un foglio di carta plastificata. Lei se lo rigirò tra le mani: era fitto di caratteri su entrambe le facciate.

– A posto, grazie, – disse, e glielo restituí.

Un altro scatto della testa, una nuova serie di schiocchi. Alla fine Cooper si girò verso Lucky.

– Ho la sindrome di Tourette, – spiegò mentre ancora batteva le palpebre. – Se non ti va di leggere non è un problema. È bello averti qui.

Lucky prese posto nel cerchio e si guardò i piedi mentre Cooper e Occhiali alla Hockney aprivano pacchetti di biscotti da mangiare con il caffè e sistemavano un libro su ogni sedia. Prese quello che gli porgeva Cooper, lo aprí e fece finta di leggere. Provava un senso di vuoto, come se in fondo al suo stomaco si fosse tolto un tappo e le viscere colassero giú a mulinello. Era una sensazione familiare, anche se non la sentiva da anni. La sensazione di essere tornata a scuola.

Diversamente da quel genio di Avery e da Nicky, che per natura era incline allo studio, Lucky non era mai andata bene a scuola. Persino Bonnie, che ingurgitava le ore di lezione come un pasto sgradito per arrivare il piú presto possibile al dessert, cioè alla palestra, era piú brava di lei. Lucky non alzava mai la mano per intervenire, non attirava mai l'attenzione su di sé. Il momento peggiore era quando si leggeva ad alta voce in classe. Di solito trovava il modo di sottrarsi chiedendo di andare in bagno, ma una volta la prof. l'aveva costretta a restare. Con il cuore in gola, Lucky aveva contato i compagni che la precedevano per capire in anticipo quale parte le sarebbe toccata. Quand'era arrivato il suo turno aveva cominciato a leggere con voce flebile e tremante. Teneva gli occhi incollati sulla pagina, ma sentiva che i compagni si giravano sulle sedie per guardarla. Aveva letto piú in fretta che poteva, decisa ad arrivare in fondo, ma il fiato non le era bastato. A quel punto si era accorta con terrore di non riuscire a immettere aria nei polmoni. Era rimasta lí a boccheggiare come un mostro marino scaraventato all'improvviso sulla terraferma. Un paio di compagni si erano messi a ridacchiare: «Lucky non sa leggere!» bisbigliavano. Altre teste si erano voltate verso di lei.

Nessuno si immaginava che fosse timida, con quell'aspetto. E nemmeno che fosse una cervellona. E lei puntualmente confermava le ipotesi. L'insegnante l'aveva guardata con preoccupazione e aveva chiesto a chi veniva dopo di riprendere dove lei si era interrotta, e cosí era stato. Con la faccia in fiamme, Lucky aveva tenuto gli occhi incollati alla pagina mentre altre voci, a turno, riempivano l'aula. L'unica fonte di sollievo in quel momento era stata la certezza che Nicky fosse lí vicino, dietro la porta della sua classe. Pensare alla sorella era stato come farsi scivolare un cubetto di ghiaccio sotto la lingua. Era andata a cercarla durante l'intervallo, e nel viavai del corridoio le aveva raccontato quel che era successo.

«Ma certo che sai leggere, – si era accalorata Nicky. – È solo che ti rifiuti di farlo a comando».

«Credono che io sia stupida», aveva sussurrato Lucky.

Si era girata verso gli armadietti, sforzandosi di trattenere le lacrime. Nicky l'aveva attirata nel suo abbraccio.

«No», aveva detto Lucky, temendo di essere vista. Ma lei l'aveva stretta piú forte.

«Non sei stupida, sei una ribelle, – le aveva mormorato in un orecchio. – E i ribelli sono sempre incompresi».

Lucky si era tirata indietro, sfregando con forza le mani sulle guance bagnate di lacrime.

«Prima non mi sentivo molto ribelle», aveva detto con un filo di voce. In realtà si era sentita annegare, nell'aria anziché nell'acqua.

«Be', allora 'fanculo a tutti, – era sbottata Nicky, dopo averci pensato su. – Chi se ne importa di quello che pensano! Sono miopi e provinciali –. Nicky stava preparando gli esami per l'ammissione al college e usava le parole del glossario ogni volta che ne aveva occasione. – Se provano a darti fastidio, tu digli cosí».

Miopi, provinciali. Lucky si era rigirata nella mente quelle due parole, e in qualche modo era sopravvissuta fino all'ultima campanella. Verso la fine dell'anno successivo Nicky era andata a studiare fuori sede e lei aveva cominciato a lavorare a tempo pieno. Era stato un sollievo iniziare a studiare da privatista, e intanto fare un lavoro in cui nessuno le chiedeva di aprire bocca. Tranne quell'unica volta agli inizi della carriera, quando il losco fotografo le aveva fatto leggere quelle battute (ed era una cosa a cui cercava con molta forza di non pensare), aveva sempre evitato di parlare in pubblico o di leggere alcunché. E adesso era lí, in quella squallida stanza moquettata, in attesa di una nuova umiliazione. *No, grazie tante*, pensò.

Si alzò per andarsene, ma la porta era ostruita da altre persone che stavano entrando. Una donna anziana, secca come un albero d'inverno, camminava sorretta da un giovane in giacca e cravatta. Alle loro spalle c'era un ragazzo con uno skateboard in una mano e una bottiglia di seltz nell'altra.

– Questo posto è occupato? – chiese il ragazzo, indicando la sedia che Lucky aveva appena liberato.

– Sí, è di Lucky, – rispose dietro di lei Occhiali alla Hockney. – È la sua prima riunione.

Lei si girò per lanciargli un'occhiataccia, ma il ragazzo si illuminò.

– Fico, – disse, e le offrí il pugno per un saluto. – Benvenuta.

Lo skater prese posto un po' piú in là; Lucky tornò a sedersi e tenne lo sguardo basso. Perché erano tanto contenti di vederla? Non capivano che per lei essere lí era un castigo? Il brusio aumentò man mano che la sala si riempiva. La gente arrivava, salutava amichevolmente i presenti, prendeva posto nel cerchio di sedie. Ogni volta che Lucky alzava gli occhi per guardarsi intorno, non riusciva a capire perché sembrassero tutti cosí felici. Certo che era strano, cazzo.

– Okay, cominciamo? – disse Cooper, e il brusio si attenuò.

Arrivò una coppia a braccetto, due persone piuttosto alte che rotolando l'una sull'altra come cuccioli, si piazzarono sulle ultime due sedie libere, proprio di fronte a Lucky. La donna posò accanto a sé una custodia da chitarra, alquanto logora e coperta di adesivi. Aveva i capelli tinti dello stesso colore delle Flamin' Hot Cheetos, occhiali con le lenti arancioni e una spessa montatura nera, un abito a sottoveste di seta color pesca e paperine basse foderate di satin rosa, come quelle delle vere ballerine. Somigliava a un tramonto. Il suo compagno, invece, era il mare. Portava pantaloni di pelle scamosciata a zampa di elefante, blu come l'oceano profondo, e una maglietta a rete azzurra sotto la quale si indovinava un torace pesantemente tatuato. I capelli erano come quelli di Lucky, decolorati e candidi come la schiuma del mare.

Lei non riusciva a smettere di fissarli. Erano stilosissimi. La donna alzò gli occhi, incrociò lo sguardo di Lucky e si aprí in un ampio sorriso. «Ciao», le disse, muovendo soltanto le labbra. Lei si girò di scatto e guardò Cooper, che stava leggendo qualcosa da un raccoglitore ad anelli che teneva aperto sul grembo.

– Benvenuti alla riunione del gruppo di studio sul Grande Libro degli Alcolisti anonimi. Io mi chiamo Cooper e sono un alcolista.

– Ciao, Cooper, – risposero vispi i presenti.

Mentre Cooper leggeva, Lucky sentiva il cuore picchiare nel petto. Gruppo di studio sul Grande Libro? Che diavolo significava? Su richiesta di Cooper, lo skater lesse qualcosa dalla scheda plastificata che Lucky aveva rifiutato poco prima. Lei però non riusciva a concentrarsi. Si era fatta l'idea che le riunioni servissero solo a lamentarsi delle proprie vite incasinate e del fatto che non si poteva piú bere; invece quella era una cosa organizzata, proprio come a scuola, anzi peggio, perché avevano *scelto* di venirci. Se Avery fosse stata lí con lei, avrebbe potuto spiegarle che diamine stava succedendo.

– Grazie per la collaborazione, – disse Cooper quando il ragazzo ebbe finito. – Nella riunione di oggi leggeremo un capitolo del Grande Libro, un paragrafo ciascuno, a partire da pagina... – consultò gli appunti sul raccoglitore: – Pagina ottantuno. Chi vuole cominciare?

– Io! – disse la donna dai capelli arancioni.

Si presentò come Brie e cominciò a leggere con voce vivace e un percettibile accento britannico. Molto diverso, notò Lucky, da quello di Chiti e di Troll Doll, e decisamente poco chic. Il tono di per sé era gradevole, ma Lucky non poteva darle retta perché adesso doveva calcolare quante persone c'erano tra lei e quell'inglese dai capelli rosso fuoco che si chiamava come un latticino, e quindi contare i paragrafi per capire quale sarebbe toccato a lei. Brie le sedeva proprio di fronte, perciò che la lettura proseguisse in senso orario o antiorario non cambiava niente: era comunque fregata.

Mentre i lettori si avvicendavano, Lucky scongiurò sé stessa di alzarsi e andarsene. Quelle persone non contavano nulla. Non le avrebbe mai piú riviste. Poteva uscire, come era uscita dal cerchio delle pallavoliste urlanti.

– Passo, – disse l'uomo seduto accanto a lei, quand'ebbe finito il suo paragrafo.

Si intimò di andarsene, ma qualcosa – l'imbarazzo, l'educazione o le due cose insieme – la tenne incollata sulla sedia. Guardò il libro che stringeva fra le mani. Le parole erano come file di formiche in marcia per uscire dalla pagina. *Non puoi fare nient'altro che farlo*, rammentò a sé stessa, e respirò profondamente.

– «L'alcolista è come un tornado che infuria nelle vite altrui», – esordí con voce flebile e tremante.

Poi prese fiato un'altra volta e continuò a leggere. Grazie al cielo il capoverso era tra i piú corti, e per ragioni a lei del tutto incomprensibili terminava con la descrizione di un contadino che esce dal suo rifugio sotterraneo, scopre che il tornado gli ha distrutto la casa ma finge che non sia successo niente. Sentí frusciare per la stanza un mormorio di consenso, punteggiato da qualche risatina d'intesa. Alzò gli occhi. Ridevano di lei? Eppure sui loro visi leggeva solo approvazione. Espirò a lungo.

– Passo, – disse.

Mentre la persona successiva leggeva la sua parte, Lucky continuò a fissare la pagina, senza osare guardare nessun altro. Ma se qualcuno l'avesse osservata da vicino avrebbe notato nei suoi occhi una luce nuova, l'accendersi di una scintilla di fiducia in un angolo che prima era buio. È stata una cosa da nulla, si disse. A chi importava che avesse letto un misero paragrafo? Ma c'era un'altra voce dentro di lei, piú flebile, che continuava a ripetere una parola: *miracolo*. Piccolo, certo; impercettibile per chiunque, ma pur sempre un miracolo.

Bonnie

– Ti faccio il bendaggio messicano.

Canticchiando sottovoce, Felix avvolgeva la striscia di stoffa fra le dita e intorno al palmo di Bonnie. Lei intanto lanciava sguardi alle spalle del suo allenatore. In palestra era corsa voce che le avessero finalmente concesso di fare da sparring partner a Danya, e intorno al ring si era già radunata una piccola folla di pugili che avevano finito di allenarsi. Tutti volevano vedere come sarebbe andata.

Bonnie aveva piantato in asso quella tremenda discussione con le sorelle ed era andata subito in palestra. Faceva molta fatica ad ammettere persino con sé stessa di essere in collera, ma in effetti era cosí. Per quanto fosse doloroso anche solo pensarlo, erano due stronze. Ecco, l'aveva detto. Voleva bene alle sue sorelle, ma non erano sempre brave persone. Non che averlo pensato la facesse star meglio. Sentiva moltissimo la mancanza di Nicky, che in quanto «figlia di mezzo» come lei, le era piú vicina per carattere. Erano entrambe miti ed equilibrate, provviste di doti diplomatiche che la primogenita e l'ultimogenita, ugualmente focose, non conoscevano. Lucky e Avery non riuscivano a capirlo, ma si somigliavano anche troppo. Nei momenti peggiori erano egoiste, testarde e autodistruttive. In quelli migliori, l'incrollabile sicurezza che le sorreggeva costringeva loro e chiunque gli stesse vicino a dare sempre il massimo, conferendo alle loro vite un potente senso di predestinazione. Prendersela con Avery era piú facile: era abbastanza robusta da sopportarlo. Quanto a Lucky, finché non fosse stata al sicuro (cioè avviata verso una specie di sobrietà e felice, o almeno piú felice di adesso) la preoccupazione per lei avrebbe sempre prevalso sulla collera. Eppure come sarebbe stato bello, pensava Bonnie mentre correva a perdifiato in Central Park West per raggiungere la palestra, liberarsi di quell'amore almeno per un giorno. Troppo appiccicoso, troppo divorante, il sentimento che provava per le sue sorelle. Bramava la semplicità del ring, un confronto governato da regole che lei era in grado di capire.

Avery non avrebbe mai dovuto dire quel che invece aveva detto, ma su una cosa ci aveva visto giusto: il tempo di Bonnie era agli sgoccioli. La carriera di un'atleta non è come le altre: il processo di maturazione non può durare decenni. C'è solo una breve finestra temporale in cui talento, esperienza e forma fisica sono al culmine; ancora pochi anni, e Bonnie avrebbe inevitabilmente cominciato a perdere resistenza e velocità. Aveva già sprecato un anno standosene a Los Angeles, non poteva buttarne via un altro.

Ancora esasperata dalla discussione con le sorelle, entrò a bomba in palestra e andò dritta da Pavel, che registrò la sua presenza con moderata sorpresa. Lei si fermò e prese fiato. Lui incrociò le braccia e la guardò.

«Mi hai dato l'opportunità di fare da sparring partner, – disse Bonnie, – e io non mi sono presentata. Non inventerò scuse, perché non è il mio genere. Non ho scuse, punto e basta. Ma tu mi hai sempre detto che un round finito non si può piú cambiare. L'unico round che conta è quello che viene dopo, e sono qui per dirti che il prossimo round sarà *mio*. Se sono stata una campionessa un motivo c'era, e voglio esserlo di nuovo. Se mi dài questa possibilità, ti prometto che non la sprecherò. Non avrò esitazioni. Il mio posto è qui, adesso lo so. E sono qui».

Esalò un sospiro tremante. Erano anni che non faceva un discorso cosí lungo, e si sentiva un po' in affanno. Pavel batté lentamente le palpebre. Fosse stato chiunque altro, gli avrebbe detto di prendere la porta: la seconda chance gliel'aveva già data, e il pugilato non ammette le terze possibilità. Bonnie però non era «chiunque». Sciolse il nodo delle braccia e la fissò a lungo. Lei capí cosa stava per dire prima ancora che aprisse bocca. Gliel'aveva letto negli occhi.

«Vai a scaldarti», disse Pavel, poi si girò e andò verso il ring.

Gli altri pugili ciondolavano intorno alle corde con gli asciugamani al collo, esausti e fradici di sudore. Un brusio di attesa aleggiava nell'aria.

– Fagli vedere i sorci verdi, Golden Girl!

Golden Girl, cosí la chiamavano. Bonnie aveva sempre preferito starsene per conto suo durante gli allenamenti, ma questo non l'aveva resa impopolare. Benché troppo timida e troppo seria per concedersi agli scherzi e alle vanterie che rendevano popolare un pugile, era comunque rispettata. Aveva disputato i mondiali della International Boxing Association, si allenava senza risparmiarsi, e questo bastava. Per di piú, a differenza di altre pugili che erano passate dalla Golden Ring senza fermarsi stabilmente, lei era la prima a essersi sempre allenata lí, dall'inizio alla fine. Il suo successo aveva inorgoglito tutti. Finché non se n'era andata, ovvio.

– Non starli a sentire, – le disse Felix a mezza voce. – Fa' come abbiamo fatto in allenamento, okay?

Danya era già nell'altro angolo e parlava con Pavel in tono basso, confidenziale. Pavel di certo non temeva che lei potesse fare male al suo pugile, altrimenti non le avrebbe chiesto di allenarlo. Il primo match da professionista di Danya era stato rimandato di una settimana, e nell'imminenza di un incontro importante un allenatore avrebbe cercato sparring partner capaci di impegnare l'atleta, ma senza pestarlo di brutto. E Bonnie, benché piú esperta di lui, era fuori allenamento. A parte lo sgradevole episodio davanti al locale di Peachy, era piú di un anno che non tirava un pugno.

Ma lei cercava di non pensarci, a quella sera. In effetti l'elenco delle cose a cui doveva impedirsi di pensare prima di salire sul ring continuava ad allungarsi: l'umiliante sconfitta contro la pugile sudafricana, la crescente freddezza di Pavel, e ovviamente quelle stronze delle sue sorelle. E sempre, alla base di tutto, Nicky. Da quando era tornata nell'appartamento di New York, aveva ricominciato a sognare il lungo, inutile pellegrinaggio verso l'ascensore. A volte le sembrava persino di sentire il peso del corpo di Nicky sulle braccia, di vedere il suo viso con quelle labbra bluastre che lo rendevano cosí strano. Per sgombrare la mente dal ricordo della sua lotta disperata per salvare una vita già perduta, decise di pensare a Dio. *Tu pensa a Nicky*, pregò; *di questo mi occupo io*. Si sentí subito piú calma.

– Allarga bene le dita. Okay, adesso chiudi il pugno. È troppo stretto o va bene?

La mano umana non è progettata per distruggere. Ventisette ossa, quasi tutte sottili come le sigarette preferite di Britney Spears. Un buon bendaggio delle mani è di vitale importanza, ed è qui che entra in gioco l'allenatore. La metamorfosi cosmica che ogni pugile deve compiere prima di mettere piede sul ring, la trasformazione da creatura mortale a combattente, ha inizio nell'istante in cui l'allenatore comincia ad avvolgere la benda.

Bonnie fece cenno che sí, andava bene. Il casco protettivo se l'era già messo; avrebbe preferito combattere senza, ma Pavel, prudente come sempre, aveva insistito.

– Siamo pronti per i guantoni? – chiese Felix.

Bonnie sorrise debolmente. Gli altri non lo capiscono, ma un buon allenatore e il suo pugile sono sempre un *noi*.

– Pronti, – rispose.

Primo round, per misurarsi a vicenda. Danya aveva la baldanza di un uomo che non è mai stato messo davvero alla prova. Un corpo asciutto ed economico, muscoli fini e ben aderenti alle ossa. Bonnie lo tastò con il jab, collaudò i suoi riflessi. Lasciò la guardia aperta un istante di troppo e lui la colpí con un jab alla fronte, non molto forte, ma sufficiente a farla sobbalzare. L'aveva visto arrivare e l'aveva parato con il pensiero, ma il corpo non aveva collaborato. Espirò dalle narici.

Ruggine da ring. L'espressione piú temuta da tutti i boxeur. Quando si sta lontani dal quadrato si perdono velocità e prontezza, e allora subentra la ruggine. Ma la mente di Bonnie era acuta come sempre. Concentrata sui movimenti di Danya con un'intensità mai raggiunta negli ultimi mesi. Vedeva il cuore pulsargli nella gola come una farfalla intrappolata sotto la pelle. Sentiva il ronzio dei suoi ingranaggi mentali. Il corpo di Bonnie, però, era piú lento del solito, come se l'aria che lo circondava si fosse fatta densa e resistente. Mentre lei pensava quelle cose, Danya la raggiunse con un fulmineo doppio jab. Stirò le labbra in un sorriso soddisfatto, e lei vide, disegnata sul suo paradenti, la dentatura aguzza di un pescecane. Anche i movimenti avevano un che di squalesco: nuotava in quel primo round con movenze fluide e regolari, intervallate da attacchi fulminei e violenti. Prima di portarsi fuori tiro con una mezza giravolta, Bonnie incassò una raffica di pugni nello stomaco, e subito dopo un'altra. Nell'istante che precedeva il suono della campanella attaccarono entrambi di destro, ma mentre lui spostava di scatto la testa per schivarlo, lei se lo prese in pieno sotto l'occhio.

Raggiunse il suo angolo tra le scariche elettriche del dolore. Felix le esaminò la faccia con aria preoccupata. Stanotte avrebbe avuto l'occhio nero.

– Come ti senti? – le chiese sottovoce.

Lei mandò giú l'acqua che le aveva spremuto in bocca. Solo un sorso e non di piú, per non sentirla gorgogliare nella pancia. Tosto e assetato: cosí deve essere un pugile.

– È veloce, – boccheggiò lei.

Lui le strofinò la nuca con una salvietta.

– Ti stai appena scaldando.

Bonnie lo guardò implorante.

– Che devo fare?

– Quel che abbiamo fatto in allenamento. Combinazioni di tre colpi e poi vai via.

– Non riesco ad avvicinarmi.

Non le era mai capitato, di dubitare delle sue capacità. A differenza di Danya, lei sapeva cosa fosse una sconfitta. E ogni volta che lanciava uno sguardo verso Pavel, si sentiva guardata come un'estranea capitata per caso sul ring.

– Ehi –. Felix le mise una mano sulla spalla e avvicinò la testa al suo caschetto. – Lui non è 'sta gran cosa, Bonnie.

Parlava di Danya o di Pavel? Impossibile capirlo.

Secondo round. Bonnie si trascinò al centro del ring. Il pugilato consta di quattro pugni soltanto: jab, destro, gancio e montante, che come i quattro strati della Terra formano un tutt'uno infinitamente piú bello e complesso delle sue parti. Ma oggi lei non ci trovava niente di bello. Le sue combinazioni erano inutili, banali. Non c'era mordente nel suo jab, nessuna spinta nei suoi fianchi. Era solo un incontro di allenamento, si rammentò; lo scopo non era vincere ma affinare la tecnica. Tra loro due però c'era un fatto personale, e questo era risaputo. L'ex favorita e la stella nascente. Danya difendeva le sue recenti conquiste: da quando Bonnie se n'era andata, al centro della fredda e corroborante attenzione di Pavel c'era stato lui. Invece lei tentava di dimostrare che quella palestra era ancora il suo posto. Non le importava, si disse, del giudizio di Pavel. L'unica persona a cui Bonnie voleva dar prova del proprio valore era lei stessa.

Ma Danya era assetato di sangue. Mirava al naso, alla tempia, alla gola, a ogni parte vulnerabile che non fosse coperta dal caschetto. Alla fine del secondo round, le sembrava di aver affrontato uno sciame di api.

Felix la prese per i polsi, le scrollò le braccia.

– Devi stare piú rilassata, – mormorò. – Respira, *respira*. Lui non lavora tanto con il corpo, perciò tieni su quelle mani.

– Ho la... ruggine da ring, – riuscí a dire lei tra un rantolo e l'altro.

Felix aggrottò le sopracciglia spesse e scure.

– Ruggine da ring? Non esiste la ruggine da ring. Sono le scuse dei perdenti, Bonnie. E tu sei una campionessa.

– Ex... campionessa.

– Naah, Bonnie. Sei un *campione vero*, questo voglio dire. Non ho mai visto nessuno muoversi come te.

Con grande sforzo, lei inarcò un sopracciglio.

– Recentemente, dici?

– Dico la scorsa settimana.

Poi le rimise il paradenti e le scosse con forza la testa.

– Non dimenticare chi sei, Bonnie Blue.

Terzo round. Il pugilato, come ogni boxeur sarà pronto a confermare, è al novanta per cento un fatto mentale.

L'altro dieci per cento è sudore. Per il primo minuto e mezzo Danya e Bonnie si scambiarono colpi banali, riuscendo ciascuno a evitare il peggio che l'altro poteva offrire. A un tratto lei capí una cosa importante: Danya aveva un momento di calo. Si sarebbe di certo ripreso, ma infierire su di lei come aveva fatto nel secondo round l'aveva stancato. Finalmente Bonnie sentí risvegliarsi qualcosa. Intercettò lo sguardo del suo avversario. *Ti credi il numero uno? Be', non sei nessuno*. Riuscí a fintare col jab, intercettò un montante alla cintura e mise a segno uno splendido destro sulla faccia. Continuò con un gancio sinistro schiacciapancia. – *Boom*, *boom*, baby! – gridò qualcuno a bordo ring. Per la prima volta dall'inizio dell'incontro, Bonnie accolse con disappunto il suono della campanella.

Tornò all'angolo e vide Felix con un gran sorriso.

– Adesso ti piace? – le chiese.

Lei annuí, sforzandosi di non sorridere.

– Allora continua cosí!

Quarto round. Bonnie partí all'attacco e si lanciò verso Danya appena la campanella finí di suonare. Lo sbilanciò per un attimo con un altro gancio al corpo nel momento piú opportuno. Danya arretrò e cercò di confonderla mettendosi in posizione da guardia destra. La prima volta funzionò, e il suo jab le punzecchiò la guancia. Ma poi rifece il trucchetto una volta di troppo: lei calcolò bene i tempi e lo sorprese con la guardia troppo aperta. Ripensò al Salmo 18, alle ore che aveva passato fissando quel foglio di carta sbiadita mentre si allenava per affrontare momenti come quello. «Mi ha dato agilità come di cerve». Fece un balzo in avanti. «Ha addestrato le mie mani alla battaglia». Il suo gancio d'incontro gli affondò sotto le costole. «La tua destra mi ha sostenuto». Sentí il soffio dell'aria che usciva di botto dai polmoni di Danya, come se fosse saltata una valvola. Lo vide barcollare all'indietro, notò la sua faccia sorpresa. Ben ti sta, figlio di puttana. A parità di peso, il destro di Bonnie era pericoloso quanto quello di un pugile maschio, o forse piú. Gli fu addosso prima che potesse raddrizzarsi. «I miei piedi non hanno vacillato». Mentre lei lo martellava ai fianchi, Danya riuscí soltanto a chiudere i gomiti e ad alzare i pugni in posizione di difesa. Campanella. Bonnie tornò al suo angolo saltellando, come se avesse i petardi sotto le scarpette.

– Quando tiri di destro, fallo partire dal bacino e dal cuore, – disse Felix. – Ma prima di tutto dal cuore.

Lei annuí. Amore e dolore erano le sole leggi che conoscesse, sul ring e nella vita. Ma l'amore era morto, prima con Nicky, poi quando le sue sorelle si erano rivoltate l'una contro l'altra, e di nuovo quando Pavel l'aveva guardata come un'estranea. Quindi non le restava che il dolore. Quello sí, poteva farlo arrivare dal cuore.

Quinto round. Bonnie continuava a saltellare sulle punte dei piedi, il che era un tantino superfluo, ma si sentiva forte, sicura sulle gambe. Si avvicinava danzando e sempre danzando si portava fuori tiro, punzecchiava Danya con jab diritti e precisi come l'ago di una macchina da cucire. Era tornata. Si piegò in avanti con le braccia basse, incitando Danya a farsi sotto. Poi, veloce come un aquilone che cambia direzione con il vento, fece perno su un piede e lo centrò con un potente gancio sinistro, poi arretrò e si spostò di lato per rimettersi in assetto. Era una tattica che aveva imparato nei primi tempi con Pavel, e che offriva il duplice vantaggio di far imbufalire l'avversario e dare a lei il tempo di prendere fiato prima dell'attacco successivo. Ma era difficile metterla in pratica, con un avversario cosí veloce. La seconda volta, infatti, lui le assestò un montante da far ballare il cervello nella scatola cranica. Era stato cosí rapido che sarebbe bastato un attimo per mancarla. Bonnie scosse la testa come per scrollarsi dalla mente un brutto sogno, ma non abbassò la guardia.

Tornata nel suo angolo dopo la campanella, lanciò uno sguardo all'angolo opposto e vide Pavel avvicinare il viso a quello di Danya per dirgli qualcosa di cui colse soltanto il tono serio. «Che mi dici adesso del tuo ragazzo?» avrebbe voluto gridargli. Ma sarebbe stata una millanteria. In cuor suo, aveva sempre temuto che Pavel preferisse un campione maschio. Piú soldi, piú opportunità. Lui l'aveva sempre trattata come la sua prediletta, ma adesso, vedendolo con Danya, Bonnie si sentiva la primogenita indesiderata di un monarca.

Sesto round. Era stanca. Aveva sete. Vedeva macchie nere danzarle davanti agli occhi. *Fuori le palle*, mormorò a sé stessa. *Fuori le palle, Bonnie*. Danya, nel frattempo, aveva recuperato le forze. Per il primo minuto non fece che scagliarsi addosso a lei, senza lasciarle il tempo di riprendersi. Lei evitò per un soffio di farsi chiudere nell'angolo.

– Piedi piantati a terra!

Era la prima volta dall'inizio dell'incontro che Pavel diceva qualcosa a voce alta. Bonnie si voltò istintivamente verso di lui, per capire a chi stesse parlando. A lei l'aveva ripetuto infinite volte, per quindici anni, di tenere i piedi ben piantati a terra. Ma appena girò la testa, Danya la prese con un jab alla tempia. I pugni che ti fanno vacillare sono quelli che non vedi arrivare, e questo Bonnie non l'aveva visto. Perché i suoi occhi erano su Pavel. Si guardarono per un lungo istante e fu come se entrambi fossero sospesi in aria al di sopra del ring, immersi in un flusso di mille correnti che li trasportavano l'uno verso l'altra. Resistettero all'attrazione ancora per un secondo. E per un altro. Gli occhi di Pavel non si staccavano dai suoi. Alla fine, lei cadde. Cadde sulle ginocchia in una momentanea preghiera, poi rimbalzò subito in piedi. Arrivò alla fine del round senza piú farsi sbilanciare, mise persino a segno un paio di jab tesi e puliti, ma ormai le luci si erano spente.

– Sei stata brava, Bonnie.

Felix prese una salvietta e le strofinò con vigore la nuca e le spalle. Poi le afferrò un polso e cominciò a slacciarle i guantoni.

– Mi ha fatta cadere. Non c'era mai riuscito nessuno.

– Ha avuto fortuna. Bisogna stare con gli occhi aperti.

Lei scosse la testa mentre le liberavano le mani. I bendaggi erano fradici di sudore. Cercò con gli occhi Pavel, ma non lo vide.

– Non è stata fortuna, – disse a Felix.

Lui si inginocchiò davanti a lei, le scrollò le braccia, esaminò con attenzione l'occhio.

– Dobbiamo metterci un po' di ghiaccio –. Sorrise, poi aggiunse: – Stasera hai una festa, *muchacha*!

Se non sai ballare, non sai boxare.

Pavel l'aveva ripetuto infinite volte a tutti i pugili che aveva allenato. Ci vuole ritmo. Senso del tempo. Gioco di gambe. Devi essere bravo a *muovere i fianchi*. Bonnie aveva scoperto, nel tempo, che a molti pugili veniva naturale; lei invece faceva fatica. Era rigida. I suoi fianchi erano ghiaccio, non acqua. E quando aveva cominciato ad allenarsi era ancora una ragazzina, a disagio con il proprio corpo.

La cosa che piú detestava era boxare con l'ombra, sentirsi addosso gli sguardi degli altri mentre si agitava un po' a caso e lottava contro un antagonista immaginario. Ma Pavel aveva trovato la soluzione. A fine giornata, quando in palestra non rimaneva piú nessuno, spegneva le luci. Nel chiarore ambrato dei lampioni che filtrava attraverso le vetrine, Bonnie e Pavel erano solo due sagome scure. Lui metteva un po' di musica ritmata – salsa, disco, Afrobeat – e alzava il volume al massimo. A quel punto cominciavano.

Era cosí che Bonnie aveva imparato ad allenarsi con l'ombra: sola sul ring con Pavel, ripetendo a specchio i suoi movimenti, invisibile a chiunque tranne che a lui. Lentamente, fluidamente, come se fossero immersi nell'olio, ripassavano le combinazioni. All'inizio Bonnie era ancora legnosa, come una ragazzina delle medie al primo ballo, ma poco alla volta la musica la scioglieva. A un certo punto lui si faceva da parte, seguiva il proprio ritmo e la lasciava libera di seguire il suo, come se fosse in trance. Nella penombra, volteggiavano sul ring come grandi falene. Per la prima volta nella vita, Bonnie sentiva ogni parte del corpo muoversi in armonia: il montante che saliva leggero quando piegava le ginocchia, il diretto destro che arrivava piú lontano se girava il polso all'ingiú, il gancio che arrivava a segno quando partiva dal fianco e non dalla spalla. Giravano e piroettavano l'uno intorno all'altra, le loro braccia disegnavano spirali come nastri di inchiostro nell'acqua, e Bonnie imparava a ballare come un boxeur.

In onore di quel caposaldo irrinunciabile del suo metodo di allenamento, Pavel aveva istituito una tradizione: una volta l'anno, in estate, l'intera palestra andava a ballare. Il luogo era sempre lo stesso, una discoteca in centro di proprietà di un suo amico ex mediomassimo, che una volta appesi i guantoni al chiodo aveva seguito l'esempio di Jake LaMotta e aperto un suo locale, ma senza le ragazze minorenni. Ogni anno gli atleti (perlopiú maschi) della Golden Ring calavano su Harlem in compagnia di amici, familiari, mogli e fidanzate e si concedevano una serata di musica e vanterie sulla pista da ballo. La tradizione, molto amata, aveva il suo momento culminante nell'assolo di Pavel, che ogni anno si cimentava con gran gusto in un classico della tradizione popolare russa.

Questa volta, però, Bonnie aveva i sudori freddi.

Tornò all'appartamento sperando di trovarci almeno una delle sorelle per cominciare a fare pace, ma non c'erano né Lucky né Avery. Provò a chiamare Lucky, piú che altro per controllare che non fosse in qualche bar, ma non ebbe risposta; pensò di provare con Avery, ma con lei era ancora troppo arrabbiata. Quindi andò in camera sua, aprí la valigetta e rimase a fissarne il modesto contenuto. Possedeva soltanto un paio di jeans: tutto il resto del suo guardaroba era abbigliamento da palestra. Infilò i jeans senza riuscire a trattenere una smorfia di dolore quando la zip si richiuse sulle parti morbide della pancia, dove Danya l'aveva colpita. Sapeva già che l'indomani sarebbe stato ancora peggio, e il dolore ai muscoli l'avrebbe prostrata come una brutta influenza. Ma a quello ci avrebbe pensato il giorno dopo: adesso il problema era vestirsi per uscire. Cos'altro aveva in valigia? Tirò su una maglietta, la annusò sotto le ascelle e la rimise nel mucchio. Non c'era granché, in effetti. Fu allora che vide, in un angolo della stanza, le borse con i vestiti di Nicky da donare. Ne aprí una, passò in rivista il contenuto e scelse una camicia di seta nera, semplice e di taglio maschile. La indossò, armeggiò con i bottoni e si guardò allo specchio. Somigliava a sua sorella.

Nicky era diversa da loro tre: adorava i cosmetici e le candele profumate e i bagnoschiuma e i trattamenti di bellezza. Niente la rendeva felice come mostrare i suoi tesori alle sorelle, senza curarsi dei loro sguardi perplessi. Era stata lei a regalare a Bonnie la sua prima pedicure, esperienza mai piú ripetuta da allora. Lei, per il piacere di stare con Nicky, aveva persino sopportato l'imbarazzo di farsi toccare i piedi da degli sconosciuti. Era stato bello guardarla chiacchierare amichevolmente con le estetiste, che la chiamavano per nome, e osservare con quanta sicurezza sceglieva il colore dello smalto e le dava consigli per il suo. «A me piacciono i classici come il rosa Scarpette da Ballo, ma per te ci vuole qualcosa di piú audace, tipo questo Electric Boogie». Bonnie era uscita dal salone di bellezza con le unghie dei piedi blu cobalto, ma poiché non aveva il solvente si era tenuta lo smalto per mesi; e ogni volta che toglieva le calze, le schegge di azzurro sugli alluci le rammentavano la sua sorellina.

Risolto il problema dell'abbigliamento, adesso bisognava fare qualcosa per quell'occhio, che stava prendendo una tinta rosso violacea. Rovistò nel mucchio degli scarti finché non trovò la borsa dei trucchi di Nicky, ricolma di una quantità di rossetti e ombretti ben superiore al fabbisogno di una sola persona. Trovò un correttore e se lo passò con delicatezza sotto l'occhio. Prese atto con rimpianto di avere la stessa carnagione di sua sorella. Poi fece l'errore di toccare il livido con la punta dell'applicatore, e per un attimo non riuscí a respirare. Sí, faceva male. Aveva male ovunque, ma la sofferenza fisica era una sorta di antidoto alla sua invisibile controparte, a quell'altro tipo di dolore che si era persino acuito da quando Lucky e Avery erano tornate nell'appartamento: il loro essere lí non faceva che sottolineare la vastità dell'assenza di Nicky. Ora però le sembrava che le due sensazioni, il dolore per sua sorella e il male in tutto il corpo, si fossero in qualche modo mescolate; si ritrovò seduta davanti allo specchio, pervasa da una tristezza che la piegava in due.

Era stata Nicky ad aiutarla a nascondere il suo primo occhio nero.

«Non capisco perché tu sia tanto contenta».

Inginocchiata davanti a lei, Nicky spalmava correttore sul

livido fresco nella speranza che i genitori non lo notassero. Bonnie era appena rientrata da un torneo, e quell'occhio pesto era un souvenir della sua vittoria: ne andava fiera, ma non abbastanza da rischiare che la madre lo vedesse e le vietasse di disputare altri incontri.

«Non ti ricordi cosa dice l'arbitro? – aveva aggiunto Nicky, scuotendo la testa. – "Proteggetevi a ogni costo"».

«Sí, ma la boxe non è un ballo da sala, – aveva risposto Bonnie. – Prendere pugni fa parte del gioco».

«Non mi piace, Bon». Scura in viso, Nicky aveva riavvitato il tappo del correttore e l'aveva riposto con cura nel suo beauty case. La sua dotazione di cosmetici era perlopiú roba da poco prezzo comprata nei supermercati, ma lei ne era orgogliosa: dentro quel bauletto regnava un ordine militaresco.

«Pavel ci tiene a me, con lui non mi succederà niente», aveva detto Bonnie.

«In realtà non puoi saperlo. Ho letto da qualche parte che il pugilato è lo sport piú pericoloso del mondo».

Un bel voltafaccia, si era detta Bonnie, visto che era stata proprio lei a portarla da Pavel e a spingerla a cominciare. E di certo non poteva tirarsi indietro adesso, per via di un banalissimo occhio nero; tanto piú che stava cominciando a diventare brava. Anzi, piú che brava, secondo Pavel. Però non voleva neanche litigare con Nicky. Allora prese i tre mandarini che aveva rubacchiato in cucina e cominciò a farli volteggiare con grazia. Un gioco di abilità che aveva imparato da bambina, e che Pavel le aveva consigliato di riprendere e praticare regolarmente dopo aver letto che favoriva lo sviluppo cerebrale e abbreviava i tempi di reazione. Bonnie si vantava della sua abilità da giocoliera: era, da sempre, un metodo infallibile per strappare un sorriso a Pavel.

«Il *base jumping*», disse Bonnie, tenendo d'occhio le tre sfere arancioni.

«Eh?»

«Io dico che è quello, lo sport piú pericoloso del mondo».

«Ma è uno sport vero e proprio?»

Senza mai distrarsi, Bonnie prese a lanciare i mandarini sempre piú in alto, in grandi traiettorie ad arco.

«Il football», disse.

«Hanno il casco in testa». Nicky tentò di rubarle un mandarino, ma lei le voltò le spalle e riuscí abilmente ad allontanarsi.

«Il rugby! – rilanciò. – Le corride».

«Sono tutti maschi, – disse Nicky. – E torturano gli animali».

«Le gare della Nascar!»

«Un branco di razzisti reazionari».

«Ma non è giusto, – protestò Bonnie mentre lanciava un mandarino facendoselo passare sotto la gamba. – Okay. Il *cheerleading*, allora».

«Non vorrai dirmi sul serio che fare la cheerleader è piú pericoloso che tirare di boxe!» insorse Nicky.

«Le hai mai viste lanciare in aria una di loro e poi riprenderla? Quelle ragazze volano, letteralmente».

A quel punto Nicky, con un balzo felino, era riuscita a catturare un frutto. Gli altri due erano rotolati a terra, e lei si era messa a sbucciare la sua preda.

«Dico solo una cosa, – aveva brontolato. – Se muori, giuro che ti uccido».

Bonnie aveva accettato il mezzo mandarino che Nicky le offriva.

«Vale anche per te».

Nicky era scoppiata a ridere.

«Morire, *io*? Mi troverò un bel lavoro dietro una scrivania e vivrò fino a centocinque anni –. Poi, cacciandosi in bocca uno spicchio: – Non c'è bisogno che ti preoccupi per me».

Bonnie rimise a posto il beauty case e guardò la propria immagine riflessa. Ma che festa e festa? Non c'era proprio niente da festeggiare. Pavel l'aveva rimpiazzata, le sue sorelle non le parlavano piú, e con quel trucco in faccia sembrava un clown. Stava rovistando nelle cose di Nicky in cerca di uno struccante per cancellare quell'ultima mezz'ora di lavoro, quando sentí bussare con forza alla porta.

– Bonnie! Bonnie Blue! – gridò una voce aspra e maschile. – Apra subito! Polizia!

Lei si sentí morire. Il tizio che aveva picchiato a Los Angeles, con la ragazza che somigliava a Nicky. L'aveva denunciata ed erano venuti ad arrestarla. D'altronde era a casa dei suoi genitori, il posto piú ovvio dove trovarla. Un'onda di terrore la travolse, seguita da un vortice di tristezza. Non aveva avuto il tempo di fare pace con Avery e Lucky.

Un altro colpo sulla porta. Rimase immobile, pietrificata. Oltre al battito del cuore che le pulsava nelle orecchie, le parve di udire qualcos'altro. Era... una risata soffocata? Si avvicinò pian piano al battente e guardò attraverso lo spioncino. Dall'altra parte c'era Peachy, che rideva con le mani sulla bocca.

– Brutto figlio di puttana!

Spalancò la porta, e il suo ex datore di lavoro la salutò con urla di gioia.

– Dico sul serio, Peachy, me la sono quasi fatta addosso!

Lui le prese le mani tra le sue e fece del suo meglio per smettere di sghignazzare.

– Scusa scusa scusa, mi spiace davvero, ti giuro –. Si asciugò le lacrime dagli occhi poi riprese a spanciarsi.

– Uuuh, bimba, vedessi la faccia che hai fatto! Era uno scherzo, sai? – Batté forte le mani. – Uno *scherzo*.

Bonnie cercò di mostrarsi arrabbiata, ma il sollievo faceva l'effetto del gas esilarante. Un attimo dopo rideva anche lei.

– Ma che ci fai qui? – chiese, quando entrambi ebbero ripreso il controllo di sé stessi.

– Cerco nuovi spazi qui in città. Voglio aprire un *Peachy's* sulla costa atlantica. Avevo il tuo indirizzo e mi son detto: «Vabbe', provo».

Bonnie alzò un sopracciglio.

– E perché non mi hai chiamata?

Lui si stropicciò le mani, scosse piano la testa.

– *No se puede*, bella mia. Ho spaccato il telefono, sai, ma *no problem*. Tra un po' mi arriva quello nuovo.

Bonnie lo squadrò con l'aria di chi la sa lunga.

– Che è successo al tuo telefono, Peachy?

Lui si avvicinò circospetto.

– Ti ricordi la pischella che dicevo? Quella che voleva localizzarmi col telefono? Insomma, un giorno non si mette in testa di seguirmi? E ovviamente mi becca in un momento… diciamo *scabroso*, ecco. Al che ho pensato: «Quasi quasi sparisco un attimo e torno quando la situa è meno tesa», mi capisci?

Bonnie scosse la testa.

– No, non ci credo che l'hai fatto.

Peachy la guardò, serio in viso.

– Oh, gioia, ti dico di sí –. Un'occhiata maliziosa, poi: – Ma non rimpiango niente, eh! Zero rimpianti.

Bonnie si appoggiò al montante della porta e gli sorrise.

– È bello vederti, Peachy.

Lui ricambiò il sorriso.

Anche per me, davvero. A proposito… L'altro motivo per cui sono qui è che quando sei andata via eri preoccupata a bestia, perciò volevo darti la notizia di persona. Il tizio non s'è piú visto né sentito. Non stare a pensarci, gioia, vedrai che quello non torna.

– Oh.

Bonnie si sentí come in bilico sull'orlo di un precipizio. Rimase in piedi per un istante, e un altro ancora, poi cedette al senso di liberazione. Vedendola barcollare, Peachy la prese tra le braccia e la strinse a sé.

– Non c'era bisogno che facessi tanta strada per dirmelo, sai? – mormorò lei, dentro i suoi capelli.

– Ma no, che c'entra, ti ho detto che... – annaspò lui, ma Bonnie lo abbracciò piú forte.

– Però sono proprio contenta che tu l'abbia fatto.

Peachy la prese per le spalle e la scosse un po', con un gran sorriso sulle labbra.

– Mi sei mancata, sai, socia? – Fece un passo indietro e la squadrò dalla testa ai piedi. – Aspetta un attimo, che succede qui?

Con la punta di un dito tracciò un cerchio nell'aria: alludeva al suo aspetto. Bonnie arrossí e abbassò lo sguardo sulla camicia di seta.

– Sono vestita in modo assurdo, eh?

Lui le fece l'occhiolino. – Se per assurdo intendi *strafico*, hai proprio colpito nel segno, – disse. – Non so se capisci il sottinteso. Dov'è che andiamo stasera, cosí agghindate a festa?

– Da nessuna parte, – rispose Bonnie a disagio, dando strattoni alla camicetta. – Cioè, stavo uscendo, però ho cambiato idea.

Lui si accigliò.

– Su, andiamo, racconta allo zio Peachy cos'è successo.

Lei pensò di respingere l'offerta, ma alla fine cedette.

– Allora, la palestra dove mi alleno organizza ogni anno una festa…

– Una festa? Eh, ma dovevi dirmelo prima!

Le passò accanto ed entrò con piglio deciso nell'appartamento, sprimacciandosi i ricci. Prima che Bonnie potesse fiatare era già a metà corridoio, e voltandosi al di sopra della spalla le intimò: – Dimmi dov'è il bagno, mi do una pettinata a 'sto cespuglio e sono bell'e pronto.

Mentre andavano alla stazione della Centoquarantacinquesima a prendere la metro che portava in centro, Peachy la aggiornò con dovizia di dettagli su tutto quel che era successo al bar durante la sua assenza, poi le descrisse la nuova idea imprenditoriale appena concepita da lui e Velvet: aprire una lavanderia a gettone con annessa vendita clandestina di alcolici e chiamarla *Velvet Underground*. Bonnie ascoltò il monologo quasi senza interrompere: era felice di essere in sua compagnia, ma il pensiero dei possibili sviluppi della serata la rendeva inquieta. Come negli incontri di boxe, pensava, le ansie preventive sono la parte peggiore.

Fecero a piedi l'ultimo tratto di strada verso la discoteca, fianco a fianco sul marciapiede che brillava dello strano, inesplicabile scintillio dell'asfalto di New York, quel curioso amalgama di lucentezza e sudiciume che rappresenta l'anima della città. Giunti all'ingresso, Bonnie salutò i buttafuori con un cenno del capo che esprimeva rispetto e tacita vicinanza, poi diede il suo nome. Entrarono: la festa era già a pieni decibel, la pista gremita di pugili e amici di pugili che si muovevano con spontaneo abbandono al ritmo della musica. Bonnie cercò istintivamente Pavel, ma non lo vide. Dai corpi danzanti emanava un vivo profumo di burro di cacao e deodorante. Le donne volteggiavano come api accanto a uomini muscolosi con le camicie aperte fino all'ombelico.

Peachy si guardò intorno e batté le mani soddisfatto. – Bene! Questi pugili *sanno* come spassarsela!

Bonnie sorrise. Gli allenamenti richiedevano una disciplina ferrea, una tolleranza non solo al dolore ma anche a un'ottenebrante ripetitività, perché solo rifacendo infinite volte lo stesso movimento giorno dopo giorno, anno dopo anno, si era certi di eseguirlo sul ring con istintiva naturalezza. Cosí, quando c'era l'occasione di sfogarsi, non era strano che i pugili si dedicassero al divertimento con la stessa intensità fisica che applicavano allo sport. Ciò valeva a maggior ragione per i pugili di Pavel, che grazie a lui erano tutti dei gran ballerini.

– Cosa ti porto? – le chiese Peachy. – Vodka soda, birra, champagne?

Bonnie scosse la testa.

– Secondo te ce l'hanno una Schweppes lemon?

– Okay, okay, dimenticavo: il tuo corpo è un tempio –. Poi si illuminò di colpo. – Sai che cosa ci vuole? Un bel *Suicide*! Al diavolo la Schweppes.

Bonnie parve perplessa.

– *Suicide*?

Peachy la guardò incredulo.

– Non dirmi che non sai cos'è il *Suicide soda*! È un miscuglio di bibite analcoliche: Coca, Sprite, Pepsi… – cominciò a contare sulle dita, ma si interruppe subito. – Oh, merda, e poi? Ah, sí, Red Bull! Dài, mettiamo il turbo e aggiungiamo anche la Red Bull: verrà fuori un intruglio talmente zuccheroso che… Altro che ali! Meglio della polvere bianca, – aggiunse con una strizzatina d'occhio.

Bonnie lo seguí fino al bancone del bar. Avevano già in mano i bicchieroni colmi di torbida mistura quando

Peachy propose di fare a gara per vedere chi finiva prima. E mentre deglutiva lunghi sorsi di brodaglia appiccicosa che le colava dalle labbra al mento, Bonnie sentí frizzare dentro di sé un'antica, bambinesca felicità. Era una calda sera d'estate, c'era una festa, e lei era lí con il suo amico. Salutò il ritorno di un ospite atteso da tempo: il piacere di *divertirsi*. Vinse la gara con il *Suicide soda*, aspettò che Peachy finisse di tossire perché il mix gli era andato di traverso, poi ordinò un secondo giro. Lo sorseggiò con calma, con l'allegria indotta dallo zucchero. Invece Peachy lo trangugiò d'un fiato, e alla fine ruttò sonoramente.

– Adesso balliamo, cazzo! – proclamò.

Felix e sua moglie erano già al centro della pista e ballavano la salsa, producendosi in figure di grande effetto. Bonnie, accolta con grande entusiasmo e subito attirata nel loro cerchio, si trovò di lí a poco circondata da pugili: agili pesi piuma, scattanti welter e imponenti pesi massimi che si muovevano insieme a tempo di musica, come se avessero un cordino legato alla vita. A un certo punto vide Danya seduto su un divanetto contro la parete, nell'atto di porgere un bicchier d'acqua alla moglie incinta. Bonnie lo salutò con un cenno rispettoso e lui ricambiò. Anche se sul ring era guerra, nel mondo di fuori quel che contava davvero era sempre la famiglia.

Ballò finché il sudore non le inumidí il fondoschiena e le appiccicò i capelli alle tempie. Ogni due o tre brani esplorava la massa di corpi nella speranza di vedere Pavel, ma lui non c'era. Quando il dj mise una languida canzone che parlava di estate e nostalgia, Peachy la trasse a sé e spinse i fianchi contro i suoi. Si mossero alle dolci ondulazioni della musica; la mano di lui le scivolava intorno alla vita, la melodia la inondava come un getto d'acqua tiepida e profumata. Bonnie chiuse gli occhi, appoggiò una guancia sulla spalla di lui e lasciò che le stringesse i fianchi con le mani. La faceva dondolare a un ritmo lento e sinuoso, e lei si abbandonò al piacere di quel movimento e del contatto tra i corpi.

Quando riaprí gli occhi, Pavel era al margine della pista e stava ispezionando la folla. Solo gli occhi si muovevano; la testa era immobile come quella di un rapace. Poi si voltò verso di lei e le piantò addosso un'occhiata talmente diretta da farla trasalire. Per un po' la tenne al centro del suo sguardo pensoso e aquilino, il collo appena piegato di lato. Se avesse dato retta al suo istinto, Bonnie avrebbe spinto via Peachy e sarebbe corsa da lui, ma decise di non farlo. Continuò a ballare, si lasciò condurre in un'altra zona della pista. Voltandosi con cautela, vide Pavel allontanarsi verso un'uscita posteriore e poi sparire. Resisté fino all'inizio del pezzo successivo prima di sciogliersi dalla stretta e fare segno al suo cavaliere che usciva a prendere un po' d'aria. Lui sulle prime parve deluso, poi adocchiò una *ring girl* che gli sorrideva da sotto la postazione del dj e veleggiò speranzoso in quella direzione.

Senza darsi il tempo di ripensarci, Bonnie sgusciò fuori dalla pista e si avviò verso l'uscita di sicurezza. Mentre la musica si riduceva a un lontano ritmo di basso, salí una scaletta metallica e aprí la porta di servizio. E là, nel vicolo, c'era Pavel. Stava fumando un sigaro, sovrastato da una nuvoletta bianca. I bagliori al neon dell'insegna si liquefacevano ai suoi piedi e formavano pozzanghere lucenti nelle incavature del suo viso. Se era sorpreso di vederla, lo nascondeva bene.

– Sei tu, – constatò, mentre Bonnie gli si avvicinava sul marciapiede luccicante.

– Sono io.

Lui distolse subito lo sguardo, la testa circondata da un alone luminoso.

– Ti diverti? – chiese.

– Sí, – rispose lei, in tono piú pungente di quanto avrebbe voluto. – E tu?

– Tu conosci me. Se si divertono tutti, anch'io mi diverto.

Lei annuí, poi rimasero in silenzio. Vero, lei lo conosceva. Pavel guardò il marciapiede. Intorno alle sue scarpe, le luci al neon si riflettevano in pozze blu vivo e arancione.

– Non sapevo che fumassi i sigari, – disse lei.

Pavel sbuffò aria dal naso e contrasse il viso in una smorfia autoironica.

– Infatti, no.

Fece un altro tiro, espirò il fumo verso terra.

– Ti ho vista che ballavi, prima, – disse senza guardarla. – Lui è… È per lui che sei andata a Los Angeles?

– *Peachy*? – fece lei in tono di scherno.

– Cosa c'è di buffo, – protestò lui. – È un uomo bello.

Bonnie rise di nuovo.

– Sí, forse hai ragione, – disse poi. – Solo che… Tra noi due non c'è niente. È il padrone del bar dove facevo la buttafuori. Mi sa che stasera si porta a casa una *ring girl*.

Posò gli occhi su di lui, ma nelle ombre del suo viso non lesse né sollievo né preoccupazione.

– È bello che sei qui, – disse lui alla fine. – Dopo tanto tempo.

– Sí, be', manco da New York da quando…

Pavel spostò il peso da un piede all'altro, si schiarí la gola. Bonnie notò con una stretta al petto che adesso sembrava a disagio, da solo con lei.

– In palestra tutto va bene? Sei contenta di Felix?

– Tu hai gettato la spugna, – disse lei d'impulso. – Come hai potuto fare questo? A *me*?

Per la prima volta, gli occhi di Pavel incrociarono i suoi.

– Io non dovevo farti salire su quel ring, – disse. – Vivrò per sempre con questa vergogna.

Bonnie scosse la testa.

– Io *volevo* combattere.

– Ma mio compito era proteggerti. E ho fallito.

Bonnie studiò il suo viso.

– Quindi è per questo che mi eviti, in palestra? – gli chiese. – Perché ti senti in colpa?

– Con te, – mormorò lui, – io non posso pensare chiaramente. Sei piú sicura con Felix.

Bonnie abbassò lo sguardo.

– Tu sai che avrei preferito morire su quel ring, piuttosto che vederti fare quel che hai fatto, – disse lei in tono cupo. Poi lo guardò, e non riuscí a trattenersi: – Tu avresti pensato lo stesso! Un vero pugile pensa cosí!

Pavel affondò lo sguardo nei suoi occhi come uno stiletto. Quando parlò, la sua voce era ardente.

– Io *so* che quella sera volevi morire. Ma non perché sei pugile. Volevi morire per tua sorella. Ma io no, non ti ho lasciata morire. A me dispiace che ti ho fatta combattere ma non mi dispiace che ho gettato la spugna, anche se non potrai mai perdonarmi. Tua vita non dipende da nessuno.

– Nicky non era «nessuno», – mormorò Bonnie. – Era *Nicky*.

– Ma tu sei tu.

– Era stata lei a portarmi da te. È per lei che sono qui.

Pavel distolse il viso, ma Bonnie vide che soffriva.

– Era… molto preziosa, – disse lui dopo un po'.

– Di piú. Era… – ma le parole adatte a descrivere Nicky non esistevano. – Era… tutto, – si rassegnò Bonnie.

Lui si voltò, un sorriso triste sulle labbra. Si portò un indice alla tempia.

– Lei prendeva sempre appunti, – disse.

Bonnie la vedeva ancora, seduta sulla panca di legno ai bordi del ring, intenta a osservare i suoi allenamenti con la curiosità intelligente che riservava a tanta parte della sua vita. Dodici anni soltanto, ma già cosí perspicace. Aveva capito che Bonnie era una pugile prima ancora che lo capisse lei.

– Avevo bisogno di te, Pavel. È da un anno che ho bisogno di te.

Lui si portò le mani al petto, come a proteggersi il cuore. Non era abituato a parlare cosí apertamente, né a lei né a nessun altro. In tutti gli anni passati fianco a fianco, vittorie o sconfitte non avevano mai scalfito la sua imperturbabilità. Mostrava i propri sentimenti con le azioni, non con le parole. In questo erano uguali.

– Ma sei stata tu ad andare via, Bonnie, – disse lui con un sorriso mesto. – Tu eri *tutto* per me.

Lei scandagliò il suo viso, senza capire.

– Tu conoscevi i miei sentimenti, – disse poi, in tono tranquillo.

Non glieli aveva mai confessati, ma sapeva che lui sapeva. Alla palestra c'era chi per scherzo la chiamava «la mogliettina di Pavel». Erano sempre insieme. Impossibile non capire ciò che lei provava per lui.

– Non era… Non è giusto. Tu sei tanto giovane. Hai grande carriera davanti a te.

– Avevo, – lo corresse Bonnie.

Pavel scosse la testa.

– Una sconfitta, un anno, non rovinano una carriera come la tua. Non devi aggiogarti a uomo vecchio come me.

Aggiogarti. Aveva riso per anni dei piccoli vezzi linguistici di Pavel, delle strane frasi che nessun parlante nativo avrebbe mai pronunciato. Ma lui, come un bambino che su una spiaggia raccoglie vetri di mare, collezionava parole abbandonate e dava loro una nuova bellezza. Ma questa volta Bonnie non sorrise. Lei aveva trentun anni, Pavel quarantaquattro. Tredici anni di differenza erano sembrati un divario enorme quando lei ne aveva quindici, ma adesso non erano piú un problema. Lo capiva anche lui, vero? Quindi era ovvio che non l'amava; stava solo inventando una scusa per non ferire i suoi sentimenti. Con un cenno del capo, accettò la sconfitta.

– Vado a cercare il mio amico.

Si girò per riaprire la porta, ma una folata di vento caldo la catturò e la sospinse indietro. Lo stesso vento che aveva sferzato New York la sera del funerale di Nicky e sparpagliato le tre sorelle superstiti nei vari angoli del mondo. Ora quel vento la riportava a casa. Bonnie si lasciò trasportare dal vortice d'aria e si ritrovò faccia a faccia con Pavel. Il pugile piú vulnerabile è quello che, trovandosi all'ultimo round con meno punti del suo avversario, fa di tutto per mandarlo al tappeto. Non ha niente da perdere. Respirò il calore della notte e guardò in faccia Pavel.

– E se io lo volessi? – chiese. – Se volessi aggiogarmi a te?

Lui scosse appena la testa.

– Bonnie... – mormorò.

Lei alzò una mano.

– Non dire quel che pensi di dover dire. Che cosa diresti se non... Se non avessi paura?

Alzò gli occhi e lo guardò implorante. Il viso di lui si animava di ombre e di luci, come il mare. Gettò a terra il sigaro e il suo sguardo si fece scuro; la marea dei suoi occhi si increspò e si agitò. Per quindici anni, Bonnie aveva assecondato i suoi umori. Gli aveva permesso di dar forma alla sua vita come le onde scolpiscono la roccia calcarea, tormentandola e plasmandola in forme straordinarie. È questo che fa un allenatore. Il corpo di lei mostrava i segni dell'attenzione di Pavel; la sua bellezza, o la sua deformità, erano opera di Pavel. Lui la tenne al centro del suo sguardo immobile, freddo.

– Chiudi tuoi occhi, – mormorò.

Lei obbedí senza esitare. Non lo vedeva piú, ma lo sentiva. Per un istante tornarono con i piedi a terra. Erano animali che si fiutavano nel buio, che si cercavano a tentoni. Bonnie lo sentí avvicinarsi, poi fermarsi di fronte a lei. Avvertí tutto il peso della sua esitazione, ma non aprí gli occhi. Dimenticò di respirare. Poi sentí sul viso il fiato di lui. Pavel posò le labbra sulla sua palpebra, quella ammaccata. Erano fredde, asciutte. Le baciò la pelle sottile al di sopra dell'occhio, poi fece lo stesso con l'altro. Un contatto cosí delicato da far venire i brividi.

– È okay? – sussurrò lui.

– Sí, – rispose Bonnie, o forse lo pensò soltanto, sapendo che lui avrebbe sentito. *Sí.*

Rimase a occhi chiusi mentre le labbra di Pavel vagavano sulla sua fronte, sulle tempie, gli zigomi, la gola.

– Bonnie, – mormorò lui, la voce poco piú di un sospiro.

Tentò di ripetere il suo nome, ma lei gli fermò le labbra con le sue. Pavel aveva bevuto il suo sudore, le aveva soffiato il naso, asciugato il sangue, affondato le dita nella mandibola, cosparso il corpo di olio – ma questo no, questo mai. Avvertí il sapore del sigaro, poi un qualcosa di fresco e oceanico: la sua vera essenza. Lui la baciò, e fu come cercare di opporsi allo schianto di un'onda enorme e rigonfia. La strinse a sé, e allora Bonnie, che per tutta la vita aveva cercato di tenere i piedi ben piantati a terra, perse l'equilibrio e si arrese alle sue braccia.

Avery

Il mattino dopo la lite con le sorelle, Avery si svegliò con la peggior emicrania da stress emotivo della sua vita. Per stare lontana da tutti aveva preso una stanza in un anonimo hotel di Midtown, ma il jet lag l'aveva svegliata alle cinque del mattino con un mal di testa feroce e un ingombrante senso di colpa. Aveva sprecato le prime ore del giorno sdraiata sul letto a guardare la tv, saltabeccando da un canale all'altro in un evidente stato di dissociazione. Allora le era tornato alla memoria un aneddoto su David Foster Wallace che qualcuno le aveva raccontato: quando viaggiava per promuovere un libro, Wallace chiedeva sempre di togliere la tv dalle stanze d'albergo che avrebbe occupato, perché pensava che la sua dipendenza piú grave fosse quella dalla televisione, non dalle droghe. Anche lei, del resto, chiedeva al personale degli alberghi di svuotare il minibar. Ma la tv non la guardava quasi mai, quand'era a casa, e si era scordata che fosse un oppiaceo cosí potente. Quando alla fine si era costretta a spegnerla era ancora metà mattina, e il resto del giorno si spalancava vuoto davanti a lei. Andare a casa non si poteva: né a Londra, né all'appartamento di New York. Si affacciò alla finestra che dava su Lexington Avenue e vide in lontananza la sagoma familiare della Grand Central Station. Fu allora che le venne in mente che cosa fare di quella giornata. Sarebbe andata a trovare sua madre.

Prese il telefono e digitò un messaggio: «Ciao mamma, ho la giornata libera. Posso venire a trovarti in campagna?» Lo rilesse e lo cancellò, lettera per lettera. Perché mai doveva chiederle il permesso? Se sua madre non aveva il coraggio di vedere le sue figlie pur sapendo che erano a New York, non meritava l'onore di quella richiesta. «Vengo in campagna, – scrisse. – Quando sono sul treno ti faccio sapere l'ora di arrivo». Premette il tasto di invio e rimase a guardare il telefono. I tre puntini che indicavano una risposta imminente comparvero subito, poi scomparvero, riapparvero, scomparvero di nuovo. Alla fine spuntò un pollice alzato. Avery sapeva bene che non era il caso di arrivare prima di pranzo: al mattino suo padre era piú attivo, ma di pomeriggio si addormentava, ed era cosí che lei lo preferiva. Per avere qualche chance di passare del tempo con sua madre senza interruzioni, la cosa migliore era attendere almeno fino alle quattro. Accese la tv e si rituffò in quel vuoto confortante.

Alla Grand Central Station, percorse tutto l'atrio ed entrò da Hudson News. Prese una copia di «Vogue», e invece di limitarsi a guardare se c'era Lucky in copertina ne sfogliò alcune pagine, tenendo d'occhio la cassiera che in quel momento stava parlando al telefono. Sentiva il cuore battere veloce, e il flusso esaltante dell'adrenalina cancellava ogni altra sensazione. Pensò di sfuggita che gli unici momenti in cui si sentiva presente al proprio corpo erano quelli in cui fumava o rubava: l'euforia della trasgressione ravvivava ogni respiro, muoveva l'onda del sangue dal cuore. Con collaudata nonchalance, si allontanò verso un espositore piú lontano dalla cassa e infilò dentro la rivista una barretta di cioccolato alle mandorle e un pacchetto di gomme alla menta. Poi, senza piú guardare la cassiera, si avviò tranquilla verso l'uscita.

Soltanto allora si accorse che una bambina la stava osservando. La madre si affaccendava intorno al fratellino, e lei, momentaneamente incustodita, esaminava Avery con strana e misteriosa fissità. Non era mai stata brava a indovinare l'età dei bambini – sei anni o dieci non facevano differenza per lei – ma a occhio e croce doveva essere piú vicina ai dieci. Benché fosse piena estate, indossava una maglietta rosa con il disegno di un gattino e la scritta «Feli... no Natale!» Avery capí di essere stata beccata, ma ormai era tardi. Era già quasi fuori. La piccina avrebbe parlato? Avrebbe detto alla mamma che quella signora cattiva aveva preso la rivista senza pagare? Guadagnò l'uscita sentendo nelle orecchie la corsa impetuosa del sangue. *Non voltarti*, si disse, ma come Orfeo non poté resistere. La bambina non si era mossa, né aveva distolto lo sguardo.

Raggiunse la banchina, e con il cuore che batteva ancora forte prese posto nel vagone piú vicino e cominciò a sfogliare la rivista. Mancavano dieci minuti alla partenza. Stava per strappare l'incarto della barretta – non aveva pranzato né fatto colazione, e per via del jet lag aveva una fame da lupo – quando si bloccò di colpo. Che razza di persona commette un furto sotto gli occhi di un bambino? Era questa la sua vera identità, la sua vera natura? Aveva ragione Lucky a darle dell'ipocrita. *Ora basta*, mormorò tra sé, *basta*. Si alzò, scese in fretta dal treno, raggiunse di corsa l'edicola-libreria. La bambina e sua madre non c'erano piú. La cassa era libera: prima di cambiare idea, si costrinse a posare sul banco la rivista, la barretta e le gomme da masticare.

– Ho rubato queste cose, – disse. – Ma adesso voglio pagarle.

La giovane donna dietro il banco aveva i capelli tinti di nero corvino e lo sguardo vitreo di chi preferirebbe essere nel proprio letto. Udita la confessione, inarcò le sopracciglia in segno di muta sorpresa. Avery frugò nel suo borsellino Chanel rubato, tirò fuori un biglietto da venti e lo depose sul banco.

– In effetti, se non le dispiace, le darei anche questo –. Tirò fuori dagli scomparti le carte di credito e alcuni scontrini, poi depose sul banco il portamonete vuoto.

– Ma io non credo che... – esordí la cassiera. Avery la zittí con un gesto nervoso della mano. Intanto si erano messe in coda due persone; voltandosi, capí dalle facce sbigottite che avevano sentito tutto. Aveva le guance in fiamme.

– Mi spiace, – disse, – Ho un problema –. Se stesse parlando alla cassiera, alla coppia dietro di lei, alla bambina di prima o a un dio invisibile lassú, lei stessa non lo sapeva; ma dirlo ad alta voce la faceva stare bene. Raccolse la rivista, la barretta e le gomme, cacciò il tutto dentro la borsa e fece per andarsene, lasciando sul banco il biglietto da venti e il portamonete di Chanel. La cassiera fece ancora per protestare, ma Avery le aveva già voltato le spalle, e aggirata la coppia si stava allontanando in gran fretta.

Tornata sul treno, prese un posto accanto al finestrino e divorò la barretta alle mandorle, leccandosi dalle dita il cioccolato sciolto. Mentre il convoglio usciva dalla stazione si sforzò di pensare alla madre e a ciò che le avrebbe detto, ma la sua mente si ostinava a riportarla a casa, a Londra e a Chiti. Nei sette giorni in cui non si erano parlate, prima di partire per New York, Avery aveva chiamato Charlie per informarlo che non si sarebbero piú rivisti: lui aveva accolto la notizia con sportiva equanimità. Era in effetti l'unico vantaggio di essere andata a letto con un giovane poeta in odore di fama e appena tornato alla sobrietà: era – a buon diritto – troppo preso dalla sua vita per darsi pensiero di Avery e delle sue crisi da signora borghese di mezza età.

Quanto a lei, i suoi maldestri tentativi di scusarsi ancora con Chiti erano stati respinti all'istante. Aveva sistemato in ogni angolo della casa mazzi variopinti di bocche di leone, i fiori preferiti di sua moglie, in piccoli cespugli dalle tinte calde e vivaci – fucsia, giallo, pesca. Aveva scritto bigliettini e glieli aveva lasciati dentro le scarpe. «Ti prego perdonami», nella destra. «Sono una stronza idiota», nella sinistra. Una sera si era persino cimentata nella preparazione di uno dei piatti prediletti di Chiti, il *coq no vin* (in pratica un *coq au vin* senza vino); ma lei l'aveva colta in flagrante quand'era ancora a metà dell'opera.

«Ti prego, esci dalla mia cucina, – le aveva ordinato, la mano tesa davanti a sé come per proteggersi. La faccia era contratta dall'angoscia. – Basta scuse. Basta bigliettini. Non serve a niente, Avery».

Dopo quell'episodio, era rimasta fuori il piú possibile e si era gettata, senza grandi risultati, nel pozzo senza fondo del lavoro. Nei rari momenti trascorsi a casa si era mossa furtiva come un'ombra, cercando di non irritare Chiti con la sua presenza. La settima notte di quel purgatorio, sua moglie aveva bussato alla porta della loro camera mentre lei, sdraiata insonne nel letto, guardava le ombre sul soffitto muoversi lente come il tempo.

«Non c'è bisogno di bussare, – aveva detto Avery, mettendosi seduta. – Questa è camera tua. In quella degli ospiti dovrei starci io, ripeto».

Chiti si era fermata sulla soglia.

«Io credo che dovresti andare a New York, – le aveva detto da lí. – A stare un po' con le tue sorelle».

«Ma è con te che voglio stare, – aveva implorato lei. – Abbiamo... delle questioni da risolvere».

Chiti aveva scosso la testa.

«Non serve che tu stia qui a girarmi intorno come un

cane che ha cacato sul tappeto e pretende di tornare nelle grazie del padrone».

Lei era trasalita: si sentiva esattamente cosí.

«Ma io voglio che le cose migliorino!»

Un altro cenno di diniego.

«Tu non lo sai, quello che vuoi».

Prima che Avery potesse rispondere, Chiti era sparita nel corridoio e aveva chiuso pian piano la porta.

E cosí era partita per New York, decisa quantomeno ad aiutare le sorelle nell'impresa straziante di smistare le cose di Nicky, e se possibile a impedire la vendita dell'appartamento, ma a quanto pareva aveva fatto casino anche lí. Per la prima volta dopo tanto tempo, nessuno aveva bisogno di lei. Avrebbe dovuto sentirsi libera, e invece si sentiva perduta.

Bonnie aveva ragione a dire che era stato difficile tornare nell'appartamento: uno spazio cosí piccolo, eppure cosí pieno. Quando Avery aveva visitato insieme a Chiti quella che poi sarebbe diventata la loro casa a Londra, si era innanzitutto accertata che le porte delle camere da letto si chiudessero a chiave. E sí che di anni ne erano passati. Dopo aver fatto l'offerta di acquisto, Chiti le aveva chiesto che cosa le piacesse di piú in quella casa; lei, senza pensarci un istante, aveva indicato la porta sul retro, quella che permetteva di uscire in strada passando dal giardino. Come sempre, sua moglie aveva capito al volo: «Qui non c'è tuo padre, – aveva mormorato con dolcezza. – Non avrai bisogno di scappare». Ma il padre di Avery viveva dentro di lei, nell'unica casa da cui non sarebbe mai potuta scappare. Una volta, a una riunione degli Alcolisti anonimi, aveva sentito un tale raccontare che suo padre, quand'era ubriaco, lo sorprendeva alle spalle e lo afferrava per il collo; e benché ormai fosse adulto, quell'uomo non riusciva a stare seduto nella sala di un ristorante senza sobbalzare ogni volta che un cameriere gli passava dietro. Riusciva a tranquillizzarsi solo bevendo. Finita la riunione, lontana dagli occhi di tutti, Avery era improvvisamente scoppiata in lacrime: fino a quel momento non si era mai domandata perché si sedesse sempre con le spalle al muro.

Chiuse gli occhi. Anche se non voleva, i ricordi affioravano incessanti e inesorabili come il fiume là fuori. *Bang*. Suo padre che entrava in casa sbattendo la porta. *Bang*. Un armadietto della cucina. *Bang*. Il servizio di porcellana del matrimonio. E il Natale in cui per l'ennesima volta si era rotto il forno. In un accesso di rabbia, lui aveva buttato giú l'albero con tutte le decorazioni. C'erano aghi di pino ovunque: ne avrebbero trovati fino a primavera, nascosti tra le fibre del tappeto. Madre e padre che litigavano urlando in cucina: il rumore sordo di uno dei due che, spinto dall'altro, urtava il lavandino. Sua madre era corsa nella camera da letto in cui loro quattro si stringevano insieme, aveva messo il suo esile portamonete nelle mani di Avery, e muovendo soltanto le labbra aveva detto: «Portale via». Lei, obbediente, aveva spinto le sorelle fino in strada e le aveva guidate per Columbus Avenue, in fila indiana come anatroccoli, mentre il vento gelido affondava i denti nei loro cappotti di lana. Le altre non lo sapevano, che lei non aveva idea di dove stesse andando. Confidavano sul fatto che avesse un piano. Avevano camminato a lungo, superando negozi chiusi e ristoranti vuoti; come se l'intero Upper West Side si fosse rintanato in casa a celebrare il Natale. Alla fine avevano trovato un ristorante cinese dove festeggiare rimpinzandosi di ravioli e giocando con il vassoio girevole al centro del tavolo. Quand'erano rientrate, il forno funzionava di nuovo e l'albero era in piedi. La madre aveva cotto il pollo e le patate che poi avevano mangiato insieme, senza fare parola dell'accaduto. Le ragazze, benché ancora sazie, non avevano avanzato niente.

Aveva fatto il proprio dovere, si disse Avery. Era rimasta finché l'ultima sorella non era uscita di casa, un traguardo reso piú vicino dal precocissimo inizio della carriera di Lucky. Se n'era andata da quell'appartamento e non era piú tornata, né quell'anno né per i molti che erano seguiti. Soltanto adesso si rendeva conto di quanto poco pensasse a suo padre, o in generale alla propria infanzia. Si era costruita un'altra vita, lontana e intoccabile, su un'isola tutta sua che aveva cercato fino all'ultimo di proteggere. In quel lontano Natale non poteva ancora sapere che un giorno avrebbe realizzato il suo sogno: una casa dove non servivano serrature alle porte interne. Non poteva immaginare che un giorno la libertà avrebbe avuto quell'aspetto: un oblio che somigliava, ma non era, perdono.

Poiché sua madre non si era offerta di venirla a prendere, Avery prese un taxi dalla stazione. I suoi genitori si erano trasferiti nel Nord dello Stato di New York una decina d'anni prima, adducendo a pretesto la salute del padre. Da allora lei era andata a trovarli piú volte, non spesso come Nicky ma certamente piú di quanto Bonnie e Lucky si fossero prese la briga di fare; eppure quel posto non era «casa», e non ci si sentiva granché legata. Il taxi si fermò davanti a una villetta in legno, cinta su due lati da un portico. Era conciata peggio di quanto ricordasse. Il tetto aveva perso varie scandole e sembrava una testa chiazzata di calvizie, la ringhiera di legno che cingeva i gradini era marcia da un lato. L'assortimento di campane a vento rugginose – la piú grande lunga come un pendolo, la piú piccola corta come il cinturino di un orologio da polso – produceva una cacofonia di note discordanti. Alcune galline dal piumaggio fulvo becchettavano con cautela la terra ai piedi del portico.

Avery restò di sasso. Dopo il funerale di Nicky nessuna di loro aveva piú visto la madre, ma di certo non si aspettava un tale cambiamento. Era sempre stata cosí? Aveva sempre avuto quell'aria da *strega*? I capelli folti e ricci come lana di ferro erano raccolti alla bell'e meglio in cima alla testa. Aveva addosso vari strati di tessuto nero e diafano: quello esterno era ampio come un poncho, ma non si capiva se fosse un costosissimo modello di Eileen Fisher o un vecchio straccio con un buco al centro. Non era truccata e non portava gioielli, eccetto un grosso orologio color argento di foggia maschile. L'effetto complessivo era di una certa severità, che forse a New York sarebbe sembrata elegante, ma in quel contesto le dava un aspetto da eremita. E le unghie, constatò Avery quando fu piú vicina, erano vistosamente bordate di nero.

– Ho sempre voluto delle galline! – dichiarò la madre a mo' di saluto. – E adesso le ho.

Durante il viaggio in treno, Avery si era preparata con cura una frase di esordio: *Che diamine ti è preso, brutta stronza?* Ma adesso che era faccia a faccia con sua madre, capiva che sarebbe stato assurdo. Che cosa si aspettava di ottenere? Voleva dirgliene quattro, e poi? Saltare su un treno e tornare a New York con lei, usarla come mediatrice per riconciliarsi con le sorelle, far piovere su di loro l'amore materno che per piú di trent'anni gli era stato negato e alla fine sanare ogni torto come per magia? Ormai avevano tutte una parte nella commedia, ed era troppo tardi per cambiarla. La madre non era una vera madre, e ad Avery toccava colmare la lacuna; il padre non era un vero padre, e toccava alla madre colmare la lacuna. Provare a cambiarli adesso sarebbe stata un'inutile sofferenza.

Guardò a terra nel punto indicato dalla madre e vide che il gruppetto di galline razzolava intorno a uno xilofono scassato. Il tempo e la pioggia ne avevano stinto i colori, ma lei riconobbe comunque il loro vecchio giocattolo. Trovarlo in quello stato la rattristò oltre ogni dire, ma si sforzò di annuire con una parvenza di entusiasmo.

– Fanno le uova e via dicendo?

La madre rise fragorosamente.

– Che domanda! Certo che no, cacano cioccolato! Secondo te perché le ho prese, allora?

– Stavo scherzando, mamma. Sono carine.

Solo sua madre aveva il potere di farla sentire ancora una sciocca ragazzina. E siccome l'intera vita di Avery ruotava intorno alla sua intelligenza, quella sensazione aveva effetti catastrofici. La madre si pulí le mani sul davanti dell'abito a sacco (o quel che era) e soffiò via dalla faccia una ciocca di capelli.

– Mi sto dando da fare per quella che con un soave eufemismo si chiama «messa a riposo del giardino»: in confronto la strage di Erode era un *kindergarten* –. Un'altra risata fragorosa. – Le compostiere straripano di potature, e passo i miei giorni a falciare ogni pianta con grande entusiasmo. Ma, come vedi, l'abbondanza dell'estate non è mai doma.

Avery non sapeva come rispondere. Il giardino aveva l'aria incolta. Dietro la casa l'erba arrivava all'altezza dei fianchi, punteggiata qua e là da macchie irregolari di asclepias e altri fiori di campo sconosciuti. La madre la guardò speranzosa, aspettandosi forse un complimento, poi lasciò perdere. Avery continuò a guardarsi intorno in silenzio.

– Okay, – disse la madre con una punta di delusione.

– Perché hai dato lo xilofono alle galline? – indagò Avery, ma la madre stava già pensando ad altro.

– Com'è andato il viaggio? – le chiese in tono vivace. – Ti sei ricordata di sederti a sinistra per vedere il fiume?

In effetti aveva apprezzato il panorama dello Hudson, che scorreva come un nastro ampio e scuro a fianco della ferrovia, però detestava farsi comandare, specie da sua madre.

– Ho lavorato per tutto il viaggio, – rispose.

– Sei stata cosí presa da non poter dare neanche un'occhiata al fiume?

– Sto preparando una causa.

In realtà non aveva preparato un bel niente, e anzi, era indietro col lavoro da una settimana, ma il bisogno di far sapere alla madre che era una persona *importante* e *molto occupata* superava qualsiasi considerazione.

– Be', lo vedrai al ritorno, se non è troppo buio. Certo che potevi arrivare prima.

Avery rizzò il pelo all'istante.

– Avevo delle cose di lavoro da finire, mamma.

– Tu sei sempre occupata, sempre di corsa: è questo il tuo problema.

«Aiutare qualcuno», secondo la madre di Avery, significava sparare critiche non richieste e spesso fuori contesto, come dardi lanciati al buio. Facevi appena in tempo ad accorgerti di essere stato preso, che già arrivava la seconda frecciata.

– Fatti guardare un po', – disse ancora la madre. – Non c'era bisogno di mettersi in ghingheri per venire qui.

Avery abbassò gli occhi sui suoi pantaloni di lino e sulla maglietta leggera di cotone.

– Infatti, – mormorò.

La madre intanto si era già voltata, e a gesti la invitava a seguirla. L'interno della casa era buio e stracolmo di oggetti in parte preziosi, in gran parte no. Il locale piú ampio era la cucina, proprio al centro della casa, abbastanza spaziosa da contenere un imponente tavolo rustico e otto sedie scompagnate. Su una parete, un quadro espressionista contrastava vistosamente con le pile di quotidiani ingialliti e di vecchi libri accartocciati dall'umidità, sparse su ogni superficie disponibile. Avery lanciò uno sguardo in salotto e riconobbe il teschio di un ariete africano che sua madre sosteneva essere appartenuto a Hemingway: da uno dei corni a spirale penzolava una busta della spesa. Sulla credenza scrostata accanto alla porta c'era una macchia fucsia. Guardò meglio e riconobbe una cornice da tavolo, con dentro una foto di loro quattro insieme alla madre, strette nel séparé di un ristorante, le facce sorridenti sopra piattini di profiteroles e sorbetti in via di scioglimento. La madre era al centro; con un braccio cingeva Nicky e Lucky alla sua destra, con l'altro Bonnie e Avery a sinistra.

Capí subito che era la cena con cui avevano festeggiato la laurea di Nicky, uno dei rari momenti felici e condivisi; in parte perché quell'estate il padre aveva smesso di bere a seguito di un breve ricovero ospedaliero per itterizia. In quel momento anche Avery era sobria, e per solidarietà tutti i commensali avevano ordinato degli Shirley Temple; e che risate, quando si erano trovati davanti quegli intrugli zuccherini con tanto di cannucce a spirale e ciliegie sotto spirito! Ricordava vagamente che all'inizio della cena le due sorelle piú piccole si tenevano il broncio per via di qualcosa che era successo alla festa di laurea tra Lucky e le ragazze della confraternita di Nicky; ma al momento del dolce, senza clamori né spiegazioni, si erano perdonate a vicenda. Nella foto erano strette l'una all'altra come narcisi nello stesso vaso: gli orecchini a cerchio di Nicky sfioravano la guancia di Lucky. Era stato il padre a scattare la foto, dicendo: «Voglio le mie Shirley tutte insieme».

Avery si era accorta che le mani non gli tremavano, ed era stata cosí orgogliosa del fatto che sembrassero, una volta tanto, una famiglia normale. Sulla cornice della foto, nella grafia curvilinea dei manifesti che proclamano «Vivi, Ridi, Ama» oppure «Keep Calm e Bevi un Prosecchino», era incisa la frase «Madri e Figlie per sempre». Avery immaginò la scena: Nicky che entrava nel negozio e sceglieva quella cornice senza un'ombra di ironia, infantilmente convinta che i bei momenti potessero davvero durare per sempre, anche in una famiglia come la sua.

– Vieni, siediti, siediti, – la invitò sua madre, indicando il tavolo da pranzo. Armeggiava sul lavandino, si lavava le mani. Forse, pensò Avery, si era accorta che lei aveva notato le unghie sporche di terra. Si accomodò al grande tavolo; al centro, in una piccola radura di fogli, c'era una brocca blu con degli iris.

– Li ho raccolti stamattina, quando ho saputo che stavi arrivando, – disse la madre. – Sono graziosi, vero? I fiori preferiti di Van Gogh. Mi fanno sempre pensare a te –. Si girò ad accarezzare un petalo indaco con la punta di un dito insaponato.

– Graziosi, sí, – rispose Avery, anche se soffriva a vedere sua madre sforzarsi di compiacerla con quelle piccolezze dopo averla delusa per tanto tempo in cose ben piú importanti. Una madre del tutto buona, o del tutto cattiva, sarebbe stato meglio di quel continuo, insopportabile altalenare.

– Come stanno le ragazze? – chiese la madre.

Chiunque, ascoltando quella conversazione, avrebbe pensato che si riferisse alle figlie di Avery, ma naturalmente no: era delle proprie figlie che stava parlando. La madre era stata a New York appena il giorno prima, e forse sospettava che lei lo sapesse; Avery però non intendeva ammetterlo. *Benissimo*, pensò. *Vuoi negare la realtà? E allora neghiamo*.

– A meraviglia, – rispose, sorridendo radiosa. – È stato bello rivederle.

Non era il caso di farle sapere che al momento non si parlavano; preferiva, per lealtà, presentarle come un fronte unito.

– E come mai sono tornate a New York? – chiese la madre.

Perché non lo domandi a te stessa?

– Lucky si è presa una pausa dal lavoro, – disse Avery in tono vago. – E Bonnie è tornata ad allenarsi con Pavel.

La madre tirò su col naso.

– Non ho mai capito perché sia tanto fissata con quello sport barbarico. È una cosa di cui dobbiamo ringraziare tuo padre.

– Ma è bravissima, mamma. Avresti dovuto vederla combattere.

– Quale madre potrebbe assistere a uno spettacolo del genere? Finché era dilettante, okay: almeno hanno il casco protettivo. Ma questa storia di diventare professionista? Masochismo puro –. Scosse la testa, si voltò e sollevò il bollitore. – Tè?

– Non è masochismo, mamma, – replicò Avery, già pronta a difenderla come ai vecchi tempi. – È uno sport molto rispettato. Per il tè, grazie, sono a posto.

– È un circo sanguinario che dovrebbero vietare per legge. Sei sicura? Ho anche quello forte di marca inglese, a cui immagino sarai abituata.

– Sí, allora va bene –. Alzò la mano in un gesto di resa. Era appena scappata da un Paese che guardava al tè come a un rimedio universale, e forse, a pensarci adesso, la cosa la infastidiva proprio perché la madre era dello stesso avviso.

– Dovresti parlare con Bonnie e convincerla a fare qualcos'altro. Perché non allena gli altri pugili, per esempio? Sarebbe un'ottima allenatrice.

– Perché vuole combattere, mamma. Non riuscirei mai a convincerla. Nessuno di noi ci riuscirebbe.

– Quel Pavel farà bene a proteggerla, – brontolò la madre. – Sta a lui evitare che si faccia male.

Allora lei lo vide: il terrore cieco, quasi animale, nascosto sotto il tono querulo. Sua madre aveva paura per Bonnie, aveva paura per tutte loro. Era cosí anche prima di perdere Nicky? Non ricordava di averla mai vista tanto in ansia. La paura era apparsa ben visibile, non detta ma comunque sconcertante nella sua verità. Solo un attimo, poi era scomparsa.

– Se la caverà, – mormorò Avery. – Lui sa bene come proteggerla.

– Quando la chiamo al telefono mi risponde soltanto a grugniti, – si lamentò la madre. – Ed è cosí per tutte voi! Tanto valeva avere figli maschi. Credevo che le ragazze fossero piú espansive, e invece...

Avery finse di non aver sentito. Sua madre aveva un lungo elenco di delusioni inflitte dalle sue figlie, e in cima alla lista c'era sempre il fatto che nessuna avesse avuto la gentilezza di nascere maschio.

– Dov'è papà? – chiese poi. – Sta dormendo?

Il padre era solito appisolarsi in salotto o in altri punti altrettanto centrali per la vita della famiglia: persino nel sonno trovava il modo di dominare ogni spazio.

– Ecco, volevo giusto parlartene. Non c'è.

– Questo lo vedo.

La madre si voltò a guardare Avery, dando la schiena al bollitore intorno al quale stava armeggiando.

– È tornato in clinica.

– Ah, sí? E quando? Per quanto tempo?

– Qualche settimana fa. Stavolta vogliono che si fermi sei mesi.

– Sei mesi? Come mai cosí tanto?

– Mah, la solita prodezza americana. L'anno scorso ha avuto qualche attacco di gotta...

– *Gotta*?

La madre fece un sospiro esasperato.

– Sta invecchiando, tesoro. È abbastanza comune, negli uomini di una certa età. E poi pare che abbia problemi di fegato, anche se confesso di non averne mai avuto prova.

– Prova? – ripeté Avery. – Se te lo dice un medico non servono altre prove.

– Comunque, – rispose la madre in tono stanco, – vogliono tenerlo sotto sorveglianza piú a lungo.

– Ma santo cielo, mamma, perché non ci hai detto niente?

– Nessuna di voi ha mai chiamato per avere notizie!

– L'assicurazione copre le spese?

– Piú o meno per metà, ma l'altra metà costa parecchio. È per questo che vendiamo l'appartamento. Sei stata gentile ad aiutarci a mantenere la casa, ma, visto che non ci abita nessuno, quei soldi potrebbero servirci –. Prese uno strofinaccio e si asciugò distrattamente le mani. – Anche se lo sa il cielo quante volte l'abbiamo messo a garanzia per qualche prestito: mi sa che ormai non vale piú molto.

Avery la guardò incredula.

– In che senso «non ci abita nessuno»? Ti ho appena detto che ci sono Bonnie e Lucky!

La madre tese lo strofinaccio fra le mani.

– Sí, ma per quanto tempo? Lucky non si ferma mai a lungo da nessuna parte, e Bonnie prima o poi andrà in ritiro da qualche parte. E poi sono adulte! Se proprio vogliono vivere a New York possono trovarsi una casa per conto loro.

– Non puoi fargli una cosa del genere, mamma!

– Fargli, che cosa? Vendere una casa di mia proprietà? Non sei tu a decidere della mia vita, tesoro. Io devo fare ciò che è giusto per me e per tuo padre.

Avery tormentava i fili scuciti della tovaglia marocchina.

– Prima Nicky, e adesso questo, – brontolò.

La madre girò la testa di scatto.

– Nicky ha potuto abitarci finché voleva, pagando un affitto irrisorio, – disse. – Sapevamo che aveva problemi con la gestione del dolore, e il suo stipendio da insegnante non era sufficiente a coprire le...

– Però non ti sei mai accorta di quel che stava succedendo, e con papà sarà la stessa cosa.

La madre alzò gli occhi al cielo.

– Oh, dev'essere molto difficile per te.

– Che cosa? – domandò fiaccamente Avery.

– Essere l'unica persona al mondo che non ha una madre perfetta.

Avery sbuffò.

– Quel che è successo a Nicky non ti ha insegnato niente? A te come a tutte noi? Possibile che siamo una famiglia cosí... – cercò una parola capace di definire quel disastroso groviglio di rancori reciproci, dipendenze e fughe dalla realtà che era l'essenza profonda della sua famiglia. – Cosí *fottuta*! – disse infine.

– Quel che è successo a Nicky non ha niente a che fare con questo.

Avery alzò una mano e si mise a contare sulle dita.

– Papà è andato in clinica a disintossicarsi. Io non posso bere un goccio d'alcol. Bonnie, piú saggia, non ha mai cominciato. Lucky... Be', Lucky è già un miracolo che sia viva. E Nicky è morta di *overdose*, mamma. C'è un problema in questa famiglia; un problema serissimo.

La madre incrociò le braccia sul petto e non rispose. Che rotta prendere: diniego, delirio o difesa a oltranza? Sembrava di sentire il crepitio dei suoi ingranaggi cerebrali.

– Ci tieni tanto alla tua identità di alcolista? – esordí in tono calmo.

– Io non... – scattò Avery, ma la madre non aveva finito.

– Se è cosí che vuoi farti chiamare, non posso certo impedirtelo. Sei stata un'adolescente di grande intelligenza e sensibilità, con qualche problema di droga. Questo basta a fare di te una tossicomane?

– Sí. È esattamente quel che basta.

– Non spetta a me dirlo, – replicò la madre con lenta, studiata ragionevolezza, – bensí a te. Ma tuo padre ha *la gotta*, e per di piú è anziano. Bonnie è una salutista convinta. Lucky è giovane e un tantino scapestrata, okay, ma diciamo che ci sta. E Nicky soffriva di *endometriosi*. È ricorsa a quei farmaci perché nessun medico era in grado di alleviarle il dolore, e questo è il risultato di un sistema sanitario che non assegna fondi sufficienti alla ricerca sulla salute femminile. Sei l'ultima persona a cui dovrei raccontarlo, Avery.

E dunque aveva scelto la buona, vecchia tattica della negazione a ogni costo. Un classico. Ma Avery aveva già la risposta pronta.

– Il mondo è pieno di donne con l'endometriosi che non fanno quel che ha fatto Nicky.

– Sicché stai dando la colpa a lei? – ribatté la madre. – Come ti permetti di parlare cosí delle tue sorelle? Se cerchi un colpevole, punta il dito sull'androcentrismo del sistema medico. Cosa ti ho insegnato in tutti questi anni?

– Non ho bisogno delle tue lezioni sul patriarcato! Tra noi c'è una sola persona che ha sposato la causa del patriarcato, e non sono io, cazzo!

Avery stava perdendo la calma, e non c'era niente che detestasse di piú. La madre piegò le labbra in una smorfia che stava a metà fra un ringhio e un sorriso.

– Non sto dando la colpa a Nicky, – seguitò Avery, temendo di perdere il filo. – Lei *soffriva*. E nessuno di noi ha saputo aiutarla. Dobbiamo affrontare questa cosa, altrimenti finirà per ucciderci tutti, uno per uno.

La madre socchiuse gli occhi.

– Non ti ricordavo cosí melodrammatica. È Chiti che ti insegna queste cose?

La madre di Avery aveva sempre diffidato degli psicanalisti, categoria professionale che al pari dei medium e dei guaritori aveva l'unico scopo, a suo dire, di sfruttare gli stolti e i disperati. Forse, sospettava Avery, non voleva che le figlie andassero dall'analista perché temeva di vedersi imputare ogni loro problema o difficoltà. *Non do la colpa a mia madre per ciò che sono diventata. Perché dovrei?* pensò Avery. E l'aver sposato un'analista rappresentava forse, sempre agli occhi di sua madre, un insulto al buon senso e a lei personalmente.

Avrebbe tanto voluto mettersi a gridare, e invece decise con immensa generosità di ignorare la frecciatina a Chiti e tentare un approccio piú morbido.

– Ma puoi almeno ammettere che papà beve un po' troppo?

La madre lanciava occhiate nervose in vari punti della cucina, come se stesse cercando una trappola, poi si arrese e curvò appena le spalle.

– Sí, questo posso ammetterlo.

– Grazie. Non voleva essere una critica. Sono solo preoccupata. Mi sembra strano che debba restare cosí a lungo in clinica.

– Okay, grazie.

Il tono era prudente, ma l'espressione sembrava meno tesa. Avery procedette con cautela.

– Hai mai pensato di andare alle riunioni degli Alcolisti anonimi?

Mossa sbagliata. La voce di sua madre si impennò di un'ottava.

– E stare lí a sentire un branco di sfigati che dànno la colpa dei loro problemi a chiunque gli capiti a tiro? Farmi dire da loro che dovrei lasciare mio marito? No, grazie, sto bene cosí!

Avery intrecciò le mani sul tavolo e ci posò sopra la fronte in segno di resa. Come aveva fatto a cacciarsi di nuovo in quel vicolo cieco? Da qualsiasi parte la prendesse, finiva sempre intrappolata lí. Se fosse stata una causa legale, avrebbe dovuto rinunciare all'incarico. Non c'era verso di cambiare sua madre, né adesso né mai.

– Non è cosí che funziona, – replicò esausta.

– Evita di spiegarmi come funziona. Ci sono stata.

Avery rialzò la testa. Questa era nuova.

– Ci sei stata? E quando?

– Mi hanno messa alla sbarra, Avery. Quelle donne mi hanno messa alla sbarra. E alla fine mi hanno detto: «Continua a tornare!» Viscide bigotte.

Avery trattenne a stento una risata.

– È solo uno slogan. Lo dicono sempre, ai nuovi arrivati.

– Non mi va che mi trattino come una scolaretta. Sono una donna adulta con quattro figlie adulte. Non tollero che mi si dica di *continuare* a *fare qualcosa*.

– Tre.

– Eh?

– Hai *tre* figlie adulte.

La madre attorcigliò con furia lo strofinaccio. Quando parlò la sua voce era fredda, priva di qualsiasi emozione.

– Questa tua vena di pedanteria è certamente utile nell'ambito professionale che ti sei scelta, ma nella normale conversazione è molto fastidiosa.

Avery si immusoní.

– Ma perché non l'hai fatto? – chiese.

– Fatto, cosa?

– Continuare a tornare.

– Ma se ti ho appena detto che…

– Non per te; per *noi*. Chi avrebbe potuto insegnarci a star bene, se tu e papà non volevate farlo? Da chi potevamo imparare?

La madre la guardò con stupore.

– Ma tu *stai* bene, Avery. Guardati! Anzi, piú che bene! Hai un ottimo lavoro. Una casa enorme, a quanto mi dicono. Una bella moglie. Bonnie era campionessa mondiale, Dio santo. Lucky era sui manifesti pubblicitari di tutto il mondo. E Nicky aveva i suoi allievi che la adoravano, prima che… – Lasciò la frase a metà. – Insomma, come si può dire che siamo stati cattivi genitori, se voi siete arrivate a tanto?

Avery scosse la testa.

– Non permetterti.

– Cosa? Che cosa mi sto permettendo?

– Di usare i nostri successi come prova delle tue capacità di madre. Sono i *nostri* successi, non i tuoi.

– È esattamente quel che sto dicendo, tesoro!

– E non permetterti di raccontare *a me* come è stata la mia infanzia. Lo so benissimo, come è stata.

– Oddio, ci risiamo. Ti abbiamo picchiata? Tenuta a stecchetto? Costretta a dormire nella rimessa in giardino?

– Non ce l'avevamo, il giardino.

– Sai *benissimo* cosa intendo. Hai idea di come la vostra vita sia stata migliore rispetto a quella di molte altre ragazze? E della mia? E adesso vieni qui a rinfacciarci di avervi deluse in mille modi? No, mi spiace, tesoro. Sei troppo grande per scaricare sui genitori la colpa dei tuoi problemi. La tua carta Esci gratis di prigione è scaduta, mi spiace.

Ma Avery non era disposta a fare marcia indietro. Tutto il rancore e le recriminazioni che per anni aveva cercato di lasciarsi alle spalle erano tornati all'improvviso. «Tieni la casa in ordine, confida in Dio, aiuta gli altri». Questo le avevano insegnato nel programma. E adesso si scopriva circondata dal disordine.

– Dov'eri tu quando volevo disintossicarmi? – chiese in tono fermo. – Dove eravate? Perché ti metti sempre dalla parte di nostro padre? Perché mai dalla nostra?

– Non ci hai mai detto che volevi disintossicarti! Ce l'hai tenuto nascosto. Per piú di un anno non abbiamo saputo dove diavolo fossi, Avery!

– Potevate cercarmi!

– L'ho fatto! Sono andata alla polizia! Ma avevi compiuto i ventuno anni e te n'eri andata di tua volontà. Eri maggiorenne e potevi decidere da sola. Tu, meglio di chiunque, dovresti capirlo.

Avery questo non l'aveva mai saputo, e il dolore di scoprirlo adesso era molto piú aspro del furore farisaico che aveva provato per anni. Il pensiero che sua madre non l'avesse mai cercata l'aveva fatta impazzire di rabbia, ma sapere che aveva tentato e non c'era riuscita le spezzava il cuore, era insopportabile. Avrebbe voluto coprirsi gli occhi con le mani e piangere come una bambina. Avrebbe voluto ridiventare piccola, cosicché lei potesse prenderla in braccio e stringersela al petto. Avrebbe voluto tornare neonata e ricominciare daccapo, da quando era l'unica figlia di sua madre e non c'erano altre sorelle da disilludere o perdere. Prima di scoprire le droghe, prima di andar via da casa, prima di incontrare Chiti, prima di rovinarsi la vita. Ma era impossibile, era impossibile per tutte loro, quindi serrò la mascella e guardò fisso davanti a sé.

– Perché non sei salita?

– Eh?

– Ieri. Sapevi che eravamo a casa; perché non ci hai aspettate? Bonnie e Lucky sanno che sei passata. Come pensi che l'abbiano presa?

E io con loro, avrebbe voluto aggiungere, ma non lo fece. La madre chinò la testa.

– Volevo aspettarvi, – rispose in tono quieto.

– E allora, perché non l'hai fatto?

– So che la scusa ti sembrerà patetica, ma... quella casa, con dentro le cose di Nicky... Non posso entrarci, Avery.

Fece il giro del tavolo, venne a sedersi di fronte a lei e posò una mano aperta nello spazio tra di loro.

– Era la mia bambina, – mormorò.

Avery annuí. Nicky era la preferita di sua madre; non era giusto, ma era cosí. Tra loro quattro, Nicky era l'unica che fosse riuscita a farsi strada nel cuore della madre, non con la forza ma con una gentile, persistente attenzione. Come nella favola di Esopo in cui il sole e il vento fanno a gara per vedere chi riuscirà a togliere il mantello a un viandante: il vento si mette a soffiare, ma piú soffia e piú il viandante si stringe addosso il suo indumento. Allora il sole comincia a splendere dolcemente, e scalda il viandante finché non è lui stesso a decidere di togliersi il mantello. Bonnie e Lucky avevano preferito tenersi lontane, ma Avery si era sempre avvicinata alla madre come il vento al viandante, pretendendo di cambiarla con la forza. Nicky era stata il sole.

– Lo so, – rispose Avery.

La madre intrecciò le mani sul tavolo.

– La sua morte, – disse, – è stata insopportabile. Per tutti noi. Ma tu dici che è stata colpa mia, e io questo non posso accettarlo –. Avery cercò di ribattere, ma la madre la fermò con una mano. – Io non posso, non potrei... non potrei vivere, se fosse davvero cosí.

Avery alzò gli occhi su di lei. Quella stoffa nera la rimpicciolivа; sua madre non le era mai sembrata cosí piccola.

– Ma tu volevi avere dei figli?

Non era una domanda vera e propria; il tono era piú lamentoso che accusatorio. La madre alzò gli occhi al soffitto, come se la risposta fosse scritta lí.

– La verità? – disse alla fine. – Volevo essere una moglie, questo sí. Se volessi anche essere madre, onestamente non lo so –. Fece un sorriso mesto. – Ma le due cose vengono piú o meno insieme, no?

Avery la fissò. Si rese conto con un sussulto di paura che sua madre le aveva letto nel pensiero.

– E allora perché hai fatto quattro figlie?

La madre si strinse nelle spalle.

– Il cattolicesimo, sai.

– Tutto qui? Una sola parola per spiegare tutte noi? Ma se non sei neanche religiosa!

– Be', *io* non sono cattolica, tesoro. I miei erano anglicani, il che significa ben poco, come sai. Tuo padre, però, è cattolico.

– Non andavamo quasi mai in chiesa!

– Sto parlando di *cultura* religiosa, non della semplice pratica.

– Quindi ti sei lasciata mettere incinta e basta? È folle.

– Erano tempi molto diversi. Mi sono sposata a ventitre anni. Dieci anni meno di quanti ne hai tu adesso. Non puoi capire come fosse a quei tempi.

– Ma non era il medioevo, mamma. Forse bastava dirglielo, che non volevi figli.

La madre sospirò.

– Io però non immaginavo fino a che punto sarebbe stato difficile. Diventare madre è uno shock enorme, Avery. Come mettere piede sulla Luna. Ti cambia la vita in un attimo –. La guardò da sotto le sopracciglia ispide. – Con te, poi, è stato peggio ancora.

– Oh, ma certo, – disse lei. – Scusa tanto.

Cosa poteva mai rispondere? Non le aveva mica chiesto di nascere.

– Con le tue sorelle è andata un po' meglio, ma mi rendevo conto che il mio legame con voi era diverso da come avrebbe dovuto essere. Dopo ogni parto mi sentivo... giú di corda, ecco –. Scosse la testa. – So che oggi questa cosa ha un nome, ma all'epoca i dottori ti dicevano di darti una mossa e stop. Era una cosa di cui vergognarsi. Che genere di madre... – Lasciò la frase in sospeso. – E comunque non serve a niente rivangare tutto questo.

Avery scrutò attentamente il suo viso.

– Ne hai mai parlato con papà?

Lei respinse l'idea con un gesto.

– Oh, sono cose che gli uomini non possono capire. E in un certo senso vostro padre faceva a gara con voi. Ciascuno di voi pretendeva da me piú di quanto potessi dare. Mica come adesso! – esclamò con una risatina.

Avery mantenne un tono neutro.

– Hai mai pensato di chiedere il divorzio?

La madre alzò gli occhi al soffitto.

– A volte, – confessò.

Lei non si aspettava una risposta sincera, e si sforzò di non sembrarle troppo stupita.

– Ci hai *pensato*?

La madre sospirò stancamente, come se invece di rivelare un nuovo aspetto della propria vita interiore fosse costretta a ripetere la stessa cosa per la centesima volta.

– Non sono stata capace di elaborare una strategia decente, – disse. – Che avrei potuto fare? Togliervi tutte e quattro da scuola e tornare in Inghilterra? Per viverci? Ormai i miei erano morti. Accettare la custodia condivisa e lasciarvi sole con lui? Sapevo bene cosa significava avere a che fare con un… Dici che vostro padre è un ubriacone? Il mio era peggio –. Gli occhi fissavano un punto in lontananza. – Era brutale, – mormorò.

– Non sapevo che avessi pensato al divorzio.

La madre batté i palmi sul tavolo.

– E il bello è che lo amo! E mi faceva compassione! Lui si sforzava di controllarsi, e alla fine ho pensato che restando avrei potuto proteggervi meglio. Ho alzato una barriera fra noi e voi. Sapevo, capisci, che voi quattro avreste potuto contare l'una sull'altra. E che tu saresti stata un punto di riferimento per le piccole. In questo modo, almeno, sareste potute crescere come volevate. E l'avete fatto. Guardati.

Avery tacque un istante, e quando parlò la sua voce era appena un sussurro.

– Io non ero pronta. Faticavo persino a badare a me stessa.

La madre la smentí con un gesto.

– Ma alla fine *ci sei riuscita*.

– Non con Nicky, però. Ho perso… Ho perso una sorella.

La madre allungò un braccio sopra il tavolo e strinse la mano di Avery con la forza di un falco che ghermisce un topo di campagna. L'intensità del suo sguardo era impressionante.

– È questo che pensi? – chiese. – Che sia stata colpa tua?

– L'hai detto tu stessa, che dovevano contare su di me.

– Per andarle a prendere a scuola, non per fargli da babysitter vita natural durante.

Avery scosse la testa.

– Ma io le ho abbandonate. Due volte. Prima sono andata in California, poi a Londra. Ero cosí felice laggiú, con Chiti e il mio bel lavoro importante. Sono stata egoista. Avrei dovuto capire che cosa stava capitando a Nicky. Sarei dovuta tornare.

– E pensi che tornando a vivere a New York avresti potuto salvarla?

– Non lo so, – rispose Avery con una vocetta lamentosa. – Tu dici di no?

Allora la madre fece una cosa per lei alquanto insolita: girò intorno al tavolo e la prese tra le braccia. Con la figlia stretta al petto cominciò a dondolarsi, le accarezzò i capelli, cercò dolcemente di zittirla con piccoli suoni sibilanti.

– Ascoltami, – disse, – ma voglio che ascolti davvero –. Accostò le labbra all'orecchio della figlia e mormorò in tono fervido: – Non sei importante fino a questo punto.

La madre continuava a ripetere che non si poteva venire a trovarla in campagna senza portarsi a casa qualche ovetto fresco, ed è per questo che Avery si trovava inginocchiata a terra davanti al pollaio e tastava alla cieca in quel buio polveroso e immobile. Alla fine la sua mano si posò su una forma familiare.

– Sono ancora calde! – esclamò.

– Mettile qui, – disse la madre, e le porse una scatola da scarpe imbottita di paglia. – Una volta le raccoglievo solo al mattino, ma poi ho visto che se per caso i gusci si rompevano le galline si pappavano i tuorli. Ci avevano proprio preso gusto, e in effetti può succedere, dicono; infatti adesso vengo a controllare un paio di volte al giorno, per accertarmi che non le rompano da sole con il becco quando hanno voglia di uno spuntino.

– Mangiano le loro stesse uova? Che schifo.

La madre sbuffò con forza dalle narici.

– Voi ragazze siete troppo cittadine. Avrei dovuto allevarvi a contatto con le crudeltà della natura: sareste diventate piú forti.

– Credi che vivere a New York non ci abbia temprate a sufficienza? Quando siamo andate a visitare il museo di Storia naturale io e le mie compagne di classe abbiamo visto un senzatetto masturbarsi nel suo sacco a pelo. Non ci servivano le galline, fidati.

La madre rise, e Avery fu contenta di aver detto una cosa divertente. Tese la mano per passarle un altro uovo, e la madre la strinse nella sua.

– Adesso mi dici cos'è che non va? Perché sei cosí triste?

Lei la guardò con stupore, poi tirò via la mano.

– Che cosa intendi? Se sembro triste, forse è perché ho pensato a Nicky.

La madre la studiò, accigliata.

– No, non è questo.

Com'era possibile che ora la vedesse con tanta chiarezza, malgrado ciò che per anni le era sfuggito? «Troppo tardi», avrebbe voluto dirle. Ma il desiderio di mostrarsi, di essere infine *vista* da sua madre, la costrinse a incrociare il suo sguardo.

– Ho tradito Chiti.

La madre annuí. Le galline lí intorno si fecero chioccianti testimoni.

– Con un uomo, – aggiunse Avery.

Un altro cenno del capo.

– Lei mi ha scoperta e adesso dorme nella stanza degli ospiti; io invece sono qui.

La madre annuí per l'ultima volta. Avery si sarebbe aspettata una risposta, ma lei rimase immobile, accovacciata sui talloni come un apostolo del Signore, a battere tranquillamente le palpebre.

Avery strillò esasperata. – Insomma, di' qualcosa! Sto mandando a puttane la mia vita, ti rendi conto?

La madre tirò su da terra un pezzetto di fieno e cominciò a rigirarselo tra le dita.

– Quando avrai la mia età capirai che si possono prendere un sacco di strade sbagliate, ma questo non ci impedisce di arrivare a destinazione.

– Non capisco cosa cazzo vuol dire, – brontolò Avery.

La madre la guardò senza scomporsi.

– Sí che capisci.

Lei sospirò.

– Chiti vorrebbe un figlio.

– E tu?

– Non… – Una sola sillaba, ma sembrava già un tradimento. – … sono sicura, – si affrettò ad aggiungere. – Non sono sicura.

– Da piccola non ne volevi.

– Come lo sai?

– Me l'hai detto tu! Lo ripetevi sempre. Io la vivevo un po' come un'accusa. Come se stessi dicendo che non avresti voluto nascere.

– Probabilmente era cosí. Ma potrei anche aver cambiato idea.

– E quindi come la pensi?

Avery fece una risatina asciutta.

– Riguardo all'esser nata? Come quando ero piccola.

– Riguardo ai figli, – rispose la madre, sorridendo a labbra strette. – E comunque, benvenuta nel club.

Avery aveva bisogno che qualcuno le dicesse cosa fare. Aveva sperato di ottenere da sua madre le risposte che le servivano, ma invano. Non era stata capace di vivere al meglio la propria vita, figuriamoci occuparsi di quella delle figlie. Una famiglia che aveva insegnato cosí poco, pensò. Se non altro la madre di Charlie aveva fede in Dio, e lui, per quanto agnostico, poteva credere nella fede di sua madre. Ma la *sua*, di madre, in che cosa aveva fede? In suo marito. E suo marito in che cosa aveva fede? Nell'alcol. La madre non le aveva insegnato a credere in niente, eccetto la capacità femminile di sopravvivere alle delusioni. Però, malgrado tutto, Avery aveva bisogno dei suoi consigli.

– Che cosa devo fare? – chiese. – Cosa faresti tu, al mio posto?

La madre continuava a rigirarsi tra le dita lo stelo di fieno.

– Tu lo ami, quell'uomo?

– Charlie? Oddio, no! È… Non è come pensi. Non voglio mettermi con un uomo. Sono lesbica, mamma.

– E allora impegnati con Chiti. Dimostrale che è la donna della tua vita.

Avery guardò una gallina che camminava impettita alle spalle di sua madre, muovendo la testa a scatti come un automa inceppato.

– E come faccio?

La madre sorrise e le mostrò le mani.

– Dàlle ciò che vuole.

Avery chinò il capo.

– E se non ci riesco?

La madre lasciò cadere lo stelo di paglia e si spolverò le mani.

– Allora smetti di tormentarti e va' avanti con la tua vita.

Avery alzò lo sguardo verso la chioma del frassino che faceva ombra a entrambe. La luce del sole passava attraverso le foglie. Un soffio di brezza tiepida fu salutato da un coro di campane a vento.

– Ma tu stai bene, mamma? – le chiese all'improvviso. – Qui tutta sola?

La madre fissava le uova nella scatola da scarpe.

– Non devi preoccuparti per me, tesoro.

Quante volte Avery aveva ripetuto la stessa cosa alle sue sorelle? Andò a sedersi per terra accanto alla madre. Da giovane fantasticava spesso di partire con lei e le sorelle, portarle lontano dal padre, trovare un posto dove vivere insieme senza paura. Un mondo popolato soltanto da donne e ragazze: era questo il suo sogno.

– Perché non vieni a stare per un po' a New York con Bonnie e Lucky? – le chiese. – Solo fin quando papà non torna. Ci sarei anch'io. Potrebbe essere divertente, – sorrise.

La madre posò una mano su quella di Avery e la strinse con forza.

– Quella casa la stiamo vendendo, amore mio. È ora di voltare pagina.

Avery fece una smorfia.

– No, mamma. È passato troppo poco tempo da quando abbiamo perso Nicky. Ti prego… – La madre provò a dire qualcosa, ma lei la zittí con un gesto. – Pagherò la clinica di papà, e anche le spese della casa. Ti prego.

La madre, perplessa, la guardò da sotto in su.

– Ma tu quanti soldi guadagni?

– Una caterva.

Era un'esagerazione, ma avrebbe fatto in modo che sembrasse plausibile, perché voleva convincerla. Sua madre si rimise in piedi, diede una spolverata ai panneggi di stoffa nera, poi tese una mano per aiutarla ad alzarsi.

– No, – disse poi. – Non è giusto che sia sempre tu a tirarci fuori dai guai. Le tue sorelle devono crescere. Tutti noi dobbiamo.

Avery prese la mano della madre e si raddrizzò.

– E io che cosa dovrei fare? – le chiese con un filo di voce.

La madre le sfiorò una guancia con il dorso della mano. Avery non aveva mai riconosciuto i propri tratti nel viso di sua madre, ma quelli delle sorelle sí. Lucky aveva gli stessi canini aguzzi. Bonnie, lo stesso naso affilato. Nicky, la forma oblunga del viso. Aveva nascosto pezzi di sé in ognuna delle sue figlie. Avery si stava domandando quale parte fosse celata in lei, quando sentí un tintinnio di note musicali. Un gruppo di galline stava becchettando i tasti colorati dello xilofono. Come una piccola banda musicale, suonavano a tempo l'una con l'altra. Un rumore gioioso, sorprendente.

– Ora capisci perché ho dato lo xilofono alle galline, – disse la madre.

Con grande sorpresa di entrambe, Avery si rese conto di voler restare ancora in campagna, pertanto passò due notti con sua madre nel grande letto di ferro battuto, con addosso una delle sue vecchie camicie da notte. Di giorno aiutava in giardino, badava alle galline, leggeva vecchi classici Penguin dalle pagine ingiallite, scelti dalla biblioteca del padre. Non si parlarono piú con la schiettezza di quel primo dialogo: il necessario era stato detto, e adesso potevano farsi compagnia in silenzio. Da quando era nata Bonnie, Avery non era mai rimasta tanto a lungo da sola con la madre: eppure era cosí riposante! Le era sempre parso strano che certe donne volessero trascorrere del tempo con le madri, al punto da progettare con gioia piccoli viaggi o giornate dedicate solo a loro; che ci trovavano, pensava, di tanto divertente? Ora invece notava con stupore di essere una di loro, o quantomeno di capire perché lo facessero. Il tempo trascorso con sua madre l'aveva ammorbidita, come il tepore di una mano che plasma l'argilla, alla fine del secondo giorno si scoprí impaziente di tornare da Bonnie e Lucky, per modellarsi di nuovo intorno a loro e fare pace. Sperando che glielo permettessero.

La mattina del terzo giorno Avery si svegliò che era ancora buio e tornò in città con il primo treno; quando rientrò nell'appartamento, il sole si levava appena oltre il contorno dentellato dei grattacieli. Immaginava che le sorelle dormissero ancora: sperava di riuscire a posare le sue cose e scendere alla tavola calda per comprare la colazione a tutte e tre, come gesto di pace; ma mentre attraversava in punta di piedi il corridoio sentí provenire dal bagno una sorta di sommesso schitarrare. Da sotto la porta chiusa filtrava una striscia di luce gialla. Dentro c'era Lucky, seduta sul coperchio del water con in braccio una Gibson rosso ciliegia. Appena vide la sorella, alzò gli occhi e smise di suonare.

– Cosa fai? – bisbigliò Avery.

– Sei tornata, – disse Lucky, e il suo viso si aprí per un istante, ma subito dopo si richiuse, come un ventaglio. – Non si usa bussare?

– È tua quella chitarra?

Con un filo di imbarazzo, Lucky la posò a terra e la nascose tra le gambe.

– No, l'ho rubata, – rispose poi, impassibile. – È cosí che fanno le pazze conclamate come me, giusto?

Avery richiuse con cura la porta dietro di sé, per non svegliare Bonnie. Lucky non poteva certo saperlo, ma quella risposta aveva toccato una corda sensibile; d'altronde lei non rubava piú, ormai; aveva chiuso con certe cazzate. Era tornata a New York con le intenzioni piú limpide, eppure un solo minuto in compagnia di Lucky era bastato a intorbidire le acque. Evidentemente non era disposta a far pace, e di fronte a tanta ostilità anche i propositi di Avery cominciavano a cedere. Ma perché era tanto piú facile volerle bene da lontano?

– Non saprei, – rispose alla fine. – Diciamo che in quanto cogliona sputasentenze mi attribuisco il merito dell'affermazione, e poi cerchiamo di capire se è vero.

– Ti ho chiamata *stronza* sputasentenze, non cogliona, puntualizzò Lucky.

– Ah, be', in tal caso non vedo l'insulto. Lieta che ci siamo chiarite.

Guardò la sorella e per un brevissimo istante la vide contrarre gli angoli delle labbra.

– Devi fare pipí? – chiese Lucky, e accennò ad alzarsi. – Ti lascio sola.

Avery le fece cenno di stare comoda. – No. Continua pure, vado via io.

Lucky non disse nulla per fermarla, perciò Avery le voltò le spalle. Ma rimase immobile, con le dita sulla maniglia della porta. Che stava facendo? Era la piú grande; a chi toccava comportarsi da adulta, se non a lei?

– Era bello, tra l'altro, – disse. – Quello che stavi suonando. Mi piaceva.

Lucky non rispose. Avery sgusciò nel corridoio, poi sentí la voce della sorella: un mormorio, ma il tono era serio.

– Dici davvero?

Avery girò su sé stessa, tornò nel bagno e richiuse la porta.

– Certo. Erano secoli che non ti sentivo suonare.

Lucky sollevò la chitarra e guardò a lungo la sorella, chiedendosi se era il caso di fornire spiegazioni.

– Me l'ha prestata la mia nuova sponsor, – disse alla fine.

Avery sentiva su di sé lo sguardo indagatore di Lucky: stava studiando le sue reazioni. Era cosí bello, il viso di

Lucky: intelligente e sempre in movimento, con la grazia agile di un cervo che, se blandito con molta dolcezza, si convince a mangiarti dalle mani.

– La tua *sponsor*, – ripeté piano Avery, giusto per prendere tempo. Se aveva capito bene, la situazione era delicatissima e lei doveva stare attenta a non fare danni.

– L'ho conosciuta a questa riunione in centro, – disse Lucky con finta noncuranza, anche se Avery percepiva con chiarezza lo sforzo. – Le ho raccontato che una volta suonavo, e lei mi ha suggerito di mettere i miei sentimenti in una canzone: dice che potrebbe essermi utile.

Avery deglutí lentamente. Sentiva le lacrime pizzicarle gli occhi.

– E lo è stato? – chiese in tono pacato.

L'altra si strinse nelle spalle. Avery fece un passo avanti e cercò di controllare la voce.

– Lucky, sono davvero… – esordí.

– Ascolta, non voglio farne un monumento, – la interruppe lei. – E so che mi credi una testa di cazzo, che secondo te è troppo tardi e via dicendo. Ma ci sto provando, okay? Ci sto provando.

In Inghilterra c'è un proverbio, molto amato dai tifosi del calcio: «È la speranza che ti uccide». Se sogni di vincere, la sconfitta è piú amara. Agli inglesi piace vivere cosí, con poche aspettative. Un atteggiamento difensivo, mascherato da pragmatismo. Anche la madre delle sorelle Blue applicava quel metodo. Avery però era americana: credeva nella speranza, l'aveva mangiata a colazione insieme ai corn flakes e ai notiziari locali, sempre cosí attenti ai Signori Nessuno che si buttavano sui binari della metropolitana per salvare la vita a perfetti sconosciuti. E astenersi dal bere era il massimo della speranza.

Avery credeva nella speranza, ma era anche realista. Sapeva come stavano le cose: la dipendenza era una malattia cronica: non c'era cura, ma solo una tregua che durava un giorno, poi un altro, e un altro ancora. Molti non riuscivano a restare sobri. Se ne accorgeva alle feste di anniversario degli Alcolisti anonimi: decine di neofiti che ricevevano il gettone per i novanta giorni di sobrietà, una manciata di persone nella fascia da uno a cinque anni, poche altre nella fascia da cinque a dieci, e oltre quella linea il deserto degli anniversari a due cifre, dove se proprio andava di lusso c'erano un paio di persone da festeggiare. E gli altri dove andavano a finire? Alcuni erano presi dal lavoro o dalla famiglia, o semplicemente avevano smesso di venire alle riunioni. I piú avevano ricominciato a bere. Tanti erano andati in overdose o soffrivano di malattie croniche. Alcuni erano morti. Avery non sapeva spiegarsi perché lei fosse una dei pochi fortunati che avevano resistito a lungo. Stentava a crederci, ma di lí a una settimana avrebbe festeggiato i dieci anni. Dieci anni. All'inizio sembravano un traguardo impossibile, come se fossero cento e non dieci. Nel corso del tempo aveva imparato che solo poche persone restano nel programma. Ma sono molte di piú quelle che non riescono neppure a entrarci, in una riunione.

Alcuni sí, però. Lei, per esempio. E in virtú di chissà quale miracolo, anche Lucky. E se la dipendenza era un tratto familiare, forse lo era anche la guarigione. Oh, eccola di nuovo, la grande, infantile, variopinta virtú americana dell'ottimismo: si gonfiava dentro di lei come un palloncino. *Forse funzionerà anche per Lucky*, pensò. *Forse se la caverà*. Impossibile resistere. I *forse* sbocciavano energici e vivaci come i fiori di tarassaco, che anche senza essere invitati trovano sempre uno spiraglio dove mettere radici. E cosí Avery sperava, sperava e sperava.

Alzati in piedi, Lucky.

Lei la guardò con sospetto.

– Perché?

Cercava di sembrare seria, ma in realtà non riusciva a smettere di sorridere. A un tratto si accorse di avere le guance rigate di lacrime; lacrime calde e inarrestabili.

– Perché adesso ti strizzo come un limone!

Lucky restò in guardia per un'altra frazione di secondo, poi lasciò irrompere il suo sorriso radioso e lupesco.

– Ma non ho fatto niente, – disse mentre si alzava.

Avery la prese tra le braccia e la strinse forte contro di sé.

– Stando alla mia esperienza, – sussurrò nelle morbide volute del suo orecchio, – *non fare* è la parte piú difficile.

Avery e Lucky erano ancora sedute nel bagno a parlare di guarigione – Aveva già cominciato i dodici passi? La sua sponsor era davvero una cantante punk inglese di nome Brie? Sí, gli slogan erano melensi, ma a volte tornavano inaspettatamente utili – quando Bonnie entrò ciabattando con addosso un paio di boxer da uomo e una maglietta della Golden Ring. Appena le vide sobbalzò.

– Siete qui, tutte e due, – disse, un po' intontita.

Avery lasciò andare la mano di Lucky e sorrise all'altra sorella.

– Ti abbiamo svegliata?

– Sono le cinque passate, – rispose Bonnie. – È l'ora a cui di solito mi alzo. Ma che ci fate qui?

Lucky rispose con un'alzatina di spalle. Avery percepí l'atmosfera rilassata e capí che Bonnie e Lucky si erano già riconciliate in sua assenza.

– Facciamo la pace! – annunciò con gioia.

– Oh, grazie al cielo, – esclamò Bonnie. – Posso partecipare?

Si avventò su di loro con un abbraccio da orso: rimasero avvinghiate l'una all'altra, a dondolarsi e a ridere, ad abbracciarsi piú forte e a ridere ancora di piú. Quando la stretta si sciolse, Bonnie andò al lavandino e cominciò a lavarsi i denti.

– E quella che ci fa qui? – chiese, vedendo nello specchio la chitarra appoggiata al water.

Avery puntò l'indice su Lucky.

– Ha scritto una canzone.

– Ma che bello! – esclamò Bonnie, lo spazzolino penzolante dalla bocca. – Possiamo sentirla?

Lucky afferrò la chitarra e se la strinse al petto.

– No!

– Eddài, ti preeeego, – la blandí Avery.

– Non posso cantare con voi due che mi guardate.

– Allora chiudiamo gli occhi! – propose Bonnie.

– Non mi fido. So già che dopo un po' li aprite.

– Mettiti qui –. Avery scostò la tenda della doccia e le indicò la vasca. Entri, poi tiriamo la tenda e cosí non ti vediamo.

Ci volle qualche altra moina, ma alla fine la convinsero a scavalcare il bordo della vasca.

– Cosí va bene? – chiese Avery dopo aver riaccostato la tenda.

Lucky rispose con una vocetta esitante.

– Promettete di non mettervi a ridere?

Avery e Bonnie si scambiarono uno sguardo di profonda tenerezza.

– Promesso! – risposero in coro.

Bonnie sputò nel lavabo e sciacquò lo spazzolino; poi si sedettero entrambe sul pavimento. Lucky eseguí un arpeggio malinconico, due sole note ripetute piú volte. Poi cominciò a cantare.

Morbida, bassa, appena un po' roca: la voce era diversa da come Avery se l'aspettava. A metà fra un ruggito e il ronfare di un gatto, sembrava fatta apposta per narrare il dolore che si nasconde nel cuore del piacere. La canzone parlava di Nicky, di quando si ama qualcuno senza conoscerlo del tutto. – Se fossimo state gemelle, – intonò Lucky, – ci saremmo divise il dolore? – Avery chiuse gli occhi. Anche lei, se avesse potuto, avrebbe preso su di sé una parte del dolore di Nicky. Forse cosí sarebbe riuscita a proteggerla. Ma erano sorelle, non gemelle. Venivano dallo stesso luogo, ma non dallo stesso tempo. E per quanto si sentisse vicina a ciascuna di loro, ci sarebbe sempre stato qualcosa che non avrebbe saputo. Avery aprí gli occhi. No, la vicinanza assoluta era impossibile, ma c'era qualcos'altro che si poteva fare. Era come se Lucky, con quella canzone, stesse offrendo alle sorelle la chiave di sé; e anche lei poteva fare la stessa cosa, pensò Avery: poteva mostrarsi alle sorelle. Alla fine della canzone aprirono la tenda e Lucky fu travolta dagli applausi e dagli abbracci: Avery e Bonnie le saltarono letteralmente al collo, strizzandosi insieme a lei nello spazio angusto della vasca. Sulle prime Lucky tentò di protestare, ma poi dovette arrendersi.

Si erano scritte pagine e pagine sull'amore romantico, pensò Avery, sul legame profondo che unisce gli amanti. Ma anche quest'altro tipo di amore meritava estasi, meritava canzoni. Prima ancora di conoscere il corpo di un amante, lei conosceva già quello delle sorelle: si era specchiata nei loro piedi lunghi, negli occhi chiari, nelle membra eleganti e nelle orecchie arrotondate. E prima che la sua vita diventasse ingombrante e difficile, c'erano stati momenti di grande dolcezza: come un certo mattino molto presto, quando fuori era ancora buio e i genitori dormivano. Una dopo l'altra, erano entrate tutte nel suo letto: i capelli arruffati, il profumo agrodolce e muschiato della pelle sotto i pigiami. E ogni volta lei aveva alzato le coperte per farle entrare, gli aveva fatto spazio nella sua cuccetta bassa: si erano riaddormentate cosí, strette le une alle altre, abbandonate al sonno come cucciole intorno al ventre caldo della madre. Lei pure si era riaddormentata, sicura al loro centro, senza sapere – né sentire il bisogno di sapere – dove finiva lei e dove cominciavano loro. Persino in quel momento, mentre stringeva Bonnie e Lucky in un triplice abbraccio, non sentiva alcun bisogno di chiamare «amore» ciò che provava per loro. Le sue sorelle *erano* amore: bellissime, insopportabili e sue per sempre.

Tre settimane piú tardi, Avery fu richiamata all'ovile.

– Sono pronta a parlare, – aveva detto Chiti al telefono, e lei aveva comprato un biglietto per il giorno dopo.

Poiché il volo partiva nel pomeriggio, decisero di pranzare insieme un'ultima volta: Bonnie uscí in anticipo dalla palestra e Lucky rimase in centro. Comprarono dei bagel nella gastronomia sotto casa e andarono a mangiarli al parco, sedute su un'unica panchina all'ombra degli olmi, accanto all'area giochi. Era una bella giornata estiva: sopra il reticolo dei rami, il cielo era azzurro come l'acqua di una piscina. Dal carretto di un ambulante si spandeva in tutto il viale un profumo di arachidi caramellate, misto a quell'aroma composito e inimitabile (erba tagliata, spazzatura, cacca di cavallo e scarichi delle auto) che era tipico di Central Park. Avery chiuse gli occhi.

Erano stati giorni sereni, trascorsi a impacchettare le ultime cose di Nicky e a parlare insieme per ore. Lei aveva aggiornato le sorelle sul nuovo ricovero del padre e sul suo breve soggiorno in campagna. Lucky non se la sentiva di rivedere i genitori, il che era comprensibile; ma Bonnie si era offerta di accompagnare la madre a trovare il marito in clinica. Lucky e Avery erano andate in palestra a guardare Bonnie allenarsi ed erano rimaste incantate da tanta velocità e potenza; avevano anche partecipato a qualche riunione degli Alcolisti anonimi. Poiché Bonnie era molto presa dagli allenamenti, le altre due avevano passato un mucchio di tempo insieme ed erano miracolosamente riuscite a bisticciare una sola volta, e cioè quando ad Avery era venuta l'idea di versare a Lucky un assegno mensile. Si erano ritrovate ogni sera, all'ora di cena, e dopo tanto tempo Avery aveva riassaporato il piacere di sentirsi sorella tra sorelle. Non erano quattro, e mai piú lo sarebbero state, ma erano sul punto di scoprire una nuova simmetria.

– È strano pensare che tra qualche settimana la nostra casa sarà perduta per sempre, – aveva detto Lucky un giorno, guardando dal parco in direzione del loro condominio. – Mi fa sentire triste, – aveva aggiunto, la testa posata sulla spalla di Avery. – Ma anche un po' sollevata, sapete?

Le altre avevano annuito. In qualche modo, si era detta Avery, smantellare la casa era servito a ricomporre il loro rapporto con la città.

– Ma la vera domanda, – disse Bonnie, – è un'altra: a chi vanno i letti a castello?

Avery scoppiò a ridere.

– Credo sia giunto il momento di dirgli addio. Sono passati trent'anni, ormai. Inoltre, – proseguí, assestando a Bonnie una spallata giocosa, – Pavel non mi sembra il tipo da letto a castello.

Guardò la sorella e lesse la speranza nei suoi occhi. Immerso in quella luce color miele, il viso di Bonnie sembrava fuso nell'oro. Avery si aspettava che diventasse rossa o cercasse di cambiare argomento; e invece no, era rimasta serena.

– Il suo letto mi piace com'è, – disse.

Avery si illuminò. Non servivano altre parole. E cosí, nel suo solito modo serafico, Bonnie aveva annunciato che una volta venduto l'appartamento sarebbe andata a vivere con Pavel; sottoposta a uno spietato interrogatorio, si rifiutò di fornire altri dettagli stuzzicanti. Disse però che anche lui, a quanto pareva, la amava in segreto da anni. Da quel momento, Bonnie era apparsa letteralmente in stato di grazia.

Avery diede un morso al suo bagel e alzò gli occhi al cielo. Erano, come sempre, vicine all'area giochi: le grida acute dei bambini si libravano in aria come frecce lucenti e atterravano sulla panchina.

– Ma voi ne volete, di figli? – chiese di punto in bianco, mentre posava il panino nell'incarto di alluminio.

Bonnie si pulí un labbro imbrattato di formaggio e la guardò in modo bizzarro.

– Io e Pavel? Non ti sembra prestino?

– Dicevo in generale, – rispose Avery, e si girò verso Lucky per attirarla nel discorso. – Chiedo a tutte e due. Quand'eravate bambine ci avete mai pensato? E adesso, ne vorreste?

Bonnie rifletté un istante.

– I bambini mi piacciono, ma ho scelto una carriera che... Non riesco a immaginarmi con dei figli. Magari quando mi sarò ritirata, – sorrise.

Avery guardò Lucky.

– E tu?

Lei fece una smorfia e trangugiò un boccone del suo bagel farcitissimo.

– Raga', io in questo momento mi accontenterei di restare viva...

– Tu invece ne vuoi, è vero? – chiese Bonnie ad Avery. Se ben ricordo Chiti ha congelato gli ovuli, no?

Avery puntò lo sguardo verso l'area giochi.

– Quella di noi che voleva davvero dei figli era Nicky, – rispose. – Lei sí che era fatta per essere madre.

Bonnie annuí. – Sarebbe stata la miglior mamma del mondo.

– Mmh, – confermò Lucky. – Molto migliore della nostra.

– Che non è stata proprio perfetta, – disse Avery. Poi, sentendosi in colpa, aggiunse: – Anche se ha fatto del suo meglio.

– Giusto, – rispose Lucky, poi le venne da ridere. – Oddio, vi ricordate quando pensavamo che Nicky stesse per fare un figlio con quel trombettista vegano?

– Era un tipo carino, no? – disse Bonnie.

– Carino ma *molto* vegano, – precisò Avery.

– E quindi? – fece Bonnie.

– Si era fatto tatuare su un braccio tutte le specie animali a rischio di estinzione, – disse Avery.

– Ah, sí, quell'orso polare magro come un chiodo! – si rammentò Lucky, e rise insieme alle altre.

– Davvero strano che si fosse messa con un tipo cosí, dopo quella sfilza di ragazzotti delle confraternite, – disse ancora Lucky.

– Chad! Ve lo ricordate, Chad? – sbottò Avery nell'ilarità generale.

– Forse Nicky stava cercando di connettersi al suo lato creativo, – disse Bonnie.

– Però il vegano ci è venuto, al funerale, – disse Avery.

– Sí? Non me lo ricordo.

– Non l'hai sentito? Era quello che singhiozzava forte nelle ultime file. Completamente sconvolto.

– Ma non stavano neanche piú insieme! – ribatté Lucky. – Nicky l'aveva lasciato per quel trader supersexy innamorato delle proprie palle. Com'è che lo chiamava?

– «Leccami i Brothers», – disse Bonnie mentre le sorelle si sganasciavano dalle risate.

– Quanto l'ho odiato, quel funerale, – mormorò Avery, lo sguardo fisso davanti a sé.

Lucky smise di ridere e la guardò.

– Be', certo, Aves. Come tutte noi, è ovvio.

– Quella gente che piangeva e ululava, – continuò Avery in tono duro. – Che ne sapevano loro? Che cazzo ne sapevano di cosa vuol dire perdere una sorella?

– Erano addolorati, – mormorò Bonnie. – Sapevano che è molto triste.

– Ma la tristezza non era *loro*, – insisté Avery. – Era nostra.

– A volte penso a come sarebbe bello se l'avesse avuto davvero, un figlio, – disse a un tratto Lucky. – Con chiunque: Chad, il vegano, «Leccami i Brothers», che importa? Cosí avrebbe potuto farsi operare prima.

Avery trasalí. Pensarci era troppo doloroso.

– Era tanto giovane, – disse. – E poi non li amava, quei tizi.

– Ma se avesse comunque fatto un figlio, – continuò Lucky. – Anche se poi alla fine... Almeno noi avremmo qualcuno, mi spiego? Qualcuno di cui prenderci cura, e che avrebbe in sé qualcosa di lei...

– Anche noi abbiamo qualcosa di lei, – osservò Avery.

– Lo so, – disse Lucky. – Ma con un suo bambino avremmo avuto una seconda chance. Con un suo bambino, avremmo... – tacque un istante per mettere bene a fuoco ciò che intendeva dire. – ... avremmo fatto di meglio, – concluse poi, sconfortata.

Bonnie richiuse con attenzione il suo avanzo di panino nell'incarto di alluminio e si voltò verso le sorelle, la faccia contorta dallo strazio.

– C'è una cosa che non vi ho mai raccontato, – mormorò. Le altre due la guardarono stupite.

– Cosa? – domandò Lucky.

Bonnie degluti con fatica.

– Il giorno prima che morisse, Nicky mi ha chiesto... Mi ha chiesto se potevo procurarle degli antidolorifici dall'infermeria della palestra, e io le ho detto di no –. Nascose la testa fra le mani. – Io non sapevo. Non sapevo che sarebbe andata a comprarli...

– Oh, Bonnie, – mormorò Avery. – Nessuno poteva saperlo. Ma perché non ce l'hai detto?

– Volevo proteggerla, – rispose. – O proteggere me, non so –. Guardò entrambe con occhi imploranti. – Secondo voi avrei dovuto darglieli?

– Certo che no, – dichiarò Avery in tono deciso. Bonnie non doveva pensare una cosa del genere, neanche per un secondo. – Hai fatto quel che era giusto.

– Non avrei mai pensato che potesse... Fare quel che ha fatto.

Rimasero sedute in silenzio, gli sguardi persi in lontananza. Faticavano ancora a dirlo, quel che era successo. La parola *overdose* sembrava lontana mille miglia da lei, dalla persona sicura e capace che Nicky era stata.

– Comunque non sei l'unica, – disse Lucky in tono tranquillo. – Sapevo che era in difficoltà, che voleva smettere con gli antidolorifici.

– Lo sapevi? – si meravigliò Bonnie.

– Nella scuola dove insegnava c'era un albero dei desideri, – spiegò Lucky. – Un giorno ci abbiamo appeso dei biglietti con i nostri desideri. Io poi ho sbirciato quello di Nicky e c'era scritto «Niente piú pillole». Ma poi lei ha negato e io non ho insistito. Non volevo peggiorare la situazione... O forse ero troppo immersa nei miei problemi, non lo so.

Lucky chinò il capo. Avery le posò una mano sulla schiena.

– Anch'io lo sapevo, – disse Avery. – Dentro di me, lo sapevo. Avevo visto gli occhi.

Negli ultimi tempi, le pupille di Nicky somigliavano spesso a due puntini neri. Lei l'aveva notato perché ricordava com'erano gli occhi di Freja dopo che si erano fatte: due capocchie di spillo, come le sue. Ma alla fine si era persuasa che per Nicky ci fosse un'altra spiegazione.

– State a sentire, – disse, girandosi verso le sorelle. – Lo so, tutte noi vorremmo dare un senso a quel che è successo a Nicky, ed è per questo che diamo la colpa a noi stesse e ci rimproveriamo per non aver fatto di piú; ma credetemi, nessuna di noi sarebbe riuscita a cambiare il suo destino –. Le tornarono in mente le parole di sua madre. – Non siamo importanti fino a questo punto.

Seguirono con lo sguardo un piccolo stormo di piccioni che si alzava a spirale nel cielo e spariva nell'azzurro.

– Ma come facciamo a vivere con questo rimorso? – chiese Lucky a mezza voce.

Era la domanda che tutte loro, in un modo o nell'altro, si erano fatte da un anno a quella parte. Come convivere con quel dolore. Come amare la vita anche senza Nicky. Avery sospirò.

– Credo che il modo ce l'abbia insegnato papà, – disse Avery. – Al funerale.

Lucky alzò lo sguardo.

– Quella storia su *Colazione da Tiffany*, – mormorò. – «Va' leggera». Ma come?

– Tu lo stai già facendo, – rispose Avery. – Hai smesso di bere, ti prendi cura di te stessa: andare leggera significa questo.

Bonnie annuí. – Ha ragione.

– E voi due? – chiese Lucky. – Come fate ad andare leggere?

Avery guardò Bonnie.

– Insomma, – esordí lei, – non prendetemi in giro, ma... a volte parlo con Dio.

– Dio? – ripeté Avery.

Il pensiero di Dio non era di nessun conforto per Avery: se sua sorella le avesse detto che parlava con Ronald McDonald non avrebbe fatto alcuna differenza.

– Non intendo Gesú Cristo o cose simili, – si affrettò a chiarire Bonnie. – È una specie di Dio personale che mi sono inventata. Non so neanche come chiamarlo, se lui o lei o esso, però gli parlo. E credo che si stia prendendo cura di Nicky fino al momento in cui la rivedremo.

– Lo pensi davvero? – chiese Lucky, la voce rianimata dalla speranza.

Bonnie fece segno di sí.

– Lo penso davvero.

– Bene, – mormorò Lucky.

– Vorrei tanto crederci, Bon, – disse Avery. – Ma in realtà non sono sicura di riuscirci.

– Non potresti almeno credere che io ci credo? – chiese Bonnie. – Sarebbe già un aiuto, no?

Avery ci rifletté. Il pensiero che sua sorella credesse in qualcosa, e che quel qualcosa potesse farle del bene, le era in effetti di conforto.

– Forse, – rispose. Forse potrebbe.

Le sorelle ascoltarono in silenzio le voci dei bambini che giocavano, colme dell'estasi e del terrore della gioventú. I pensieri di Avery, come sempre, tornarono alla vita con Chiti. Bonnie aveva detto la sua verità; adesso toccava a lei. Si voltò verso le sorelle.

– Ho fatto un casino, raga'. Un casino coi fiocchi.

– Ti avevo detto di non prendere il pane con i semi di papavero, – disse Lucky, indicando il bagel della sorella.

Bonnie la zittí con un'occhiata.

– Qual è il problema? – chiese poi.

Avery prese fiato.

– Sono andata a letto con una persona, – sospirò. – E ho mentito per nascondere la mia colpa. Inoltre ho promesso a Chiti che avremmo avuto un bambino, ma io... Non ce la faccio. Non posso farcela. Vorrei tanto convincermi che lo voglio anch'io, ma non è vero. Non... Non c'entra niente con me.

– Oh, merda, – brontolò Bonnie.

Avery le guardò entrambe. Bonnie, alquanto sorpresa, stava soffiando fuori il fiato. Lucky invece sembrava imperturbabile.

– Quindi *è questo* che è successo, – disse.

Avery le piantò addosso uno sguardo incredulo.

– Tu lo sapevi?

– Che eri andata a letto con qualcuno, sí, ma ignoravo la faccenda del bambino. Be', piú che saperlo avevo dei sospetti.

– E come mai? – chiese Bonnie.

– Chiti ha trovato il blister della pillola e me l'ha fatto vedere. Credeva fosse mio.

Avery ricompose mentalmente quell'ultima tessera del litigio con sua moglie. – Allora è per questo mi hai dato dell'ipocrita, – disse. – Pensavo fosse per via dei furti.

– Quali furti? – chiese Lucky.

– Diciamo che ho allungato le mani in qualche negozio, – spiegò Avery. – Ma ormai ho smesso.

– Avery! – strillò Bonnie, scandalizzata. – Che è 'sta storia?

Lei si strinse nelle spalle con aria affranta.

– Faccio fatica a controllare i miei impulsi.

– Benvenuta nel club, – commentò Lucky con una risatina asciutta.

– Ah, voi due… – fece Bonnie sconsolata, poi guardò Lucky. – Perché non hai detto niente della pillola?

– Né a lei né *a me*? – aggiunse Avery.

Lucky guardò la sorella maggiore.

– Insomma, era un bel momento, non volevo rovinare tutto. E poi… non spettava a me dirlo.

Bonnie incrociò lo sguardo di Lucky e capí che aveva ragione. – Chiti lo sa? – chiese.

Avery fece cenno di sí.

– Sa che sono andata a letto con qualcuno, ma dei miei dubbi sull'idea di avere un figlio non sa niente, – disse. – Quando ha scoperto il tradimento mi ha detto che aveva bisogno di stare da sola, ed è per questo, anche, che sono venuta qui.

Rimasero chiuse in un silenzio allibito. Dopo un po' Lucky fece un fischio sommesso.

– Mi erano arrivate delle voci, – disse. – E adesso so che sono vere.

Avery le lanciò un'occhiata carica di paura.

– Voci? Su di me?

– Già, – annuí lei. – Si dice in giro che tu, in realtà, non sia perfetta.

Avery sbuffò di sollievo.

– Quando mai ho preteso di esserlo?

Le altre si presero il gusto di alzare gli occhi al cielo.

– Okay, – ammise Avery. – È possibile che una volta o due io abbia cercato di farvelo credere. Ma è solo perché volevo… Non so come dirlo. Dati i genitori che abbiamo avuto, ci tenevo che voi ragazze aveste accanto una persona solida. E siccome da giovane avevo toppato alla grande e vi avevo abbandonate, è possibile che da adulta abbia esagerato un po' nell'altro senso.

– Be', a quanto sembra hai smesso di esagerare, – constatò Lucky. Poi, vedendo l'espressione afflitta della sorella: – Scusa. Non parlo piú.

Avery si piegò in avanti e strinse con forza le mani, come un'allenatrice che debba assistere a una sconfitta tanto sonora quanto irrimediabile. Lo sguardo era fisso in avanti, la mascella tesa.

– È stata solo colpa mia, – disse.

– Pensi che fra te e Chiti sia finita? – domandò Bonnie.

– Non lo so. Lei avrebbe tutte le ragioni per lasciarmi. Tutte le ragioni.

– Io voglio bene a Chiti... – disse Bonnie.

Avery sentí come un vuoto nel petto. Stava facendo soffrire anche loro. Per tanto tempo si era sforzata di essere un esempio, di dimostrargli che un matrimonio, la vita stessa, potevano essere diversi e migliori del modello che i genitori gli avevano offerto. Aveva fatto il possibile per dar loro speranza, e invece gli aveva inflitto un'altra delusione. Bonnie le accarezzò la schiena. La sua mano era morbida e pesante, come la zampa di un orso gentile.

– Devi essere te stessa, – mormorò.

Avery si appoggiò a lei con tutto il peso.

– Grazie, – rispose con un filo di voce.

Poi tornò a rannicchiarsi con la testa fra le mani e rimase cosí, scossa dai singhiozzi.

– È giusto che siate arrabbiate con me. Avete ragione di essere deluse.

Lucky si alzò dalla panchina e si inginocchiò davanti a lei. Le prese le mani e le tenne fra le sue. La stretta di quelle dita ossute era inaspettatamente salda.

– Ascolta, – disse Lucky, – siamo le tue sorelle. Qualsiasi

cosa tu faccia, saremo comunque dalla tua parte. Potresti anche ammazzare qualcuno, e io ti aiuterei a trasportare il cadavere e riempirei la vasca di acido muriatico per potercene disfare con discrezione.

Avery si sforzò di trattenere un sorriso.

– È un piano parecchio dettagliato, – osservò.

– Non ho detto che *mi piacerebbe*, e nemmeno questa situazione mi *piace*, – precisò Lucky. – Però lo farei.

Bonnie si spostò sulla panchina per avvicinarsi a entrambe.

– Anch'io, – disse. – Riempirei la vasca.

Avery arrivò a Londra alle prime luci dell'alba. Prese un taxi a Heathrow e attraversò le vie della città che si svegliavano poco alla volta, tra furgoni dei panifici in sosta davanti ai ristoranti e negozianti mattinieri che alzavano le serrande e mettevano in mostra le loro merci. Un sole color pesca imbrattava l'orizzonte, attorniato da nuvole azzurre e violette. Raggiunta la casa di Hampstead, alzò lo sguardo sul bellissimo edificio con la facciata di mattoni rossi dove per sette anni lei e Chiti avevano vissuto insieme. Entrò senza fare rumore e salí subito al piano di sopra. La trovò addormentata nel loro letto, i capelli scuri raccolti a crocchia sopra la federa color crema. Si accorse con una fitta al cuore che indossava uno dei suoi pigiami di cotone azzurro: scambiarsi la biancheria da notte era una cosa che facevano sempre per lenire la nostalgia, quando una di loro era fuori casa. Chiti la sentí entrare e si girò nel letto.

– Sei tu? – mormorò.

Avery annuí, gli occhi già pieni di lacrime. Era quella donna la casa a cui per tanti anni aveva voluto tornare.

– È presto, – le disse Avery.

Tese una mano verso la valigia, ne allungò e accorciò il manico con gesti nervosi, poi lasciò perdere e andò a sedersi sul letto.

– Devo parlarti di una cosa, – sussurrò.

Non voleva aspettare neanche un minuto per non rischiare di cambiare idea, di rimandare ancora una volta ciò che invece era inevitabile.

Chiti si alzò a sedere e si abbracciò le ginocchia sotto le coperte. Il suo sguardo, prima ammorbidito e intiepidito dal sonno, era diventato gelido.

– Ti aspettavo, – disse.

– Chiti, – esordí lei in tono tranquillo. – C'è un'altra cosa che non ti ho detto. Mi dispiace non avertene parlato prima di partire per New York, ma avevo bisogno di capire se era vero.

La vide irrigidirsi. Prese fiato.

– Non voglio avere un bambino.

Come se l'ultimo filo invisibile che la teneva eretta si fosse spezzato di colpo, Chiti si afflosciò contro la testiera del letto e si prese la testa fra le mani. Avery avrebbe voluto rimangiarsi tutto, dirle che si era sbagliata, scostarle le mani dalla faccia e accarezzarle la fronte, baciarle le tempie, sdraiarsi sul letto e passare l'intera giornata con lei, la donna che amava e da cui era stata amata cosí tanto e cosí a lungo. Ma poi Chiti parlò, e nella sua voce affinata dalla sconfitta non c'era ombra di rimprovero.

– E allora perché hai detto che lo volevi?

– Perché volevo volerlo, – rispose Avery, – e speravo che bastasse.

Chiti scosse la testa e intrecciò le mani davanti a sé.

– Avrei dovuto dar retta a mia madre, – disse.

Il cuore di Avery cominciò a battere piú forte. Era vero che Ganishka non l'aveva mai avuta in simpatia, ma lei si era sempre illusa che non ci fosse niente di personale, che la trattasse con freddezza semplicemente perché era americana. Darle ragione adesso era sleale: per sette anni, Avery era stata una buona compagna, e questo doveva pur valere.

– Non le sono mai piaciuta, – mormorò.

Chiti scosse la testa.

– Oh, ma non si tratta di questo. O almeno non solo di questo, – disse. – Lei mi diceva che non sei fatta per diventare madre.

Avery si rabbuiò. *'Fanculo a Ganishka*, pensò. Come si permetteva di giudicarla senza conoscerla davvero? E soprattutto, come si permetteva di avere ragione? Ganishka però non poteva capire che Avery era *già stata* madre. Aveva cresciuto le sue sorelle, e questo per lei era piú che abbastanza.

– Come faceva a saperlo? – domandò, cercando di non sembrare troppo polemica. Chiti sospirò e sciolse l'intreccio delle mani.

– Perché neanche lei lo era. E forse ti sente piú simile a lei di quanto voglia dare a vedere.

In quel momento Avery comprese che il dolore di Chiti aveva un colore. Era di un indaco scurissimo, quasi nero, come le acque piú profonde dell'oceano. Un dolore vecchio di secoli, antico come quel pigmento, e come quello, nato in India. La madre di Chiti non era stata amorevole. Negli anni lei gliene aveva parlato piú volte: si era ripromessa che suo figlio sarebbe stato trattato diversamente, colmato di tutte le attenzioni, l'ammirazione e l'affetto che a lei erano stati negati. E invece non sapeva di aver fatto la scelta peggiore, quella di passare da una madre che non voleva essere madre a una compagna che la pensava allo stesso modo. E ora la coscienza dell'errore pesava sulle sue braccia come un bambino nato morto.

Avery rimase sul letto accanto a sua moglie. In loro non

c'era piú rabbia; non rimaneva che la tristezza riposta in fondo a ogni collera. Una scenata sarebbe stata meglio di quel silenzio di piombo, di quel silenzio spezzato. Prese la mano di Chiti.

– Ma tu l'avrai, un figlio, – disse. – Lo avrai.

L'aveva detto per mitigare il senso di colpa, ma in fondo ci credeva: *doveva* crederci. Chiti strinse le dita intorno alla sua mano.

– Io volevo farlo con te, – disse.

– Lo so.

Lei alzò la testa, di nuovo speranzosa.

– E sei sicura di non potere?

Avery fece cenno di sí.

– Sono sicura.

Chiti annuí a sua volta.

– Quando pensavo a come è nata la nostra storia... Era un terreno troppo duro per farci crescere qualcosa di solido. Non ho mai smesso di vergognarmene.

Avery la guardò con stupore.

– Non hai nulla di cui vergognarti. Capita che gli analisti escano con i pazienti. È un guaio, ma può succedere.

Chiti scosse la testa.

– Tu non puoi cancellare la mia vergogna e io non posso cancellare la tua.

Rimasero in silenzio mentre la casa che avevano creato dava fondo al suo repertorio di lamenti. Le tavole del parquet sotto il letto scricchiolavano. Le tende sospiravano. Un tubo sferragliava al piano di sotto. Sul marciapiede, i passi veloci di qualcuno che parlava forte al cellulare. *Non abbiamo fatto in tempo a mettere i doppi vetri al primo piano*, pensò Avery.

– Mi spiace, – disse. – Per Charlie. Per tutto. Non te lo meritavi.

– Hai ragione, – disse Chiti. – Non me lo meritavo –. Si allontanò di poco per vedere meglio il suo viso. – E mi dispiace per quel che ho detto a proposito di Nicky. Non è vero che avresti potuto salvarla. Nessuno avrebbe potuto. Lo sai, vero?

Avery chinò il capo per dire di sí. Adesso era il momento di parlare, di spiegare a Chiti ciò che sentiva; non perché potesse cambiare qualcosa, ma perché Chiti lo voleva.

– Mi manca, mi manca e mi manca, – esordí. – Sto aspettando che finisca, questo rimpianto, cosí come è finito ogni altro sentimento, per quanto intenso, per quanto solido: e invece no, non finisce. È un rimpianto infinito. La mia vita si divide in un prima e in un adesso. Ma non riesco ad accettarlo. Non riesco ad accettare l'idea che dovrò sentire la sua mancanza per sempre. Che non ci sarà mai un conforto. Non ci sarà mai un ritorno. E vorrei tanto credere in un Dio, in una vita dopo la morte, o qualcosa del genere. Eppure quando penso a lei e le parlo nella mia testa, nessuno mi risponde. Non sento la sua voce. Non la sento vicina. Tutto quel che ho è questo rimpianto. E per quanto sia assurdo a volte sono persino contenta di sapere che non finirà mai, perché in questo momento non c'è altro che mi tenga unita a lei.

Avery si strofinò la faccia con una mano. Era molto tempo che aspettava di dire quelle cose, e adesso che era lí non c'era motivo di tenersele dentro.

– Io però non sono abbastanza forte, Chiti, – seguitò. – Credevo di esserlo, ma mi sbagliavo. E allora cerco di tagliarmi via questo rimpianto. Ed è vero, ho fumato e ho rubato. Ho tradito il nostro matrimonio e ti ho mentito, ho... ho rovinato la nostra vita insieme. So che avrei dovuto affrontare la situazione in modo diverso, e non riesco a capire perché non l'ho fatto. La persona che credevo di essere prima che Nicky morisse non è mai esistita. Hai detto che mi stavi perdendo da un anno, ma vale anche per me. Ho perso Nicky e ho perso me stessa. E adesso non so piú chi cazzo sono.

Chiti mise una mano sopra quella di Avery e la guardò negli occhi. Avery cercò sul suo viso le tracce del perdono, ma trovò solo rassegnazione.

– Forse stai diventando una persona nuova, – disse.

Un'ora piú tardi, Vish venne a prendere Chiti con la sua Mini Cooper scassata. Ferma sul primo gradino, mentre il sole saliva lento nel cielo, Avery li guardò caricare in macchina borse e valigie. Vish le lanciò uno sguardo pieno di confusione e risentimento. Lei ingoiò il rospo che aveva in gola e resisté all'impulso di salutarlo. Stava perdendo anche lui, ormai.

Dopo la loro partenza vagò a lungo nella grande casa vuota. Diede uno sguardo al letto, che ancora mostrava l'impronta del corpo addormentato di Chiti, quindi si chiuse in cucina. Accese il bollitore per farsi un po' di tè, e il gesto le strappò un sorriso amaro: un tè, proprio come sua madre. Ma poi, prima che l'acqua arrivasse al bollore, decise di uscire. Non sopportava quel silenzio. Indossò un costume intero e un paio di pantaloncini sportivi, poi spalancò la porta e si avviò verso Hampstead Heath. Fin da quando si era trasferita a Londra, aveva sempre desiderato andare a nuotare nel laghetto riservato alle signore. Era arrivato il momento.

Aveva appena messo piede nel parco quando un piccolo stormo di parrocchetti verdi si alzò in volo da un albero vicino. Garrivano, si lanciavano richiami, riempivano l'aria delle loro grida. Agli inizi della sua vita londinese Avery si era molto stupita di vedere quegli uccelli smeraldini volare liberi nel cuore di una città tanto grigia e taciturna. Era stata Chiti a raccontarle la leggenda metropolitana secondo cui la loro esotica presenza era dovuta a Jimi Hendrix: si diceva che un giorno fosse uscito di casa con una gabbia, e senza grandi cerimonie avesse liberato in Carnaby Street una coppia di parrocchetti dal collare chiamati Adamo ed Eva. Oggi i loro discendenti vivevano in ogni parte della città, da Croydon a Crouch End, ma i piú preferivano la selvaggia profusione di Hampstead Heath. Avery li guardò volare verso nord. Li seguí finché non divennero una macchia punteggiata di verde nel cielo azzurro chiaro, e poi piú nulla.

Erano appena passate le sette, quindi il laghetto era deserto a parte alcune anatre selvatiche e un'unica signora anziana che nuotava lentamente, il collo proteso in avanti come una testuggine ostinata. Avery lasciò le sue cose nello spogliatoio e si incamminò sul pontile di legno. Sentiva sulla pelle il soffio dell'aria fresca. Lungo le sponde, la volta frondosa degli alberi sospirava e stormiva come se volesse ricomporsi per benino. Avery scese la scaletta e si immerse nello stagno. L'acqua fredda la cinse fino al collo e le tolse il fiato per un istante. Si tenne a galla balonzolando, i capelli aperti a ventaglio, e prese fiato. Poi scivolò sotto la superficie del lago, o del mondo intero.

Là sotto era tutto molto tranquillo. L'acqua serica e spessa come olio le scivolava addosso. Le sue orecchie avvertivano strani singulti e sibili liquidi. La pelle fioriva di bollicine trasparenti che un attimo dopo galleggiavano via come pensieri. Raggi di luce dalla forma conica fendevano la superficie al di sopra della sua testa. Si immerse ancora piú a fondo, dove c'era soltanto buio. Alghe fluttuanti le accarezzarono i piedi mentre scendeva verso le fresche profondità dello stagno. Il fondo era coperto da una melma scura, irraggiungibile dal sole. Si girò supina e si lasciò cadere sulla superficie fangosa. La sentí aderire sofficemente alle gambe e alla schiena. Chiuse gli occhi e buttò fuori l'aria.

Era stata lei a insegnare a nuotare alle sorelle. In piedi nell'acqua bassa della piscina, una mano sotto la pancia per tenerle a galla mentre agitavano braccia e gambe. Potevano bere e tossire, gli occhi arrossati dal cloro e dalle lacrime, ma lei non gli dava tregua. Doveva sapere con certezza che erano in grado di cavarsela. Tra loro quattro, la miglior nuotatrice era Nicky. Avery la vide in quel momento: scivolava sotto la superficie lucida, una pallida macchia indistinta, i capelli come un nastro sinuoso. Sapeva trattenere il fiato piú a lungo di tutte, stava sott'acqua cosí tanto che ad Avery si stringeva il cuore. Ma ogni volta, dopo un interminabile silenzio, ecco il risucchio del fiato che entrava nei polmoni, la vista elettrizzante della testa di Nicky che affiorava di slancio. Vide sua sorella in quel momento, separata da lei da uno specchio d'acqua rilucente, che sorrideva e agitava le braccia stupita di sé stessa, cercando Avery con gli occhi per vedere se anche lei si stupiva.

Cosa aveva pensato Nicky nei suoi ultimi momenti? Si era resa conto? Aveva accolto con sollievo il pensiero di non dover piú lottare? Di non dover *sentire* piú nulla? L'acqua premeva intorno ad Avery, insistente, invitante. Fuori da lí, Bonnie e Lucky erano al sicuro. Poteva abbandonarle, adesso? Poteva essere libera? Aprí gli occhi. Un pallido chiarore danzava in lontananza. Aveva male ai polmoni. Era troppo, quell'amore. Poi sentí le sue gambe scalciare, il corpo che tornava in verticale. Le piante dei piedi affondarono appena nella melma, poi presero lo slancio. Mille correnti scure la attiravano verso il fondo, ma lei non si diede per vinta. Le mani spostavano l'acqua di lato, come ad aprire un pesante sipario per far entrare il giorno. Man mano che saliva, l'acqua era piú calda. Continuava a muoversi. Ce l'aveva quasi fatta. La luce scoppiò sopra di lei come un applauso. Ruppe la superficie con la testa e respirò forte l'aria.

Epilogo

Dieci anni dopo, le sorelle arrivarono da Nord e da Sud. Nel quartiere di Morningside Heights, a pochi isolati dal campus della Columbia University dove ora insegnava, Avery scivolò giú dal letto e baciò la figura addormentata al suo fianco. La donna si mosse e mormorò qualcosa.

– Ci siamo? – chiese, la voce impastata dal sonno.

– Vado da lei, – sussurrò Avery. – Tu dormi pure.

La donna staccò la guancia dal cuscino.

– Dille che le voglio tanto bene.

Avery accarezzò la testa della donna, posò le labbra sulla sua tempia. Si voltò per prendere i vestiti dalla sedia accanto al letto e uscí a passi leggeri dalla stanza; richiuse la porta dietro di sé e accese la luce nel soggiorno e in cucina. Si vestí in fretta, lasciò il pigiama accartocciato a terra e si lavò la faccia in cucina. Accanto all'acquaio c'era un grosso frigorifero rosa di marca Smeg. Un attimo prima di uscire, prese una vera d'oro dal piano di lavoro e se la infilò al dito.

Centoventi isolati piú a Sud, a Tribeca, Lucky stava tentando di uscire. L'arredamento dell'atrio faceva pensare a un hotel di medio livello, ma il giovanotto dietro il bancone non voleva che lei se ne andasse.

– C'è ancora il coprifuoco! – ripeté per l'ennesima volta.

– Lo so, – disse lei con un sorriso abbagliante. – Ma, date le circostanze, credo si possa fare un'eccezione.

Il ragazzo avrà avuto poco piú di vent'anni e si guardava intorno con fare nervoso. Aveva i capelli raccolti in alto sulla testa e indossava, probabilmente senza intenti ironici, una maglietta con la scritta «O. S. A.»

– Non credo di avere l'autorizzazione, – disse. – Lavoro qui da una settimana, tipo.

Lucky si sporse sul bancone e batté le palpebre. I suoi lunghi capelli, da poco tinti di un bel rosso intenso, scivolarono sulle spalle e ricaddero in avanti.

– Ma capisci, è un evento importante, di quelli che cambiano la vita, – disse, tamburellando le lunghe dita. – Non vorrai che me lo perda per colpa tua, vero?

Il ragazzo arrossí e chinò lo sguardo.

– Ecco, io non saprei...

– Per favooore? – tubò lei. – Saresti il mio eroe, giuro.

Lui alzò gli occhi sul viso di Lucky, ora segnato da qualche leggerissima riga ma sempre irresistibile, sempre grazioso. Arrossí ancora di piú.

– Senti, facciamo cosí: io non ti ho vista, okay?

Lucky batté le mani per la gioia, poi fece un rapido dietrofront.

– Sei un mito! – gli disse da sopra la spalla.

Lui si illuminò, balbettò qualcosa, ma lei era già nella porta girevole.

A bordo del taxi che la stava portando in centro, Avery controllò velocemente la posta elettronica senza aprire neppure un messaggio, poi consultò l'app con i fusi orari di tutto il mondo. A Delhi erano le nove e trenta del mattino. Perfetto. Chiamò Chiti, che rispose al secondo squillo.

– Ci siamo? – chiese.

– Sto andando in ospedale, – rispose Avery.

– O santo cielo! Come ti senti?

– Straemozionata!

– È normale, ma vedrai, andrà tutto bene. Bonnie è forte come un toro.

– Credevo che non avrei mai piú dovuto andarla a trovare in ospedale, dopo il ritiro dal ring.

– Tua sorella è fatta cosí: sempre piena di sorprese. E Pavel?

– A un certo punto della telefonata ha cominciato a parlarmi in russo, ma il senso del discorso era «venite subito».

Chiti emise un suono a labbra chiuse.

– È bello che tu sia lí, – disse poi.

Avery annuí.

– Come sta Azad?

Non riusciva a credere che fosse già passato tanto tempo. Lei e Chiti avevano divorziato dieci anni prima, Avery era tornata a New York e un anno dopo Chiti aveva concepito Azad grazie al seme di un donatore. In Hindi, *azad* significa «libero e indipendente».

– Lui e Ganishka vanno d'amore e d'accordo. Adesso lei gli sta insegnando a usare la sua vecchia macchina fotografica e lui non ne vuol sapere di tornare a casa la settimana prossima. Come sta Fatima?

– Stanca per le varie trasferte, ma il libro sta vendendo bene.

– Ah, a proposito: ho comprato i biglietti per la presentazione di Londra.

– Ma non era necessario...

– Ci tenevo a farlo.

Avery sorrise.

– Ascolta, sono quasi in ospedale. Volevo solo metterti al corrente.

– Sono contenta che tu lo abbia fatto. Dille che è sempre nel mio cuore.

Avery riattaccò e guardò le strade buie di New York sfilare al di là dei vetri. Era mezzanotte passata ma i bar erano ancora tutti aperti, i marciapiedi affollati di gente che chiacchierava davanti agli ingressi o fumava agli angoli delle vie. Il seminario sul Diritto societario che Avery teneva due volte la settimana alla Columbia cominciava alle otto del mattino, e ciò le impediva di fare le ore piccole; comunque era bello sapere che la vita notturna era ancora vivace. C'erano e ci sarebbero sempre state, pensò con soddisfazione, persone giovani che non avevano bisogno di otto ore di sonno.

Lucky entrò in un negozietto nell'atrio della metropolitana per comprare un pacchetto di Marlboro. Da un paio di mesi aveva smesso per l'ennesima volta, ma quella era un'occasione speciale e bisognava festeggiarla. Si rallegrò di aver trovato il negozietto giusto: ormai tutti svapavano, quindi le sigarette erano rare e gravate di tasse. Sorrise tra sé mentre l'uomo dietro il banco le allungava il pacchetto; erano settimane che non usciva da sola, senza un accompagnatore o il solito codazzo di alcolisti in via di guarigione. Stava già per pagare, poi ebbe l'impulso di prendere anche una barretta di cioccolato al latte. Qualcosa di dolce avrebbe fatto bene a Bonnie. Un gruppetto di studenti entrò a valanga dalla porta e si diresse verso il frigo delle birre. Ma certo, pensò Lucky: era venerdí sera. Se n'era dimenticata, il che era un'ottima cosa.

Si fermò fuori dal negozietto, capovolse una sigaretta a mo' di portafortuna – abitudine piú che ventennale, ormai – la rimise nel pacchetto e ne accese un'altra; aspirò la prima boccata con una sorta di piacevole formicolio alla spina dorsale. Gli universitari stavano uscendo in massa con le loro bottigliette in mano, quando uno di loro si fermò a guardarla.

– Aspetta un attimo, ma tu sei Lucky Blue? – chiese, assestando una manata all'amico piú vicino. – Ommerda, pensavo fossi morta o cose simili!

Lucky alzò le mani verso il cielo.

– Come vedi, sono risorta.

– Oh, ma possiamo farci una foto?

Lei si lasciò scattare un selfie in mezzo ai due studenti. Ebbe un attimo di esitazione, ma poi decise di tenere la sigaretta a penzoloni tra le labbra. 'Fanculo: mica doveva dare l'esempio.

– Oh, la mia ragazza è fissata per te, – disse uno dei due mentre le circondava le spalle con un braccio nerboruto. – Quando vedrà 'sta foto le verrà un colpo. Quel video in cui caschi dal palco a Glastonbury è una ficata assoluta.

Lucky aspettò lo scatto della fotocamera, poi si divincolò dall'abbraccio.

– Non è stato il mio momento migliore, – disse, – ma sono sempre a disposizione. Ora però, giovanotti, se permettete...

Si allontanò da loro salutando con la mano, con l'altra gettò via la sigaretta e imboccò la scala che portava ai treni.

Avery era già nell'atrio dell'ospedale quando Lucky entrò ancheggiando. Dopo tanti anni non aveva ancora perso la camminata da passerella, pensò Avery. Si alzò per andare ad abbracciarla.

– Com'è andata questa settimana? Hai preso il gettone?

Lucky sorrise mostrando i denti aguzzi.

– Sessanta giorni, alla riunione di lunedí scorso.

Avery le diede un colpetto sulla schiena, poi fermò la mano un istante di piú.

– Brava, sono orgogliosa di te. Però... hai ripreso a fumare, – aggiunse, fiutando l'odore dei capelli.

– Affrontiamo le nostre dipendenze nell'ordine in cui potrebbero ucciderci! – recitò Lucky in tono allegro, poi girò sui tacchi e si accorse con sollievo che la sorella stava ridendo.

– Hai chiesto al tuo agente se puoi posticipare le date e restare a New York fino ai novanta giorni? – chiese Avery.

Lucky si lasciò scappare un gemito.

– Possiamo evitare di parlarne adesso?

Avery socchiuse gli occhi.

– Okay, ma il tuo supervisore ha detto che...

– Avery, ti prego! – scattò lei. – Adesso pensiamo a Bonnie e rimandiamo di un giorno le altre questioni, sí? È possibile?

Avery si infiammò all'istante.

– Sono passati solo due mesi, – gridò. – E hai quasi rischiato di morire. Scusa tanto se mi preoccupo per te, eh!

La sorella alzò le mani in segno di resa e scosse la testa senza dire nulla, sperando che uno sguardo supplichevole bastasse. Avery la squadrò a lungo, poi si arrese. Girò le spalle, prese dalla sedia accanto un gran mazzo di rose fucsia e fece cenno verso gli ascensori. Si alzarono e attraversarono l'atrio.

– Carine, queste rose, – disse Lucky in tono conciliante, sfiorando un petalo con la punta delle dita. – Quando le hai prese?

– Mentre ti aspettavo. Il negozio è aperto anche di notte, pare. Non sarà il suo colore preferito, ma l'importante è il pensiero.

– È il colore di Nicky.

Avery fece un sorriso mesto.

– Vero.

Lucky la prese sottobraccio.

– Diciamo a Bonnie che sono un pensiero di entrambe? – supplicò nel suo miglior tono da sorellina piccola.

Avery rise suo malgrado e si avvicinò per premere il pulsante dell'ascensore.
– Ovviamente.

Bonnie stava riposando quando le sorelle si affacciarono sulla soglia. Pavel era a fianco del letto, vigile come un segugio: la osservava con ansiosa sollecitudine e continuava a offrirle del succo di mela, esaltandone con scarsa attendibilità le magiche virtú rigeneranti. Non era parso cosí agitato nemmeno quando Bonnie era diventata l'indiscussa campionessa mondiale dei pesi leggeri, la prima a unificare i titoli delle quattro maggiori associazioni pugilistiche al termine di uno snervante duello di dieci round, vinto per decisione unanime dei giudici e tuttora ricordato come uno dei piú aspri della storia. Dopo il ritiro dal ring, Bonnie era poi diventata una delle allenatrici piú richieste nell'ambiente, e dunque Pavel aveva perso l'abitudine di preoccuparsi per la sua incolumità fisica. Ma era stato un travaglio lungo, di certo non facilitato dai costanti ammonimenti del medico sul fatto che a quarant'anni la gravidanza di Bonnie era non solo geriatrica, ma anche ad alto rischio. Alla fine però era riuscita ad avere un parto naturale, senza farmaci né interventi, accogliendo il dolore come aveva imparato a fare sul ring; e adesso si sentiva soddisfatta ed esausta.

In cuor suo, Bonnie aveva temuto di non provare i sentimenti giusti quando le avrebbero messo la sua bambina tra le braccia, ma poi aveva capito di essersi preoccupata inutilmente. Era perfetta. Aveva occhi azzurri e molto luminosi, come quelli del papà. Quando l'infermiera gliel'aveva deposta sul seno, la neonata aveva alzato lo sguardo su di lei e l'aveva fissata, immobile e curiosa. E allora Bonnie era stata sopraffatta dall'amore. Il faccino della piccola era rosso e spiegazzato, morbido come il velluto; le palpebre folte e il naso squadrato erano quelli di Pavel. Ma le dita lunghe ed espressive portavano il marchio della famiglia Blue. Quando piangeva, tendeva le braccia davanti a sé come piccole stelle esplose. Quando dormiva, corrugava la fronte come se fosse immersa in una conversazione serissima. Bonnie non riusciva a staccare gli occhi da lei.

Quando vide entrare le sorelle, si illuminò all'istante. Pavel si alzò di scatto dalla sedia per abbracciarle e offrir loro un bicchiere di succo di mela, che rifiutarono con gentilezza.

– Vado a comprarne dell'altro, caso mai, – disse Pavel, già quasi fuori dalla porta. – Vi lascio un momento da sole.

Avery gli strinse le spalle con gratitudine. Un momento, certo, e che momento: uno dei piú preziosi che avrebbero avuto. Ai piani alti di un ospedale nel cuore della notte, con la città silenziosa a un passo da loro, i fari delle auto come stelle cadenti lungo le strade ampie, e lí davanti ai loro occhi, al sicuro come un pulcino nel nido, un piccolo miracolo tutto loro. Lucky fu accanto al letto in un balzo mentre Avery si avvicinò con reverenza, fissando con soggezione il fagottino tra le braccia di Bonnie.

– Eccola qui, – annunciò Lucky, la voce già traboccante d'amore.

Bonnie annuí.

– Eccola qui.

– È incredibile che siamo nate tutte in quest'ospedale, – disse Avery. – E adesso, dopo tanti anni, lei porta avanti la tradizione.

– Tutte meno Lucky, – le rammentò Bonnie. – Ti ricordi, è praticamente scivolata fuori dalla pancia di mamma quand'era ancora in casa.

Lucky sorrise e fece il gesto delle corna come i rocker.

– L'ebbrezza della velocità, fin dalla nascita.

– Ma certo, come ho potuto scordarmene; scusa, Lucky, – disse Avery, e le sorrise a sua volta, prima di tornare a contemplare la bambina con occhi pieni di meraviglia. – Hai chiamato la mamma?

Bonnie fece cenno di sí.

– Ci ha pensato Pavel. Arriva prima di mezzogiorno.

Il padre delle sorelle era morto da qualche anno per un'insufficienza epatica. La madre aveva insistito per restare da sola in campagna, con il suo giardino e le galline, ma ora che tutte e tre le figlie erano tornate a New York veniva in città piú spesso. Avery aveva allestito una stanza per gli ospiti, ma si lamentava che la madre non la sfruttasse abbastanza.

– Avete già scelto come chiamarla? – chiese Lucky.

Bonnie le guardò.

– Avevamo qualche idea, ma poi... non ci è sembrato il caso. Il nome era già deciso, in un certo senso.

– E cioè? – fece Lucky.

Bonnie deglutí e posò una mano sulla testa della piccola.

– Nicole, – disse. – Nicole Petrovich Blue.

Lucky aprí la bocca, ma si accorse di non riuscire a parlare. Avery, come sempre, aveva parole in abbondanza. Si chinò per baciare sulla fronte prima Bonnie, poi la neonata.

– Benvenuta nel grande e vasto mondo, Nicole, – mormorò.

In quel momento la bimba si mosse e puntò lo sguardo su di loro. Sentiva la loro attenzione come una luce. Le tre facce avevano molti occhi, e tutti la guardavano. Bocche grandi e colorate. Abbassò le palpebre. Buio. Le riaprí. Di nuovo quella luce su di lei. Socchiuse le labbra ed emise un piccolo vagito. Adesso mamma le dava da mangiare. Bocca piena. Sí, bello. Un flusso tiepido e dolce. Buono. Ce n'era tanto, e lei aveva fame. Poi di colpo si sentí sazia. Basta. Fece un altro vagito, e le tre facce risero. Quanto la adoravano. Di lí a poco sentí le palpebre pesanti. La luce andò via. Cercò di farla tornare, ma le palpebre erano troppo pesanti. Adesso non vedeva piú le facce, ma le sentiva ancora. Sentiva il loro calore. Era al sicuro in mezzo a loro. Mentre scivolava via, qualcosa di morbido le accarezzò le guance. Com'era bello. Sentiva ancora le loro voci, ed era un suono piacevole. Adesso ridevano. Che bel rumore. Voleva sentirlo ancora, ma scivolava via. Però sarebbe tornata presto. Non si sarebbe allontanata a lungo. Ora il buio era piú fondo. Le facce erano sempre lí. Era bello, quel posto. Sarebbe rimasta.

Ringraziamenti.

Questo libro è dedicato ai due amori della mia vita: mia sorella Daisy e mio marito Henry. La storia che ho raccontato qui, e la mia vita stessa, è cambiata in meglio grazie a loro.

Scrivere è un'esperienza in gran parte solitaria, perciò sono grata a quanti hanno reso meno solitarie le fasi di ricerca, editing e pubblicazione del romanzo, nonché la mia vita quotidiana:

Le mie agenti Mollie Glick ed Emily Westcott, per la tenacia, la cortesia e il sostegno.

Le mie editor Sara Weiss e Katie Bowden, per aver generosamente creduto nelle sorelle Blue e avermi donato la Santa Trinità di ogni riscrittura: appoggio incondizionato, ottimi suggerimenti e spazio per trovare le mie soluzioni.

I miei editor aggiunti, Sydney Collins e Lola Downes, per l'entusiasmo e le intuizioni.

I miei allenatori di boxe alla CMC Gym, Marcelo Crudele, Felix Martinez e Alberto Solto, per avermi aiutata a comprendere e a vivere piú a fondo Bonnie, e per avermi insegnato la regola piú importante (e piú difficile per una scrittrice chiacchierona come me): MENO PAROLE, PIÚ FATTI!

I colleghi scrittori di Los Angeles che hanno letto le prime bozze del romanzo, per l'incoraggiamento e i consigli: Annabel Graham, Tess Gunty, Alexandria Hall, Zach Hines, Isabel Kaplan, Victoria Kornick, Claire Nuttall e Jacquelyn Stolos.

I miei amici Albie Alexander, Frankie Carattini, Adam Eli, Lindsay Fishkin, Sean Frank, Sophia Gibber, Emily Havens, Alba Hodsoll, Kala Jerzy, Jess Jobst, Shamikah Martinez, Corey Militzok, Amanda Montell, Olivia Orley, Jonathan Parks-Ramage, Zoe Potkin e Max Weinman, per la gran quantità di passeggiate, cene, telefonate e risate, e piú in generale per la dolcezza con cui mi hanno incitata ad andare avanti.

Mia madre, sempre, per essere stata la mia migliore e prima lettrice.

Mio padre, mia sorella Holly e mio fratello George.

Karen, la mia analista.

Le comunità sobrie di New York, Los Angeles, Londra e Parigi, che sono state i miei fari.

I lettori, i lettori, i lettori. Sono infinitamente grata a ogni persona, a ogni libraio che ha letto, consigliato, pubblicato o sostenuto il mio primo romanzo, *Cleopatra e Frankenstein*.

Mentre scrivo queste righe io e Henry stiamo aspettando il nostro primo figlio; dunque il ringraziamento finale va alla creatura misteriosa che sta crescendo dentro di me, al nostro bambino: avevo pensato un finale diverso per questo romanzo; ma poi sei arrivato tu, tesoro mio, e le traiettorie di questa storia e della mia vita hanno deviato verso la speranza. Grazie per avermi scelta.

Nota al testo.

Il verso a p. 18 è tratto dalla canzone *Ironic*, di Alanis Morissette. Teso di Alanis Morissette. Musica di Alanis Morissette e Glen Ballard.

Indice

Questo libro è stampato su carta contenente fibre certificate FSC®
e con fibre provenienti da altre fonti controllate.

MISTO
Carta | A sostegno della gestione forestale responsabile
FSC® C115118
FSC
www.fsc.org

Stampato su carta HOLMEN con fibra vergine
proveniente da foreste sostenibili
www.holmen.com/paper

Stampato per conto della Casa editrice Einaudi
presso ELCOGRAF S.p.A. - Stabilimento di Cles (Tn)
nel mese di aprile 2025

C.L. 26610

Edizione	Anno
1 2 3 4 5 6	2025 2026 2027 2028